DER KUSS DES TODES

EIN FESSELNDER KRIMINALROMAN

DS TOMEK BOWEN KRIMI-THRILLER-SERIE
BUCH 4

JACK PROBYN

CLIFF EDGE PRESS

eBook ISBN: 978-1-80520-137-3
ISBN: 978-1-80520-138-0
Erste Auflage
Besuchen Sie Jack Probyns Website unter www.jackprobynbooks.com.

ÜBER DAS BUCH

Die Vergangenheit vergisst nie...

Der Tod eines Obdachlosen erregt kaum Aufmerksamkeit in Southend-on-Sea - bis die Obduktion ihn als Herbert Tucker identifiziert, einen umstrittenen Parlamentsabgeordneten mit einer Geschichte voller Feindschaften. Zwischen den Strandhütten von Thorpe Bay gefunden, wirft sein sorgfältig inszeniertes Ableben mehr Fragen auf als es Antworten liefert.

Unter wachsendem Druck muss DS Tomek Bowen die letzten Tage eines Mannes rekonstruieren, der von Kontroversen lebte. Seine Ermittlungen decken ein Netz aus Täuschungen auf, das sich von den Korridoren Westminsters bis in die dunkelsten Ecken von Essex erstreckt. Doch je näher Bowen der Wahrheit kommt, desto klarer wird ihm - dies war nicht nur Mord.

Es war eine Botschaft. Und jemand wird alles tun, um ihre Bedeutung im Verborgenen zu halten.

Der Griff des Todes ist der unvergessliche dritte Band der DS Tomek Bowen Essex-Krimireihe von Jack Probyn. Gefüllt mit Wendungen, gespickt mit Romantik und gewürzt mit einer Prise schwarzen Humors, wird dieser temporeiche britische Detektivroman Sie bis zum Ende in Atem halten, wenn die schockierende finale Wendung enthüllt wird.

TRETEN SIE DEM VIP-CLUB BEI

Ihr KOSTENLOSES Buch wartet auf Sie

Verfügbar, sobald Sie dem Club beitreten
Holen Sie sich jetzt Ihr KOSTENLOSES Exemplar der Prequel-Novelle

zur DS Tomek Bowen-Reihe auf jackprobynbooks.com, wenn Sie meinem VIP-E-Mail-Club beitreten.

KAPITEL
EINS

Herbert Tucker hatte sich noch nie wirklich Gedanken über den Tod gemacht.

Er hatte es nie wirklich nötig gehabt. Der Gedanke daran war ihm nicht so oft durch den Kopf gegangen wie vielleicht der breiten Masse. Während die in zwölfstündigen Warteschlangen beim Nationalen Gesundheitsdienst standen, erhielt er erstklassige Privatbehandlung. Während die zwischen zwei der am stärksten verarbeiteten Tiefkühlgerichte auf dem Planeten wählten, aß er frisches, biologisches, gesundes Fleisch und Gemüse. Während die verschmutztes Leitungswasser tranken, gönnte er sich das feinste Wasser aus Südamerika, abgefüllt und verschifft mit einem entsprechend hohen Preisschild.

Der Tod oder das Sterben war Herbert Tucker nie wirklich in den Sinn gekommen.

Dank Privilegien, Macht und dem einen Ding, das wir alle für heilig halten – Geld.

Während der Spruch, dass es kein Glück kaufen könne, nicht unbedingt immer stimmte (er stellte fest, dass es in den meisten Fällen schwer war, jemanden zu finden, der nicht dachte, dass der Kauf eines Jetskis *keinen* Spaß machte), hatte er herausgefunden, dass Geld eine Verlängerung des Lebens kaufen konnte, ein Aufschieben des

Unvermeidlichen. Dass es den langsamen, endlosen Marsch, der auf uns alle zukam, hinauszögern konnte.

Stampf.

Stampf.

Stampf.

Und so waren die makabren Gedanken über Tod, Leben und Existenzialismus nie in seinen Kopf gekommen.

Bis zu diesem Abend.

Die bittere Kälte des Januars, einer der kältesten seit Beginn der Aufzeichnungen, schnappte nach seinen Fingern wie eine Krabbe, die sich verteidigt, als er in seine Taschen griff und nach seinen Autoschlüsseln und seinem Handy fischte. Dicke, schwere Nebelschwaden seines alkoholgeschwängerten Atems waberten vor seinem Gesicht und störten fast den Blick auf seinen geliebten Jaguar F-Type. Oder es waren die zwei Gläser Wein, die sie jeweils getrunken hatten, die seine Sicht trübten.

Als er den Parkplatz überquerte, sein Handy entsperrte und die Mobilnummer wählte, bemerkte er eine Gestalt auf der anderen Straßenseite.

Wahrscheinlich eine der Ratten der Stadt.

Um diese Nachtzeit waren sie überall. Köter, Nagetiere, einige der ärmsten und einsamsten Individuen der Straßen. Die zurück zu welchem Loch auch immer rannten, aus dem sie gekommen waren.

Die Ratten waren überall in diesem Ort, und es war sein Job, die Straßen von ihnen zu säubern.

Der Anruf wurde verbunden, bevor er der Gestalt weitere Gedanken widmen konnte.

»Herbert...«, begann sie. »Was machst du? Wie spät ist es?«

»Weiß nicht«, sagte er ihr barsch und schluckte einen Rülpser hinunter, der kurz darauf hochkam. Er schmeckte widerlich und brannte in seinem Hals.

»Es ist drei Uhr morgens.«

Aber die Uhrzeit war ihm egal. Ihm war alles egal. Nicht sie, nicht die Ratten und besonders nicht die verdammte Uhrzeit.

»Ich...«, begann er, hielt dann inne, als er beim Jaguar ankam. »Ich will die Scheidung. Diesmal kein Herumgeficke. Kein Zurücknehmen meines Wortes oder so. Ich bin mit dir fertig. Ich will die Scheidung und ich will dich aus meinem Leben haben.«

Sie sagte etwas, aber für ihn war es nur Lärm. Wie eine weitere kleine Ratte, die in seinem Ohr quiekte.

Dann erregte etwas seine Aufmerksamkeit. Eine andere Gestalt, anders als die erste, kam auf ihn zu.

»Hey...«, sagte er. »Was... Was machen Sie hier?«

Bevor er eine Antwort erhielt, war die Gestalt über ihm, legte ein schwarzes Tuch über seinen Kopf und hüllte ihn in eine alles verschlingende Dunkelheit. Er öffnete seinen Mund, um zu schreien, aber eine dicke, starke Hand hinderte ihn daran. Panisch atmete er in scharfen und hektischen Zügen die Staub- und Faserteilchen des Tuchs ein. Dann spürte er einen Stoß in den Rücken und einen weiteren in die Rippen, Schmerz blitzte über jeden Knochen, bevor seine Aufmerksamkeit vom nächsten brennenden Schmerz in einem anderen Teil seines Körpers abgelenkt wurde, wie Feuerwerk am Nachthimmel. Seine Atemversuche machten es nur schlimmer. Ein Arm wurde um ihn geschlungen, der diesmal seine Krallen eingrub und ihn vom Boden hob. Im Kampf ließ er das Handy fallen, das auf dem Beton zerschellte.

»Ahh!«, japste Herbert.

Aber seine Schreie wurden sofort unterbrochen, als er in der Luft schwebte, schwerelos, mit Armen und Körper, die herumschlackerten, als würde er zum ersten Mal schwimmen lernen. Und für einen kurzen Moment fragte er sich, ob das wie der Himmel war.

Wie der Tod war.

Dann hörte er das Geräusch der sich öffnenden Autotür und spürte, wie sich sein Körper darauf zubewegte. Wer auch immer ihn festhielt, überwältigte ihn fast im Verhältnis zwei zu eins. Es war ein unfairer Kampf. Und er stellte sich vor, dass es eine der Ratten der Stadt war – vielleicht sogar die Ratte, die er auf der anderen Straßenseite gesehen hatte. Sie waren stärker geworden, intelligenter.

Verfickte Ratten.

Aber das bedeutete nicht, dass Herbert aus dem Kampf ausgestiegen war. Noch nicht. Als er spürte, dass sich sein Körper der Autotür näherte, streckte er die Arme aus und trat mit den Beinen, schrammte mit seinen Schuhen an der Verkleidung, während er versuchte, sich zu schützen, zu verhindern, dass sein Körper in den Rücksitz seines Jaguars geworfen wurde.

Um das Unvermeidliche hinauszuzögern, den langsamen Marsch des Todes.

Stampf.

Stampf.

Stampf.

Sie hatten ihn gewarnt, dass so etwas passieren könnte. Sie hatten ihm Training gegeben. Sie hatten sich mit ihm hingesetzt und ihm alle Dos und Don'ts erklärt. Und, stellen Sie sich vor, er hatte nicht aufgepasst. Sein Ego war ihm in die Quere gekommen, in dem Glauben, er könne sich verteidigen, wenn er offensichtlich nicht einmal um Hilfe schreien konnte. Wertvolle und kostbare Sekunden waren verloren, als er die Gelegenheit hatte, aber jetzt hatte er sie verschwendet.

Verspätet versuchte er es. Ein schriller Schrei brach aus seinen Lippen hervor, aber er wurde sofort mit einem Kopfstoß ins Gesicht erstickt. Einem harten noch dazu. Direkt auf die Nase. Knochen zersplitterten und sein Gehirn wurde gegen seinen Schädel geschleudert wie eine Ratte, die versucht, aus einem Käfig zu entkommen.

Oh Gott.

Die Ratten.

Sie waren wirklich überall.

KAPITEL
ZWEI

Ich gehe. Wieder einmal. So beginnen diese Dinge immer. Gehen. Na ja, nicht richtiges Gehen. Eher wie Gehen, nur schneller. Dieses Mitteltempo zwischen Gehen und Joggen. Halbjoggen. Genau das. So habe ich es früher genannt.

Meine kleinen Beine bewegen sich so schnell sie können, aber es fühlt sich an, als würde etwas sie zurückhalten, etwas verlangsamt sie. Eine Art Widerstand.

Es ist dunkel. Wie immer. Nur die Straßenlaternen sind desorientierend, und jedes Mal, wenn ich eine anschaue, sehe ich danach nur einen rot-blauen Fleck vor meinen Augen. Das verdammte Ding blendet mich fast, und als ich die Straße überquere, sehe ich das Auto nicht, das auf mich zurast.

Das Auto muss eine Vollbremsung hinlegen, und ich muss mich entschuldigen und davoneilen, als wäre nichts passiert, obwohl es passiert ist und alle anderen Autos es wahrscheinlich gesehen haben und mich jetzt für dumm halten.

Mein Herz rast und es fühlt sich an, als würde es buchstäblich aus meiner Brust explodieren.

Das ist neu. All das ist neu. Ich glaube nicht, dass ich mich daran schon einmal erinnert habe. Es fühlt sich... unvertraut an. Aber als ich beim

Magnet-Küchenladen ankomme, fühlt sich alles wieder vertraut an, alles fügt sich wieder zusammen. Ich weiß jetzt, wo ich bin, ich weiß, was ich tue.

Aber noch wichtiger, ich weiß, was als Nächstes passiert...

Ich weiß, dass die Kinder auf der anderen Straßenseite sein werden, herumlungernd vor dem Spirituosenladen, wahrscheinlich versuchen sie etwas zu stehlen oder etwas zu tun, was sie nicht tun sollten.

Aber ich ignoriere sie, wie ich es gewöhnlich tue. Ich habe keine Zeit für sie. Ich muss zu Michał. Er wartet auf mich. Immer noch.

Und während ich mich dem Park nähere, wo er sein wird, wird der Lärm der Autos leiser, und die Straßen werden weniger befahren.

Und dann ein Schnitt.

Und dann rase ich eine Treppe hinunter. Die, die ganz nach unten nach Old Leigh führt. Aber dieses Mal bin ich größer, älter – dreißig Jahre älter. Meine Beine sind kräftiger, aber mein Körper ist es nicht. Er ist kaputt, und ich habe Mühe, mich am Geländer abzustützen.

Unten angekommen, renne ich ein kurzes Stück Beton entlang, bevor ich zu einer kleinen Brücke komme, die die Bahngleise überquert.

Und dann ein Schnitt.

Zu dem Mann am Boden. Phillip Balham.

Sein Gesicht gegen den Beton gepresst. Mein Körper über seinem. Halte ihn dort fest, drücke seinen Hals, drücke das Leben aus seinem nutzlosen, beschissenen, bastardverdammten Körper.

Und dann höre ich einen Schrei.

Den eines Mannes. Nick, der kommt, um mich aufzuhalten. Kommt, um mich davon abzuhalten, dieses Stück Scheiße zu töten.

Aber als ich wieder auf den Mann hinunterblicke, hat sich der Körper verändert.

Statt Phillip starre ich Kasia an, mein Körper drückt ihren in den Beton. Ich töte meine eigene Tochter, ersticke sie. Aber als ich aufstehe, bemerke ich, dass ich es überhaupt nicht bin. Dass es ihre Erdnussallergie ist, die sie schnell erstickt. Sie zuckt, ihr Körper verkrampft sich, ihre Lunge nach Luft schnappend.

»Kasia!« schreie ich.

Aber es ist zu spät. Sie hört auf, sich zu bewegen, hört auf zu atmen. Ihr Körper liegt da, vollkommen still, makellos, friedlich.

Ich war es, der sie getötet hat. Ich habe ihr den letzten Atemzug genommen... Ich habe ihre Luftröhre zerquetscht und dafür gesorgt, dass sie nie wieder atmen wird.

Und dann ein Schnitt.

Tomek klemmte den Stift zwischen die Seiten seines Notizbuchs und schloss es, versiegelte es fest mit dem dünnen Gummiband, das an der Kante entlanglief. Dann legte er es in die oberste Schublade seines Nachttischs und ging zur Küche. Er brauchte dringend etwas zu trinken; Alpträume aufzuschreiben war durstige Arbeit. Das war der erste seit langer Zeit gewesen. Und noch beunruhigender war sein Inhalt. Kasia, der Vorfall, Phillip Balham. Die beiden Alpträume verschwammen zu einem.

Er war sich sicher, dass die Bedeutung dahinter ernst war, ein Spiegelbild seiner schlechten psychischen Verfassung und der Art, wie er verarbeitete, was in jener Nacht passiert war. Aber jetzt konnte er nur an ein Glas Wasser denken. Etwas, um den Durst zu stillen und seinen trockenen Mund zu befeuchten.

In der Küche füllte er ein Glas und trank es in einem Zug aus, bevor er es wieder in die Spüle stellte. Auf dem Weg zurück in sein Schlafzimmer schlich er auf Zehenspitzen durch die Wohnung, achtete auf die knarrenden Dielen und passte auf, Kasia nicht zu wecken. Doch als er an ihrem Zimmer vorbeiging, hörte er eine Bewegung, ein Geräusch. Über die Jahre als Detective Sergeant bei der Essex Police waren seine Sinne fein abgestimmt worden, um die kleinen Dinge zu bemerken, Anzeichen von Störungen. Sie hatten sich an Geräusche und Anblicke gewöhnt, die fehl am Platze waren. Und dies war einer dieser Fälle.

Es war kurz nach drei Uhr morgens, und Kasia sollte schlafen – beide sollten das. Aber das Geräusch deutete darauf hin, dass sie wach war. Und versuchte, diese Tatsache zu verbergen.

Tomek näherte sich ihrer Tür, umfasste den Griff mit seinen Fingern und öffnete sie vorsichtig. Als das schwache Licht der Straßenlaternen von draußen in den Raum fiel, erwischte Tomek sie dabei, wie sie versuchte, ihre Augen zu schließen.

»Du bist wach?«, flüsterte er, obwohl er das nicht nötig hatte.

»Du auch.« Kasia richtete sich im Bett auf.

»Ich konnte nicht schlafen. Du?«

»Ich auch nicht.« Sie zog ihre Knie an die Brust und schlang ihre Arme darum, kauerte sich zu einem Ball zusammen. In den Wochen nach dem Vorfall war sie zurückhaltender, vorsichtiger geworden. Und die psychologischen Auswirkungen ließen sie auch älter wirken. Sie sah ein paar Jahre älter aus als sie war. Vorsichtiger, bewusster für die Schrecken, die in der Welt existierten.

Tomek wollte lieber nicht darüber nachdenken, wie sehr er in der gleichen Zeit gealtert sein musste...

»Noch ein Alptraum?«

Sie nickte.

»Das Gleiche?«

»Ja.«

Tomek setzte sich auf die Bettkante und legte seine Hand auf die Stelle in der Bettdecke, die sie trennte. Noch etwas, das ihm seit jener Nacht aufgefallen war: Sie hatte sich körperlich von ihm distanziert. Es gab keine Umarmungen, wenn er nach Hause kam oder bevor sie ins Bett ging. Selbst die kleinste Berührung am Arm war zu viel für sie. Phillip Balham hatte alles Vertrauen zerstört, das sie in irgendjemanden oder irgendetwas hatte. Und er hatte absolut keine Ahnung, wie er es zurückgewinnen konnte.

»Willst du darüber reden?«

»Nein.«

»Es muss nicht mit mir sein«, fuhr er fort. »Ich kann jemanden für dich finden, mit dem du reden kannst. Wie besprochen.«

»Ich weiß. Aber nein. Ich will nicht... Ich will nicht. Nicht allein. Nicht, es sei denn, du kommst mit mir.«

»Du willst, dass ich dabeisitze, während du es jemandem erklärst?«

Sie schüttelte den Kopf. »Nicht so. Über *deine* Alpträume. Die, die du schon länger hast als ich.«

Tomek gefiel das nicht. Er war dort gewesen, hatte es getan. Ein paar

Sitzungen mit einem Berater nach dem Tod seines Bruders, und keine positiven Ergebnisse damit erzielt. Er hatte sein Albtraumtagebuch; das war mehr als genug. Wozu brauchte er die Hilfe eines Fachmanns?

»Ich denke darüber nach«, sagte er ihr.

Bevor Kasia etwas Weiteres zu dem Thema sagen konnte, klingelte sein Telefon im anderen Zimmer. Das Geräusch, wie es auf dem Tisch vibrierte, hallte durch die ganze Wohnung.

Gerettet durch die Glocke.

Er entschuldigte sich, verließ Kasias Schlafzimmer und eilte in sein eigenes.

»Hallo?«, meldete er sich.

»Entschuldigen Sie die Störung, Sarge«, erklang die Stimme von DC Martin Brown am anderen Ende der Leitung. »Aber es gibt ein Problem.«

»Die gibt es zu dieser Tageszeit normalerweise.«

»Herbert Tucker wird als vermisst gemeldet, Sarge.«

»Wer?«

»Herbert Tucker.«

»Sollte ich wissen, wer das ist?«

»Ich meine...«

Tomek hatte keine Ahnung, von wem Martin sprach. Und er dachte nicht, dass es einen Unterschied machte, ob er es tat oder nicht. Alles, was er wusste, war, dass der Name ihn an eine Figur aus *The Thick Of It* erinnerte. Er sagte dem Constable, dass er so schnell wie möglich da sein würde, legte auf und ging zurück zu Kasias Schlafzimmer.

»Ich muss los«, sagte er. »Aber wir setzen dieses Gespräch später fort?«

»Ok.«

Gerettet durch die Glocke.

Es kam nicht oft vor, aber manchmal hatte es seine Vorteile, der diensthabende Sergeant zu sein.

KAPITEL
DREI

DC Martin Brown, der Mann mit eindeutig dem besten Haar im Team – ein langer, glänzender Pferdeschwanz, der aussah, als würde er ihn täglich gründlich mit professionellem Shampoo waschen – wartete auf Tomek auf dem Parkplatz der Polizeistation. Nicht, weil er Tomeks sicheren Weg zum Tatort gewährleisten wollte. Sondern weil der Tatort selbst weniger als hundert Meter entfernt war. Auf dem Parkplatz des Rathauses von Southend, der an ihren eigenen angrenzte.

Tomek wusste nicht, ob es an seiner Müdigkeit oder seiner Unfähigkeit lag, um drei Uhr morgens richtig zu funktionieren, aber er hatte die blinkenden Lichter, die vom schlichten Betongebäude und den umliegenden Bäumen reflektiert wurden, völlig übersehen. Ganz zu schweigen von der kleinen Armee uniformierter Polizeibeamter, die rund um den Tatort postiert worden war.

»Ich glaube nicht, dass ich hier so viele Leute gesehen habe, seit Jamie Oliver die Turkey Twizzlers von den Schulmenüs gestrichen hat.«

»Was ist passiert?«, fragte Martin.

»Du erinnerst dich nicht? Der Koch...«

»Nein, ich weiß, was *damit* passiert ist. Ich meinte, was hier passiert ist?«

»Es ging richtig los. Die Leute haben angefangen, vor dem Gebäude zu protestieren und uns aufgefordert, rauszugehen und den armen Kerl zu verhaften. Als ob wir irgendwas tun würden. Aber ehrlich gesagt, ich hatte in der Schule Turkey Twizzlers und fand sie köstlich, also war es irgendwie schwer, ihnen zu widersprechen.«

Martin grunzte und nickte dann mit dem Kopf in Richtung des großen weißen Forensikwagens in der Ferne.

»Ich glaube, dieser Fall könnte ein bisschen mehr Aufmerksamkeit erregen als Jamie Oliver.«

»Ach wirklich?«

»Ja.«

»Wer hast du gesagt, war es nochmal?«

»Herbert Tucker.« Die Verachtung darüber, sich wiederholen zu müssen, war in Martins Stimme deutlich zu hören.

Tomek hielt inne, während er den Namen in seinem Kopf durchging.

»Klingelt immer noch nicht«, sagte er und warf ihm einen leeren Blick zu.

»Herbert Tucker... Der konservative Abgeordnete für Southend.«

»Oh, dieser Arsch.«

»Ich dachte, du kennst ihn nicht?«

»Kenne ich nicht«, antwortete Tomek. »Ich nehme nur an, dass er einer ist, basierend auf den jüngsten historischen Ereignissen. Und der Tatsache, dass er ein Politiker ist.« Dann drehte er sich zum Tatort. »Immerhin hat er wahrscheinlich das Ehrenhafteste in seinem Leben getan und ist direkt neben der Polizeiwache verschwunden; macht es viel einfacher, zum Tatort zu kommen und wieder zurück.«

Martin fand das nicht witzig, aber das lag wahrscheinlich daran, dass er mit unheimlich langen Beinen und einem kurzen Oberkörper wie Herr Grashüpfer aus *James und der Riesenpfirsich* ausgestattet war, sodass der Weg zum Tatort für ihn nicht so problematisch war wie für einige andere im Büro.

Tomek hatte Politiker nie wirklich gemocht. Andererseits hatte er sie auch nie wirklich *nicht* gemocht. Er dachte oft an sie wie an Möwen am Strand. Sie existierten, genau wie er, und solange sie ihm nicht ins Gesicht flogen oder versuchten, ihn in irgendeiner Weise zu bestehlen, war er zufrieden. Aber irgendetwas gab ihm den Eindruck, dass Herbert

Tucker eine andere Art von Möwe war. Die Art, die dir deine Pommes stiehlt oder auf dein Sandwich scheißt, selbst nachdem du sie höflich gebeten hast, sich zu verpissen.

Der Tatort befand sich auf der gegenüberliegenden Seite des Parkplatzes, so weit wie möglich vom Rathaus und anderen Autos entfernt. Es war ein ruhiger, abgeschiedener Ort außerhalb der Reichweite von Überwachungskameras, mit einem Metallzaun entlang der Rückseite für zusätzlichen Schutz. Eine Gruppe von fünf Tatortermittlern schwirrte um den Platz herum, auf Händen und Knien, durchsuchten den Kies und den Asphalt, während leistungsstarke LED-Lichter über ihnen den Boden in einem weißen Schein erleuchteten. Links von dem Platz untersuchten drei der fünf Tatortermittler eine bestimmte Stelle auf dem Boden.

Tomek beschloss, in einen Schutzanzug zu schlüpfen und sich ihnen anzuschließen.

»Was passiert denn hier?«, sagte er und wünschte, er hätte seine Sonnenbrille mitgebracht.

»Blut«, antwortete einer der Tatortermittler bestimmt.

»Guter Anfang.«

»Unsicher, ob es vom Opfer oder vom Angreifer stammt.«

Tomek nickte. Bevor der Tatortermittler fortfahren konnte, durchdrang ein Aroma die Luft und stieg ihm in die Nase. Er schnüffelte. Hart. Schloss die Augen, während er versuchte, die Spur des Geruchs zu entziffern.

»Ist das Pisse?«, fragte er und drehte sich zu einem kleinen dunklen Fleck auf dem Beton, genau dort, wo die Beifahrertüren gewesen wären.

»Sieht so aus«, antwortete ein anderer der gesichtslosen Tatortermittler.

»*Riecht* eher danach«, bemerkte Tomek.

»Der arme Bastard hat sich wahrscheinlich auch in die Hose geschissen«, sagte jemand.

»Erinnert mich daran, nicht in der Nähe zu sein, wenn wir seine Hose finden.«

Dann ging Tomek, um mit dem Uniformierten zu sprechen, der als Erster am Tatort eingetroffen war. Der Mann war Anfang dreißig und sah aus, als hätte er genügend Energy-Drinks konsumiert, um ihn für die letzten sechsunddreißig Stunden am Laufen zu halten. Er sprach schnell und seine Finger und Hände zitterten, als würde er die Nebenwirkungen eines ungetesteten Medikaments erleben.

»Ich erhielt den Anruf vor etwa einer halben Stunde und kam sofort herüber. Ich wusste, dass etwas nicht stimmte, also musste ich einfach hier sein. Glücklicherweise hatte ich nicht sehr weit zu gehen. Aber als ich hier ankam, war nichts mehr übrig. Das Auto war weg, und das einzige Anzeichen dafür, dass etwas schief gelaufen war, waren der Geruch und die Blutflecken auf dem Boden. Zuerst dachte ich, es sei ein Unfall mit Fahrerflucht gewesen, aber dann fiel mir ein, dass das unwahrscheinlich war, wenn das Auto fehlte.«

»Super. Ja. Und Sie haben nichts gesehen?«

Der Mann schüttelte den Kopf. »Es war stockdunkel. Ist es immer noch.«

Nein, Scheiße, *dachte* Tomek, behielt es aber für sich.

»Wissen Sie, wer es gemeldet hat?«, fragte Tomek und richtete die Frage sowohl an den Polizisten als auch an Martin.

»Die Ehefrau«, antwortete Martin und trat einen oder zwei Zentimeter vor. »Soweit ich verstehe, telefonierte sie mit ihm, als es passierte.«

Am Telefon um drei Uhr morgens? Tomek wusste nicht viel über den Mann, aber er hielt es nicht für wahrscheinlich, dass er um diese Zeit morgens kichernd mit seiner Frau telefoniert hätte wie ein Paar Teenager.

»Also hat niemand gesehen, was passiert ist?«

»Nein«, antworteten die beiden Männer im Chor.

»Und wissen wir, woher er kam?«

Dann drehte Martin sich um und blickte auf das Gebäude hinter ihnen.

»Richtig. Dumme Frage. Er hat spät Feierabend gemacht.« Tomek schaute zu dem Betongebäude hoch, das so deprimierend war, dass es Erinnerungen an die Schwimmhalle weckte, in die er als Kind mit seinen zwei älteren Brüdern gegangen war. »Ist noch jemand im Büro, mit dem wir sprechen könnten?«

Martin schüttelte den Kopf.

»Ist das ein Nein oder wissen Sie es nicht?«

»Beides, Chef. Es ist ein »Nein, ich weiß es nicht«.«

»Brilliant.«

Aber ein schneller Blick auf den leeren Parkplatz, der sie umgab, beantwortete Tomeks Frage. Seine Leere war jedoch nur von kurzer Dauer, als ein weiteres Auto vorfuhr und DCI Nick Cleaves ausstieg, oder Fiese Nick, wie Tomek und die anderen im Büro ihn nannten. Trotz der Uhrzeit hatte er seine komplette Polizeiuniform angezogen und watschelte herüber. Nick war ein Mann, der etwas über fünfzig Jahre alt war und sich dem Rentenalter näherte. Aber er würde nicht zulassen, dass ihn das verlangsamte, wie die Geschwindigkeit bewies, mit der er auf die kleine Gruppe von Männern zueilte.

»Morgen, Sir«, sagte Tomek. »Oder ist es Abend? Ich habe Sie noch nie so schnell bewegen sehen.«

»Verpiss dich. Jetzt ist definitiv *nicht* der richtige Zeitpunkt dafür.«

Nick nahm seine Polizeimütze ab und enthüllte eine makellose Glatze, die im Mondlicht und der künstlichen Flutlichtbeleuchtung von der anderen Seite des Parkplatzes schimmerte. Tomek kniff die Augen zusammen angesichts der Reflexion vom Kopf des Mannes.

»Sag kein verdammtes Wort«, sagte Nick und zeigte mit dem Finger auf Tomek. »Ich weiß, was du denkst, und wage es ja nicht.«

Tomek hob die Hände in gespielter Kapitulation. »Ich habe an nichts gedacht, Chef. Ehrlich!«

»Bullshit. Und dafür, dass du so früh am Morgen so ein Arschloch bist, kannst du zu Herberts Haus gehen und mit seiner Frau sprechen. Anna sollte bereits dort sein.«

»Und der Rest der Verstärkung?«

»Auf dem Weg.«

»Schon?«

»Ja«, antwortete Nick langsam und schaute fast niedergeschlagen auf die Stelle, wo Herbert Tuckers Auto gestanden hatte. »Wir müssen diesen Mann so schnell wie möglich finden. Sonst werden wir alle die Hölle zu bezahlen haben.«

KAPITEL
VIER

Herbert Tucker und seine Familie lebten in einer Straße namens Poors Lane. Allerdings gab es mit einem Swimmingpool in fast jedem Garten und einem gewohnheitsmäßigen Range Rover Sport auf jeder Einfahrt nichts Armes an den Menschen, die dort wohnten. Und bei Hauspreisen, die in die Millionen gingen, fragte sich Tomek, welche Art von vermögenden Personen sich als Herbert Tuckers Nachbarn bezeichneten.

Der Zugang zu der Villa mit sechs Schlafzimmern, vier Badezimmern, zwei Wohnzimmern und einem Unterhaltungsraum war nur über eine schmale, unbefestigte Straße möglich, und als er auf die Einfahrt der Tuckers fuhr, ein makellos gepflasterter Boden, der sich fast über die gleiche Länge wie der Parkplatz der Gemeindeverwaltung erstreckte, fand er DC Anna Kaczmarek vor, die auf ihn wartete und neben ihrem geparkten Auto stand. Dampfwolken entwichen aus ihrem Mund, während sie sich gegen die bittere Kälte der Nacht wappnete. Sie zitterte sichtbar unter ihrem dicken Mantel, Schal, Handschuhen und Mütze.

»Bist du sicher, dass du Polin bist?«, fragte er, als er aus dem Auto stieg und auf ihre Kleidung zeigte.

»*Spierdalaj*«, antwortete sie und sagte ihm damit, er solle sich verpissen. »Ich bin noch nie gut mit Kälte klargekommen.«

»Und da dachtest du, das sonnige England wäre der Ort, um besser damit umzugehen?«

»Halt die Klappe. Du weißt, warum ich hergekommen bin«, sagte sie und seufzte schwer. »Manchmal kannst du so ein Arschloch sein.«

Tomek war sich durchaus bewusst, dass sein Sarkasmus bei manchen Leuten nicht gut ankam, aber es war alles, was er je gekannt hatte. Ein Abwehrmechanismus, der außer Kontrolle geraten war und Teil seines Wesens geworden war. Es war zu spät, um jetzt noch umzukehren.

»Wo ist sie?«, fragte er.

»Im Wohnzimmer, mit ihrer jüngsten Tochter.«

»Und die ältere?«

»Bei ihrem Freund.«

»Wie geht es ihnen?«

»Überzeug dich selbst...«

Und das tat er. Ohne ein weiteres Wort zu sagen, führte Anna ihn durch die Eingangstür. Sobald er das Gebäude betrat, traf ihn eine Wand aus warmer Luft ins Gesicht, so dick und dicht, dass es sich anfühlte, als würde er aus der Kühle eines Einkaufszentrums in die Hitze der Wüste im Nahen Osten treten. Eine dünne Schweißschicht bildete sich sofort auf seinem Rücken, und er war gezwungen, seinen Mantel und Blazer auszuziehen, damit sein Hemd nicht innerhalb von Minuten nach seiner Ankunft durchnässt wurde.

Die Tür des Hauses öffnete sich in einen bescheidenen Raum mit einer modernen Holztreppe, die sich an den Wänden emporschraubte. Bevor er den Rest der Eingangshalle in sich aufnehmen konnte, wurde seine Aufmerksamkeit durch die Geigenblatt-Feige abgelenkt, die ihm bis zur Brust reichte und unmittelbar zu seiner Rechten in einem weißen Topf auf Stelzen ruhte. Er streckte die Hand nach einem Blatt aus und begann, mit den Fingern daran auf und ab zu reiben, und massierte dessen Rippen.

»Du kannst sie haben, wenn du willst«, erklang eine Stimme, die ihn erschreckte.

Tomek blickte auf und sah eine Frau in der Türöffnung zum Wohnzimmer stehen. Sie trug eine Jeans, eine dünne Bluse und Plateauschuhe. Ihr Gesicht war stark geschminkt, ihr Haar gelockt und ihre Wangen und Kieferlinie waren so gemeißelt wie die eines Laufstegmodels. Sie sah aus, als hätte sie mehrere Stunden damit verbracht, sich für ihren Besuch fertig zu machen. Entweder das, oder sie hatte Glück und sah so aus, wenn sie aus dem Bett stieg. Als er sie und ihren dünnen, fast unterernährten Körper betrachtete, dachte Tomek, dass sie in einer Folge von *The Real Housewives of Beverly Hills* oder irgendeiner anderen Scheißfernsehsendung, auf die Kasia beim Schauen auf ITV bestand, nicht fehl am Platz wirken würde. Vielleicht war das, worauf sie hoffte.

The Real Housewives of Essex.

Das Letzte, was die Grafschaft brauchte, war eine weitere Reality-TV-Sendung, die ihren Ruf beschmutzte.

»Entschuldigung?«, antwortete Tomek.

»Die Pflanze. Du kannst sie haben, wenn du willst. Mein Mann stand auf solche Dinge. Aber wir können immer noch eine weitere kaufen, wenn wir eine brauchen. Er wird nichts dagegen haben.«

Tomek war verblüfft. So viel in diesem einen Satz zu entschlüsseln. So wenig Zeit, um es zu tun.

»Ein Mann nach meinem Geschmack«, sagte er schließlich. »Aber ich muss dieses Mal ablehnen. Vielleicht komme ich ein andermal auf das Angebot zurück.«

Mit einem gekünstelten, halbherzigen Lächeln schlenderte die Frau zu ihm herüber und stellte sich vor.

»Nora Tucker.«

»Tomek Bowen. Sergeant«, fügte er hinzu.

»Gehen wir?«

Ohne auf eine Antwort zu warten, drehte Nora ihm den Rücken zu und ging ins Wohnzimmer.

In der Mitte des Raumes stand ein kleiner Holz-Couchtisch, auf dem ein Schachspiel ruhte. Das Spiel sah eher dekorativ als funktional aus, ebenso wie der Rest der Möbel: eine Chaiselongue gegenüber einem großen Zehn-Sitzer-Sofa, ein Holzofen an der Rückwand. Selbst der Fünfzig-Zoll-Fernseher schien zu teuer, um ihn anzufassen, geschweige denn zu benutzen.

Nora ging direkt auf die andere Seite des Raumes, wo sie sich neben ihrer Teenager-Tochter niederließ, die ungefähr im gleichen Alter wie Kasia zu sein schien. Vielleicht ein oder zwei Jahre älter.

»Das ist Eleanor«, erklärte Nora, aber die Teenagerin schenkte ihnen wenig Aufmerksamkeit. Stattdessen setzte sie sich in die Ecke des Sofas und zwängte sich zwischen die Kissen, während ihr Finger auf ihrem Handy auf und ab scrollte. »Meine andere Tochter ist bei ihrem Freund.«

»Ich habe es gehört«, sagte Tomek, während er nach einem Platz auf dem Sofa suchte. Er war verwöhnt von der Auswahl und ließ sich schließlich so weit wie möglich von Nora entfernt nieder; es fühlte sich an, als säßen sie am entgegengesetzten Ende des Raumes. »Und weiß deine andere Tochter...?«

»Whitney.«

»Und weiß Whitney, was passiert?«

Nora schüttelte den Kopf. »Ich will sie nicht stören. Ich denke, ihr solltet bis morgen früh warten, bevor ihr es ihr sagt.«

»Wir?«

Noras Blick wanderte zwischen Tomek und Anna hin und her.

»Nun ja. Ich dachte, das gehört zu eurer Arbeit. Ich...«

»Ich meine, wir können, und wir tun es auch, aber nur, wenn niemand anderes da ist, der es tun kann«, antwortete Anna. »Aber wenn Sie möchten, dass wir es tun, dann können wir das natürlich für Sie übernehmen.«

Wieder huschte eines dieser spöttischen Lächeln über Noras Gesicht. »Toll. Danke. Ich schätze das wirklich. Erspart mir die Kopfschmerzen, den ganzen Weg dorthin und zurück zu fahren.«

Tomek bekam einen unmittelbaren Eindruck von Nora, und keinen guten. Sie wirkte oberflächlich, selbstzentriert und nur um sich selbst besorgt. Und er dachte, er hätte es beim Aufwachsen schlecht gehabt. Er konnte sich nur vorstellen, wie die Kindheit für die beiden Tucker-Mädchen gewesen sein musste.

Er öffnete mehrmals den Mund, als er nach etwas zum Sagen suchte, aber jedes Mal verschwand der Gedanke aus seinem Kopf und er saß da und sah aus wie ein Fisch auf dem Trockenen.

»Wir verstehen, dass dies eine sehr stressige Zeit für Sie ist«, begann

Anna und kam ihm zu Hilfe. »Wir haben derzeit ein Team im Büro, das nach Ihrem Mann sucht. Was wir tun müssen, ist, aus Ihrer Perspektive zu verstehen, was passiert sein könnte. Können Sie einige Fragen zu dem Telefonat beantworten, das Sie beide hatten?«

»Natürlich.«

Beide Detektive warteten darauf, dass sie fortfuhr, aber als nichts aus eigenem Antrieb kam, drängte Tomek sie, zu beginnen.

»Entschuldigung, ja«, begann sie, setzte sich aufrecht hin, presste die Lippen zusammen und strich eine Haarsträhne hinter ihre Schultern, als würde sie gleich eine Frage in einem Vorstellungsgespräch beantworten. »Herbert kommt immer spät nach Hause. Das gehört zum Job, also sind wir es gewohnt, ihn nicht im Haus zu haben. Aber es kommt nicht so oft vor, dass er *so* spät am Morgen nach Hause kommt. Ich habe geschlafen, als er anrief.«

»Wann war das genau?«

Nora zuckte mit den Schultern, griff dann nach ihrem Handy und hielt es vor Eleanors Gesicht. Die Teenagerin schien zu wissen, wonach ihre Mutter fragte, denn sie nahm das Gerät und antwortete innerhalb weniger Sekunden für sie.

»Drei Uhr zwölf morgens«, sagte sie und wandte sich schnell wieder ihrem eigenen Handy zu.

Tomek dankte ihr und setzte seine Befragung von Nora fort. »Wie hat er am Telefon geklungen?«

»Genervt.«

»Als ob er sich gerade den Zeh gestoßen hätte oder eine Million Pfund im Kasino verloren hätte?«

Nora überlegte einen Moment. »Das mit dem Zeh...«

»Hat er gesagt, worüber er verärgert war?«

»Nicht besonders.«

»Und was hat er *genau* zu Ihnen gesagt?«

»Oh, wissen Sie. Nur dass es ihm leid tat, dass er spät dran war und dass er auf dem Weg nach Hause sei.«

»Weckt er Sie normalerweise zu dieser Zeit am Morgen auf, um Ihnen so etwas mitzuteilen?«

Sie zuckte mit den Schultern. »Manchmal.«

Tomek atmete tief ein. Er glaubte nicht, dass er jemals jemanden gehört hatte, der so desinteressiert oder weniger besorgt darüber klang, dass sein Ehemann vermisst wurde, möglicherweise tot war. Er hatte Hunde getroffen, die sich mehr Sorgen machten, wenn ihre Besitzer sie für zwei Sekunden allein ließen, als diese Frau.

»Was ist passiert, dass Sie gemerkt haben, dass etwas nicht stimmt?«, fragte Anna und kam Tomek erneut zu Hilfe. Inzwischen hatte sie sich an die Hitze gewöhnt und hatte nach und nach ihre zusätzlichen Schichten ausgezogen und trug nun ein schickes Hemd unter ihrem Mantel.

»Nun...«, begann Nora langsam. »Er sprach mit mir, und dann in der nächsten Minute nicht mehr. Ich glaube, er hat bemerkt, dass jemand da war, weil er sagte: 'Was machst du hier?', und danach hörte er auf. Es gab einige Kampfgeräusche am anderen Ende und dann war das Gespräch tot.«

»Und da haben Sie gemerkt, dass etwas nicht stimmte?«, fragte Tomek.

»Offensichtlich.«

Ja, denn es war so offensichtlich wie ihre Sorge um ihren Ehemann.

»Sie sagten, er hätte 'Was machst *du* hier?' gesagt, kurz bevor er angegriffen wurde. Glauben Sie, er kannte die Person, die ihm das angetan hat?«

Nora schüttelte den Kopf und schien zum ersten Mal zuversichtlich in ihrer Antwort. »Ich glaube nicht«, antwortete sie. »Er beschwert sich immer über Leute, die auf den Parkplatz wandern oder dort sind, wenn sie nicht sollten. Besonders in der Nacht. Kleine Ratten nennt er sie. Er hat Angst, dass sie etwas mit seinem Auto anstellen. Er ist immer sehr beschützend gegenüber seinem Auto gewesen. Es ist sein ganzer Stolz. Wir scherzen, dass er es mehr liebt als die Kinder.«

»Richtig«, antwortete Tomek. Weil das absolut Sinn ergab, und es war aus Eleanors ausdrucksloser Reaktion klar zu sehen, dass der Witz definitiv keiner war, den sie teilte, und dass es nicht das erste Mal war, dass sie ihn hörte. »Gibt es noch etwas anderes, an das Sie sich in Bezug auf das Telefonat erinnern können? Irgendwelche seltsamen Geräusche? Irgendwelche anderen Stimmen?«

Nora schüttelte erneut den Kopf, genauso zuversichtlich.

»Okay«, sagte Tomek. »Nun, wenn wir uns das Telefonat anhören, haben wir ein paar Experten, die alles heraushören können, falls da etwas ist.«

»Sie können das tun?«, fragte Nora, Besorgnis schwang in ihrer Stimme mit.

Tomek grinste genauso spöttisch wie sie. »Wir können eine Menge Dinge tun. Unser Team ist wirklich sehr gut. Aber machen Sie sich keine Sorgen, wir werden alles tun, was wir können, um herauszufinden, wo Ihr Mann ist und wer ihm das angetan hat.«

Nora sagte nichts. Stattdessen rutschte sie auf dem Sofa und wandte sich ihrer Tochter zu, die jetzt wieder in ihr Handy vertieft war. Tomek graute sich bei dem Gedanken, welche Art von Menschen zu dieser Zeit am Morgen online waren.

Wahrscheinlich die gleiche Art von Menschen, die Herbert Tucker entführt hatten.

»Apropos-«, begann Tomek, dann fing er sich, als er merkte, dass die anderen Personen im Raum seine Gedanken nicht kannten. »Wir... ich... Soweit ich das verstehe, war Ihr Mann eine ziemlich einflussreiche Person«, fuhr er fort und stolperte über seine Worte. »Das bedeutet, dass wir in solchen Fällen damit rechnen können, von Entführern mit einem Lösegeld oder einer Forderung irgendeiner Art zu hören.«

Nora nickte langsam, als ob sie nur halb zuhörte. Während die andere Hälfte von ihr darüber nachdachte, was Tomek und das Team während des Telefongesprächs zwischen ihr und ihrem Ehemann hören könnten.

»Erstens, ich denke, Sie müssen sich auf diese Möglichkeit vorbereiten, und dass schwierige Entscheidungen bevorstehen könnten. In der Zwischenzeit werden wir Anna fest hier stationieren, während wir versuchen, ihn zu finden, falls irgendwelche Forderungen über das Telefon, Ihr Handy oder eines der Handys Ihrer Töchter kommen. Es ist besser, vorbereitet zu sein als nicht, richtig?«

Dieses Mal nickte Nora energischer.

»In Anbetracht all dessen«, fuhr er fort, bewusst, dass er jetzt ihre volle Aufmerksamkeit hatte. »Fällt Ihnen jemand ein, ob aus der Vergangenheit oder Gegenwart, der dies getan haben könnte?«

KAPITEL
FÜNF

Die kurze Antwort war: jeder.

Fast jeder, der jemals mit Herbert Tucker zu tun gehabt hatte, hatte sich zumindest einmal gewünscht, dass er tot wäre.

»Mein Gott, sogar ich wollte ihn ein paarmal tot sehen«, hatte Nora ihnen freimütig erklärt, direkt nachdem sie ihnen gesagt hatte, dass ihr keine bestimmten Namen einfielen. »So war er eben. Nervig. Hartnäckig. Narzisstisch. Er glaubte immer, er sei größer als der kleine Mann, und oft hatte er damit Recht. Er wurde nicht so erfolgreich, indem er den netten Kerl spielte. Klar, er hat im Laufe der Zeit viele Leute abgezockt, aber er beharrte stets darauf, dass es nur geschäftlich war. Dass es nie persönlich war.«

Als Tomek das Haus etwas über eine Stunde nach seiner Ankunft verließ, hatte er das Gefühl, dass jemand beschlossen hatte, dass es jetzt tatsächlich persönlich war, dass es Zeit für Herbert Tucker war, das Leben als kleiner Mann zu erfahren.

Tomek legte die lange Strecke von Benfleet zur Polizeiwache in kurzer Zeit zurück. Als er ins Büro zurückkehrte, war bereits ein Großeinsatzraum eingerichtet worden, und das Büro war voller Kollegen, die hektisch hin und her liefen und aufgeregt miteinander sprachen, während sie Informationen und Anweisungen austauschten.

Tomek verweilte in der Türöffnung, halb gewillt, sich langsam vom Chaos zurückzuziehen und in die Ruhe des Flurs zurückzukehren. Aber sein kurzer Moment des Desertierens kam nie zustande, dank DC Rachel Hamilton, die seinen Namen rief.

»Alle Mann an Deck, Sarge«, rief sie. »Das gilt auch für dich.«

Tomek sah auf seine Handflächen, auf die Falten und die roten Blutgefäße, die unter der Haut hervortraten. »Diese Dinger sind viel zu kostbar, um auch nur in die Nähe *dieses* Decks zu kommen. Du hast doch gesehen, was für Zeug hier alles reingeschleppt wird, oder?«

»Wir rollen das nächste Mal den roten Teppich für dich aus, Eure Hoheit.«

»Es gibt nicht genug Feuchtigkeitscreme auf der Welt, die den Dreck von diesem Boden von mir abwischen könnte.«

»Es gibt nicht genug Feuchtigkeitscreme auf der Welt, die deine Stirn abdecken könnte...«

Der Kommentar überraschte Tomek. Nicht, weil er davon beleidigt war, sondern weil er von der unwahrscheinlichsten Quelle kam. DC Nadia Chakrabarti, die stark schwangere Sechsunddreißigjährige, die seit Beginn ihrer Schwangerschaft in fast jedem wachen Moment Biltong verlangt hatte.

»Was hast du gerade gesagt?«, fragte Tomek.

»Ich... ich habe nicht...«

»Nein. Los. Sag es. Erkläre dich.«

Nadia stammelte. Währenddessen schlich sich leises Lachen über die Lippen seiner Kollegen.

»Ich hab nur... Es ist nur... In dem Moment ist mir aufgefallen, wie groß deine Stirn ist. Hat dir schon mal jemand gesagt, dass du eine große Stirn hast?«

»Nein. Und jetzt fühle ich mich deswegen total unsicher. Also vielen Dank dafür.«

Als Tomek zu seinem Schreibtisch ging, rief Nadia ihm nach und streckte die Hand nach ihm aus, aber er wich aus und ging auf die andere Seite des Raumes.

Bevor einer von ihnen das Gespräch fortsetzen konnte, öffnete sich eine Tür, gefolgt vom Geräusch schwerer Füße, die über den Teppich stapften. Stille senkte sich über den Rest des Büros, als alle Augen auf Nasty Nick fielen, der jetzt nur noch ein Hemd und eine Krawatte auf seinem Oberkörper trug.

»Was ist so lustig, dass wir alle aufgehört haben zu arbeiten?«

Niemand antwortete. Zumindest nicht sofort. Sie alle wussten, dass die Frage rhetorisch war, aber es gab genug Persönlichkeiten im Büro, die den kindischen Wunsch hatten zu antworten. Und einer von ihnen war Tomek.

»Sie reden über meine Stirn, Sir«, sagte er und zog seinen Stuhl vom Schreibtisch weg. »Anscheinend ist sie ziemlich groß.«

»Im Ernst? Unser Parlamentsabgeordneter verschwindet und ihr…« Nicks Stirn runzelte sich, als seine Augen auf Tomeks Kopf fixiert waren. Er bewegte sich vorwärts, kam näher. »Weißt du was? Mir ist das noch nie aufgefallen, du hast wirklich eine ziemlich-«

Tomek schlug sich an die Stirn und bedeckte sie mit seinen Händen. »Können wir bitte aufhören, über meine riesige Stirn zu reden, verdammt nochmal! Haben wir nicht alle eine Ermittlung, um die wir uns kümmern müssen?«

Das hatten sie. Und bevor Tomek sich setzen konnte, wurden er und der Rest des Teams von Nick in den Großeinsatzraum gerufen. Kurze Zeit später waren alle in den Raum geströmt und hatten jeweils einen Platz gefunden. Kurz nach dem Jahreswechsel und nach seiner Rückkehr aus dem persönlichen Urlaub hatte Nick Tomeks Anfrage genehmigt, einen Tisch in die Mitte des Raumes zu stellen. Einen Ort, an dem sie wie Erwachsene zusammensitzen und diskutieren konnten, ohne sich zu fühlen, als würden sie im Klassenzimmer unterrichtet werden. Nick hatte den Kauf und alle Maße Tomek überlassen, aber dank eines Additionsfehlers (der vollständig, zweifelsfrei nicht seine Schuld und die *aller* anderen war), war der maßgefertigte quadratische Tisch zu groß, und es gab auf beiden Seiten nur sehr wenig Platz zum Manövrieren. Er war weder praktisch noch funktional, aber er hatte ein Vermögen gekostet, und deshalb blieb er stehen.

»Wie viel länger müssen wir den Raumschiff-Enterprise-Tisch noch behalten, Sarge?«, fragte Chey.

»Bis wir jemanden finden, der dumm genug ist, ihn haben zu wollen«, antwortete Tomek.

»Vielleicht wollen ihn die Leute in den Rathausbüros? Ich habe gehört, die haben ständig Sitzungen und diskutieren über Nichts.«

»So wie wir, meinst du?«

»Ja, aber die haben wenigstens das Budget und einen Raum, der groß genug dafür ist.«

Tomek wollte gerade antworten, als er Nicks tief beeindruckten Gesichtsausdruck sah, der auf ihn herunterblickte, die Arme auf seinem Bauch verschränkt. Neben ihm stand Inspektorin Victoria Orange, die ihre Wangen heute in einem anderen Rosa-Ton gefärbt hatte. Ein neues Make-up-Set, das sie ausprobierte.

»Alle fertig? Denn ich bin mir nicht sicher, ob euch der Ernst der Lage bewusst ist«, bellte er. »Ein Parlamentsabgeordneter, *unser* Parlamentsabgeordneter, wird vermisst, und wir müssen alles tun, um ihn so schnell wie möglich zu finden. Ich will, dass alle Augen, Finger und Gehirne an diesem Fall arbeiten. Wir *müssen* ihn finden.«

»Warum, Sir?«, fragte Tomek und merkte sofort, wie schlecht die Frage für jeden geklungen haben muss, der nicht in seinem Kopf war.

»Was meinst du mit *warum*?«

»Nicht so«, antwortete Tomek. »Es ist nur, wir scheinen *sehr viel* Wert darauf zu legen, Herbert Tucker so schnell wie möglich zu finden. Während ich mir nicht so sicher bin, dass Sie uns bitten würden, alles fallen zu lassen, um ihn zu finden, wenn es sich um jemand anderen handeln würde, wenn es der alte David von der Straße wäre.«

Nick ließ sich Zeit mit seiner Antwort. Innerlich wusste Tomek, dass der Mann vor Wut kochte, aber äußerlich zeigte sich nichts davon; das einzige Anzeichen von Nicks Zorn war der lange, tiefe, schwere Seufzer, der aus seinen Nasenlöchern strömte.

»Ich denke nicht, dass jetzt der richtige Zeitpunkt ist, um über Moral und Ethik zu diskutieren, Tomek«, antwortete Nick. »Aber vielleicht können wir einmal länger bleiben und es uns selbst erklären, sollen wir?«

Tomek gefiel dieser Vorschlag nicht, und die Vorstellung, allein mit seinem Chef in einem ruhigen Raum zu sein – die anderen könnten anfangen zu reden – gefiel ihm auch nicht, also schüttelte er den Kopf und blieb still.

»Oder vielleicht könnten wir darüber reden, wie die Medien bereits über Herberts Verschwinden Bescheid zu wissen scheinen?«

Tomek runzelte die Stirn. »Sie sagen das so, als ob ich die Antwort kennen würde, Sir.«

»Das liegt daran, dass ich denke, dass du sie kennst.«

Er schnaubte. »Wie kommen Sie darauf?«

»Du und deine Freundin…«

Tomek wusste genau, wen er meinte. Abigail Winters, Journalistin beim *Southend Echo*. Diejenige, die versucht hatte, ein Date mit ihm zu bekommen, solange sie sich kannten.

»Ich weise diese Anschuldigung zurück, Sir. Ich habe nicht mit ihr über Herbert oder irgendetwas gesprochen.«

»Wie auch immer, sie sind draußen und wollen eine Stellungnahme. Und ich werde ihnen etwas geben müssen, also muss ich wissen, was du weißt.«

In den nächsten zehn Minuten diskutierte das Team, welche Informationen sie bisher gesammelt hatten. Die Antwort war jedoch: nicht viel. Tatsächlich weniger als das. Einen Scheißdreck. Der größte Hinweis oder die beste Chance, Herbert zu finden, bestand in der Auswertung der Videoüberwachung, einer Aufgabe, die von DC Chey Carter geleitet wurde.

»Das einzige Problem dabei, Chef, ist, dass es auf dieser Seite des Parkplatzes keine Videoüberwachung gibt«, erklärte der junge Beamte. »Ich habe mir die Aufnahmen von außerhalb des Rathauses angesehen, als Herbert das Gebäude verließ, und ich sehe, wie er zu seinem Auto geht, aber bevor er tatsächlich dort ankommt, verschwindet er aus dem Blickfeld der Kamera.«

»Was bedeutet das?«, fragte Nick.

»Es bedeutet, dass sein Auto in einem toten Winkel geparkt war.«

»Warum sollte er sein Auto dort parken?«

»Nach meinem Verständnis war es *sein* Platz, und er muss gewusst haben, dass er in einem toten Winkel lag, also muss er ihn aus einem bestimmten Grund dort behalten haben.«

»Vielleicht hat er ihn genau *deshalb* dort behalten, weil er außer Sichtweite war…«, fügte DC Martin Brown hinzu, wobei seine Stimme mitten im Satz brach. »Als ob er versuchte, etwas zu verbergen.«

Das gab allen Grund zur Pause. Obwohl keiner von ihnen wusste, was genau Herbert Tucker verbarg, indem er sein Auto in einem toten Winkel parkte.

»Was ist mit seinem Entführer?«, fragte Nick und brachte das Gespräch weiter. »Haben wir Videoaufnahmen von ihm?«

Chey schüttelte den Kopf. »Sein Angreifer muss von der Straßenseite gekommen sein, Sir. Ich kann ihn nirgends finden.«

»Du hast also verdammt nochmal nichts gesehen?« Die Heftigkeit und Aggression in Nicks Stimme war offensichtlich. »Was ist mit dem Auto, als es wegfuhr? Du musst gesehen haben, wie das Fahrzeug den Parkplatz verlassen hat?«

Der junge Beamte ließ sich Zeit, bevor er antwortete, während alle sich auf den Zorn vorbereiteten, von dem sie wussten, dass er folgen würde.

»Sie fuhren über den Bordstein und dann südlich auf der Victoria Avenue.«

»Großartig, also haben wir ein-«

Chey hob einen Finger, um den Mann zum Schweigen zu bringen, der langsam aufhörte zu reden, als er erkannte, was Chey tat.

»Das einzige Problem ist jedoch, Chef«, fuhr der Beamte fort, »dass das Nummernschild verdeckt war.«

»Abgedeckt? Womit?«

»Schwarzem Klebeband, Sir.«

Nick warf die Hände in die Luft und seufzte tief. »Der Angreifer spaziert also unangekündigt von der Straße herein, greift Tucker an, verändert die Nummernschilder und fährt dann in den Sonnenuntergang?«

»Eigentlich wäre es zu dieser Tageszeit Sonnen*aufgang*, Sir«, unterbrach Oscar, auch bekannt als Hauptmann Eigentlich im Team. »Und selbst dann ist es noch ein paar Stunden entfernt…«

Nick warf ihm einen ungläubigen Blick zu. »Sieht es jetzt so aus, als wäre es der verdammte richtige Zeitpunkt, mich zu korrigieren?«

Verlegenheit huschte über Oscars Gesicht. Sein Muskelgedächtnis, Leute zu korrigieren, war so fest verdrahtet, dass er manchmal nicht einmal wusste, dass er es tat.

Nachdem er sich entschuldigt hatte, sprang Tomek ein. »Sehen Sie die positive Seite, Chef, zumindest werden wir das Auto nach Fingerabdrücken absuchen können, wenn wir es finden.«

»Haben wir eine Warnung für einen Jaguar F-Type mit geschwärzten Nummernschildern herausgegeben?«, fragte Victoria schnell und versuchte, Fuß in das Gespräch zu fassen.

»Ja, Ma'am«, antwortete DS Sean Campbell, fast genauso schnell. »Ich habe eine Warnung an alle Uniformierten und Streifenwagen herausgegeben, um Ausschau zu halten und uns sofort zu benachrichtigen, wenn sie etwas Verdächtiges entdecken oder etwas, das der Beschreibung des Fahrzeugs auch nur entfernt entspricht.«

Ein Grinsen breitete sich auf Victorias Gesicht aus, und sie gab ihm ein wissendes Kopfnicken.

Sean war Tomeks dienstältester Freund im Team, knapp vor Nick auf dem ersten Platz um einige Monate, und in den letzten dreizehn Jahren waren sie fast unzertrennlich voneinander gewesen, wie der Bruder, den Tomek in seiner Kindheit nie wirklich gehabt hatte. Aber in den letzten Monaten, seit Kasia in sein Leben getreten war, die Tochter, von der er erst kürzlich erfahren hatte, hatten sie sich auseinandergelebt, ein Spalt hatte sich zwischen ihnen gebildet. Diese Kluft war in letzter Zeit durch Seans Beziehung zur Kriminalkommissarin noch vergrößert worden. Während im Büro jeder von ihrer Beziehung wusste (Tomek hatte es sehr genossen, sie zu belauschen, als sie es Nasty Nick erklärten) und sie versuchten, sie so weit wie möglich aus dem Büro herauszuhalten, schaffte sie es dennoch, durch ihre Handlungen und ihre kleinen Blicke zueinander durchzusickern. Und, nicht zu vergessen, ihre kleinen Schulterklopfer und wissenden Blicke, wie sie es gerade getan hatten.

»Wir wissen also nicht, *wo* er ist«, begann der Hauptkommissar. »Aber wir wissen, *was* ihm passiert ist – ungefähr. Das bedeutet, dass die andere Frage, die wir beantworten müssen, ist, *wer* ihm das angetan haben könnte. Tomek, was hast du von der Frau mitgenommen?«

Tomek setzte sich gerade hin, bevor er antwortete. »Nicht viel, Sir. Außer der Tatsache, dass fast jede Person, die jemals mit Herbert Tucker zu tun hatte, zu irgendeinem Zeitpunkt in ihrem Leben gewünscht hat, er wäre tot. Also… das sollte das Feld ein wenig eingrenzen.«

»Wie zum Teufel grenzt das das Feld in irgendeiner Weise ein?«

»Nun, wir können möglicherweise ausschließen, dass es sich um eine Tiger-Entführung handelt. Basierend auf dem, was Nora Tucker gesagt hat, können wir davon ausgehen, dass dies kein zufälliger Angriff ist, sondern höchstwahrscheinlich jemand, der ihn kannte, jemand, der ihm schaden wollte. Also grenzt es das Spielfeld von ein paar hunderttausend Einwohnern in der Gegend auf ein paar tausend Leute ein, die er in seiner Karriere getroffen hat.«

»*Eigentlich*…« kam die langsame und gereizte Antwort vom Hauptmann wieder. »Der durchschnittliche Mensch trifft bis zu achtzigtausend Menschen in seinem Leben. Erheblich mehr für Leute wie uns. Und noch mehr für jemanden wie Herbert Tucker – denkt an die PR-Kundgebungen und Treffen, die er in seinem Leben gehabt haben muss.«

Jetzt wusste er, wie Nick sich gefühlt hatte. »Danke dafür, Hauptmann. Aber das hilft mir nicht wirklich, wenn ich sage, dass wir das Feld eingrenzen können, oder?«

Hauptmann Eigentlich zuckte mit den Schultern. »Ich möchte nur sicherstellen, dass du faktisch korrekt bist.«

»Hast du jemals darüber nachgedacht, bei *Wer wird Millionär* mitzumachen? Denn du wärst gut. Wirklich verdammt gut.«

»Ich glaube nicht an sie.«

»Glaubst nicht an was?«

»Quiz-Shows.«

»Du magst nicht die Idee, viel Geld zu verdienen, indem du ein paar Fragen beantwortest?«

»Genau.«

Tomek schüttelte ungläubig den Kopf. Unter normalen Umständen hätte er eine Antwort auf einen solchen Kommentar gehabt, aber jetzt gab es nichts. Es war, als wäre sein Geist so überrascht, dass er an nichts anderes denken konnte, als daran, ein und aus zu atmen.

»Was hatte seine Frau sonst noch zu sagen?«, fragte Nick und holte Tomek aus seiner Träumerei.

»Nicht viel«, antwortete Tomek. »Ich bin in ein paar Stunden dort, um die Tochter nach Hause zu bringen und ihr die schlechte Nachricht zu überbringen. Möchten Sie, dass ich etwas ausrichte?«

KAPITEL
SECHS

Tomeks erstes Gefühl, als er durch die Hintertür der Polizeistation nach draußen trat, war die Kälte. Null Grad. Eisig.

»Verdammter Mist«, sagte er, als das taube Gefühl sofort an seinen Fingern zu nagen begann, dann ging er zu seinem Auto. Er kam bis zum Ende der kleinen Treppe, bevor er seinen Namen hörte.

»Himmel, Arsch und Zwirn!«, rief er, als eine Gestalt hinter einem Baum hervortrat.

Die Gestalt war klein, zierlich und trug einen dicken, wattierten Mantel mit einer Pelzkapuze, die über ihren Kopf gezogen war. Unter der Kapuze befand sich ein hübsches Gesicht mit leichtem Make-up und einer schwarzen Brille auf der Nase.

»Du bist heute voller Kraftausdrücke, nicht wahr?«, fragte sie, während sie näher kam.

»Bin ich, wenn du mir so einen Schrecken einjagst«, antwortete er und vergrub seine Hände in seinen Taschen. »Was machst du hier, Abi?«

»Bin hier, um dich zu sehen, offensichtlich.«

Tomeks Gesicht verdüsterte sich.

»Nun, eigentlich aus zwei Gründen.«

»Nein und nochmals nein.«

Tomek ging weiter zu seinem Auto, aber die Journalistin folgte ihm trotzdem, klebte an seinen Fersen, hielt sich fast an ihm fest, um mit ihm Schritt zu halten.

»Es geht um Herbert Tucker«, sagte Abigail.

»Ich weiß, worum es geht. Aber was ich wissen will, und was der Rest von uns wissen will, ist, woher *du* von Herbert Tucker weißt. Ich scheine von Nick die Schuld zu bekommen, weil dein Team davon weiß!«

»Natürlich wissen wir davon«, antwortete sie, ihre Wangen wurden allmählich röter, je länger sie draußen blieben. Entweder lag es an der Kälte oder an dem leidenschaftlichen Flirten und der Lust, die sie für ihn empfand.

Tomek vermutete, es war eine Kombination aus beidem.

»Wie?«, fragte er.

»Wir sind Journalisten. Es ist unser Job, Bescheid zu wissen.«

Tomek blickte sie finster an und wartete darauf, dass sie mehr sagte.

»Schön«, murmelte sie mit einem Augenrollen. »Vor ein paar Wochen hat unser Chef uns gesagt, wir sollen uns öfter vor der Wache positionieren. Nur für den Fall, dass etwas passiert.«

»Also habt ihr uns gestalkt?«

Mich gestalkt?

»Schmeichle dir nicht selbst«, antwortete sie, als hätte sie seine Gedanken gehört. »Es ging nur darum, einen frühen Exklusivbericht über irgendetwas zu bekommen, das war alles.«

»Klar. Und du hast nicht zufällig gesehen, wer letzte Nacht den Bürgermeister entführt hat, oder?«

»Bürgermeister? Er war ein Abgeordneter.«

»Richtig. Sorry. Die sind für mich das Gleiche. Beide fangen mit einem A an, und ich wette, ihre Rollen sind praktisch identisch.«

Abigail schien von seinem mangelnden Wissen über die inneren Abläufe der lokalen Politik nicht beeindruckt zu sein, aber ehrlich gesagt war es ihm egal.

»Also...«, begann sie langsam, optimistisch. »Was kannst du mir erzählen?«

»Jede Menge Dinge.« Er kratzte sich nachdenklich an der Wange, als würde er seinen inneren griechischen Philosophen kanalisieren. »Wasser ist nass. Bären kacken in den Wald. Und du solltest *niemals* die Strahlen kreuzen...«

Zu seiner Überraschung fand Abigail die lustige Seite daran und schlug ihm spielerisch auf den Arm. Und für einen Moment blitzte etwas zwischen ihnen auf. Etwas, das sie schon lange nicht mehr hatten. Eigentlich nur einmal zuvor. In der Nacht, als sie sich betrunken geküsst hatten. Eine rohe, unverfälschte magnetische Anziehung. Tomek dachte, es würde wieder passieren.

Ein weiterer Moment.

»Du kannst manchmal so ein Arsch sein«, sagte sie schließlich und brach die Pattsituation.

»Ich gebe mein Bestes«, antwortete er und schenkte ihr ein freches Grinsen. »Aber im Ernst, du weißt wahrscheinlich genauso viel darüber, was mit ihm passiert ist und wo er ist, wie wir.«

Ein verwirrter Ausdruck schlich sich langsam auf Abigails Gesicht. Als hätte er ihr gerade die Antwort auf das Leben, das Universum und den ganzen Rest gegeben, und sie verstand es immer noch nicht.

»Du weißt also nichts?«, fragte sie.

»Du verstehst schnell.«

Noch ein spielerischer Schlag, diesmal härter – und ein bisschen mehr verdient.

»Du schuldest mir übrigens immer noch was«, sagte sie. »Denk nicht, dass ich das vergessen habe.«

»Was schulde ich dir?«

»Spiel nicht den Dummen.«

»Dumm worüber?« Tomek schaute sich auf dem Parkplatz um, als könnte er dort die Antwort finden.

»Wann gehst du mit mir aus?«

Das Lachen und der lockere Ton hörten auf und wurden von einer starken Windböe, die an den Bäumen vorbeiheulte, davongetragen. Seit etwa einem Monat erinnerte Abigail ihn ständig an das Date, zu dem er sich bereit erklärt hatte, und fragte ihn danach. Aber jedes Mal, wenn er einen Anruf verpasst oder vergessen hatte, eine SMS zu beantworten, war es am Telefon gewesen, und er hatte eine Ausrede gefunden. Aber jetzt war das persönlich, eine Konfrontation, und er hatte keinen Ausweg. Nirgendwo, wo er sich verstecken konnte.

Er war aus zwei Gründen unentschlossen. Erstens fand er, dass sie ein bisschen in ihn vernarrt war, bis zu einem Punkt, der an Besessenheit grenzte, und nachdem er in einer früheren Beziehung etwas Ähnliches erlebt hatte, wusste er, dass er sich nicht wieder auf so etwas einlassen wollte. Und der andere Grund war, dass es möglicherweise ihre Arbeitsbeziehung gefährden könnte. Als Mitglieder desselben Teams (inoffiziell) verließen sie sich oft aufeinander, wenn es um Informationen und den Zugang zu den Kontakten des anderen ging (obwohl er definitiv mehr nahm, als er gab), und sie hatte ihm in der Vergangenheit mehrmals geholfen, und er wusste, dass er sich auch in Zukunft auf sie verlassen müsste.

Aber der andere Teil von ihm, der Teil, der neugierig war und weitgehend vom Libido angetrieben wurde, fragte sich, wie es wäre zu sehen, wie sich ihre Beziehung entwickeln würde.

»Wann hast du Zeit?«, fragte er.

Die Frage überraschte sie, als hätte sie das überhaupt nicht erwartet.

»Morgen Abend, wenn du da kannst?«

»Im Moment ja. Kommt darauf an, was mit Mr. Tucker passiert.«

»Gut. Ich wusste, dass ich dich irgendwann weichkriege«, sagte sie und zwinkerte.

Und genau das war es, wovor er Angst hatte. Dass sie schließlich all seine Barrieren abbauen und den wahren Tomek Bowen zum Vorschein bringen würde.

»Wohin führst du mich aus?«

»Ich habe ein paar Ideen im Kopf«, sagte er, während er zu seinem Auto ging, ohne auch nur an ein einziges Restaurant zu denken.

»Irgendwo Neues, bitte.«

»Neues?«

»Also, irgendwo, wo du noch nie ein Mädchen hingeführt hast.«

»Ähm.«

»Oh, ist das schwierig?«

»Nein. Es ist nur ein bisschen...«

»Ich finde es nicht seltsam, irgendwohin gehen zu wollen, wo du noch kein anderes Mädchen hingeführt hast, danke. Ich möchte nicht, dass du an sie denkst, während du den Abend eigentlich mit mir verbringen solltest.«

»Vielleicht treffen wir eine meiner Exfreundinnen«, sagte er, und sie holte aus, um ihn wieder zu schlagen, aber er wich aus, so dass sie ihn knapp verfehlte.

Dann blieb er bei seinem Auto stehen und stieg ein, wobei er die Tür offen ließ.

»Vielleicht werden wir im Restaurant von Paparazzi erwischt. Die Leute werden denken, wir sind lokale Promis. Oder das neue Charles-und-Diana-Paar.«

»Darauf verzichte ich lieber«, sagte sie, während sie einen Schritt von der Tür wegtrat. »Nicht bei dem, wie das ausgegangen ist...«

KAPITEL
SIEBEN

Tomek glaubte zwar nicht, dass er und Abigail das nächste Charles-und-Diana-Paar werden könnten, aber es gab ein bestimmtes Paar, das seiner Meinung nach noch viel weiter davon entfernt war.

Herbert und Nora Tucker.

Nach seiner Begegnung mit Abigail war Tomek zum Haus von Whitneys Freund gefahren, der passenderweise Charlie hieß, und hatte sie nach ihrer Übernachtung abgeholt. Bevor sie die Tür hinter ihm schloss, hatte Whitney gefragt, ob Charlie mitkommen könne, und Tomek hatte mit den Schultern gezuckt und zugestimmt. Emotionale Unterstützung, hatte sie gesagt. Es machte Tomek nichts aus; zumindest bedeutete das, dass er kein Smalltalk machen musste und die beiden einfach auf der Rückbank tratschen lassen konnte.

Aber dieser Segen währte nicht lange. Nicht als Whitney anfing, ihm eine Menge besorgter Fragen zu stellen.

»Kannst du mir sagen, was passiert ist?«

»Geht es ihm gut?«

»Werdet ihr ihn finden?«

Whitney Tucker war eine Frau Anfang zwanzig, aber ihre Manieren und ihr Auftreten – die weiche, kindliche Sprache, die hängenden Schultern, das ständige Beißen an den Fingernägeln und das Drehen ihres Haares zwischen den Fingern – ließen vermuten, dass sie einige

Jahre zurückgeblieben war, ein Teenager, der aus irgendeinem Grund noch an diesen früheren Jahren festhielt. Trotzdem war sie elegant und attraktiv, jemand, der offensichtlich viel Zeit und viel von Papis Geld dafür ausgab, um die bestmögliche Version ihrer selbst zu sein. Eine Miniaturausgabe ihrer Mutter in der Entstehung.

»Wir tun alles, was wir können, um Ihren Vater zu finden«, erklärte Tomek vom Vordersitz aus. »Wir haben ein Team von Leuten, die nach ihm suchen, aber wir brauchen Ihre Unterstützung und Ihre volle Kooperation, damit wir ihn finden und bald nach Hause bringen können.«

»Okay«, sagte sie, was einige ihrer Ängste zu lindern schien. »Hast du schon mit meiner Mutter gesprochen?«

»Ja. Sie war diejenige, die angerufen hat, um zu sagen, dass er vermisst wird.«

»Und sie hat mich nicht angerufen?«

Tomek antwortete nicht. Er hoffte, dass die Frage rhetorisch war.

»Das ist typisch für sie«, fügte Whitney hinzu.

»Ich denke, sie wollte Sie beschützen. Sie wollte Ihren Abend nicht stören.«

»Wie kühn von ihr.«

Ein kurzer Moment der Stille füllte das Auto, und Tomek wartete, bis sie sich verzog, bevor er die Frage stellte, die ihm in den Sinn gekommen war.

»Wie würden Sie die Ehe Ihrer Eltern beschreiben?«

Falls Whitney von der Frage beleidigt war, zeigte sie es nicht. Tatsächlich sah sie aus, als hätte sie sie erwartet. Tomek bereitete sich auf ihre Antwort vor.

»Sie hassen einander«, sagte Whitney, ihr Blick wanderte zum Fenster. Währenddessen saß Charlie hinten, am Rande des Gesprächs, und starrte durch das Fenster. »Sie sind ständig an der Gurgel des anderen.«

Interessant.

»Wenn es Whit und Eleanor nicht gäbe, glaube ich nicht, dass sie zusammen wären«, sagte Charlie. Die Betonung in seiner Stimme deutete darauf hin, dass er versuchte, sich in das Gespräch zu drängen.

Und er sah auch so aus. Ein hübscher Junge, jemand, der sein ganzes Leben lang von Menschen umgeben war, es gewohnt, im Mittelpunkt zu stehen, und es nicht mochte, wenn er es nicht war.

»Ich frage mich manchmal das Gleiche«, sagte Whitney und drückte die Hand ihres Freundes.

Tomek wusste, wie sie sich fühlte, war selbst dort gewesen. Er fragte sich oft, ob, wenn seine Eltern *ihn* nicht gehabt hätten, dann alle glücklicher wären. Seine Mutter, sein Vater, Dawid. Alle. Der Glaube hatte begonnen, nachdem seine Eltern, besonders seine polnische Mutter, ihm die Schuld für Michałs Tod gegeben hatten. In den Augen seiner Eltern hatte er es versäumt, seinen Bruder zu beschützen. Ihre Beziehung war nach diesem katastrophalen Ereignis seitdem zerbrochen und distanziert geworden. Obwohl sie sich in den letzten Wochen und Monaten dank der Aufnahme von Kasia in ihre Familie verbessert hatte, gab es noch einen langen Weg zu gehen.

Die drei kamen zwanzig Minuten später beim Familienhaus der Tuckers an. Anna öffnete ihnen die Tür, die neue Augenringe trug. Bevor sie eine weitere Runde Fragen begannen, erlaubten Tomek und Anna der Familie einen Moment, um sich zu verbinden, zu trauern, zu verarbeiten. Die drei Tucker-Frauen umarmten einander, während Tomek, Anna und Charlie von der Seite aus zusahen, neben der Geigenblattfeige, die Tomek privat den Gerissenen Geiger genannt hatte, da der Name ihn an Dodger aus Charles Dickens' *Oliver Twist* erinnerte.

Während sie die Familienzusammenführung beobachteten, bemerkte Tomek das Verhalten der Frauen: Noras Interaktion mit Whitney war kurz, fast mikroskopisch, aber die Interaktion ihrer Töchter miteinander war viel länger, eine Umarmung, die andeutete, dass sie sich seit Monaten, fast Jahren nicht gesehen hatten. Eine Umarmung, die Nora am Rande ihrer eigenen Familie zurückließ.

Als Whitney sich von ihrer Schwester löste, hielt sie Eleanors Gesicht und wischte Tränen aus ihren Augen. »Es ist okay«, sagte sie zu ihr. »Es wird alles gut werden.«

Eleanor nickte schwach, was eine völlig andere Emotion war als die, die sie ihrer Mutter nur wenige Stunden zuvor gezeigt hatte. Damals war sie abgelenkt, distanziert, fast stiernackig gewesen. Aber jetzt war sie verletzlich, schwach. Alles für ihre ältere Schwester. Es war dann, als Tomek erkannte, dass er eine Verbindung zwischen den Schwestern sah, die tiefer war als jeder Graben. Und er bekam den Eindruck, dass es sie beide gegen den Rest der Welt war.

»Frau Tucker«, begann Tomek. »Könnten wir vielleicht im anderen Raum unter vier Augen sprechen? Ist es in Ordnung, wenn Ihre Töchter nach oben oder vielleicht in die Küche gehen?«

»Ich... ich glaube nicht-«

»Uns geht's gut«, unterbrach Whitney und nahm die Hand ihrer Schwester und zog sie und Charlie die Holztreppe hinauf. »Wir werden in meinem Schlafzimmer sein.«

»Perfekt«, sagte Tomek mit einem Lächeln. »Danke.«

Einen Moment später waren sie weg und die drei Erwachsenen waren ins Wohnzimmer umgezogen und besetzten die gleichen Plätze wie nur Stunden zuvor. Alles war gleich, außer einem kleinen Detail, das seit seinem letzten Besuch hinzugefügt worden war: eine Schachtel Taschentücher neben Nora Tucker.

»Sie haben ihn also immer noch nicht gefunden?«, fragte sie direkt.

»Was lässt Sie das denken?«

»Dieser deprimierte, feierliche Blick auf Ihren Gesichtern«, sagte sie. »Es sieht nicht so aus, als wären Sie hier, um mir gute Neuigkeiten zu überbringen.«

»Leider hat sich seit heute Morgen nichts geändert«, erklärte Tomek.

»Ich verstehe. Und wie hat *sie* es aufgenommen?«

Es dauerte einen Moment, bis Tomek verstand, wen sie meinte.

»Sie schien in Ordnung zu sein, denke ich. Obwohl ich keinen Maßstab für die Reaktionen Ihrer Tochter habe. Ich habe nichts, womit ich es vergleichen könnte. Aber sie erwähnte etwas, das ich gerne mit Ihnen besprechen würde, wenn ich darf.«

Noras Rücken versteifte sich leicht. Sie legte ihre Hände über ihrem Schoß zusammen.

»Fahren Sie fort...«, sagte sie, mit leichter Beklemmung in ihrer Stimme.

»Nach dem, was ich verstehe, gibt es viele Streitigkeiten in Ihrer Ehe.«

»Gibt es die nicht in jeder?«, schnappte sie zurück. »Das bedeutet aber nicht, dass ich etwas mit seinem Verschwinden zu tun habe.«

»Das habe ich nicht behauptet. Ich wollte Sie nur nach Ihrer Ehe fragen, das ist alles.«

Bevor sie antwortete, atmete Nora tief ein und hielt die Luft an. Als sie die Luft aus ihrer Brust strömen ließ, begann sie: »Es war holprig, verstehen Sie mich nicht falsch. Wir hatten unsere Meinungsverschiedenheiten, wie jedes Paar, und wir haben sie überwunden. Aber wir machen einfach weiter. Sicher, da ist nicht mehr viel Liebe, aber ich glaube, das ist natürlich bei Leuten wie uns...«

»Was lässt Sie das sagen?«

»Welchen Teil?«

»Warum keine Liebe mehr zwischen Ihnen beiden ist?«

Sie zuckte mit den Schultern, als wäre die Antwort offensichtlich. Tomek beschloss nachzuhaken.

»Was ist heute Morgen wirklich passiert, als Ihr Mann Sie anrief? Warum hat er Sie um drei Uhr morgens angerufen? Denn das beschäftigt mich, und ich glaube nicht, dass es nur war, um Ihnen mitzuteilen, dass er nach Hause kommt.«

Es dauerte lange, bevor Nora antwortete. Doch bevor sie es tat, reckte sie den Hals zur Decke und ging dann zu den Wohnzimmertüren. Sie schloss sie behutsam, als könnte der Klang das Haus zum Einsturz bringen, und kehrte als eine andere Frau zu ihrem Sitz zurück. Diesmal war sie trotziger, widerstandsfähiger, die Fassade der trauernden Hausfrau schien in einem Augenblick zu verschwinden.

»Er sagte mir, er wolle die Scheidung.«

Tomek seufzte langsam. »Warum haben Sie uns angelogen?«

»Weil ich nicht wollte, dass Eleanor es erfährt.«

»War das das erste Mal, dass Sie das Gespräch hatten?«

Nora schüttelte den Kopf und begann dann mit ihren Diamantohrringen zu spielen, wobei sie die verschiedenen anderen teuren Stücke von diamantbesetzten Ringen und Armbändern an ihrer Hand zur Schau stellte.

»Er hat es mir vor ein paar Monaten gesagt. Er sagte, er sei nicht glücklich und wolle aus der Beziehung raus.«

»Aber Sie sind noch zusammen... Was hat sich geändert?«

»Wir waren beide so beschäftigt, unsere eigenen Dinge zu tun, unsere Leben getrennt zu führen, dass es einfach nie passiert ist. Ich war mehr als glücklich, bei ihm zu bleiben, mit dem Haus, mit den Kindern, also habe ich es nie wieder angesprochen.«

Und der Diamantschmuck. Und der Sportwagen auf der Einfahrt. Und die Maniküren und Pediküren und Haarbehandlungen und die Yogastunden.

Alles auf der Kreditkarte eines anderen.

Tomek wettete, dass sie alles tun würde, um in der Beziehung zu bleiben.

»Was war also bei dem Anruf heute Morgen anders? Was hatte ihn dazu gebracht, es wieder anzusprechen?«

Sie zuckte wieder mit den Schultern. »Das müssen Sie ihn fragen.«

Aus irgendeinem Grund dachte Tomek, dass das vielleicht das Letzte wäre, was Herbert Tucker im Sinn hätte, wenn sie ihn fänden.

Falls sie ihn fänden.

KAPITEL
ACHT

Albert Patterson verliebte sich vor über sechzig Jahren zum ersten Mal in den Strand. Seine Eltern hatten ihn und Roger mit dem Bus nach Southend in den Urlaub mitgenommen, den ersten ihres Lebens und einen der wenigen als Familie. Sie hatten den Nachmittag am Strand verbracht, im Sand gespielt, Burgen gebaut und ins Wasser gerannt, um den Schmutz von ihren Füßen zu waschen, nur um dann festzustellen, dass sie sofort wieder schmutzig werden würden. Sie hatten Eis geteilt und ein kleines Picknick in einem Korb mitgebracht. Selbstgemachte Thunfischbrötchen. Alberts Lieblingsspeise.

Aber der beste Teil des Tages, sein Lieblingsteil, war seine kleine Entdeckung gewesen.

Die Flut hatte sich zurückgezogen, und er und Roger hatten im Schlamm gespielt, ihre Füße versanken in der dreckigen, ekligen Masse. Sie hatten einander gejagt, ein harmloses Spiel von *Fangen*.

Das war, bis Albert stolperte und mit dem Gesicht voran im Schlamm landete. Völlig verschmiert, etwas Erde einatmend, hatte er nach seinem Bruder gerufen. Roger war zu ihm geeilt, und als sein Bruder ihn aus dem Schlammtümpel zog, in den er zu versinken begann, glitzerte etwas Kleines unter der braunen Masse.

Eine Münze.

Alt, schmutzig, bedeckt von jahrhundertealtem Dreck und Schmutz.

Er wusste nicht genau, was es war oder woher es stammte. Er wusste nur, dass es für jemanden wichtig gewesen war und dass er es brauchte.

Es für sich selbst wollte.

Aber das war nicht möglich gewesen. Auf der Heimfahrt hatte Albert seinen Schatz geheim gehalten, versteckt in der Tasche seiner nassen und sandigen Shorts. Erst als sie zu Hause angekommen waren, hatte er den Fund mit seiner Familie geteilt. Zuerst waren sie wütend gewesen, enttäuscht, dass er etwas gestohlen hatte, was nicht ihm gehörte. Aber nachdem er erklärt hatte, wo er es gefunden hatte und was er damit vorhatte, entschuldigten sie sich und verstanden.

Was dann folgte, hatte sie alle umgehauen. Sein Vater hatte die Münze zu einem Sammler gebracht, der den Schatz untersucht und ihn auf über zweitausend Pfund geschätzt hatte. Denn es war eine alte römische Münze, die vielleicht zu einem längst verlorenen Schiff gehörte, das einst die Themse und ihr Mündungsgebiet besegelt hatte und vor all den Jahrhunderten an Land gespült worden war.

Alberts Eltern hatten die Münze später verkauft, was ausgereicht hatte, um sie aus der Armut zu befreien und in eine schöne Immobilie an der Strandpromenade von Southend zu ziehen, wo Albert seit fünfzig Jahren die Strände auf der Suche nach einem weiteren lebensverändernden Fund patrouillierte.

Aber bisher hatte er nichts gefunden.

Abgesehen von einem Diamantring, den er schnell der untröstlichen Frau zurückgegeben hatte, die ihn angeblich nur eine Stunde zuvor verloren hatte, waren die meisten seiner Funde alte Kronkorken, Magnete und andere Metallsplitter.

Fünfzig Jahre lang patrouillierte er die Strände von Leigh-on-Sea, Chalkwell, Southend und Thorpe Bay mit seinem Metalldetektor und hoffte, dass jede neue Flut eine weitere glänzende Goldmünze mit sich bringen würde.

Fünfzig Jahre des Auf- und Abwanderns, immer noch an der Aufregung festhaltend, die er bei seinem allerersten Fund erlebt hatte.

Und jetzt war es nicht anders.

Er hatte den Morgen am anderen Ende der Essex-Küste in Leigh-on-Sea verbracht und näherte sich dem Ende seines Vormittags in Thorpe

Bay. Dort bestand der Strand größtenteils aus Steinen und glatten Kieseln, die durch jahrelanges Salzwasser abgeschliffen worden waren. Es war typischerweise der am wenigsten ergiebige Ort, was Funde betraf. In Thorpe Bay gab es oft sehr wenig, aber er mochte es trotzdem. Tatsächlich war es einer seiner Lieblingsplätze, dank der Strandhütten, die entlang der Promenade standen. Strandhütten in verschiedenen Farben, die im Sommer immer besucht und genutzt wurden. Er hatte einmal gehört, dass sie über hunderttausend Pfund wert waren. Viel zu viel Geld seiner Meinung nach. Aber es war eines der ersten Dinge auf seiner Einkaufsliste, falls er jemals eine weitere goldene römische Münze finden würde. Das und ein nagelneuer Metalldetektor.

Als er begann, den Tag zu beenden, ging er an der Strandpromenade vor den Strandhütten zurück, immer noch mit den Augen und der Nase am Boden, suchend nach dem schwächsten Blitzen, dem sanftesten Funkeln.

Als er die Mitte der Reihe von Strandhütten erreichte, hielt er an. Ein übler, beißender Geruch hatte sich in seiner Nase festgesetzt. Aber er kam nicht vom Seetang oder Dreck, der an den Strand gespült worden war; er hatte die Strände lange genug patrouilliert, um den Unterschied zu kennen.

Nein, dies war etwas anderes. Der Geruch von etwas viel Üblerem.

Und so beschloss er, nachzusehen.

Es dauerte nicht lange, bis er erkannte, was der Geruch gewesen war und woher er kam.

Ein Obdachloser, der zwischen zwei Strandhütten Schutz gesucht hatte. Ein Obdachloser, der sich vermutlich in die Hose gepinkelt hatte, um über Nacht warm zu bleiben. Die Gestalt war in eine Bettdecke gehüllt und trug ein Paar alte Wanderschuhe, die von Löchern durchsetzt waren.

»Schade«, sagte Albert, während er den Kopf schüttelte und weiterging, den Mann dort zurücklassend.

Er hasste es, das zu sehen, aber wie viele Menschen war er nie bereit genug, es zu ändern oder etwas dagegen zu tun. Er sah sich selbst als machtlos, als eine ineffektive und fast nutzlose Stimme im Kampf gegen alles. Das Einzige im Leben, über das er Kontrolle hatte, war er selbst und sein Metalldetektor. Es war nur schade, dass er keine Kontrolle über den Strand und die Geheimnisse hatte, die darunter lagen.

Aber dann, als er gerade gehen und alle Hoffnung aufgeben wollte, fiel ihm etwas ins Auge. Etwas Glitzerndes. Etwas Interessantes.

Die Aufregung schwoll in ihm an, Albert beugte sich zum Boden hinunter und begann, die kleinen Steine um den Gegenstand herum wegzufegen, bis er schließlich einen Ehering freilegte. Gold, massiv, gewichtig.

Viel Geld wert. Vielleicht nicht genug für eine Strandhütte in Thorpe Bay, aber sicherlich genug für den neuen Metalldetektor, den er bei eBay ins Auge gefasst hatte.

KAPITEL
NEUN

Das Wetter hatte sich erheblich verschlechtert. Die Kälte war unbarmherziger geworden, und der Wind trug eine gewisse Rachsucht mit sich. Und um die Sache noch schlimmer zu machen, hatte es angefangen zu regnen. Nicht stark, aber auch nicht leicht. Genau dieser Mittelweg, bei dem man bereits nach wenigen Minuten außerhalb des Hauses durchnässt ist. Und genau das passierte Tomek, sobald er die Polizeiwache verließ und die kurze Strecke zu seinem Auto zurücklegte.

Der Anruf war vor weniger als zehn Minuten eingegangen. In Thorpe Bay wurde eine Leiche gefunden. An der Strandpromenade. Eingeklemmt zwischen der berüchtigten Reihe von Strandhütten.

Nick hatte Tomek beiseitegenommen und ihm erklärt, dass er wollte, dass der Sergeant den Tatort untersucht. »Ich spiele hier keine Favoriten«, hatte Nick in seinem Büro erklärt. »Ich stelle nur sicher, dass *sie* keine Favoriten spielt.«

Sie war die Kriminalkommissarin, Victoria.

Sie war diejenige, die eine Beziehung mit einem Kriminalhauptmeister hatte.

Es war offensichtlich, dass Nick die Vorstellung nicht mochte, dass die beiden zusammen waren, dass es ihre Konzentration und ihre Fähigkeiten beeinträchtigen könnte, eine komplexe und öffentlichkeitswirksame Mordermittlung zu leiten. Und Tomek konnte es ihm kaum verübeln.

In der kurzen Zeit seit Herbert Tuckers Verschwinden hatte sein Name über zehntausend Erwähnungen auf Twitter erreicht, und über zwei Dutzend Artikel waren über ihn geschrieben worden. Das Team überprüfte sie und die Kommentarspalten auf Hinweise oder Neuigkeiten.

Tomek fragte sich, ob dies Nicks Art war, sie irgendwie zu bestrafen. Und wenn dem so war, machte es ihm nicht viel aus, denn er war derjenige, der im Moment davon profitierte.

Neben ihm im Auto saß der Kapitän mit seinem makellos gepflegten Stoppelbart und seiner Designerbrille, die perfekt auf seiner Nase saß. Kriminalkommissar Oscar Perez war ein Mann mit Klasse und Charisma, aber er hielt sich gerne bedeckt, unauffällig. Das Gleiche galt für seine Persönlichkeit. Im Büro war er oft still und zurückhaltend. Es sei denn, natürlich, die Gelegenheit, jemanden zu korrigieren, manifestierte sich vor ihm, und er sah es als seine Pflicht an, dies zu tun. Tomek arbeitete seit fast zehn Jahren mit ihm zusammen, aber in dieser Zeit hatte er den Mann nie mit einem Buch in der Hand oder einer Videodokumentation auf dem Handy gesehen. Es war also ein Rätsel, woher er so viel wusste.

»Woher hast du all dieses nutzlose Trivialwissen?«, fragte Tomek, während sie in Richtung Thorpe Bay fuhren. Die Fahrt war nur kurz – fünf Minuten, mehr oder weniger, eigentlich zu Fuß machbar –, aber keiner der beiden Männer hatte Lust, den Wetterbedingungen zu trotzen.

»Von meinen Eltern«, erklärte Oscar mit seinem weichen hispanischen Akzent.

»Wie das?«

»Bücher.«

»Was haben sie gemacht? Dich festgehalten und dir die Seiten in den Mund gestopft?«

Oscar kicherte. »Nein. Ich habe schon früh angefangen zu lesen. Einige ziemlich fortgeschrittene Sachen, eigentlich. Und dann gab mir mein Vater ein Lexikon. Hast du schon mal von so einem Ding gehört?«

»Glückspilz. Natürlich habe ich davon gehört. Das sind doch die Bücher mit all den Kochanleitungen, oder?«

»Fast. Jedenfalls las ich die ersten paar Seiten, und es schien alles Sinn für mich zu ergeben. Als ob es einfach klick gemacht hätte. Ich lerne einfach gerne über Dinge.«

»Und vergiss nicht, andere zu korrigieren.«

»Dafür lebe ich«, sagte Oscar kühl. »Das und Verbrecher zu finden.«

»Nun, Kapitän«, sagte Tomek, als er den Wagen kurz vor den Strandhütten auf der Esplanade anhielt. »Dein Schiff ist gerade auf feindlichem Boden gelandet. Stelle deine Waffen auf Betäubung und bereite dich auf das vor, was—«

»Phaser.«

»Was?«

»Phaser. Es heißt eigentlich ›Stelle deine Phaser auf Betäubung‹.«

Tomek starrte ihn hart an. »Halt die Klappe und steig aus dem Auto aus«, antwortete er gutmütig.

Hier unten, entlang der Esplanade, hatten sich Wind und Regen verschlimmert. Das Wasser prasselte wie Geschosse aus allen Richtungen auf ihn ein, während der Wind ihn aus dem Gleichgewicht brachte, als er auf den Bordstein trat. Die Straßen waren verlassen. Niemand in Sicht außer den Polizeibeamten und den Tatortermittlern in der Mitte der Straße. Die Straße war abgesperrt worden, und über den Strandhütten war ein weißes forensisches Zelt errichtet worden. Tomek hatte einmal gelesen, dass diese Hütten manchmal so viel wie eine Wohnung kosten, je nach Zustand. Und Tomek konnte sich nichts Schlimmeres vorstellen, als ein Vermögen für etwas auszugeben, das nur für ein paar Monate im Jahr genutzt werden würde, und während dieser geschäftigen Sommermonate wäre er gezwungen, den Strand mit all den anderen Kerlen zu teilen, die darauf bestanden, zur gleichen Zeit wie er dort zu sein. Vielleicht war es das Polnische in ihm, der Zynismus, aber er konnte sich bessere Wege vorstellen, hunderttausend Euro auszugeben.

Kurz nach ihrer Ankunft stiegen Tomek und Oscar in forensische Anzüge und gingen die Treppe zum Strand hinunter. Dann liefen sie zwischen der Strandmauer und der Rückseite der Strandhütten entlang und vermieden dabei den Müll und Unrat, den die Abschaum von Southend dort hinuntergeworfen hatte (ein weiterer Grund, warum er keine Strandhütte kaufen wollte). Eingeklemmt zwischen der Mauer und den kleinen Holzhütten hatte der Wind drastisch abgenommen, und der Regen schaffte es nicht, durch die Lücken zu dringen, wie er es im Freien tat.

Die Masse der weißen Gestalten war nur wenige Meter entfernt, und als sie sich näherten, wurden sie unter dem Zelt untergebracht, das irgendwie über drei der Hütten errichtet worden war und sie vor den Elementen schützte. Insgesamt fünf Spurensicherungsbeamte, mit einem Tatortmanager, der für sie verantwortlich war. Und dann entdeckte Tomek Lorna Dean, die Gerichtsmedizinerin, mit ihrem feurigroten Haar, das durch den weißen Papieranzug zu brennen schien.

»Guten Tag«, rief Tomek niemandem im Besonderen zu. »Schöner Tag dafür.«

Dann blickte er auf den schmalen Raum zwischen den beiden Hütten. Auf den Körper, der dort lag, unter einer Bettdecke geschützt.

»Wer ist das denn?«, fragte Tomek Lorna auf der anderen Seite der Leiche.

»Noch nicht sicher«, antwortete sie. »Es gibt keine Identifikation bei ihm. Keine Brieftasche, kein Handy.«

Tomek wandte sich an Oscar. »Hast du den Ausdruck?«

»Einen Moment«, antwortete Oscar, öffnete dann den Reißverschluss seines Anzugs und griff in seine Manteltasche.

»Es ist ziemlich ruhig hier unten«, bemerkte Tomek, während er wartete. »Man kann tatsächlich seine eigenen Gedanken hören.«

Dann kam Oscars Hand zum Vorschein, und Tomek nahm das Dokument von ihm. Als er sich neben das Gesicht des Opfers hockte, entfaltete er das Papier und hielt es nahe an den Kopf des Mannes.

»Was meinst du?«, fragte Tomek Oscar. »Derselbe Kerl?«

»Ich meine... sein Mund ist etwas rot, und seine Nase ist etwas gebrochen, aber ja, ich würde sagen, es ist derselbe Typ.«

»Wer?«, warf Lorna ein.

»Unser geschätztes Parlamentsmitglied und lokaler Stadtrat, Mr.

Herbert Tucker«, antwortete Tomek mit einem Hauch von Sarkasmus in seiner Stimme.

»Wer?«

»Genau. Ich kannte ihn auch nicht. Daher das Foto.« Tomek wedelte mit dem Ausdruck. »Angeblich ist er so etwas wie eine lokale Berühmtheit.«

»Wirklich?«

»Nein«, antwortete Oscar. »Es ist nur so, dass Nick und Martin erwarten, dass wir alle wissen, wer er ist.«

»Richtig. Das macht perfekt Sinn.«

Tomek ignorierte sie und fuhr fort, den toten Mann vor ihm zu begutachten. Herbert Tucker sah ganz anders aus als auf dem Foto, das Tomek aus dem Internet heruntergeladen hatte. Herbert Tucker hatte jetzt eine gebrochene Nase, und ein Fluss von getrocknetem Blut bedeckte seine Nasenlöcher und Wangen, aber die größte Anomalie war die rote Schwellung und die Läsionen um seinen Mund. Es sah aus, als hätte er jemanden geküsst und am Ende mit deren Lippenstift herauskommen. Aber was beunruhigender und verwirrender war, waren die Kleidungsstücke, die Herbert trug. Tomek hatte die Videoaufnahmen gesehen, wie Herbert Tucker um drei Uhr morgens das Rathaus verließ, und Herbert hatte einen Anzug, ein Hemd und ein Paar elegante Schuhe getragen. Formelle Kleidung. Bürokleidung. Etwas, das darauf hindeutete, dass er für die Kommunalverwaltung arbeitete. Jetzt jedoch war er in einen muffigen braunen Mantel, eine zerrissene Jeans und ein verschmutztes, löchriges Paar Schuhe gekleidet worden.

Er war gekleidet worden, um wie ein Obdachloser auszusehen.

Und so gebracht worden, dass er auch wie einer roch.

Der Gestank von Pisse und Ammoniak war zwischen den Strandhütten verbreitet, und Tomek fragte sich, ob er von Herbert kam oder ob er in der Konstruktion der Hütten selbst eingebettet war, durch das Holz gesickert, weil die Leute ständig an genau dieser Stelle pissten. Und dann erinnerte er sich an den Geruch am Tatort auf dem Parkplatz und die Pfütze, die ihn begleitet hatte.

»Wer hat ihn gefunden?«, fragte Tomek und nahm sich einen Moment, um zu verarbeiten, was er sah.

»Ein Rentner bei seinem Morgenspaziergang. Sagte, er hätte fast einen Herzinfarkt bekommen.«

Tomek fragte sich, wie lange Herbert Tucker dort gelegen hatte, verstorben, den Elementen ausgesetzt, bedeckt mit seiner eigenen Pisse. Er fragte sich, wie viele andere Menschen ihn ignoriert hatten, sobald sie die Bettdecke und die schmutzige Kleidung bemerkt hatten.

Der Mörder hatte Tucker aus einem bestimmten Grund verkleidet – um abzulenken und zu verzögern –, was bedeutete, dass derjenige, mit dem sie es zu tun hatten, clever und berechnend war. Und, was noch wichtiger ist, er hatte die Entführung und Tötung im Voraus geplant. Das war nicht die Art von Entscheidung, die aus einer Laune heraus getroffen wurde. Sein Tod war präzise und gründlich durchdacht worden.

Tomek hatte alles gesehen, was er brauchte. Er stand auf und machte sich mit Oscar dicht hinter ihm auf den Weg zurück zur Polizeiabsperrung. Dort fand er die arme, unglückliche Seele, deren Aufgabe es war, Wache zu stehen und die Anwesenden im Anwesenheitsprotokoll ein- und auszutragen. Er trug einen vollständigen Regenmantel und eine wasserdichte Mütze, aber es half wenig, um ihn vor den Elementen zu schützen. Tomek begrüßte den Mann mit einem warmen Lächeln, als er sich aus dem Protokoll austrug, und gab ihm dann einen Klaps auf den Rücken, als er ging.

Als sie auf dem Weg zum Auto waren, entdeckte er ein Polizeifahrzeug, das am Straßenrand stand, zwei Personen auf dem Rücksitz sichtbar hinter der Glasscheibe. Tomek ging hinüber und klopfte an die Scheibe, wodurch er den weißhaarigen Mann vor ihm erschreckte. Er öffnete die Tür.

»Meine Güte, Mann«, rief er aus. »Ich habe bereits einen Herzinfarkt-Schrecken gehabt, ich will keinen weiteren. Versuchen Sie, mich umzubringen?«

»Nicht absichtlich, mein Herr.«

Tomek steckte seinen Kopf um den Herrn herum und sah den uniformierten Polizisten hinter ihm.

»Bringen Sie sich vor dem Regen in Sicherheit?«, fragte er.

»Nehme eine Zeugenaussage auf«, antwortete der Polizist.

»Sie sind also derjenige, der das Pech hatte, das Opfer zu finden?«, sagte Tomek zu dem älteren Herrn.

»Ja.«

»Ihr Name?«

»Laurence Lowell.«

»Schön, Sie kennenzulernen, Laurence Lowell. Ich bin Kriminalhauptmeister Tomek Bowen. Wenn Sie etwas brauchen, lassen Sie es mich oder meine Kollegen wissen.«

Der Mann schien sich ein wenig zu beruhigen. »Natürlich.«

»Bevor ich Sie in Ruhe lasse, darf ich fragen, wie lange es her ist, dass Sie die Leiche gefunden haben?«

Der Polizist antwortete zuerst und überprüfte seine Notizen. »Vor einer Stunde, Sarge. Fünfzehn Uhr zwölf.«

Tomek nickte.

Das bedeutete, dass es ein Zwölf-Stunden-Fenster zwischen Herbert Tuckers Entführung und seiner Entdeckung gab.

Ein Zwölf-Stunden-Fenster, in dem sie ihren Mörder finden mussten.

KAPITEL
ZEHN

Bei jeder Mordermittlung gab es sechs Fragen, die beantwortet werden mussten.

Wer?

Was?

Wo?

Wann?

Warum?

Und wie?

Sechs universelle Fragen, die auf alles anwendbar waren.

Wer war beteiligt?

Was ist passiert?

Wo ist es passiert?

Wann ist es passiert?

Warum ist es passiert?

Wie?

Wichtig war jedoch, die Bedeutung jeder einzelnen Antwort zu verstehen.

Wann ist es passiert? Warum zu diesem bestimmten Zeitpunkt? Warum nicht früher oder später?

Das Kaninchenloch von Folgefrage nach Folgefrage war riesig, aber genau diese Kaninchenlöcher führten letztendlich zu einer guten Spur oder zur Festnahme eines potenziellen Verdächtigen. Und Tomek vermutete sofort, dass der Kaninchenbau von Herbert Tuckers Leben noch größer und noch schwieriger zu verfolgen sein würde.

Er und Oscar waren so schnell wie möglich zur Dienststelle zurückgekehrt, mehr um dem Regen zu entkommen und sich aufzuwärmen als wegen guter Nachrichten. Und innerhalb von Augenblicken nach ihrer Rückkehr wurden sie mit Fragen bombardiert, vor allem von Nick, der verzweifelt auf eine Aktualisierung wartete.

»Ist er es? Ist es Tucker?«

Tomek fühlte sich wie damals, als er in der Fußgängerzone von Southend von jemandem belästigt wurde, der ihn für eine monatliche Wohltätigkeits-Lastschrift anwerben wollte. Es gab kein Entkommen.

»Langsam, Chef«, antwortete er. »Lassen Sie mich wenigstens meinen Mantel ausziehen.«

Ein paar Sekunden würden im großen Ganzen keinen Unterschied machen, aber für Nick schon. Er folgte Tomek auf Schritt und Tritt und atmete ihm schwer in den Nacken.

Nachdem er seinen Mantel an einen Haken gehängt hatte, drehte sich Tomek um und sah Nicks Glatze wenige Zentimeter von seinem Kinn entfernt schweben.

»Nun?«

»Ja.«

»Ist er es?«

»Ja.«

»Sind Sie sicher?«

»Ich habe das Foto benutzt.«

»Welches Foto?«

»Ich wusste nicht, wie er aussieht, also habe ich eines ausgedruckt und es neben sein Gesicht gehalten.«

»Verdammt nochmal, Tomek«, sagte Nick und seufzte laut. »Wir werden trotzdem seine Frau zur Identifizierung brauchen.«

Obwohl Tomek zu neunundneunzig Prozent sicher war, dass es Herbert Tucker war.

»Warum haben Sie nicht sein Portemonnaie oder seinen Führerschein überprüft?«, fragte Nick.

»Es war tatsächlich kein Ausweis bei ihm, Sir«, antwortete Oscar von der anderen Seite des Raumes.

»Was soll das heißen?«, fragte Nick.

»Vermutlich hat der Mörder ihn gestohlen. Er war wie ein Obdachloser gekleidet.«

Im Raum breitete sich eine tiefe Stille aus, während das Team die Information verarbeitete. Der Moment dauerte eine Weile – zehn Sekunden, zwanzig, dreißig – bevor Nick ungläubig den Kopf schüttelte und eine dringende Besprechung im Hauptermittlungsraum einberief.

Eine Minute später saß das Team, mit Ausnahme von Nick, der ungeduldig vorne auf und ab ging. In der Zeit, in der Tomek und Oscar nicht auf der Dienststelle waren, hatten sie daran gearbeitet, die Frage nach dem *Wer* zu beantworten. Wer hatte Herbert das angetan? Wen hatte er in seinem Leben so sehr geschädigt, dass diese Person Rache nehmen wollte?

Aber jetzt, da das Team wusste, dass Herbert in den Momenten vor oder nach seinem Tod als Obdachloser gekleidet war, bekam die Ermittlung eine andere Dimension.

Die Frage lautete nun: Wen hatte er so sehr geschädigt und *warum* wollte diese Person ihn so kleiden?

Tomek hatte ein paar erste Ideen, wollte aber warten, bis er die Informationen gehört hatte, bevor er sie in seinem Kopf verfestigte.

»Erzählen Sie uns alles, was Sie über den Tatort wissen«, befahl Nick, kurz angebunden und sachlich.

Mit dem Gefühl, als müsste er vor der Klasse vorlesen, räusperte sich Tomek. Dann erklärte er, was sie nach dem Gespräch mit dem Hauptzeugen Laurence Lowell und dem uniformierten Polizeibeamten herausgefunden hatten. Dass Laurence die Leiche erst vor einer Stunde entdeckt hatte. Dass Herbert Tucker wie ein Obdachloser gekleidet und zwischen den Strandhütten abgelegt worden war. Dass er mit einer Bettdecke bedeckt war. Dass er rote Abdrücke um seinen Mund hatte.

»Rote Abdrücke?«, fragte Nick.

»Als hätte er jemanden mit *sehr viel* Lippenstift geküsst.«

»Irgendwelche anderen sichtbaren Anzeichen eines Angriffs? Mögliche Todesursache?«

»Steht noch aus, Sir. Lorna bucht ihn heute Nachmittag ein.«

»Bitte sprich vernünftig, Tomek, um Himmels willen.« Nick seufzte so schwer, dass Tomek es am anderen Ende des Tisches spüren konnte. »Was noch?«

»Das ist fast alles, was wir bisher wissen. Außer dass es in der Gegend keine Überwachungskameras gibt, das habe ich überprüft.«

»Was ist mit dem Hauptzeugen? Verdächtigst du ihn, irgendwie beteiligt gewesen zu sein?«

»Wenn wir nach einem Mann in den Sechzigern suchen, dann ja. Aber leider glaube ich nicht, dass wir das tun werden. Die Person, die das getan hat, muss Tuckers Leiche zum Strand getragen und ihn irgendwann ausgezogen haben. Ich weiß ja nicht, wie es Ihnen geht, aber selbst ich würde mich mit jemandem von seinem Körperbau schwertun.«

»Aber du warst ja noch nie der Stärkste«, rief Sean.

Tomek grinste. »Ich habe den Körper eines Athleten. Schade, dass es der eines Dartspielers ist.«

Und das war kein Scherz. Seit Kasia in sein Leben getreten war, hatten sich die Zahlen an seinem Taillenumfang und die Buchstaben auf seinen Kleidungsgrößen verändert und ihn beunruhigt. Er konnte sich nicht mehr daran erinnern, wann er das letzte Mal joggen war, aber er konnte sich daran erinnern, wann er das letzte Mal einen Takeaway hatte. Für Kasia spielte das keine Rolle, der kleine Racker war mit einem wunderbaren Stoffwechsel gesegnet, der sie schlank und gesund hielt. Während Tomek ein Körperteil dafür eingetauscht hätte, seinen zurückzubekommen.

»Sean, Tomek, haltet verdammt nochmal die Klappe«, stöhnte Nick. »Das ist weder der richtige Zeitpunkt noch der richtige Ort. Wenn ihr eure lustigen kleinen Gespräche führen wollt, dann macht das in eurer eigenen verdammten Zeit und nicht in meinem verdammten Gebäude.«

Jetzt fühlte sich Tomek wie ein Kind, das gerade vom Lehrer angeschrien worden war.

Nachdem der Tatort erledigt war, verlagerte sich der Fokus des Gesprächs schnell auf den Rest des Teams und was sie bei ihren Bemühungen, die Schichten von Herbert Tuckers Leben abzutragen, herausgefunden hatten.

»Er war ein unangenehmer Zeitgenosse, ein echter Mistkerl«, begann Kriminalkommissarin Rachel Hamilton. »Und das ist meine unparteiische Meinung. Herbert Tucker machte sich zunächst einen Namen im Metallgeschäft. Er kaufte Stahl und andere Metalle spottbillig von Leuten, die sie loswerden wollten, und verkaufte sie dann gereinigt an den Höchstbietenden. Damit fing er mit zwanzig an und machte zehn Jahre weiter, bevor er schließlich in den Immobilienmarkt einstieg.«

»Heutzutage ist doch jeder ein Vermieter oder Immobilienmagnat«, sagte Anna. »Es ist lächerlich. Das hindert mich und meine Familie daran, ein Haus zu kaufen.«

Ihre Reaktion wurde mit zustimmenden Rufen beantwortet.

»Von da an wurde er ziemlich wohlhabend und bekannt. Er begann, sich mit der Tory-Elite zu vermischen und seine Loyalitäten auf sie auszurichten. Er schloss viele Freundschaften in hohen Positionen, und jedes Mal, wenn er Zuschüsse und Stipendien oder irgendeine Art von Baugenehmigung beantragte, wurde es beschleunigt und viel schneller durch den Prozess gebracht, als es für jeden anderen der Fall gewesen wäre.«

»Natürlich«, erwiderte Nick.

»Riecht ihr das?«, fragte Tomek. »Riecht nach Korruption. Und das ist nicht der einzige Geruch.«

»Wovon redest du?«, mischte sich Victoria ein. Tomek war aufgefallen, dass sie seit Beginn der Ermittlungen recht wenig gesagt und getan hatte, was untypisch für sie war. Vielleicht hatte Nick sie endlich an die möglichen Probleme im Zusammenhang mit ihrer Beziehung zu Sean erinnert.

»Ich habe vergessen zu erwähnen«, begann Tomek. »Herbert Tucker hatte sich eingenässt, als er starb. Entweder davor oder währenddessen.«

»Nicht danach?«, fragte Nick sarkastisch.

»Das ist tatsächlich möglich«, sagte Oscar. Dann erinnerte er sich, ein »Sir« anzuhängen.

Nick seufzte unwillkürlich und lenkte das Gespräch zurück zu Rachel, die weiterhin die Lebensgeschichte ihres Opfers in überraschend genauer und detaillierter Weise erklärte.

»Er studierte Wirtschaft in Cambridge, brach aber schließlich ab, als er erkannte, dass alles nur Theorie war und dass die praktischen Dinge da draußen in der realen Welt stattfanden. Und derzeit hat er vier Unternehmen. Die Metallwerksfirma, das Immobiliengeschäft, ein Online-Einzelhandelsunternehmen und eine Offshore-Firma, die auf der Insel Jersey registriert ist.«

»Klassischer Politiker«, kommentierte Sean.

»Versuchen wir, die Politik rauszuhalten, ja?«

»Das könnte sich als etwas schwierig erweisen, Sir. Aber ich werde mein Bestes tun.«

Da Tomek spürte, dass das Gespräch in eine andere Richtung gelenkt werden musste, bevor es zu einer Auseinandersetzung zwischen zwei Männern mit gegensätzlichen politischen Ansichten ausartete, fragte er: »Woher weißt du das alles?«

Rachel drehte ihren Laptop-Bildschirm herum. Darauf war eine Amazon-Buchseite für etwas namens »Oben ist es besser« zu sehen, erhältlich als Kindle und Taschenbuch. Auf dem Buchcover war der sofort erkennbare Herbert Tucker zu sehen, der nach unten blickte, vermutlich auf diejenigen, die unter ihm standen, und sein Doppelkinn zeigte.

»Der dumme Bastard hat eine Autobiografie geschrieben?«

»Eher ein Geschäftsbuch, aber er spricht *viel* über sich selbst.«

»Natürlich tut er das.« Tomek verdrehte die Augen. »Du hast das alles in ein paar Stunden gelesen?«

»Das meiste habe ich überflogen. Es ist nicht sehr lang. Ich glaube, ich habe das einzige Exemplar gekauft.«

»Sein größter Fan. Nennt er irgendwelche Namen?«

Rachel schüttelte den Kopf.

»Natürlich nicht. Klassischer Politiker.«

»Was habe ich gesagt?«, zischte Nick.

»Sie sagen viele Dinge, Sir.«

»Erinnerst du dich nicht daran, was ich vor fünf Minuten gesagt habe? Darüber, dass du die Klappe halten sollst?«

Das Lachen und Lächeln verschwanden von Tomeks Gesicht, als Nick sich wieder Rachel zuwandte.

»Hatte er Feinde in der Geschäftswelt? Jemanden, den er übers Ohr gehauen hat und der sich vielleicht rächen wollte?«

Rachel drehte den Laptop so, dass er wieder zu ihr zeigte. »Bin mir noch nicht sicher, aber ich bin sicher, dass es in seiner dreißigjährigen Geschäftskarriere und den letzten zehn Jahren in der Politik sicher jemanden gibt. Das ist etwas, wofür ich noch etwas mehr Zeit brauche.«

Eine Stille legte sich über den Raum, während sie darauf warteten, dass Nick jemand anderen auswählte, um zu sprechen. Der Hauptkommissar legte seine Finger auf den Tisch und wandte sich langsam Chey zu.

»Also wissen wir über sein Geschäftsleben Bescheid. Was kannst du uns über sein politisches Leben erzählen?«

Der aufgeregte Gesichtsausdruck von Chey schien darauf hinzudeuten, dass der junge Polizeibeamte den ganzen Morgen auf diesen Moment gewartet hatte, seinen Moment, um alles zu präsentieren, was er gelernt hatte, und es sah so aus, als hätte er seine Eröffnungszeile mehrmals in seinem Kopf geprobt, während er geduldig wartete.

»Ich verstehe nicht viel von Politik«, begann er. »Ich kenne den Unterschied zwischen Angela Merkel und Nicola Sturgeon nicht. Und wenn ich müsste, würde ich sagen, dass mir der Geruch der Fürze eines Kängurus wichtiger ist als das, was in der Regierung vor sich geht. Aber was ich *weiß*, ist, dass dieser Mann Feinde hatte. Viele davon. Neun von zehn auf der Arschloch-Skala. Wahrscheinlich die am wenigsten gemochte Person im Bezirk, wenn man den Umfragen glauben darf, und ich würde sogar wetten, dass er die am wenigsten gemochte Person in seinem eigenen Haushalt ist. Woher ich das weiß, fragt ihr euch vielleicht?«

Chey wartete darauf, dass jemand buchstäblich die Frage stellte. Als niemand es tat, huschte ein Hauch von Enttäuschung über sein Gesicht und er fuhr fort.

»Nun, meine Damen und Herren, das Internet. Eine schnelle Suche nach seinem Namen bringt mehrere Videos hervor, in denen Menschen ihn belästigen und sogar auf der Straße angreifen. Mein Favorit ist das, in dem er mit Eiern beworfen und ins Gesicht geschlagen wird, während er durch eine Menschenmenge läuft.«

»Wie John Prescott«, rief jemand.

Chey zuckte mit den Schultern und sah aus, als hätte er absolut keine Ahnung, wer John Prescott war. »Sicher«, sagte er und fuhr fort.

»Es stellt sich heraus, dass er zu Beginn seiner politischen Karriere ein großer Befürworter von Drogen war – ihrer Bekämpfung, nicht ihres Konsums. Er war auch ein wichtiger Akteur im Bereich der Obdachlosigkeit und versprach das Blaue vom Himmel, wenn es um Unterstützung und Unterbringung für Obdachlose ging. Und seit er in den letzten zwei Jahren an der Macht ist, hat er absolut keines seiner Versprechen erfüllt, und der allgemeine Konsens ist, dass er viele seiner Zusagen zurückgenommen hat und dass er den Bezirk in die achtziger Jahre zurückversetzt hat. Er nannte sogar ›Obdachlosigkeit eine Lifestyle-Entscheidung‹.«

»Wichser«, kommentierte jemand anders als Tomek oder Sean.

»Eine der neuesten Dinge, die er getan hat – angeblich auch eine der besten, nach seiner eigenen bescheidenen Meinung – ist die Erhöhung der öffentlichen Parkgebühren entlang der Strandpromenade.«

»Ist das der Grund, warum es mich neulich über zwölf Pfund für einen Nachmittag gekostet hat?«, fragte Tomek.

Er und Kasia waren an der Strandpromenade spazieren gegangen und hatten einige der Spielhallen besucht, um Spaß zu haben; es war ein teurer Nachmittag geworden.

»Ja, er ist dafür verantwortlich«, antwortete Chey.

»Arschloch«, murmelte Tomek unter seinem Atem.

»Aber du wirst froh sein zu hören, dass sie es in ein paar Wochen wieder auf normal setzen. Anscheinend sind die Parkplätze nicht mehr so voll wie früher.«

»Ich frage mich, warum...«

»Können wir bitte zum Thema zurückkehren?«, schnauzte Nick und schlug frustriert mit der Hand auf den Tisch. »Wie hilft uns das in irgendeiner Weise?«

»Das tut es nicht«, antwortete Chey ehrlich, etwas zu ehrlich. »Es sagt uns nur, dass er viele Feinde hatte. Und potenziell viele Menschen, die ihn tot sehen wollten.«

KAPITEL
ELF

Während Herbert Tucker möglicherweise viele Feinde hatte, war die letzte Person, die ihn lebend gesehen hatte, mit ziemlicher Sicherheit keine davon. Sarah Jewell war eine Frau Anfang vierzig mit kastanienbraunem Haar, einem perfekten Gebiss und einem ebenso strahlenden Lächeln. Sie trug ein langes, eng anliegendes gelbes Kleid mit einem Blumenmuster, das in den Kew Gardens nicht fehl am Platze gewesen wäre. Tomek fand, dass das Outfit nicht zur Jahreszeit passte, aber was wusste er schon von Mode? Er trug immer noch das gleiche Paar Schuhe, das er seit sieben Jahren besaß. Und er sah keinen Grund, sie zu wechseln. Ja, sie mochten riechen – schrecklich, wenn man Kasia glaubte – aber sie waren noch funktionsfähig und, was wichtiger war, sie waren immer noch bequem.

Außerdem konnte er es nicht rechtfertigen, noch einmal hundertfünfzig Pfund für ein Paar Schuhe auszugeben, selbst wenn er die nächsten acht Jahre damit auskommen würde.

Sarah öffnete die Tür zu einem kleinen Besprechungsraum. Drinnen befanden sich ein Tisch, vier ergonomische Herman Miller Stühle der Spitzenklasse, die jeweils über tausend Pfund kosteten, ein Flachbildfernseher an der Wand und ein Whiteboard an der angrenzenden Wand. Tomek konnte nicht umhin zu bemerken, wie sauber und neu alles aussah. Und wie man beim Geld der Steuerzahler, das all dies finanzierte, keine Kosten gescheut hatte.

Er fragte sich auch, welche anderen Luxusgüter sich der Stadtrat von Southend noch mit seinem Geld gönnte.

Sarah zog einen Stuhl auf der anderen Seite des Tisches heraus und setzte sich. Tomek und Rachel nahmen ihr gegenüber Platz. Bevor er anfing, nahm sich Tomek einen Moment Zeit, um die Frau zu studieren. Ihr Make-up war vollständig aufgetragen, außer dass es verwischt war, wo sie offensichtlich geweint hatte, und ihre Augen waren geschwollen. In ihren Ärmel gesteckt, ein kleines Stück herausragend, befand sich ein Taschentuch, und während sie wartete, begann sie, damit zu spielen, rieb den Stoff zwischen Daumen und Zeigefinger. Es war nur subtil, die kleinste Bewegung, aber Tomek bemerkte auch, dass ihr Körper zitterte. Ob sie nervös ihr Bein unter dem Tisch auf und ab wippte oder ob es eine körperliche Reaktion auf die Nachricht von Herberts Verschwinden und Tod war, wusste er nicht. Aber letztendlich vermutete er, dass es eine Kombination aus beidem war.

»Frau Jewell«, begann Tomek.

»Fräulein«, korrigierte sie. »Einmal verheiratet, aber nie wieder.«

»Ach so«, erwiderte Tomek mit einem entschuldigenden Lächeln. »Fräulein Jewell. Zunächst einmal danke, dass Sie sich Zeit genommen haben, mit uns zu sprechen. Wie Sie sicher wissen, untersuchen wir das Verschwinden Ihres Chefs, Herbert. Aber ich muss Ihnen leider mitteilen, dass seine Leiche vor nicht allzu langer Zeit gefunden wurde.«

Sarah schoss mit der Hand zum Mund, um das hörbare Keuchen zu verbergen, das ihr über die Lippen kam. »Er ist tot?«

»Ja.«

Und dann kamen die Tränen. Viele davon. Mindestens drei Minuten lang. Ununterbrochenes Schluchzen und Hyperventilieren. Tomek saß geduldig da und wartete, bis sie den ersten Schock überwunden hatte, aber es war Rachel, die sich um die Frau kümmerte. Sie war die rücksichtsvollere und emotionalere der beiden, und es war sinnvoll, dass sie die verzweifelte Frau auf jede mögliche Weise tröstete. Tomeks einziger Beitrag bestand darin, eine weitere Schachtel Taschentücher von ihrem Schreibtisch zu holen.

Als sie schließlich fertig war, begann Tomek. Während er sprach, tupfte sie weiterhin ihre Augen ab, und jede Sorge um ihr sorgfältig aufgetragenes Make-up war längst verflogen.

»Wir vermuten, dass er von demjenigen ermordet wurde, der ihn entführt hat«, erklärte ihr Tomek.

»Ich habe heute Morgen davon gehört. Ich bekam eine SMS von Keith, der sagte, er habe vom Sicherheitsdienst gehört, dass Herbert verschwunden sei.«

»Keith?«

Tomek griff in seine Tasche nach seinem Stift und Notizbuch, bereit, Sarahs nächste Worte aufzuschreiben.

»Keith Ferguson. Arbeitet mit Herbert. Sie stehen sich ziemlich nahe.«

Tomek notierte den Namen und unterstrich ihn mehrmals.

»Wie lange arbeiten Sie schon für Herrn Tucker?«, fragte Tomek, begierig darauf, das Gespräch voranzubringen.

Sie zog ein weiteres Taschentuch aus der Schachtel und hielt es unter ihre Nase. »Wir kennen uns seit zehn Jahren. Ich war früher Verwaltungsassistentin, bin im Rahmen des Graduiertenprogramms des Stadtrats eingestiegen, als ich fünfunddreißig wurde. Ich habe Politik spät studiert, nachdem mir klar wurde, dass ich in diese Welt einsteigen wollte. Ich traf Herbert an meinem ersten Tag. Er war so süß, so freundlich und einladend. Er zeigte mir alles und sagte mir, wohin ich gehen sollte, wenn ich etwas brauchte.«

»Und dann haben Sie beschlossen, seine Sekretärin zu werden?«

Sie nickte und hielt ihren tränenfeuchten Blick auf Tomek gerichtet. »Ich wusste, dass ich ihn nicht überholen würde, also habe ich es gelassen. Ich hatte nie die Chance, es bis zum Abgeordneten zu schaffen, also habe ich mich voll darauf konzentriert, ihm zu helfen.«

»Sehr edel und selbstlos von Ihnen.«

Tomek konnte sich nicht erinnern, wann er das letzte Mal etwas Ähnliches getan hatte. Oder ob er überhaupt jemals sein ganzes Leben auf Eis gelegt hatte. Bei Kasia zählte es nicht wirklich, da er immer noch seine Karriere und seine Träume verfolgte. Aber es warf eine interessante Frage auf: Wenn sie jemals umziehen oder etwas in ihrem Leben ändern müssten, wäre er bereit, die Karriere aufzugeben, die er in den letzten zwanzig Jahren seines Lebens geführt hatte? Er war sich nicht sicher. Und hoffentlich würde er es nie herausfinden müssen.

In den nächsten zehn Minuten diskutierten die drei weiter über Sarahs Karriere und den Einfluss, den Herbert Tucker auf ihr Leben gehabt hatte, wie er ihr Dinge beigebracht hatte, von denen sie dachte, sie hätte sie verstanden, aber nicht vollständig erfasst. Wie er ihr beigebracht hatte, in der Geschäftswelt voranzukommen, und sogar einen kleinen Nebenverdienst für sie eingerichtet hatte, einen Online-Shop, der gehäkelte Figuren beliebter Film- und TV-Charaktere verkaufte. Wenn sie Zeit hatte, natürlich.

In dieser Zeit hatten die Tränen langsam nachgelassen, ebenso wie das Schniefen, das Tomek in den Wahnsinn getrieben hatte, und sie hatte begonnen, sich zu entspannen. Ihre Schultern waren gesunken, und mit einem tiefen Atemzug schien all ihr Stress und ihre Frustration zu verschwinden.

»Letzte Nacht...«, begann Tomek und leitete das nächste Gesprächsthema ein, damit es für sie nicht wie eine Überraschung wirkte. »Um wie viel Uhr haben Sie das Büro verlassen?«

»Kurz nach drei Uhr.«

»Und Herbert war noch hier?«

Sie nickte.

»Wie sind Sie nach Hause gekommen?«

»Ich bin zu Fuß gegangen. Ich wohne gleich um die Ecke. Fünf Minuten zu Fuß.«

»Herbert hat Ihnen keine Mitfahrgelegenheit angeboten?«

Sie schüttelte den Kopf. »Ich gehe gerne zu Fuß«, antwortete sie. »Ich mache das die ganze Zeit. Ich bin es gewohnt, und es ist nicht so weit. Außerdem sind die Straßen nicht so schlimm oder gefährlich, wie die Nachrichten uns glauben machen wollen.«

»Muss schön sein, so nah an der Arbeit zu wohnen. Ich wette, Sie stehen erst kurz vor Arbeitsbeginn auf?«

Er fragte nur, weil er wusste, dass er genau das getan hätte, wenn er die Möglichkeit gehabt hätte.

»Das könnte man meinen, aber leider nein. Ich bin hier fast rund um die Uhr. Von sieben Uhr morgens bis Mitternacht.«

»Und darüber hinaus...«, fügte Rachel hinzu. »Wie es gestern Abend der Fall gewesen sein könnte.«

»Ja. Absolut. Ja. Wie es der Fall sein könnte. Es ist anstrengend, aber es hält mich beschäftigt, und es gibt nie einen langweiligen Tag. Ich liebe es.«

Rachel nickte langsam, ihre Augen verengten sich. Tomek hatte lange genug mit ihr zusammengearbeitet, um zu wissen, dass sie eine Reihe von Fragen hatte, die sie stellen musste, und er würde ihr nicht im Weg stehen. Sie arbeiteten erst seit ein paar Monaten zusammen, aber ihre Arbeitsbeziehung wurde fast telepathisch.

»Was haben Sie so spät noch hier gemacht?«, fragte sie in einem monotonen, passiven Ton.

Sarah zögerte, bevor sie antwortete, und überlegte sich ihre Antwort genau. Sie spielte weiterhin mit dem Taschentuch zwischen ihren Fingern. Tomek blickte nach unten und bemerkte zum ersten Mal ihre feuerroten Nägel.

»Wissen Sie«, begann sie. »Das Übliche. Brände löschen. Herbie hatte jemanden verärgert, und wir mussten eine Antwort oder einen Weg finden, damit umzugehen.«

»Das kommt also häufiger vor?«

»Öfter, als wir zugeben möchten. Aber Sie sind keine Journalisten, also ist es in Ordnung.«

»Was war mit dem Rest des Abends?«, fragte Rachel und bohrte weiter nach.

»Herbie hatte eine große Rede vor sich. Er sollte im Unterhaus erscheinen, und wir mussten etwas entwerfen, das wir dem Premierminister vorlegen konnten, also haben wir unseren Abend damit verbracht, das zu verfassen.«

»Und dann haben Sie beschlossen, Schluss zu machen?« Der Hauch von Anschuldigung in Rachels Ton nahm weiter zu.

»Wir sind beide an unseren Schreibtischen eingeschlafen«, antwortete Sarah, ihr Körper spannte sich leicht an, und ihr Rücken begann sich zu versteifen. »Ich bin ziemlich sicher, dass Herbie mich zu einem Zeitpunkt beim Schnarchen erwischt hat, also meinte er, es wäre wahrscheinlich das Beste, wenn wir nach Hause gehen.«

Wo nur einer von ihnen ankam. Während der andere in einen permanenten Schlaf versetzt wurde.

Eine kurze Pause entstand zwischen ihnen, und Tomek rief eine Auszeit aus. Er brauchte dringend Wasser und machte sich auf den Weg zum Wasserspender. Als er Sarahs Anweisungen dorthin folgte, begutachtete er das Büro im dritten Stock. Es war genauso langweilig wie ihr eigenes, mit ein paar modernen Upgrades. Und doch pulsierte es vor Leben. Mindestens dreißig Personen saßen an ihren Schreibtischen, tippten, klickten, redeten und schrien quer durch den Raum. Es war hektisch, aber nicht so hektisch wie die Polizeistation inmitten einer Mordermittlung, und Tomek wusste, welches er bevorzugte. Einige Augenblicke später fand er den Wasserspender; ein großes, modernes Gerät mit mehr Knöpfen und Reglern als ein Raumschiff. Das ganze Ding verwirrte Tomek sofort. So sehr, dass er die nächstbeste Person anhielt – eine rothaarige Frau in den Zwanzigern mit einer Beule am Auge.

»Wie funktioniert dieses Ding?«, fragte Tomek sie. »Ich möchte nur etwas Wasser, nicht Zugang zu nuklearen Startcodes.«

Die Frau kicherte, nahm ihm den Becher ab, streckte sich und drückte einen Knopf. Sofort begann Wasser aus dem Hahn zu fließen, und wenige Sekunden später war es fertig. »Es ist einfach, wenn man weiß, wie es geht«, sagte sie. Beim Weggehen fügte sie hinzu: »Aber wenn Sie jemals diese Startcodes finden, kommen Sie zu mir. Ich würde sie gerne sehen.«

Tomek wandte sich von ihr ab, sein Ego leicht aufgepolstert, und machte sich auf den Rückweg zum Besprechungsraum, diesmal auf einem anderen Weg. Als er sich zwischen den Schreibtischen hindurchschlängelte, beobachtete er die Mitarbeiter. Sie alle schienen seine Anwesenheit nicht zu bemerken, als wäre er nur ein weiterer von ihnen, ein weiterer Name und ein weiteres Gesicht, das sie sich nicht zu merken brauchten. Was ihn am meisten überraschte, war, wie... normal sie alle wirkten. Dass ihr ranghöchstes Mitglied nicht tot war. Dass sie überhaupt nichts von seinem Verschwinden gehört hatten. Es lag keine Feierlichkeit in der Luft, kein Gefühl der Verzweiflung.

Entweder wussten sie es nicht. Oder sie wussten es, und es war ihnen einfach egal.

Und basierend auf dem, was Tomek bisher über den Mann gehört hatte, vermutete er Letzteres.

Kurz nach seiner Rückkehr in den Besprechungsraum kehrte das Gefühl der Verzweiflung zurück.

»Sie haben erwähnt, dass Sie oft viele Brände löschen mussten«, sagte Rachel, nachdem er sich gesetzt hatte.

»Ja.«

»Können Sie das näher erläutern?«

»Inwiefern?«

»Mit welchen Dingen mussten Sie sich befassen? Irgendwelche Drohungen? Jemand, der Herbert hätte schaden wollen?«

»Sie wollen eine Liste mit Namen? Die habe ich.«

Tomeks Gesicht hellte sich auf. »Haben Sie?«

»Ja. Und ganz oben auf dieser Liste steht Aaron Howell-Jones.«

»Warum?«

»Er schickte Herbie regelmäßig Morddrohungen. Er schickte einmal eine Kugel per Post.«

»Hat er das?«

»Oh ja. Aaron mochte ihn wirklich nicht.«

Es gab einen Unterschied zwischen jemanden nicht mögen und jemanden mit dem Tod zu bedrohen.

»Warum nicht?«

Sarah zögerte, bevor sie antwortete. »Ich... Er... Aaron war nicht einverstanden mit seiner Politik bezüglich Obdachlosigkeit.«

»Die, die er zurückgenommen hat?«

Sarah stotterte, unfähig zu antworten. Ihr Mund öffnete und schloss sich schnell, und jetzt verstand Tomek, warum sie es nie als Politikerin geschafft hätte.

»Sind Sie jemals zur Polizei gegangen?«, fragte Tomek. »Das höre ich zum ersten Mal.«

Seufzend ließ Sarah den Kopf hängen. »Ich habe es versucht. Ehrlich, das habe ich. Ich habe versucht, ihn zu überreden, es zu melden, so oft, aber jedes Mal sagte er nein. Er sagte mir, ich solle sie alle als Beweis aufbewahren, und wenn ihm etwas zustoßen würde, sollte ich sie euch Leuten zeigen. Aber er wollte damals nichts dagegen unternehmen. Es war nicht nur bei Jones' Drohungen so, es war bei jeder Drohung, die er bekam, so.«

»Warum wollte er es nicht melden? Für jemanden, der ziemlich intelligent erscheint, war er nicht sehr klug.«

Sarah kicherte, verlor es dann aber schnell wieder. »Ich weiß. Er war in dieser Hinsicht dumm. Aber es lag daran, dass er glaubte, er sei unantastbar, dass ihm nie etwas passieren würde, dass alles nur Worte und leere Drohungen seien und niemand sie jemals in die Tat umsetzen würde.«

Nun, das hatten sie. Und jetzt war er eine Mordermittlung davon entfernt, zwei Meter unter der Erde zu liegen.

»Er war also ein Politiker mit einem Gottkomplex«, bemerkte Tomek, mehr zu sich selbst als zu jemand anderem. »Das konnte nicht gut enden.« Dann räusperte er sich und rutschte auf seinem Sitz herum. »Wir werden diese Liste brauchen, und wir müssen auch die Beweise sehen, die Sie aufbewahrt haben.«

Sarah nickte heftig. »Natürlich. Ja. Alles, was Sie brauchen. Gibt es noch etwas anderes?«

»Tatsächlich ja. Ich glaube, ich bin gerade an seinem Büro vorbeigegangen. War heute Morgen schon jemand dort drin?«

»Nicht dass ich wüsste, und ich war eine der ersten hier.«

»Haben Sie etwas dagegen, wenn wir einen Blick hineinwerfen?«

Achselzuckend antwortete Sarah: »Ich sehe nicht, warum das ein Problem sein sollte.«

KAPITEL
ZWÖLF

Ein teures Herrenparfüm durchdrang die Luft in Herbert Tuckers Büro, als wäre es in die Wände und Teppiche eingerieben worden und würde nun langsam in die Atmosphäre abgegeben. Chanel für Männer oder irgendeine andere teure Marke, deren Geruch Tomek nicht kannte oder erkannte. Nach einer Weile rochen sie alle gleich.

Schwer. Klebrig. Und überwältigend süß.

Aber zumindest war es eine Verbesserung gegenüber dem Pisseruch, den er inzwischen mit dem Abgeordneten in Verbindung brachte.

Das Büro des Mannes war in nahezu makellosem Zustand. Nichts war fehl am Platz. In der Mitte des Raumes stand ein Schreibtisch, der zur Tür ausgerichtet war. Darauf stand ein Computer, mittig positioniert, mit einem Eingangskorb auf der einen und einem Ausgangskorb auf der anderen Seite. Beide waren randvoll mit Dokumenten, die seine Unterschrift erforderten, oder Dingen, die er durchlesen musste.

Die Maus und Tastatur, andere Marken und Modelle als die, die Tomek im Hauptbüro gesehen hatte, waren perfekt und im rechten Winkel zum Computerbildschirm positioniert. Der Raum schrie förmlich nach jemandem, der übertrieben pingelig bei allem war.

Hinter dem Tisch, an der linken Wandseite, befand sich ein kleines Regal mit Ringordnern, Leitz-Ordnern und Dokumenten, alphabetisch beschriftet und farblich codiert, um jeden Aspekt seiner Rolle zu kennzeichnen. Auf der rechten Seite befand sich ein Platz für Herberts Garderobe. Eine Reihe Kleiderhaken war an der Wand befestigt, an denen mehrere Barbour- und Tommy Hilfiger-Mäntel hingen. Darunter stand ein kleines Schuhregal mit verschiedenen Schuhen für verschiedene Anlässe.

»Nike-Turnschuhe für wenn er in entspannter Stimmung ist«, erklärte Sarah. »Die Edward Green Wildlederschuhe für besondere Anlässe. Die Berluti Leder-Chelsea-Boots für formelle Zusammenkünfte. Und die Dior Oxford-Schuhe für wichtige Meetings.«

Tomeks Mund klappte auf, während er den Worten aus Sarahs Mund lauschte. Er hatte keine Ahnung, was diese Namen bedeuteten, er wusste nur, dass sie unglaublich teuer klangen.

»Ich wette, einige davon kosten mehr als mein Handy«, sagte er.

»Ich wette, sie kosten mehr als meine Miete«, fügte Rachel hinzu.

»Er war ein ziemlicher Sammler«, sagte Sarah. »Er hatte zu Hause einen großen Schrank voller Schuhe. Er hat ihn mir einmal gezeigt.«

Tomek hörte auf, ihr zuzuhören, und zog sich die Latexhandschuhe über, die Rachel ihm gegeben hatte. Dann begann er, den Raum zu durchsuchen, inspizierte die Schubladen und Ablagen auf dem Schreibtisch, bevor er zu den Ordnern in den Regalen und dem Inhalt von Herberts Manteltaschen überging. Es gab viel zu viel, um alles vor Ort zu überprüfen, also würde alles manuell vom Team und einer Handvoll glücklicher (oder unglücklicher) Mitglieder des uniformierten Personals inspiziert werden müssen, aber es gab Tomek einen guten Eindruck davon, mit welcher Art Mann sie es zu tun hatten.

Es war deutlich zu erkennen, dass Herbert Tucker die feineren Dinge des Lebens genoss, dass er vernünftig mit seinem Geld umgegangen war und es nicht für unnötige Anschaffungen verprasst hatte. Ja, die vier Paar Schuhe mochten etwas übertrieben sein, aber nach dem wenigen, was Tomek von dem Haus des Mannes gesehen hatte, hatte er nicht den Eindruck, dass es mit den neuesten und besten Produkten gefüllt war, sondern dass er klug mit seinem Geld umgegangen war.

Was Tomek fragen ließ, wohin der Rest davon gegangen war. Und an wen es gegangen war.

Und wie das seinen Weggang und seinen Tod beeinflusst haben könnte.

Innerhalb einer halben Stunde hatten Tomek und Rachel, zusammen mit einem Team von Spurensicherern, die sie hinzugerufen hatte, erfolgreich die Sachen in Herberts Büro als Beweismittel gesichert, einschließlich seines Desktop-Computers und Laptops, die in der ersten Schublade gefunden worden waren.

Tomek verließ das Büro als Letzter, und als er die Tür hinter sich schloss, stieß etwas mit ihm zusammen. Es fühlte sich an wie ein kleines Pferd, war aber tatsächlich ein menschliches Wesen. Ein sehr erschrockenes und aufgeregtes (wenn auch einem echten Pferd nicht ganz unähnliches, wie Tomek feststellte).

»Immer mit der Ruhe, Tiger«, sagte er, »du rennst herum wie ein Hund mit einer Rakete im Hintern. Ich wusste nicht, dass Politik so aufregend ist.«

»Ich... ähm... Entschuldigung«, sagte der Mann und kratzte sich am Hinterkopf. Dann legte er eine Hand auf Tomeks Arm und klopfte ihn ab.

Tomek ergriff die Hand des Mannes und senkte sie langsam.

»Mir geht es *gut*«, sagte er. »Deine Fürsorge ist geschätzt, aber bitte berühre mich nicht noch einmal.«

Ein Blick von erschrockenem Entsetzen erschien auf dem Gesicht des Mannes, als hätte Tomek ihn gerade geohrfeigt.

»Tut mir leid. Es ist nur... Herbert. Ich bin ein bisschen... du weißt schon. Entschuldigung.«

»Du kanntest ihn?«

»Wir alle kannten ihn. Aber ich glaube, ich habe ihn am längsten gekannt.«

Da wurde Tomek klar, dass er Keith Ferguson vor sich hatte.

»Hättest du etwas dagegen, wenn wir uns unterhalten?«, fragte Tomek höflich. Er war bereits auf der Suche nach einem Raum, bevor Keith antworten konnte.

Der Mann betrat zögerlich einen kleinen, schmucklosen Raum und suchte sich einen Platz am Tisch. Tomek schloss die Tür und setzte sich zu ihm.

Wie Herbert Tucker war Keith Ferguson ein Mann Anfang fünfzig, wirkte aber erheblich jünger. Er hatte dichtes schwarzes Haar, das mit Hilfe eines Kammes und einer Menge Haarprodukt zurückgekämmt worden war, und seine Zähne waren auffallend weiß. Tomek hatte etwas Ähnliches erlebt, als er den Immobilienmakler getroffen hatte, der ihm seine Wohnung verkauft hatte. Türkei-Zähne, nannte man sie. Billig, fröhlich und so hell wie die Sonne, die das Land in den Sommermonaten küsste.

Als er dort saß, zitterte Keith auf seinem Platz. Er war unbehaglich, das war deutlich zu sehen, aber da war noch etwas anderes am Verhalten des Mannes, das Tomek beunruhigte. Er war aufmerksam und wachsam, doch gleichzeitig abgelenkt und unfokussiert. Seine Bewegungen waren ungleichmäßig und ruckartig. Und sein Knie wippte so schnell wie sein Herz schlug.

Der Mann stand unter dem Einfluss von etwas, und Tomek glaubte nicht, dass es dazu gedacht war, seinen Cholesterinspiegel zu senken.

»Erzähl mir, woher du Herbert Tucker kennst«, begann Tomek.

»Wir waren damals Geschäftspartner. Ich habe mit ihm an seinem Einstieg ins Unternehmertum gearbeitet und ihm geholfen, seine Metallfirma zu gründen.«

Tomek konnte sich nicht erinnern, dass Keiths Name in Tuckers Buch überhaupt erwähnt wurde.

»Und dann sind wir zusammengeblieben. Ich half ihm bei seinem Geschäft. Er half mir bei meinem. Wir waren etwa im gleichen Alter, haben etwa zur gleichen Zeit geheiratet, und er hat zur gleichen Zeit eine Familie mit Nora gegründet wie ich mit meiner Frau. Wir sind uns nahegekommen. Wir haben buchstäblich fast alles zusammen gemacht.«

»*Klingt* danach. *Buchstäblich*«, antwortete Tomek und betonte das Wort, das er am meisten verabscheute. »Habt ihr euch in euren beruflichen und persönlichen Beziehungen immer gut verstanden?«

Keith schüttelte den Kopf. »Natürlich nicht. Es ist wie in einer Ehe, und welche davon ist schon nur Sonnenschein und Regenbogen? Nein, wir hatten unsere Streitigkeiten, unsere Meinungsverschiedenheiten, aber nichts, was stark genug gewesen wäre, um zwischen uns zu kommen.«

Tomek nickte nachdenklich. Er konnte nicht anders, als zu denken, dass das alles ein bisschen zu schön klang, um wahr zu sein. Die perfekte, harmonische Geschäftsbeziehung, die so lange gedauert hatte?

»Hast du jemals das Buch gelesen, das er veröffentlicht hat? Sein Buch über Geschäfte?«

»Ja. Er bat mich, Korrektur zu lesen.«

»Und du warst nicht verärgert über die Tatsache, dass dein Name überhaupt nicht erwähnt wird?«

Keith öffnete den Mund, schloss ihn aber sofort wieder. Er ließ sich Zeit mit seiner Antwort, die Berechnungen für eine Antwort spielten auf seinem Gesicht. Und in der Zeit, die er brauchte, um mit etwas aufzuwarten, wurde sein beunruhigtes Zappeln schlimmer. Die Drogen in seinem System ließen nach.

»Warum sagst du das so?«, fragte Keith, um Zeit zu gewinnen.

»Wie so?«

»Als ob ich etwas mit dem zu tun hätte, was ihm passiert ist.«

Tomek presste die Lippen zusammen und schüttelte den Kopf. »So etwas habe ich nicht gesagt.«

»Nicht wörtlich, aber es wurde angedeutet.«

»Buchstäblich angedeutet oder wörtlich angedeutet?«

Der Blick des Schocks wurde durch Verwirrung ersetzt.

»Ich habe darum gebeten, dass mein Name aus dem Buch herausgehalten wird, wenn du es unbedingt wissen willst.«

»Das muss ich. Interessante Wahl. Warum?«

»Weil es eine Feier all dessen war, was Herbert in seinem Leben erreicht hatte, und ich wollte davon nicht ablenken. Ich war froh, dass es veröffentlicht wurde. Und er hat mir sogar ein signiertes Exemplar gegeben«, erklärte Keith mit dem Selbstvertrauen von jemandem, der diesen bestimmten Satz mehrmals einstudiert hatte.

»Obwohl du einen großen Anteil daran hattest, ihn dorthin zu bringen, wo er war?«

Keith nickte, aber Tomek war nicht überzeugt. Und nach dem halbherzigen Nicken zu urteilen, der Mann selbst auch nicht.

»Wie seid ihr beide dann in die Welt der Politik geraten?«

Keith sah auf die Uhr, dann massierte er sein Handgelenk mit dem Daumen, als ob er plötzlich dringend irgendwohin müsste.

»Wir erkannten, dass es viele Dinge gab, die in der Stadt geändert werden mussten, und dass wir wohlhabend und einflussreich genug waren, um es tun zu können.«

»Also habt ihr die Geschäftswelt erobert und dann gedacht, ihr könntet die politische Welt erobern.«

Keith bemerkte den Sarkasmus in Tomeks Stimme und reagierte gereizt auf die Bemerkung. Er gestikulierte im Raum. »Ich meine, es hat funktioniert, oder?«

»Für einen von euch, ja.«

Keith antwortete nicht darauf, aber es war offensichtlich an seinem Gesicht zu erkennen, dass da ein Hauch von Eifersucht war, ein Anflug von Neid. Wenn nur einer der Freunde Parlamentsabgeordneter für Southend werden konnte, wurden das Spielfeld und das Maß an Respekt füreinander schnell ungleich.

»Hat dich das verärgert?«, fragte Tomek.

»Welcher Teil?«

»Der zweitbeste zu einem deiner engsten Freunde zu sein? An die Seitenlinie gedrängt zu werden?«

»Das hat mich ehrlich gesagt nicht gestört«, sagte Keith selbstbewusst, obwohl die Betonung und das leichte Brechen in seiner Stimme niemanden täuschten, besonders nicht Tomek. »Er war der beste Mann für den Job. Er hat es verdient und er hat eine Menge fantastischer Arbeit geleistet.«

Während er zuhörte, bekam Tomek den Eindruck, dass das eine bestimmte Lüge war, die Keith sich selbst so oft erzählt hatte, dass er angefangen hatte, sie zu glauben.

»Es ist fair zu sagen, dass du Herbert Tucker ziemlich gut kennst, ja?«, fragte Tomek langsam.

»Ja…«, antwortete Keith, mit Vorsicht und Besorgnis in seiner Stimme.

»Also frage ich mich, ob du zufällig weißt, wer etwas mit seinem Tod zu tun gehabt haben könnte? Irgendetwas, was du gehört haben könntest? Kommt dir jemand in den Sinn, der ihn tot sehen wollte?«

Keith pausierte einen Moment, und Stille senkte sich über den Raum. Außerhalb der dünnen Wände des Besprechungsraumes hallte das Geräusch von Gespräch und Gelächter wider. Die düstere Atmosphäre, die typischerweise mit Trauer und dem Ableben eines Verwandten oder Kollegen einhergeht, mied weiterhin das Gebäude. Und es war deutlich zu sehen, dass die einzigen Leute, die über Herbert Tuckers Tod betrübt zu sein schienen, diejenigen waren, mit denen Tomek bereits gesprochen hatte.

»Niemand fällt mir ein...«, sagte Keith und ließ sich Zeit, jedes Wort deutlich auszusprechen. Er schüttelte sanft den Kopf, schwankte ihn von einer Seite zur anderen. Inzwischen waren die Schüttler, die seinen Körper geplagt hatten, heftiger, aggressiver geworden.

»Fühlst du dich wohl?«, fragte Tomek.

»Gut. Absolut gut. Abgesehen davon, dass ich über Herbert traurig bin, natürlich. Es bringt dich einfach zum Nachdenken, nicht wahr? Dass es jedem jederzeit passieren könnte.«

Tomek rümpfte die Nase. »Statistisch gesehen ist die Wahrscheinlichkeit, dass so etwas zufällig passiert, so gering, dass du eine größere Chance hast, zweimal vom gleichen Auto angefahren zu werden«, antwortete er und kanalisierte dabei seinen inneren Oscar Perez (und hörte die Stimme des Captains in seinem Kopf, als er es sagte).

»Nun... ja. Ich verstehe, was du meinst.«

»Diese Dinge beziehen sich typischerweise immer auf jemanden, den das Opfer kennt, und passieren meistens, weil sie ihn auf irgendeine Weise verärgert haben. Verärgert bis zum Bruchpunkt«, Tomek beschloss, die Bemerkung in der Luft hängen zu lassen, ließ Keith in seiner eigenen zitternden Schweißpfütze schmoren.

»Manche Leute mögen Politiker einfach wirklich nicht.«

Amen dazu, dachte Tomek.

Noch ein Blick auf die Uhr, diesmal offensichtlicher. Genauso wie der Seufzer, der damit einherging.

»Halte ich dich von etwas ab?«, fragte Tomek.

»Was? Nein. Natürlich nicht.«

»Willst du schnell aus dem Raum?«

»Entschuldigung? Nein. Ich meine, nein. Ich... Es tut mir leid. Ich wollte dich nicht beleidigen.«

»Was hast du letzte Nacht gemacht?« Tomek hatte sehr früh in seiner Karriere herausgefunden, dass die Änderung der Gesprächsrichtung einen viel größeren Einfluss auf das Ergebnis hatte, als irgendeinem linearen Weg zu folgen. Und die Frage, die wichtigste Frage, die er gerade auf Keith abgefeuert hatte, hatte den Mann fast von seinem Stuhl geworfen.

»Letzte Nacht?«, wiederholte er stammelnd wie ein Kind. »Was ist passiert... Oh, das... Ich war, weißt du... Ich bin einfach... Ich bin nach Hause zu meiner Frau und meinen Kindern gegangen. Wir... ähm, wir blieben spät, wir drei. Ich, Sarah und Herbert. Wir haben ein paar Sachen gemacht. Redezeug. Und dann habe ich es gegen Mitternacht oder so für den Tag beendet, glaube ich. Ich... ich weiß die genaue Uhrzeit nicht. Dann bin ich nach Hause gegangen.«

»Und wo ist dein Zuhause?«

»Rochford.«

Eine zehnminütige Fahrt. Überhaupt nicht weit entfernt. Besonders mitten in der Nacht.

»Kann jemand deinen Aufenthaltsort bestätigen?«

»Ja. Natürlich. Meine Frau.«

Tomek notierte ihren Namen, Keiths Adresse und den Rest der Details, die er ihm gegeben hatte, bevor er dem Drogen nehmenden Mann versprach, dass er sich bei ihm melden würde.

KAPITEL
DREIZEHN

Tomek hatte den Wasserkocher angestarrt, lange nachdem dieser mit dem Kochen fertig war. Erst als sich die Tür zur kleinen Küchenzeile öffnete, kam sein Verstand wieder in Gang. Und selbst dann lief er nur mit halber Kraft. Dort im Türrahmen, seinen Körper fast ausfüllend, stand DS Sean Campbell. Der überlebensgroße und größer als alle anderen, denen Tomek je begegnet war, Sergeant trug ein schlichtes T-Shirt mit einer schicken grünen Jacke darüber. Es war ein neues Outfit für seinen Freund, und nach dem Rest zu urteilen – der maßgeschneiderten Jeans und den eleganten Schuhen – war es eine komplett neue Garderobe.

»Die gefällt mir«, sagte Tomek und zeigte auf Seans Jacke.

»Danke«, sagte er und betrachtete sich selbst von oben bis unten. »Das nennt man ein Shacket.«

»Ein was?«

»Ein Shacket.«

»Wofür steht das? Scheiß-Jackett?«

»Nein. Ich meine, ja, du könntest es wahrscheinlich so nennen, aber ich würde es vorziehen, wenn du es nicht tust. Es steht für Shirt-Jacket.«

»Ein Hemd, das wie eine Jacke aussieht?«

»Ja...«

»Originell. Wo hast du es her?«

»M&S.«

»Ach du liebe Zeit. Bist du schon in dem Alter?«

»Verpiss dich.«

»Ich kritisiere das nicht. Sie machen gute Sachen. Wirklich gute Sachen, tatsächlich. Bequem und auch stilvoll. Willkommen im Club.«

»Heißt das, ich bin alt?«, fragte Sean, während seine Schultern herabsanken.

»Nur älter als jeder auf dem Planeten, der jünger ist als du.«

»Großartig. Man merkt, dass du Zeit mit dem Captain verbracht hast.«

Tomek zuckte mit den Schultern. »Vielleicht bin ich Captain 2.0 in der Mache.«

»Das ist das Letzte, was die Welt braucht.«

Ein Grinsen umspielte Tomeks Lippen. »Oder vielleicht ist es *genau das, was die Welt braucht.«

»Es ist jetzt also deine heilige Pflicht, jeden auf der Welt zu informieren und zu bilden, ja?«

»Nur wenn sie bei M&S einkaufen.«

»Scheiße.«

Scheiße in der Tat. Tomek hatte schon eine Weile nicht mehr so mit Sean gelacht und gescherzt. Die Dinge waren in letzter Zeit auf und ab gegangen, und er war froh, dass dies eines dieser seltenen, aber angenehmen Hochs war.

»Ist der Rest des Ensembles auch von M&S?«

»Ist es.«

»Was hat dich dazu gebracht, es zu kaufen?«

»Victoria.«

»Wow. Die Sache muss ernst sein. Lass nicht zu, dass sie verändert, wer du bist, Kumpel. Lass nicht zu, dass sie dich dazu bringt, Dinge zu tun, die du nicht tun willst.«

Sean mochte diesen Kommentar nicht. Er schätzte ihn nicht. Tomek erkannte, dass er es wahrscheinlich auch nicht hätte sagen sollen, kurz danach. Aber jetzt war es zu spät. Die Patrone war aus der Startpistole heraus, und was ein nettes, positives, freundschaftliches Gespräch gewesen war, war gerade einige Stufen nach unten gefallen.

»Was ist mit dir und Abigail?«, fragte Sean und lenkte das Gespräch für einen Moment von sich weg.

»Es gibt kein 'Ich und Abigail'. Wir wollen morgen Abend zum Essen ausgehen. Aber das ist nur, weil sie mich in den letzten paar Wochen darum angebettelt hat, und ich hoffte, sie könnte mir einige Einblicke in Herbert Tucker geben.«

»Klingt ein bisschen... *transaktional*.«

Transaktional. Tomek wiederholte das Wort in seinem Kopf mehrmals, bis es nur noch eine Kombination aus Buchstaben und Lauten wurde.

»Alles, was ich sagen will, ist«, begann Sean, und Tomek spürte, dass er nun an der Reihe war, einen Tiefschlag zu kassieren, »eine Beziehung, die auf Transaktionen basiert, scheint keine gute zu sein.«

»Richtig«, antwortete Tomek absichtlich knapp. »Danke.«

Sean rutschte unbehaglich auf seinen Füßen hin und her. »Nimm es von jemandem mit Erfahrung«, sagte er.

»Richtig. Klar. Werde ich tun.«

Als Tomek die Küche verlassen wollte, trat Sean beiseite. Als er die Tür erreichte, rief sein Freund ihn zurück.

»Hey, bist du am Wochenende noch beim Spiel dabei?«

»Ja«, antwortete Tomek. »Sollte klappen.«

Dann ging er.

»Tomek... Tomek...«, rief Sean ihm nach, aber er ignorierte ihn und ging weiter. »Du hast vergessen, deinen Kaffee fertig zu machen!«

———

Kurz darauf hatte Nick ein weiteres Treffen im Haupteinsatzraum einberufen. Als Tomek sich einen Platz suchte, brachte Sean eine dampfende Tasse Kaffee und stellte sie vor ihn.

»Du wirst senil in deinem Alter«, sagte Sean und blitzte mit seinen Zähnen in einem Lächeln. »Erst M&S, jetzt das.«

Tomek schaute auf das Getränk. Er wollte es eigentlich nicht – es war fünf Uhr, zu spät, und er hatte es von Anfang an nicht wirklich gewollt – aber er war zu höflich, um abzulehnen.

»Wenn ich etwas zum Maßstab nehmen kann, wirst du in ein paar Jahren in meine Fußstapfen treten.«

»Verdammt, hoffe ich nicht«, sagte Sean, als er sich neben Tomek setzte.

»Ein paar Jahre, Kumpel, das sag ich dir. Ein paar Jahre... Du wirst feststellen, dass manche Dinge mit dem Alter einfacher werden.«

»Wie was?«

»Einschlafen. Deine Couch wird dein bester Freund und manchmal dein neues Bett.«

Sean öffnete seinen Mund, um zu antworten, wurde aber von Nick unterbrochen, der gerade den Raum betreten und die Tür hinter sich zugeschlagen hatte.

»Also gut, ihr Haufen Taugenichtse«, sagte er und eilte an die Spitze des Raumes. »Es sind ein paar Stunden vergangen, und ich brauche ein Update. Was habt ihr? Irgendwelche Neuigkeiten von der Obduktion?«

»Nein, Chef«, antwortete Nadia.

»Gut. Kannst du sie sofort anrufen?«

»Natürlich.«

Nadia senkte ihren Kopf und begann, eine Nachricht auf ihrem Handy zu tippen. Nick führte das Gespräch weiter.

»Was noch?«, fragte er.

Tomek öffnete seinen Mund, um als Erster zu sprechen, wurde aber von Chey überholt.

»Ich habe Herbert Tuckers Auto gefunden«, sagte der junge Detektiv.

»Du hast es persönlich gefunden?«

»Nein. Nicht ganz. Jemand anderes hat es gefunden und gemeldet. Ich habe nur seine Bewegungen verfolgt, sobald ich wusste, wo es war.«

»Und wo war es?«

»Auf dem Parkplatz entlang der Thorpe Bay.«

Nicks Kopf zuckte zu Tomek, bevor er wieder zu Chey zurückschwang. »Du willst mir sagen, es war die ganze Zeit nur ein paar Meter vom Tatort entfernt geparkt und niemand hat es gefunden? Nicht einmal unser DS Bowen und DC Perez?«

»Ich... ich meine... ich will niemanden verpetzen-«

»Das war ein Versehen, Sir«, sagte Tomek und sprang zu seiner und seiner Kollegin Verteidigung. »Wir wollten so schnell wie möglich ins Büro zurückkehren mit der Nachricht, dass Herberts Leiche gefunden worden war.«

Und um aus dem Regen zu kommen. Aber das musste Nick sicherlich nicht wissen.

»Wir leben im verdammten einundzwanzigsten Jahrhundert, Tomek. Du hast ein Handy, und so hat jeder andere in diesem Raum. Vielleicht hättest du dein verdammtes Gehirn benutzen und es melden können, während ihr nach dem Auto gesucht habt.« Nick ließ einen langen, hörbaren Seufzer aus. Seine Schultern sanken, und er schüttelte abfällig den Kopf. »Chey, was passiert als Nächstes, bitte?«

»Die Forensik hat das Auto in Verwahrung genommen und untersucht es so bald wie möglich. Ihre Sorge gilt momentan den Beweisen, die durch den Regen und Wind verloren gegangen sind, aber sie haben das Innere, was ihrer Meinung nach ausreichend sein wird. Sie sind zuversichtlich, dass wir dort reichlich DNA finden werden.«

»Großartig. Und was ist mit der Herkunft?«

»Gut, dass Sie fragen, Sir.« Chey hatte seinen Laptop mitgebracht und mit ein paar Knopfdrücken seinen Computerbildschirm auf den Fernseher übertragen, der an der Wand hing. Darauf war eine kleine Karte von Southend. Das Gebiet war weitgehend grau eingefärbt, außer einer dicken, roten Linie, die sich durch die Straßen der Stadt schlängelte, bis sie am Strand von Thorpe Bay zum Stillstand kam. »Das Fahrzeug folgte dieser Route. Alles in allem etwa eine zwanzigminütige Fahrt.«

»Wann war das?«, fragte Nick.

»Ich würde sagen zwischen drei Uhr vierzehn und drei Uhr vierundzwanzig morgens, Chef.«

»Gibt es keine Videoaufnahmen vom Inneren des Parkplatzes an der Strandpromenade?«, fragte Sean und beugte sich in seinem Stuhl vor, als ob er physisch in das Gespräch eintreten würde.

Chey, immer noch am Kopf des Raumes, blies eine Himbeere durch seine Lippen. »Sei nicht albern. Das wäre zu einfach.«

»Sie haben die Preise kürzlich erhöht. Ich dachte, sie hätten überall Kameras angebracht, um die Leute zu erwischen?«

»Deshalb haben sie Verkehrsüberwachungsbeamte, Kumpel.«

Bekannt bei vielen als die schlimmsten Menschen, die es gibt.

»Irgendein Anblick des Fahrers in den Aufnahmen?«

»Leider nein«, antwortete Chey. »Viele der Kameras hier sind, ganz offen gesagt, Scheiße. Ich habe bessere Bilder vom Weltraum gesehen als von diesen verdammten Dingen. Aber wie auch immer, es ist nur einer der vielen Kämpfe, die ich im Rahmen meiner Arbeit ertragen muss. Und das alles dank des Gemeinderats. Die sind diejenigen, die die Technologie auf dem neuesten Stand halten sollen.«

»Was ist mit der Zeit, nachdem das Fahrzeug auf dem Parkplatz angekommen war?«, fragte Nick und trat wieder ins Gespräch ein. »Gibt es etwas, was darauf hindeutet, dass er in ein Haus oder Gebäude gebracht wurde, bevor er getötet wurde?«

»Noch nicht, Sir.«

»Wohin ist der Killer danach gegangen, Chey? Hast du irgendwelche Aufnahmen von einem Auto, das den Tatort verlässt?«

Chey schüttelte langsam den Kopf, vorsichtig, um den Hauptinspektor nicht zu verärgern. »Nichts, was ich bisher gesehen habe, Sir. Aber natürlich werde ich weiter suchen.«

Nick seufzte wieder, diesmal schwerer. »Wir haben also keine Aufnahmen vom Verbrechen oder vom Auto, das in den Parkplatz einfährt, wo die Leiche gefunden wurde. Wir haben keine Beweise für das Gesicht des Fahrers-«

»Ich meine, es gibt einen Screenshot«, unterbrach Chey. »Aber er ist so verschwommen wie eine betrunkene Nacht.«

»Ist mir egal. Wir können ihn trotzdem verwenden. Hat jemand gute Neuigkeiten?«

Jetzt war Tomeks Runde. Er räusperte sich, bevor er begann, und erklärte mit Rachels Hilfe die Treffen, die sie mit Sarah Jewell und Keith Ferguson hatten.

»Was denkst du?«, fragte Nick. »Hat einer von ihnen etwas damit zu tun?«

»Beide geben mir rote Flaggen«, antwortete Rachel.

»Was bedeutet das, für die ältere Generation?«, fragte Nick.

»Wie rote Flaggen in einer Beziehung. Warnzeichen.«

»Hmm. In Ordnung. Welche roten Flaggen geben sie dir?«

»Nun«, sagte Rachel, ihre Augen schnell zu Tomek blickend, als ob sie um Zustimmung bäte. Er gab sie mit einem Kopfnicken. »Sarah kennt Herbert Tucker seit Jahren. In dieser Zeit hat sie *mit* ihm gearbeitet, und jetzt arbeitet sie *unter* ihm.«

»Und ich wette, sie macht noch viel mehr *unter* ihm«, fügte Tomek hinzu.

»Wie das?«, fragte Victoria. Bis jetzt hatte die Inspektorin am Rand des Gesprächs gesessen, fast im Hintergrund des Raumes verschwunden, und Tomek hatte vergessen, dass sie überhaupt anwesend war.

»Sarah nennt ihn Herbie. Als ich seine Frau besucht habe, hat sie ihn bei keiner Gelegenheit mit einem solch niedlichen Spitznamen genannt.«

»Was ist mit all den niedlichen Spitznamen, die du für uns hast?«, fragte Nadia.

»Völlig anders«, antwortete Tomek. »Meine sind Kosenamen. Während ich denke, dass ihre hauptsächlich für das Schlafzimmer reserviert sind.«

»Du denkst, sie haben eine Affäre?«

»Würde mich nicht überraschen. Du weißt, wie diese Politiker sind.«

»Stopp«, sagte Nick und hob seine Hand, um Tomek am Weitersprechen zu hindern. »Hör sofort auf zu reden und erzähl mir von Tuckers politischem Komplizen, Keith...«

Tomek hielt absichtlich seinen Mund geschlossen, wie ihm befohlen wurde, bis Nick die lustige Seite daran nicht mehr sah. Was er eigentlich von Anfang an nicht hatte.

»Herr Ferguson war definitiv auf etwas, als ich heute früher mit ihm gesprochen habe. Er war nervös, schwitzte und fühlte sich unwohl. Größtenteils aufgrund seiner Befürchtungen, dass er der Nächste sein könnte, weil seiner Meinung nach Politiker nicht beliebt sind. Nicht sicher, woher er diese Idee hatte. Aber ich denke, die Paranoia könnte etwas mit den Drogen in seinem System zu tun haben. Davon abgesehen behauptet er, das Gebäude um Mitternacht verlassen zu haben und nach Hause zu seiner Frau gegangen zu sein, aber er wohnt nur zehn Minuten Fahrt entfernt, also hätte er um drei Uhr morgens zurückkommen und Herbert Tucker töten können.«

»Motive? Was hat er?«

»Immer der Zweitbeste zu sein? Beiseite geschoben zu werden, während sein bester Freund den ganzen Ruhm erntet? Ich denke, das hätte mich ein bisschen aufgebracht.«

Tomek wusste nicht, ob es unfreiwillig oder bewusst war, aber Sean hatte ihn angeschaut. Er hatte die winzige Bewegung aus dem Augenwinkel bemerkt. Und er spürte die Besorgnis im Gesicht seines Freundes, dass vielleicht etwas Ähnliches zwischen ihnen passierte. Es war kein Geheimnis, dass beide eine Beförderung zum Inspektor wollten, aber da einer von ihnen in der Unterwäsche des jetzigen Stelleninhabers steckte, brauchte man kein Genie, um herauszufinden, wer wahrscheinlich zuerst befördert werden würde. Und wenn das der Fall war, dann hoffte Tomek nur, dass er nicht seinen besten Freund tötete und sich einem Leben mit Drogen und langweiliger politischer Arbeit zuwandte.

»Noch etwas?«, fragte Nick.

»Ja«, rief Nadia und lenkte alle ab. »Habe gerade eine E-Mail von Lorna bekommen. Sie sagte, wir sollen die Tür überprüfen.«

»Was-?«

Bevor Nick fertig sprechen konnte, klopfte es an der Tür, und herein trat Lorna Dean, die Pathologin des Innenministeriums. Ihr feuerrotes Haar war offen, und sie trug einen dünnen grauen Strickpullover, der bis zu ihrem Hals reichte.

»Da spricht man von einem Auftritt«, sagte Tomek.

»Nichts geht über ein bisschen Theater, Schätzchen. Ich wollte euch nur wissen lassen, dass die Obduktion erledigt ist. Herbert Tucker – oder Herbert der Perverse, wie einige der Jungs im Krankenhaus ihn nannten – ist aufgeschnitten, untersucht und bereit für euch zur Überprüfung.«

Tomek fand Gespräche und Erfahrungen mit Lorna schon immer chaotisch und gleichzeitig faszinierend. Sie war weiter auf dem Spektrum der Verrücktheit als der Rest von ihnen, aber das musste sie auch sein, um den Job zu machen, den sie machte: den ganzen Tag tote Körper anstarren, ihre Organe entfernen, wiegen, untersuchen. Da mussten ein paar Schrauben in ihrem Kopf locker sein.

»Na dann«, sagte Nick und ließ einen weiteren Seufzer aus seinen Nasenlöchern entweichen. »Was hast du gefunden?«

»Ein paar Dinge, die euch gefallen könnten«, begann sie und genoss das Theater der Situation und die Aufmerksamkeit des Publikums. »Das Erste ist, dass Herbert Tucker eine gebrochene Nase hatte. Kürzlich auch. Möglicherweise von einer Faust oder einer Stirn, aber angesichts der Größe und Dichte des Bruchs würde ich sagen, er kam von einer Stirn. Er könnte einen Kopfstoß bekommen haben.«

»Ein Glasgow Kiss«, sagte Tomek, ohne nachzudenken.

»Was ist das?«, fragte Nick.

»Ein Glasgow Kiss. So nennt man das in Glasgow.«

»Nein, wirklich. Aber du bist weder Schotte noch aus Glasgow, also was hat das mit irgendetwas zu tun?«

Tomek mochte diese Version von Nick nicht. Die aggressive, unverschämte Bastard-Version. Klar, der Mann war gerade von mehreren Wochen Urlaub zurückgekommen, nachdem seine Tochter von einem paranoiden Schizophrenen ins Krankenhaus gebracht worden war. Und klar, er würde zweifellos einen enormen Druck von den Medien, der Polizeihierarchie und anderen Mitgliedern der politischen Elite bekommen, um Herberts Mörder zu finden, aber das bedeutete nicht, dass er so ein Arschloch sein musste.

Tomek war sich sicher, dass sein Kommentar relevant war. Er wusste nur noch nicht, warum.

»Nichts, Sir. Nur mein Gehirn, das mir wieder Streiche spielt.«

»Wie auch immer«, fuhr Lorna fort, bevor ein Streit ausbrach. »Wie ich sagte, meine Vermutung wäre ein Kopfstoß – ein Glasgow Kiss.« Lorna schenkte Tomek ein schnelles Lächeln, bevor sie fortfuhr. »Nun, weiter. Die Todesursache. Die wird euch gefallen. Nun, vielleicht auch nicht. Jedenfalls, Ammoniak.«

»Ammoniak?«, wiederholte Nick.

»Ja. Ich glaube, es ist üblicherweise in Gartenprodukten zu finden,

Dünger und so was, und auch in Reinigungsmitteln. Es ist sehr reizend und sehr gefährlich, wenn es auf deine Haut gelangt, ähnlich wie unser eigener Herr Bowen dort drüben.«

Lornas Versuch, die Stimmung aufzulockern, funktionierte, als einige seiner Kollegen mit ihr jubelten, dann verschwand es schnell wieder.

»Ammoniak wurde um seinen Mund, seinen Hals hinunter und in seinen Lungen gefunden. All das lässt mich vermuten, dass es ihm die Kehle hinuntergegossen wurde.«

»Ist das der Grund, warum er nach Pisse roch?«, fragte Martin. Er, wie Victoria, war bis jetzt fast bedeutungslos im Gespräch gewesen.

»Ja. Aber im großen und ganzen ist es einer der angenehmeren Gerüche, die man an einer Leiche haben kann.«

»Sicher.«

Tomek hatte eine Frage, aber anstatt sie laut zu stellen, hob er seine Hand und wartete geduldig darauf, dass Lorna ihn auswählte. »Du sagtest, es war um sein Gesicht herum... Ist das der Grund, warum es aussah, als hätte er jemanden mit Lippenstift geküsst?«

»Ja! Genau. Und das ist ein brillanter Übergang zu meinem nächsten Punkt, also danke.« Sie schoss einen Fingerzeig in seine Richtung. »Als Herbert Tuckers Leiche gefunden wurde, war er in eine Bettdecke gewickelt. Dies ermöglichte es uns größtenteils, viel von der DNA auf seinem Körper zu konservieren, und eines der Dinge, die ich fand, war ein kleines Stück Lippenstift an seiner linken Hand. Also hatte ihn letzte Nacht definitiv jemand geküsst.«

Und es gab nur eine Person, die es gewesen sein konnte.

KAPITEL
VIERZEHN

Sarah Jewell saß bereits seit fast zwanzig Minuten im Verhörraum und wartete darauf, dass DC Martin Brown und DC Oscar Perez kommen würden, während Tomek und der Rest des Teams aus dem Einsatzraum zusahen.

Sie saß da mit überkreuzten Beinen und Armen. Tomek hatte versucht, das psychologisch zu deuten – dass sie sich selbst schützte, dass sie Angst vor dem hatte, was gleich passieren würde – aber er hatte das in der Vergangenheit schon einmal versucht und lag so weit daneben, dass er damit aufhörte, sobald Martin und Oscar den fensterlosen Raum betraten.

»Entschuldigen Sie die Wartezeit«, sagte Martin zu ihr.

»Ist... ist alles in Ordnung?«

»Ja. Wir mussten nur noch einige Dinge erledigen.«

»Nein, ich meinte wegen Herbie. Und weshalb ich hier bin. Ich bin nicht sicher, warum...«

»Wir haben nur noch ein paar Fragen zu gestern Abend«, fuhr Martin fort. Seine Haare waren länger und glänzender als ihre, und für dieses Verhör hatte er sie zu einem Dutt auf seinem Kopf zusammengebunden.

»Ja, das hat Ihr Kollege schon gesagt. Aber ich weiß nicht, wie viel mehr ich Ihnen sagen kann.«

»Wie wäre es, wenn Sie damit anfangen, uns die Wahrheit zu sagen?«, blaffte Oscar sie an, sein Ton nachdrücklich.

Der Kloß in Sarahs Hals war deutlich auf dem Bildschirm zu sehen. »Die Wahrheit? Ich weiß nicht, was Sie... Ich...«

»Tragen Sie Lippenstift, Sarah?«, fragte Martin.

»Lippenstift?«

»Ja. So wie den, den Sie jetzt tragen. Tragen Sie oft Lippenstift?«

»Ja, ich... ich habe ein paar verschiedene Marken in meiner Kosmetiktasche im Büro.«

»Warum tragen Sie ihn?«

Sarahs Kopf neigte sich zur Seite, verwirrt von der Frage. Und Tomek musste zugeben, dass er dasselbe tat und aus demselben Grund.

»Was meinen Sie mit 'Warum trage ich ihn'? Warum tragen Sie die Kleidung, die Sie tragen? Warum haben Sie lange Haare? Warum tragen Sie einen Männerdutt?«

»Beantworten Sie bitte die Frage«, sagte Martin, seine Stimme neutral, ruhig.

Der Seufzer war durch die Lautsprecher deutlich zu hören. »Ich trage ihn, weil ich mich dadurch besser fühle.«

»Gut«, fuhr Oscar fort. »Und haben Sie ihn gestern Abend getragen?«

»Ich... ich glaube schon, ja. Warum? Was ist diese Faszination mit meinem Lippenstift?«

»Nur Routinefragen.«

»Die wirken nicht sehr routinemäßig. Ihre Kollegen haben mir das vorhin nicht gefragt.«

Sarah wurde zunehmend unruhiger und frustrierter, und das beunruhigte Tomek. Er fragte sich, was sie zu verbergen hatte. In solchen Momenten wünschte er sich, er wäre in diesem Raum, aber weil er sich entschieden hatte, die Karriereleiter zu erklimmen, gab es solche Gelegenheiten nur noch selten. Das war typischerweise eine Aufgabe, die den Konstablern des Büros überlassen wurde.

»Ich frage Sie noch einmal, Sarah«, begann Martin. »Können Sie uns sagen, was gestern Abend wirklich passiert ist?«

»Ich habe es Ihnen gesagt. Wir haben bis spät gearbeitet.«

»Bis drei Uhr morgens?«

»Ja.«

»Nur Sie beide?«

»Keith war auch da.«

»Nicht nach Mitternacht. Das lässt Sie beide für drei Stunden allein.«

»Und?«

»Und wir haben Lippenstift auf seiner Hand und Ejakulat in seiner Hose gefunden.«

Und dann fiel der Groschen. Sarahs Mund klappte auf und ihr Blick fiel niedergeschlagen auf den Tisch.

»Hatten Sie gestern Abend Sex mit Herbert Tucker?«, fragte Oscar.

»J-ja«, antwortete Sarah mit brechender Stimme.

»War es einvernehmlich?«

»Ja! Natürlich. Oh Gott, ja, es war einvernehmlich. Er hat mich nicht zu irgendetwas gezwungen.«

»War das das erste Mal, dass so etwas zwischen Ihnen beiden passiert ist?«

Diesmal zögerte Sarah sehr lange. Ein Zögern, das ihnen praktisch schon die Antwort verriet.

»Nein«, antwortete sie leise und schluckte schwer.

»Wäre es fair zu sagen, dass Sie beide eine Affäre hatten?«

»Ich... Wir... Ja. Ja, wir hatten eine Affäre.«

»Wie lange schon?«

»Etwa... Juli, August, September... sechs Monate«, antwortete sie, während sie an den Fingern abzählte.

»Wusste sonst jemand davon?«

Sarah schüttelte den Kopf. »Seine Frau nicht. Zumindest glaube ich das nicht. Sie hat mich jedenfalls nie darauf angesprochen. Aber Keith wusste es... er hat uns einmal erwischt. Im Büro, nachdem alle gegangen waren. Aber er versprach, nichts zu sagen. Und ich glaube, er hat Wort gehalten. Sonst wäre es ein Skandal gewesen, wenn es herausgekommen wäre, wie beim letzten Mal...«

»Beim letzten Mal?«, fragte Oscar. »Das ist schon einmal passiert?«

»Ich... Ich weiß nicht, ob ich das wirklich sagen sollte.«

»Frau Jewell«, begann Martin. »Dies ist Teil einer Mordermittlung. Wenn Sie irgendetwas wissen, egal wie irrelevant es erscheinen mag, müssen Sie es uns sagen. Bitte beantworten Sie die Frage meines Kollegen.«

»Ja. Es war schon einmal passiert. Ich... Ich kenne ihren Namen nicht, aber Herbert hatte lange Zeit eine Affäre mit ihr, und es gab sogar Gerüchte, dass sie zusammen ein Kind hatten.«

Tomeks Ohren spitzten sich.

»Wo sind die Mutter und das Kind jetzt?«

Sarah schüttelte den Kopf. »Ich weiß es nicht. Ich glaube, sie haben die Stadt verlassen oder so.«

Nie wieder gehört. Wahrscheinlich mit einer großen Summe Geld abgefunden. Was für ein widerlicher Kerl Herbert Tucker doch war. Zuerst eine Affäre mit einer Frau. Dann sie schwängern. Dann nichts mit dem Kind zu tun haben wollen, während er die heile Familie mit Nora, Whitney und Eleanor spielte, und dann noch eine weitere Affäre haben.

Herbert Tucker war die schlimmste Sorte Mann. Und trotzdem warfen sich ihm die Frauen noch zu Füßen.

»Wusste seine Frau von der Affäre?«, fragte Martin.

»Ich... glaube schon. Aber anscheinend war sie damit einverstanden, sie vergab ihm und dann haben sie es in Ordnung gebracht. Er sprach nicht gerne viel darüber...«

Tomek konnte sich nichts vorstellen, was die Stimmung mehr killen würde, als der Frau, mit der man gerade seine Ehefrau betrog, die vorherige außereheliche Affäre zu erklären. Das hätte *ihn* sicherlich von allem abgebracht.

»Nur damit ich das richtig verstehe«, begann Oscar, sprach deutlich und legte beide Hände auf den Tisch. »Herbert Tucker hat in der Vergangenheit mit jemandem geschlafen, er hat sie schwanger gemacht, sie bekam das Kind, er hatte nichts damit zu tun, und seine Frau vergab ihm. Dann, vor sechs Monaten, begannen Sie beide eine geheime Affäre miteinander, Keith Ferguson ist der Einzige, der davon weiß, und Sie haben letzte Nacht miteinander geschlafen?«

»Ja.«

»Und dann haben Sie ihn auf die Hand geküsst?«

»Ja.«

»Warum?«

Sarah fuhr mit dem Finger über die Kontur ihrer Lippen, um Zeit zu gewinnen.

»Das mochte er so.«

»Entschuldigung?«, fragte Martin verblüfft.

»Wissen Sie, nachdem wir... nachdem wir es... *getan hatten*, sagte er mir, ich solle ihn auf die Hand küssen. Anfangs fand ich das etwas seltsam, aber dann gewöhnte ich mich daran. Es war einfach eine seiner kleinen Marotten, verstehen Sie. Jemand wie er hat sowas eben. Aber er zwang mich nie dazu, wenn ich nicht wollte.«

»Also haben Sie jedes Mal nach dem Sex seine Hand geküsst?«

»Ja.«

Als wäre er der König, badend in seiner eigenen Großartigkeit und Selbstgerechtigkeit.

»Und mit dem Lippenstift, den Sie gestern Abend trugen?«

»Er hat ihn extra für mich gekauft«, antwortete sie. »Er hat ihn mir als Geschenk gegeben. Er mochte es, wenn ich ihn jedes Mal trug, wenn wir... Sie wissen schon.«

Als wäre sie die Dienerin, die er mit Geschenken bestach.

»Können Sie mir die Marke des Lippenstifts nennen?«

»Er heißt Strawberry Surprise von Christian Dior. Er war parfümiert und hatte kleine Glitzerpartikel darin. Er sagte, er möge es, ihn danach auf seiner Hand zu riechen. Dass es ihn an unsere gemeinsame Zeit erinnere.«

Tomek hatte in seinem Leben einige seltsame Dinge getan, er hatte einige Merkwürdigkeiten in seinen sexuellen Begegnungen erlebt, aber nichts so Bizarres und Perverses wie das.

Vielleicht war es gar nicht Sarah, die psychoanalysiert werden musste. Stattdessen war es der tote Mann, der die vielen Fragen, die Tomek an ihn hatte, nicht mehr beantworten konnte.

KAPITEL
FÜNFZEHN

Tomek war erledigt. Es hatte sich wie der längste Tag aller Zeiten angefühlt, und es lagen noch ein paar Stunden vor ihm, in denen er völlig klar im Kopf sein musste.

Früher, bevor Kasia in sein Leben getreten war, wäre er nach Feierabend nach Hause gekommen, hätte etwas in der Mikrowelle erhitzt oder die Reste vom Vortag aufgewärmt und wäre dann auf dem Sofa eingeschlafen, manchmal keine halbe Stunde nach seiner Heimkehr. Aber jetzt, da er eine Tochter hatte, um die er sich kümmern und sorgen musste, war das ein Luxus, den er sich nicht mehr leisten konnte. Kasia forderte seine Zeit und Aufmerksamkeit.

Heute Abend war es nicht anders.

Er fand sie am Tisch im Wohnzimmer sitzend, den Kopf über ein Übungsheft gebeugt.

»Worüber lernst du gerade?«, fragte er, während er seine Schuhe an der Eingangstür abstreifte und seine Schlüssel und Geldbörse in eine kleine Schale legte.

»Sarkasmus.«

»Was? Das war eine ernstgemeinte Frage.«

Kasia schüttelte den Kopf und legte ihren Stift hin. »Nein, Papa. Wir lernen, wie man Sarkasmus erkennt... für Englisch.«

»Lernen übers Lesen? Nicht Lesen übers Lernen?«

Tomek lächelte scherzhaft, aber sie erwiderte es nicht.

»Ich wusste, dass du was zu sagen hättest.«

»Das ist halt so eine Papa-Sache.«

»Oder einfach nur eine *du*-Sache.«

Tomek legte eine Hand auf ihren Rücken und streichelte ihn sanft. »Das war ein netter Versuch, aber du musst noch ein bisschen üben, bevor du so groß bist wie ich und mir das ins Gesicht sagen kannst.«

»So weit bin ich gar nicht mehr davon entfernt.«

Bevor Tomek antworten konnte, zog Kasia den Stuhl unter dem Tisch hervor und stellte sich gerade vor ihn hin. Der Scheitel ihres Kopfes reichte bis zu seiner Schulter.

»Wie ist das passiert? Noch wichtiger, *wann* ist das passiert?«

Tomek dachte zurück an den Tag, als sie zum ersten Mal an seine Tür geklopft hatte. Wie klein sie gewesen war, wie klein ihre Gestalt. Aber jetzt, innerhalb von nur wenigen Monaten, war sie in die Höhe geschossen.

»Das nennt man einen Wachstumsschub«, erklärte sie ihm sarkastisch. »Du erinnerst dich vielleicht nicht mehr an deinen, weil das schon so lange her ist.«

»Autsch. Volltreffer. Der war gut«, sagte er und hielt seine Hand für ein High-Five hoch. Als sie nicht reagierte, senkte er die Hand und ging in die Küche. Im Kühlschrank fand er eine Dose Bier und öffnete sie. »Du bist ja richtig in Fahrt«, fügte er hinzu, als er zum Tisch zurückkehrte.

»Nicht so sehr wie dein Bauch, nachdem du das heutige Abendessen gegessen hast.«

Tomek war beeindruckt. Sie war nicht nur akademisch intelligent (obwohl es einige Fächer und Lehrer gab, bei denen sie sich verbessern musste), sondern auch witzig und schlagfertig, geistreich und sarkastisch.

»Ich habe dich gut ausgebildet«, sagte er und erlebte seinen ersten richtigen „stolzer Papa"-Moment. Er wollte sich vorbeugen und ihr einen Kuss auf die Stirn geben, entschied sich aber dagegen. Sie waren nie *so* liebevoll miteinander umgegangen. Es war schwierig, wenn sie einander nur einen Winter lang kannten. Sie hatten nicht die letzten dreizehn Jahre ihres Lebens gehabt, um diese Verbindung aufzubauen. Und

Tomek vermutete, dass sie vielleicht nie entstehen würde. Dass die unsichtbare Blase zwischen ihnen vielleicht nie platzen würde. Dass sie vielleicht nie genug nachgeben würde, um es zu ermöglichen. Selbst als er sie aus den Klauen des Todes gerettet hatte, hatte es keine Zuneigung gegeben, keine Umarmung. Er hatte einfach nur ihre Hand gehalten und sich gewünscht, er könnte seine Arme um sie schlingen und sie fester an sich ziehen.

Dieses Gefühl überkam ihn jetzt wieder.

»Wie war die Schule?«, fragte er und schluckte den Kloß in seinem Hals hinunter.

»Gut«, sagte sie. »Langweilig. Aber Hauswirtschaft hat Spaß gemacht.«

»Was habt ihr heute gemacht?«

»Apfelkrümel.«

»Schön. Wo ist er?«

»Es ist nichts mehr übrig. Wir haben alles zum Mittagessen aufgegessen.«

»Du hast einen ganzen Apfelkrümel gegessen?«

Sie zuckte mit den Schultern. »Wir hatten Hunger.«

»Dann muss ich mir wohl einfach vorstellen, wie gut er geschmeckt hat.«

Kasia grinste und wandte sich wieder ihrer Lektion über Sarkasmus zu. Er ließ sie in Ruhe und wärmte die Reste des Essens auf, das sie für ihn gekocht hatte. Ein Chili con Carne. Schön einfach. Leicht genug für eine Dreizehnjährige, ohne zu viel Chaos in der Küche anzurichten. Und sie hatte recht: es war scharf, sehr scharf. Und als er in den Gewürzschrank schaute, fand er heraus, warum: das scharfe Chilipulver war zur Hälfte verbraucht, und jetzt standen sein Mund und seine Nase in Flammen.

Nachdem er sie mit Hilfe eines Bündels Taschentücher und ein paar Gläsern Milch beruhigt hatte, ließ Tomek sich auf das Sofa fallen und schaltete den Fernseher ein. Er schenkte ihm kaum Aufmerksamkeit. Es gab nichts Gutes; alles war nur Lärm, eine Ausrede für ihn, um dazusitzen und über die Ereignisse des Tages nachzudenken, ohne in Stille zu sitzen. Aber es funktionierte nicht. Während er eigentlich über

Herbert Tucker und die Person oder Personen nachdenken sollte, die ihn tot sehen wollten, wenn die Liste der Feinde, die Sarah ihm gegeben hatte, irgendetwas bedeutete, konnte er nur an Kasia und *diese* Nacht denken. Und all die anderen Nächte danach.

Letzte Nacht. Und die Nacht, die kommen würde.

»Hey«, rief er ihr zu, aber sie hörte ihn nicht; sie hatte ihre Kopfhörer eingesteckt und wippte mit dem Kopf im Takt.

Anstatt aufzustehen und sie mit einer Handbewegung oder einer sanften Hand auf der Schulter abzulenken, nahm er ein Kissen unter sich hervor und schleuderte es durch den Raum.

»Aua! Warum hast du das gemacht?«

»Ich wollte mit dir reden.«

»Oh.«

»Was hörst du?«

»Taylor Swift.«

Das Gleiche wie anscheinend jedes dreizehnjährige Mädchen auf der Welt. Sie war vernarrt in die Popsängerin und hatte ihn sogar gefragt, ob sie zu einer bevorstehenden Tour gehen könnten. Aber als er die Ticketpreise gesehen hatte, hätte sein Herz fast aufgegeben, obwohl ihn das nicht davon abgehalten hatte, es wie Hunderttausende andere Menschen trotzdem zu versuchen. Erfolglos.

»Kannst du es einen Moment ausschalten?«, fragte er sanft.

Zögernd tat sie, worum er gebeten hatte, da sie bereits ahnte, was kommen würde.

»Ich...«, begann Tomek. »Hast du über das nachgedacht, was wir heute Morgen besprochen haben?«

»Ich will mit niemandem sprechen. Das habe ich dir gesagt.«

»Ich weiß, aber ich denke, du solltest es tun. Es muss nicht für immer sein. Nur bis die Dinge anfangen... besser zu werden.«

»Und was, wenn sie das nie tun?«

»Das werden sie. Vertrau mir. Es gab eine Zeit, in der ich dachte, ich würde nie wieder mit deinen Großeltern sprechen, aber schau, wie das ausgegangen ist.«

Das schien sie nicht zu überzeugen. Sie war ein verängstigter und besorgter Teenager, der etwas Traumatisierendes und Schreckliches erlebt hatte, und er konnte es ihr kaum verübeln. Er war einmal in dem Alter und in der gleichen Lage gewesen. Und er wusste, wie sie sich fühlte.

»Ich habe dir gesagt«, fuhr sie fort, »ich spreche nur mit jemandem, wenn du auch mit jemandem sprichst.«

»*Ich*?«, fragte Tomek und spielte den Dummen, obwohl er genau wusste, worauf sie anspielte. »Pfft. Mir geht's gut. Ich brauche keine Hilfe.«

»Doch, brauchst du. Glaubst du, ich höre dich nicht mitten in der Nacht, wie du dich hin und her wälzt und vor dich hin murmelst? Ich höre alles. Und ich habe dich heute Morgen in dein Notizbuch schreiben hören...«

»Mein Notizbuch? Hast du-?«

Sie schüttelte den Kopf. »Keine Sorge. Ich habe nicht reingeschaut. Sowas würde ich nicht tun.«

Weil das Gleiche von ihm erwartet wurde. Dass, wenn er jemals ihres finden sollte, sei es ein Albtraumtagebuch oder nur ein Tagebuch, in das sie ihre Gedanken und Gefühle schrieb, er nicht in die Nähe davon gehen würde, egal wie groß der Wunsch wäre.

»Ich denke, es würde dir auch guttun«, sagte sie knapp.

»Glaub mir, mir geht's gut. Ich mache mir Sorgen um dich.«

»Entweder du kommst mit mir oder wir gehen gar nicht. Das ist meine endgültige Antwort.«

Doch der flehende Blick in ihren Augen sagte ihm, dass dem nicht so war. Und dass sie förmlich danach schrie, dass er ihr zustimmen sollte.

Langsam wandte er ihr den Rücken zu und kehrte zum Sofa zurück.

KAPITEL
SECHZEHN

Tomek erwachte von einem Schrei. Nicht seinem eigenen. Von jemand anderem. Von der anderen Seite der Wohnung. Aus Kasias Zimmer.

Noch ein Albtraum. Der schlimmste, den er bisher gehört hatte.

Tomek warf die Decke von sich und rannte zu ihrem Schlafzimmer. Als er durch die Tür stürmte, fand er ihren schweißnassen Körper, unter den Decken verheddert. Sie schlief noch, aber sie wand und zitterte, als wäre sie wach und würde die Schrecken dessen, was ihr widerfahren war, lebendig erfahren. Es war, als wäre er in eine Szene aus einem Horrorfilm geraten. Wie die Szene aus *Der Exorzist*, die ihm als Kind monatelang schlaflose Nächte bereitet hatte.

Und es geschah direkt vor seinen Augen.

Seine Tochter, besessen von den verletzenden und dauerhaft schädigenden Bildern in ihrem Kopf.

Wer war er, ihr die Hilfe zu verweigern, die er als Kind nie bekommen hatte?

Bevor er länger darüber nachdenken konnte, eilte er an die Seite des Bettes und legte eine Hand auf ihren Körper, um sie zu wecken, sie aus dem Albtraum zu reißen. Aber es half nichts. Sie zitterte und krampfte weiter.

»Kasia...«, flüsterte er nah an ihrem Ohr. »Kasia, ich bin's. Ich bin's, dein Papa. Kash...«

Immer noch nichts. Ihre Augenlider bewegten sich schnell, während sie gegen den Angreifer in ihren Träumen kämpfte. Dann öffnete sich ihr Mund, und für einen kurzen Moment fragte er sich, ob sie in eine Art Koma abglitt.

Und dann wurde er dreißig Jahre in die Vergangenheit zurückversetzt, zu der Zeit, als er mitten in der Nacht schweißgebadet und schwer atmend aufgewacht war. Er fragte sich, ob seine Augen in seinen Kopf zurückgerollt waren, ob sein Mund offen gestanden hatte. Ob er besessen ausgesehen hatte. Ob einer seiner Eltern hereingekommen war, um nach ihm zu sehen, und dann wieder hinausgegangen war.

»Kasia«, sagte er und schüttelte sie sanft, legte nun beide Hände auf sie. »Kasia, hör auf. Du machst mir Angst. Du-«

Und dann rissen ihre Augen auf, das Weiße so hell wie der Mond. Bevor er reagieren konnte, schrie sie und schlug wild um sich. Ihre Hände und Arme schwangen wild umher, und ihre Fingernägel erwischten ihn an der Wange. Er zuckte zusammen, schloss die Augen vor dem Angriff und trat einen Schritt zurück, zog sich in Sicherheit zurück.

»Ist schon gut!«, sagte er und hob die Hände in einer Geste der Kapitulation. »Ist schon gut. Du bist in Sicherheit. Ich bin's nur.«

Es dauerte eine Weile, bis Kasia vollständig zu sich kam; bis ihr klar wurde, was geschehen war. Sie lag da, geschützt unter der Bettdecke, und zog sie bis zu ihrer Brust hoch. Ihre Haut glänzte im Schein der Tischlampe neben ihr, und ihr Haar bedeckte ihr Gesicht. In diesem Moment, als er über ihr schwebte – unfähig, das Gefühl abzuschütteln, dass er wie der Raubtier aussah, der sie in diese Lage gebracht hatte – bemerkte er, wie zerbrechlich und gebrochen sie aussah. Wie verletzlich und jung.

Er hob eine Hand an seine Wange und fuhr mit dem Finger über die zerkratzte Hautstelle, die sie angegriffen hatte.

»Ich... Bist du... Blutest du?«

Tomek prüfte nach. »Nein.«

»Es tut mir leid… Ich wollte nicht. Ich-«

»Ist schon gut«, sagte er, als er sich auf ihr Bett setzte. »Ehrlich. Du hast nichts, wofür du dich entschuldigen müsstest. Ich bin derjenige, der sich entschuldigen sollte. Ich hätte früher zustimmen sollen. Ich hätte dich nie da durchgehen lassen dürfen.«

»Was meinst du…?«

»Ich komme mit dir. Morgen früh suche ich jemanden, mit dem wir sprechen können, und ich gehe mit dir. Wir sind ein Team, also werden wir das zusammen lösen.«

Wir werden die Dämonen gemeinsam zum Schweigen bringen.

Und vielleicht die Antwort darauf finden, wer meinen Bruder getötet hat.

KAPITEL
SIEBZEHN

Ein arktischer Wind blies vom Ufer her, schnitt Löcher in den Stoff von Tomeks Mantel und drang in seine Haut ein. Aber er spürte die Auswirkungen bei Weitem nicht so schlimm wie Chey. Der junge Polizist trug trotz seiner Jugend und angeblichen Unempfindlichkeit gegen Kälte ein Paar dicke schwarze Stiefel, eine schicke Hose, einen großen Wintermantel, der bis zu seinen Knien reichte, einen dicken Arsenal-Schal (dazu besser nichts sagen), eine passende Mütze und schließlich ein Paar Handschuhe mit Handwärmern darin.

»Du bist doch fast noch ein Teenager«, sagte Tomek, als sie aus dem Auto stiegen und an der Strandpromenade entlanggingen. »Ich schwöre, du solltest die Kälte eigentlich nicht so stark spüren.«

»Ich hab eben empfindliche Haut, okay!«

»Es ist nur ein bisschen Kälte.«

»Leicht für dich zu sagen«, erwiderte Chey, sein Atem vernebelte sein Gesicht. »Du bist es gewohnt.« Dann führte er seine Hände zum Mund und begann in seine Finger zu pusten, um sie aufzuwärmen. Stattdessen sah er nur aus wie ein Depp, der an einer E-Zigarette zog.

»Inwiefern?«

»Na, weil du Pole bist.«

»Nette Beobachtung.«

»Naja, ist es dort nicht immer saukalt?«

»Nur im Winter. Genau wie hier.«

»Ja, aber ich meine, ist es nicht richtig *extrem* kalt?«

»Kommt drauf an, wo du wohnst. Je weiter nördlich du bist, desto kälter wird es. Genau wie hier... genau wie überall, Alter. So funktioniert die Nordhalbkugel.«

Als sie das Ende der Promenade erreichten, stiegen sie eine kleine Treppe hinunter und betraten den Sandstrand. Der Strand hatte ein dunkles Orange vor einem Hintergrund aus trostlosen Grau- und Schwarztönen am Horizont. Der pfeifende Wind, der vom Ufer herüberwehte, sprühte ihnen Hände voll Sand ins Gesicht. Nach wenigen Schritten schrie Chey in seine gegen das Gesicht gepressten Hände.

»Ich hasse verdammten Sand!«

»Ich bin sicher, er hat mehr Angst vor dir als du vor ihm«, sagte Tomek, während sie weiter über den Strand stapften.

Vielleicht war es sein polnisches Erbe, das ihn davor bewahrte, die Auswirkungen der Kälte so stark zu spüren wie andere, oder vielleicht hatte er einfach eine dickere Haut als der Rest der Bevölkerung. Wie auch immer, er dachte trotzdem, dass Chey übertrieb. Er zählte schnell die Anzahl der Schichten, die Chey trug.

Vier.

»Das letzte Mal, dass ich über so viele Schichten nachgedacht habe, war beim Anschauen von *Shrek*.«

Sie blieben vor einer kleinen Holzhütte stehen, die an der Seemauer stand. Tomek klopfte an die Tür. Sie warteten.

»Sei nicht so hart zu dir selbst«, antwortete Chey und rieb seine Hände aneinander. »Du bist kein Oger, Tomek.«

»Schade, dass man das von dir nicht behaupten kann, Esel.«

Cheys Gesicht leuchtete auf. »Heißt das, ich bin dein edler Begleiter?«

»Nur solange ich versuche, meine Prinzessin zu finden. Danach kannst du deinen eigenen Weg gehen.«

»Cool! Also bin ich sowas wie dein Wingman?«

»Nein. Ich habe nicht-«

Aber es war zu spät. Bevor er seinen Satz beenden konnte, öffnete sich die Tür zum Southend Canoe Club. Die kleine Holzhütte befand sich in Shoeburyness, ein paar hundert Meter von der Stelle entfernt, an der Herbert Tucker getötet worden war. Hier endete die Küste von Southend, bevor sie Teil des Geländes des Verteidigungsministeriums wurde. In der Ferne befand sich eine Reihe von Holzpfählen, die aus dem Wasser ragten: Es waren Küstenschutzanlagen, die die gesamte Küste von Südessex säumten.

Der Mann vor ihnen sah fast genauso aus, wie Tomek es erwartet hatte: langes, zotteliges, surferartiges Haar mit einem dicken blonden Bart; eine kleine, dünne Gestalt; eine schwarze Perlenkette, die um seinen Hals baumelte, und mehrere weitere an seinem Handgelenk. Er sah aus wie der Typ, der einem Vorträge über Biolebensmittel halten würde, über die verheerenden Auswirkungen von Palmöl auf den Planeten und wie Radfahren und die Nutzung öffentlicher Verkehrsmittel besser für die Umwelt wären – und das alles, während er den gleichen Computer und das gleiche iPhone aus Fernost benutzte, die einen größeren CO_2-Fußabdruck hatten als ein ganzes Jahr Bus- und Zugfahrten zusammen.

»Aaron Howell-Jones?«

»Ja...«, antwortete der Mann unsicher.

Hinter ihm in der Hütte standen Reihen von Plastikkanus und Kajaks, mit einem Regal für Schwimmwesten und Neoprenanzüge auf jeder Seite.

»Ist alles in Ordnung?«, fragte Aaron.

Tomek und Chey griffen in ihre Taschen und suchten nach ihren Dienstausweisen. Tomek hatte seinen zuerst zur Hand, aber bei Chey dauerte es länger. Er fummelte gefühlte Ewigkeiten an seinem Reißverschluss herum, versuchte es mehrmals, gab dann aber auf. Selbst nachdem er seinen Handschuh ausgezogen hatte, brauchte er noch ewig, um seinen Mantel zu öffnen, sich durch die verschiedenen Schichten zu wühlen und seinen Ausweis hervorzuholen.

Absolut verdammt nutzlos, dachte Tomek.

»Hier bitte«, sagte Chey triumphierend, als er ihn schließlich Aaron zeigte. »Tut mir leid.«

Aaron schaute genauer hin. »Würden Sie Ihren Ausweis aus der Hülle nehmen? Ich kann ihn nicht richtig sehen.«

Anfangs wirkte Chey verwirrt, aber als er einen Fleck auf der Abdeckung sah, begann er, seine Finger in das Plastikfenster des Ausweises zu zwängen. Er schaffte es gerade mal mit der Fingerspitze hinein, bevor Aaron ihm sagte, er solle aufhören.

»Tschuldigung. Das war gemein. Ich muss ihn nicht sehen. Ich wollte nur zuschauen, wie Sie versuchen, ihn zu öffnen.«

»Ha. Guter Witz.«

Chey konnte dem Mann nicht explizit sagen, er solle sich verpissen, aber sein Gesichtsausdruck machte deutlich, dass genau das war, was er sagen wollte. Und noch mehr.

»Herr Howell-Jones«, begann Tomek, während Chey seinen Dienstausweis an seinen rechtmäßigen Platz zurückbrachte.

»Einfach Aaron.«

»Kein Nachname?«

»Nein. Ich benutze die nicht mehr.«

Hat wahrscheinlich gedacht, sie würden irgendwie zum Schmelzen der Ozonschicht beitragen.

»Na gut, Herr Aaron. Wir würden Ihnen gerne ein paar Fragen stellen, wenn das in Ordnung ist?«

»Bezüglich?«

»Bezüglich Ihrer Beziehung zu Herbert Tucker.«

Augenblicklich vertieften sich die Linien in Aarons jungem Gesicht. »Tucker, der Kinderficker? Was hat dieser Vollidiot jetzt angestellt?«

»Er wurde ermordet, Herr Aaron. Naja, *er selbst* hat es sich nicht angetan. Jemand hat es ihm angetan.«

»Okay...«, Aaron verlagerte sein Gewicht von einem Fuß auf den anderen. »Und ich nehme an, Sie wollen wissen, ob ich damit etwas zu tun hatte?«

»So in etwa.«

Aaron seufzte tief, dann wandte er sich der Kanu-Wand hinter ihm zu. »Wird es lange dauern? Ich muss die hier rausbringen, und ich habe in etwa einer Stunde eine Session.«

»Eine Session wofür?«

»Kajakfahren. Ich bringe Leuten bei, wie man das macht.«

Erinnerungen an das letzte Mal, als Tomek in einem Kajak gesessen hatte, tauchten in seinem Kopf auf. Durch die Sümpfe von Tollesbury treiben, einen Mörder jagen. Gegen die Strömung und das Gewicht seines Körpers im Wasser ankämpfen. Scheitern...

»Ich bringe den Leuten auch bei, wie man windsurft und kitesurft.«

»Selbstständig?«

»Leider nein. Die Firma wird von meinem Chef geleitet. Ich arbeite nur hier. Er hat vier weitere Standorte entlang der Küste. Und er betreibt auch den am Lakeside.«

Tomek spähte hinter Aaron auf die Anzahl der Kajaks, die in die Hütte gequetscht waren. Insgesamt über ein Dutzend, in verschiedenen Längen, Farben und mit unterschiedlicher Anzahl an Sitzen. Tomek wollte möglichst nicht in die Nähe von einem kommen, wenn er es vermeiden konnte.

»Fangen Sie ruhig an«, sagte er. »Ich bin sicher, Sie können gleichzeitig Fragen beantworten.«

»Wer hat behauptet, Männer könnten nicht multitasken?«

Wir haben noch nicht mal angefangen...

Aaron wartete nicht auf Tomeks Antwort. Er machte sich daran, den Eingang zur Hütte aufzuräumen und Platz für die drei Meter langen Kajaks zu schaffen, die gleich herauskommen sollten. Zuerst jedoch war da das Segel eines Windsurf-Boards. Es war mindestens zwei Meter hoch und über einen Meter breit, gerade klein genug, dass selbst Tomek es tragen könnte. Aber anstatt es Tomek zu geben, reichte Aaron es dem nächststehenden Mann. Chey. Der nicht nur eines der jüngsten, sondern auch eines der kleinsten Mitglieder des Teams war.

»Könntest du das für mich halten, während ich die-?«

Chey hatte es gerade mal den Bruchteil einer Sekunde festgehalten, als eine starke, heftige Windböe am Ufer entlangfegte und ihn mit dem Hintern über Kopf in den Sand warf. Als Tomek sich umdrehte, sah er nur den jungen Polizisten, der am Strand lag, unter dem Segel gefangen, festgenagelt von dem Wind, der weiter wie ein militärischer Angriff auf sie einprügelte.

Tomeks unmittelbare Reaktion war zu lachen, sich den Arsch abzulachen und sich auf dem Boden zu wälzen (um alle Akronyme zu vervollständigen), aber dann wurde ihm klar, wo er war und in wessen

Gesellschaft er sich befand. Stattdessen grunzte er und schüttelte abfällig den Kopf. Aaron hingegen war doppelt gebeugt und lachte unkontrolliert.

»Mir fehlen die Worte«, sagte Tomek, während Chey versuchte, vom Boden aufzustehen. »Ehrlich, mir fehlen die Worte.«

Nachdem der Polizist sich unter dem Segel herausgewunden hatte, klopfte er sich ab und schüttelte den Kopf. Ein Grinsen und Verlegenheit waren auf seinem Gesicht zu lesen.

»Tut mir leid«, sagte er kleinlaut. »Wo... wo waren wir stehen geblieben?«

»*Wir* waren hier«, antwortete Tomek und zeigte auf seine Füße. »*Du*... du warst da drüben. Bist du jetzt fertig?«

Die geröteten Wangen in Cheys Gesicht beantworteten seine Frage. Tomek richtete seine Aufmerksamkeit wieder auf Aaron, der immer noch vor sich hin kicherte.

»Wie lange arbeiten Sie schon hier?«

»Etwa zwei Jahre, mehr oder weniger.«

»Und es gefällt Ihnen?«

»Ja. Das ist mein Herzensprojekt. Mein anderer Job ist das, was ich mache, um die Rechnungen zu bezahlen.«

»Was ist Ihr anderer Job?«

»Ich bin Gärtner. Selbstständig. Aber ich arbeite mit einem anderen Partner, Charlie, der auch selbstständig ist. Wir machen die Gärten anderer Leute für sie. Meistens für ältere Menschen. Ich passe es so gut wie möglich um das hier herum an.«

»Wie lange machen Sie das schon?«

»Jetzt zehn Jahre. Anfangs habe ich es umsonst gemacht. Einfach hier und da Kleinigkeiten in der Gegend erledigt und die Werkzeuge anderer Leute benutzt, bis ich mir eigene leisten konnte. Es war am Anfang schwierig, denn, ich meine, wer will schon einen Fremden in seinen Garten lassen, um das Gras zu schneiden, ohne eigene Werkzeuge? Es war schwer zu verkaufen, aber einige Leute waren nett genug, mir zu helfen. Und ich hatte damals kein Handy, also musste ich viele der Buchungen auf einem Stück Papier aufschreiben und hoffen, dass sie mich nicht versetzen würden. Die größte Schwierigkeit war, keine Uhr oder irgendeine Möglichkeit zu haben, die Zeit zu wissen.«

Keine Uhr, kein Handy? Tomek war sich nicht sicher, ob der Mann *so* abgekoppelt vom 21. Jahrhundert war oder ob etwas anderes dahintersteckte.

»Wie kommt es, dass Sie kein Handy oder keine Uhr hatten?«, fragte Chey und griff damit die unangenehme Frage zuerst auf.

»Weil ich kein Zuhause hatte.«

»Sie waren obdachlos?«

»Nun, der Name 'Kein Zuhause' klingt nicht sehr gut. Obdachlos ist das, was alle anderen zu nennen scheinen, also können Sie das auch tun.«

Chey stotterte. »Sie sehen nicht-«

»Ich sehe nicht obdachlos aus?«

»Nein, das ist nicht, was ich-«

»Schon gut. Das höre ich oft. Die Leute sehen die langen Haare und nehmen einfach an.«

Und den Bart und die weite Kleidung und die schmutzige Haut.

»Also haben Sie sich aus dieser Situation herausgearbeitet, indem Sie die Gärten von Leuten geschnitten haben?«

Aaron nickte, sein Lächeln war voller Stolz. »Bis ich mir ein Handy und eigene Werkzeuge leisten konnte. Einer der Leute, für die ich Gras geschnitten habe, war nett genug, mich ein paar Wochen bei sich wohnen zu lassen. Und als ich bereit war, meine finanzielle Situation der Regierung zu melden, ließen sie mich sogar ihre Adresse benutzen.«

Es war bewundernswert. Alles davon. Aarons Antrieb und Entschlossenheit, Erfolg zu haben, seine Stärke, sich vom Boden aufzuraffen und die Brust hochzuhalten. Tomek lobte ihn und seine Fähigkeiten. Das Einzige, was er jedoch nicht loben konnte, war Aarons Fähigkeit zum Multitasking. Seit Cheys kleinem Vorfall mit dem Windsurfer stand der Gärtner mit verschränkten Armen in der Hütte und hatte überhaupt keine Fortschritte gemacht.

»Sehr gut«, sagte Tomek. »Woher kennen Sie Herbert Tucker?«

Die komplette Wendung im Gespräch erschreckte und verwirrte Aaron. Er löste seine Arme und begann, mit seinen Händen zu spielen.

Dann wurde ihm endlich klar, dass er seine Arbeit nicht gemacht hatte, und er begann, die Kajaks auszuladen.

»Ich kenne ihn nicht persönlich.«

»Die Videos online scheinen etwas anderes zu behaupten.«

»Welche Videos?«

»Das mit Ihnen und dem Ei?«

Aaron schnalzte mit der Zunge. »Er hat bekommen, was er verdient hat.«

»Als er starb?«

»Nein. Als ich ihn in der Hauptstraße mit Eiern beworfen habe. Der scheinheilige, doppelgesichtige, verlogene Arsch hat an diesem Tag alles bekommen, was er verdient hat.«

»Sie scheinen eine besondere Abneigung gegen ihn zu haben.«

»Pah! Abneigung ist ein Wort. Verabscheuen, Verachtung für ihn; das sind Worte, die ich benutzen würde.« Aaron hievte ein Kajak auf seine Schulter und ging damit hinaus. Der Unterschied zwischen Profi und Amateur war deutlich zu erkennen, denn er ging gegen den Wind und stellte das Kajak mühelos auf den Sand.

»Warum?«, fragte Tomek.

»Weil er sagte, er würde obdachlose Menschen unterstützen. Er versprach eine Menge Herbergen und Zentren, in die wir gehen könnten, aber dann kürzte er die Finanzierung ein paar Wochen nach seiner Ankündigung. Zu dieser Zeit waren mein Bruder und ich beide obdachlos, aus sehr unterschiedlichen Gründen, aber wir hielten trotzdem Kontakt, und wir beide brauchten die Unterstützung unbedingt. Mein Bruder ist seinetwegen tot.«

So viele Fragen. So viel zu verarbeiten.

»Wie ist Ihr Bruder gestorben?«

»Drogenüberdosis. Er war abhängig. Wir waren es beide zu einem gewissen Zeitpunkt.«

Das erklärte, warum die beiden obdachlos gewesen waren.

»Und Sie geben Herbert Tucker die Schuld am Tod Ihres Bruders?«

»Ja. Jeden Tag. Und ich bin froh, dass er tot ist.«

»Ist das der Grund, warum Sie Kugeln per Post an seine Arbeitsadresse geschickt haben?«

Aaron zögerte einen Sekundenbruchteil, bevor er seine Aufgabe fortsetzte. »Sie waren nicht echt. Natürlich nicht. Es waren Startpistolenkartuschen, die ich manchmal für die Kinder benutze. Wenn wir Rennen haben, benutze ich sie, weil sie mich über dem Wind nicht hören können. Ich hatte nie vor, etwas zu tun. Ich wollte nur, dass er weiß, dass es da draußen viele Menschen gibt, die ihn durchschauen konnten.«

»Was wäre das?«, fragte Chey.

»Ein Arschloch.«

Kurz und bündig. Nett und einfach. Direkt auf den Punkt gebracht.

»Was haben Sie gestern Abend gemacht?«, fragte Tomek.

Eine weitere Wendung, diesmal abrupter und direkter.

»Ich war zu Hause.«

»Allein?«, fragte Chey.

»Ja. Ich lebe allein.«

»Wo wohnen Sie?«

»Auf dem Wohnwagenplatz um die Ecke.«

Wahrscheinlich, weil es einen kleineren CO_2-Fußabdruck hatte, folgerte Tomek.

Chey fragte Aaron dann nach seiner Adresse und notierte sie sich.

»Kann jemand Ihren Aufenthaltsort bestätigen?«

»Nein.«

»Wären Sie bereit, zur Wache zu kommen, um eine DNA-Probe abzugeben, damit wir Sie aus unseren Ermittlungen ausschließen können?«

»Im Ernst?«, sagte Aaron ungläubig, als er ein Kajak auf den Boden fallen ließ.

»Im Ernst«, erwiderte Tomek streng. »Das ist Routine.«

Aaron schnaubte und schüttelte den Kopf. »Ihnen ist schon klar, dass ich nichts damit zu tun hatte, oder?«

»Nun, das werden wir herausfinden, wenn wir Ihre DNA nehmen.«

»Sie sollten sie bereits haben. Ich wurde ein paar Mal verhaftet, als ich obdachlos war. Ein paar Drogendelikte.«

»Nun, in diesem Fall sollten wir klar kommen. Und wenn wir sie nicht finden können, dann wissen wir, wo wir Sie finden können, nicht wahr?«

Tomek und Chey wollten gehen, aber Aaron rief sie einen Moment später zurück, ein Kanu in der Hand.

»Sie wissen, dass ich hier nicht der Kriminelle bin, oder?«

»Würde eine Überprüfung unserer Polizeisysteme nicht etwas anderes sagen?«, antwortete Tomek.

»Das ist nicht, was ich meinte. Die da draußen. Die Kriminellen. Die *echten* Kriminellen. Herbert Tucker hatte viele Feinde, aber er hatte auch viele Geschäftspartner. Viele Leute, mit denen er Geschäfte machte. Viele Leute, mit denen er *umstrittene* Geschäfte machte.«

»Wie was? Und wer?«

Aaron schaute sich um, als ob er besorgt wäre, dass jemand sie über den fast ohrenbetäubenden Klang des Windes hinweg hören könnte.

»Southend Football Club«, flüsterte Aaron. »Der Eigentümer. Nun, der Miteigentümer. Herbert Tucker hat sich dort viele Feinde gemacht. Das ist alles, was ich sage.«

»Danke.«

Dann eilten Tomek und Chey zum Auto. Als sie ins Fahrzeug sprangen und dem tosenden Wind entkamen, betrachtete Tomek sein Teammitglied und schüttelte den Kopf. Der junge Mann war mit Sand, Schmutz und Muscheln bedeckt, die Tomek zweifellos in den nächsten Wochen noch im Fußraum finden würde.

»Was?«, fragte Chey und schaute auf seine Brust, als wolle er fragen, habe ich was an mir?

»Du bist wie eine Handbremse an einem dieser Kanus.«

»Wieso?«

»Absolut verdammt nutzlos. Ehrlich. So umzufallen…«

»Es war der Wind!«, schrie Chey aufgebracht, schüttelte dann den Kopf und klopfte sich ab. »Ich hasse verdammten Sand.«

KAPITEL
ACHTZEHN

Eine schnelle Internetsuche bestätigte, dass Herbert Tucker mindestens einen Finger im Spiel beim Southend United Football Club hatte. Einen Finger, der genauso schmutzig war wie der Inhalt des Geschäftsdeals.

Die Mighty Shrimpers, wie sie liebevoll genannt wurden, existierten seit 1906 und hatten es in ihrer mehr als hundertjährigen Geschichte nur bis in die Championship geschafft, die zweithöchste Stufe im englischen Fußballligasystem. Jetzt spielten sie in der National League, der fünften Stufe der Fußballpyramide. Ihr Stadion, Roots Hall, bot etwas mehr als zwölftausend Fans Platz, aber in letzter Zeit war der Verein unter zunehmend katastrophalen finanziellen Druck geraten. Die Anlage war verfallen, die Tribünen fielen auseinander, der Rasen war ungepflegt, unbewässert und schlecht gepflegt, der Besitzer plante, das Stadion zu verkaufen und durch über hundert Häuser zu ersetzen, und weder Spieler noch Mitarbeiter waren seit Wochen bezahlt worden. Zu all dem Elend, das den Verein so lange umgeben hatte, kam noch die Tatsache hinzu, dass sie auch gegen den Abstieg kämpften. Für viele fühlte es sich an, als käme ein Schlag nach dem anderen, eine Anhäufung von Enttäuschung und Verzweiflung. Und die Fans und treuen Anhänger des Vereins hatten ihre Gefühle zum Ausdruck gebracht. Vor dem Stadion hatten mehrfach Proteste stattgefunden, und Mitglieder des

Freiwilligenvereins, Shrimpers Trust, übernahmen oft selbst die Verantwortung und beseitigten das Chaos, in dem sich der Verein und das Gelände befanden, indem sie es nach den Spielen während der Woche regelmäßig reinigten und aufräumten. Wenn der Besitzer nicht bereit war, eine der größten historischen Einrichtungen der Stadt zu schützen, dann waren sie es.

Es gab jedoch Hoffnung. Licht am Ende des Tunnels.

Ein kleines Konsortium südamerikanischer Geschäftsleute wollte den Verein kaufen, um Geld in ihn, ins Stadion und in die lokale Gemeinschaft zu pumpen, um die Basis des Fußballs zu fördern und den Verein zurück auf die Höhen der Championship zu bringen, und vielleicht eines Tages sogar darüber hinaus. Tomek und der Rest der lokalen Fußballgemeinschaft machten sich keine Illusionen darüber, dass ihre Bestrebungen astronomisch waren, aber es war das, was der Verein jetzt brauchte. Es war das, wonach die Fans seit Jahren geschrien hatten. Ein bisschen Hoffnung, ein bisschen Ehrgeiz, etwas, worauf man sich freuen konnte.

In den letzten Monaten hatten die Nachrichten über die Übernahme – und in den Monaten, *Jahren*, davor – die Turbulenzen des Vereins und ihr zunehmendes finanzielles Desaster die Schlagzeilen dominiert, und es war alles, was Tomek gesehen hatte. Er war nur ein paar Mal im Stadion gewesen, einige Male als Kind mit seinem Vater und seinen Brüdern, andere Male mit Freunden und Ex-Freundinnen, aber es war immer noch ein Fußballstadion, es war immer noch ein gutes Team, das man sich ansehen konnte, und es war immer noch ein grundlegender Teil der lokalen Identität.

Das einzige Problem war jedoch, dass in der letzten Woche die Übernahme ins Stocken geraten war. Der derzeitige Besitzer trödelte und machte es so schwierig wie möglich, weshalb sie, als er und Sean am Stadion ankamen, auf über dreißig Demonstranten mit Bannern, Megafonen und einigen eingängigen Sprechchören am Eingang des Gebäudes trafen. Ein großes Banner mit der Aufschrift »Raus aus unserem Verein!« erinnerte an Peggy Mitchell im Queen Vic, wie sie ihre Gäste anschrie, bevor sie eine Flasche schwang. Der Protest wirkte größtenteils friedlich, mit Männern und Frauen in ihren späten

Fünfzigern, die langsam marschierten, zusammengedrängt gegen die Kälte, im Chor skandierend. Nur hatte Tomek eine Gruppe junger Fans entdeckt, alle schwarz gekleidet, mit hochgezogenen Kapuzen. Tomek war auf genug Fußballspiele gegangen, besonders bei West Ham in den Neunzigern und frühen Zweitausendern, und wusste, dass sie nicht da waren, um sich vor der Kälte zu verstecken.

Tomek näherte sich der großen Menschenmenge und ließ Sean am Haupteingang warten. Als er dies tat, begannen die ihm am nächsten Stehenden, ihm böse und feindselige Blicke zuzuwerfen.

»Bist du einer von *seinen* Leuten?«, rief jemand.

»Du kannst auch abhauen«, schrie ein anderer.

Normalerweise hätte Tomek vor Freude gegrinst bei der Aussicht, jemanden wegen Beleidigung eines Polizeibeamten festzunehmen, aber als Mitfan des Sports war er bereit, dies unter dem einfachen Fall einer Verwechslung durchgehen zu lassen.

»Nein, ich bin keiner von seinen Leuten. Und ich würde lieber nicht abhauen, wenn es dir nichts ausmacht«, sagte er zu ihnen und zeigte dann seinen Dienstausweis. Der Anblick davon schien alle in ihren Bahnen zu stoppen, und gedämpftes Flüstern begann durch die Gruppe zu hallen. »Wer ist hier der Verantwortliche?«

Überraschenderweise trat niemand vor.

»Keine Sorge«, fuhr Tomek fort. »Niemand wird verhaftet. Es sei denn, jemand tut etwas Dummes.« Tomek funkelte die Gruppe Jugendlicher an, als er dies sagte, und sie schienen seine Warnungen zu beachten, da sie sich allmählich vom Stadion weg und zurück auf den Parkplatz dahinter bewegten.

Schließlich, nach kurzer Zeit, war ein Mann mutig genug, vorzutreten.

»Owen Braverman«, sagte er und streckte seine Hand aus. »Ich bin der Vorsitzende des Shrimpers Trust.«

Tomek stellte sich vor und erklärte dann, warum er hier war.

»Viel Glück, wenn du ein Treffen mit diesem Bastard haben willst«, zischte Owen. »Der hinterhältige kleine Scheißkerl hat sich in seinem Büro eingeschlossen und kommt für niemanden raus.«

Tomek grinste. »Menschen tun seltsame Dinge, wenn die Polizei anklopft. Ich bin sicher, wir können ihn zum Reden bringen. Wie lange bist du schon Vorsitzender?«

»Fünfunddreißig Jahre, seit ich den Verein gegründet habe. Ich habe diesen Verein mein ganzes Leben lang verfolgt. Bin zu jedem Heimspiel und fast jedem Auswärtsspiel in dieser Zeit gegangen. Ich kenne diesen Verein besser als dieser Schwachkopf, der hinter seinem Eichenschreibtisch sitzt. Ich habe die Höhen und die Tiefen gesehen, und ich glaube nicht, dass wir jemals so tief gesunken sind wie jetzt. Es bringt mich um, das zu sehen. Southend FC ist meine Leidenschaft, es ist das, wofür ich lebe.«

Tomek konnte das bewundern und respektieren. Er hatte eine ähnliche Verbundenheit zum West Ham Football Club empfunden, als er jünger war und noch nicht die Verantwortung einer Karriere bei der Polizei hatte, die ihn unvermeidlich davon weggezogen hatte.

»Was kannst du mir über den Besitzer sagen?«

Owen schnaubte, und sein Gesicht verzerrte sich, als ob allein der Gedanke an den Mann, der irgendwo in seinem Büro hinter seinem Eichenschreibtisch saß, ausreichte, um ihm ein Gehirnaneurysma zu bescheren. »Wie viel Zeit hast du? Ich kann dir eine Liste von Gründen geben, warum er nicht der Besitzer sein sollte.«

»Sicher«, antwortete Tomek. »Ich bin sicher, wir könnten das bei einer zukünftigen Ermittlung verwenden. Aber im Moment interessiere ich mich für die Verbindung des Besitzers mit Herbert Tucker.«

»Dem Abgeordneten?«

Tomek nickte.

»Warum?«

»Mr. Tucker wurde gestern Nachmittag tot aufgefunden. Es war überall in den Nachrichten...«

»Herbert Tucker, der fette Wichser, ist tot?« Owens Gesicht glänzte unter der hellen Morgensonne.

»Ich muss leider sagen, dass er es ist.«

»Sei nicht betrübt, Kumpel«, rief jemand, der hinter Owen stand. »Es ist gut, dass er tot ist. Dieser Idiot hat bekommen, was er verdient hat.«

Tomek neigte seinen Kopf zur Seite. »Seine Familie würde dir da wohl nicht zustimmen. Also sei bitte vorsichtig mit solchen Aussagen. Seine Frau und Kinder sind am Boden zerstört und können alles lesen, was ihr online schreibt. Letztendlich hatten sie nichts mit dem zu tun, was ihr Ehemann und Vater getan hat oder getan haben könnte, also denk darüber nach, was du sagen willst, bevor du es unvermeidlich sagst.«

Die Ratschläge schienen an den Fußballfans vor ihm abzuprallen, da ihre Gesichtsausdrücke genau gleich blieben.

»Habt ihr schon rausgefunden, wer es war?«, fragte derselbe Mann.

Tomek schüttelte den Kopf. »Deshalb sind wir hier. Um herauszufinden, ob Mr. Colehill etwas weiß.«

»Er weiß viel mehr, als er dir sagen wird, so viel kann ich dir umsonst verraten«, warf Owen Braverman ein, während Nebel wie bei einem Drachen aus seinem Mund strömte.

»Deshalb bin ich hier und spreche mit euch Leuten. Den Menschen vor Ort. Was kannst du mir sagen?«

»Nochmal, wie viel Zeit hast du?«

Tomek wurde zunehmend frustriert über das ständige Hin und Her und kämpfte unglaublich hart dagegen an, nicht vor dem Mann mit den Augen zu rollen. Stattdessen verfluchte er ihn innerlich. Aber da der Mann darauf bestand, diese Frage zu stellen, würde Tomek ihm eine Antwort geben.

»Ich habe etwa zwei Minuten«, sagte Tomek ihm. »Jetzt musst du mir alles sagen, was du in den nächsten zwei Minuten kannst, bevor ich da reingehe. Denkst du, das ist möglich?«

»Warum hast du das nicht früher gesagt?«

Weil ich nicht wusste, dass du so verdammt wörtlich bist.

»Colehill hat den Verein vor zwanzig Jahren übernommen, und seitdem zieht er Geld daraus ab. Wie... was ist das Wort? Hämatom? Hämorrhoiden?«

»Ausbluten?«

»Ja. Das ist es. Er lässt diesen Verein, meinen heiligen, geliebten Verein, ausbluten und lädt Schulden darauf. Währenddessen nimmt er alle Gewinne und lässt das Gebäude und die Infrastruktur um sich herum zusammenbrechen. Er bezahlt niemanden, die Spieler und

Mitarbeiter haben seit Monaten keinen Gehaltsscheck gesehen, und jetzt verzögert er die Übernahme. Er will jeden letzten Cent aus dem Verein quetschen, und er braucht es nicht einmal. Wusstest du, dass er Offshore-Konten hat, wo das ganze Geld hingeht? Ja. Irgendein Konto auf den Bahamas oder so. Weiß nicht, wofür es ist, aber sicherlich nicht, um einen Fußballverein zu führen. Und wusstest du, dass er Anteile am Verein an all seine Kumpels in Whitehall oder wo auch immer verkauft hat?«

Tomek wusste nichts davon, aber jetzt, da er es wusste, jetzt, da er vor seinem Treffen mit Mr. Colehill mit diesen Informationen bewaffnet war, konnte Tomek es kaum erwarten, mit ihm zu sprechen.

Das einzige Problem, das blieb, war jedoch, eine Verbindung zwischen den Offshore-Konten und dem Fußballverein zum Tod von Herbert Tucker zu finden.

Tomek dankte dem Mann für seine Zeit, nahm dann seine Kontaktdaten auf, bevor er ihnen den Rücken kehrte und zu Sean schlenderte. Er hielt seine Bewegungen langsam und seine Füße nah am Boden, damit er nicht auf dem Eis ausrutschte, das über Nacht entstanden war.

»Alles klar?«, fragte Sean, als sie sich aus der Kälte ins Warme begaben.

»Denke schon.«

»Das war nicht schlecht für eine Zwei-Minuten-Zusammenfassung.«

Tomek grinste. »Besonders wenn man bedenkt, dass wir dreißig Sekunden damit verbracht haben, uns an das Wort ›ausbluten‹ zu erinnern.«

KAPITEL
NEUNZEHN

Die Frau führte sie zu ihren Plätzen in einem kleinen Wartezimmer, das Tomek an jenes aus seiner Grundschulzeit erinnerte. Die Sitze waren aus einem groben, blauen Stoff gefertigt und das Unbequemste, worauf er je das Unglück hatte zu sitzen. Die Teppiche waren zerknittert, steif und mit Schmutz bedeckt. Ganz zu schweigen davon, dass sie nach schweißigen Füßen rochen. Die Wände und Fußleisten brauchten dringend einen frischen Anstrich. Das gesamte Gebäude, einschließlich der Flure und anderen Räume, durch die die Empfangsdame sie geführt hatte, war in einem erbärmlichen Zustand. Andererseits, wenn das Gebäude sowieso abgerissen werden sollte, warum sich dann die Mühe machen, den Ort aufzupolieren?

Die einzige Rettung des Wartezimmers war die Nespresso-Kaffeemaschine, von der sich Tomek unbedingt ein Getränk holen wollte. Das Letzte, was er wollte, war, James Colehill sein Geld zu geben (in Form von Ticketeinnahmen oder Trikotverkäufen), aber er nahm es ihm nur allzu gerne weg.

Ein paar Minuten später war Mr. Colehill bereit, sie zu empfangen. Als er die Tür öffnete, war Tomek gerade dabei, seinen Becher in den Mülleimer zu werfen.

»Bitte wirf das nicht dort hinein«, schnauzte James.

»Wohin soll ich es denn legen?«

»Nimm es mit.«

»Damit ich es draußen in einen Mülleimer werfen kann?«

»Dafür sind die schließlich da...«

Tomek schaute auf den Plastikmülleimer vor sich. »Und wofür ist dieser hier? Zur Dekoration? Obwohl, es ist vermutlich das Farbigste in diesem Gebäude.«

»Toll. Danke für dein Verständnis.«

Punkt eins gegen ihn.

James drehte ihnen den Rücken zu und ließ die Tür zu seinem Büro offen. Tomek warf seinem Kollegen einen Blick ungläubigen Erstaunens zu, bevor er ihm folgte.

»Wirf es ihm ins Gesicht«, flüsterte Sean, als er an Tomek vorbeiging und den Raum zuerst betrat.

Falsch. Tomek würde etwas viel Schlimmeres tun. Er würde einen Angriff auf James Colehill starten.

Plötzlich freute er sich mehr darauf, als noch vor zwei Minuten.

Als er das Büro betrat, erkannte Tomek, dass er falsch gelegen hatte. Der Mülleimer war nicht das Farbigste im Gebäude. Diese Auszeichnung gebührte James Colehills Tapete. Sie war in einem grellen Gelb und Grün gehalten, das wie die Verpackung von Refreshers-Bonbons aussah. Und an der restlichen Einrichtung des Raumes war deutlich zu erkennen, wohin zumindest ein Teil des Geldes vom Fußballverein geflossen war: der Mahagoni-Schreibtisch, der viel zu breit für den Raum war, in dem er stand; der nagelneue Apple Mac auf dem Schreibtisch; der kunstvoll verzierte Samtthron auf der anderen Seite. James Colehill versuchte, wie ein König zu leben und sich zu benehmen, während die Burgmauern um ihn herum zerbröckelten.

Und es war ihm einfach egal.

Es brach Tomek das Herz, dass solche Leute – selbstsüchtige, gierige, unverschämte Menschen – die Leitung einer solchen Einrichtung übernehmen und nicht zur Rechenschaft gezogen werden konnten, sondern damit durchkamen.

»Mr. Colehill«, begann Tomek. »Ich und mein Kollege-«

»Wird das lange dauern?«, unterbrach James. »Ich muss bald zu einigen Besprechungen.«

Punkt zwei gegen ihn.

»Wie viel Zeit haben Sie?«, fragte Tomek.

»Was?«

»Sagen Sie mir, wie viel Zeit Sie haben, und ich sage Ihnen, wie lange wir brauchen werden. Aber ich habe so ein Gefühl, dass Sie vielleicht einige Ihrer Meetings verschieben müssen, es sei denn, Sie möchten dieses Gespräch auf dem Revier führen?«

»Ich habe nichts falsch gemacht.«

Tomek grinste den Mann, der seine Haare vor Frustration zu Berge stehen ließ, höhnisch an. »Das werden wir ja sehen, oder?«

»Das Zurückhalten von Informationen bei einer laufenden Ermittlung sieht vor einer Jury nicht besonders gut aus«, fügte Sean hinzu. »Besonders wenn es um jemanden wie Sie geht, James.«

Colehill überlegte einen Moment, nahm einen Stift und begann ihn in Kreisen über seinen Schreibtisch zu führen. »Na gut. Aber könnten Sie mich bitte mit Mr. Colehill ansprechen?«

Keine Chance.

»Sicher doch, James«, antwortete Tomek. »Wir möchten damit beginnen, Sie zu fragen, wie gut Sie Herbert Tucker kannten?«

»Gut genug.«

Sofort spürte Tomek, dass James Colehill dies so schmerzhaft und mühsam wie möglich gestalten würde. Aber das war in Ordnung, denn sie konnten beide das gleiche Spiel spielen. Und es war seine eigene Zeit, seine eigene Zeit weg von diesen wichtigen Geschäftstreffen, die er verschwendete.

»Wie lange kannten Sie ihn?«

»Lang genug.« Dann hörte James langsam auf, mit dem Stift über den Schreibtisch zu fahren. »Haben Sie gerade 'kannten' gesagt?«

»Ja, das habe ich.«

»Vergangenheitsform?«

»Genau die.«

»Was... Warum haben Sie es so gesagt? Was ist passiert?«

Und dann erzählte Sean es ihm. Dass sein Freund und Geschäftspartner tot war, ermordet, und dass sie in seinem Namen da waren, um die verantwortliche Person zu finden.

»Im Moment versuchen wir nur, einen Überblick über Herberts Leben zu bekommen«, fuhr Sean fort. »Was für ein Mann er war. Was für Dinge er so getrieben hat. Wie er zu denen war, die ihn am besten kannten. Was ihn erfolgreich machte.«

»Das können Sie alles in dem verdammten Buch finden, das er geschrieben hat.«

Ah. Das Buch.

»Wurden Sie darin erwähnt?«, fragte Tomek.

»Einen Scheiß wurde ich. Haben Sie es gelesen?«

Sowohl Tomek als auch Sean schüttelten den Kopf.

»Das sollten Sie. Es ist verdammt komisch. Es ist das beschissenste, was ich je gelesen habe. Alles Wichserei ohne Sperma, ohne Endergebnis. Es liest sich, als wäre es von einem Vierjährigen geschrieben worden, und das Beste ist das Ende, wenn man merkt, dass man es in den verdammten Mülleimer werfen kann.«

»Offensichtlich nicht in einen der Mülleimer hier«, bemerkte Tomek, was Sean ein leichtes Kichern und Schmunzeln entlockte. James hingegen fand es nicht lustig und ließ stattdessen seine Miene fallen. »Hat er Sie gefragt, ob Sie darin vorkommen wollten?«

»Ja! Das hat mich am meisten abgefuckt. Er kam einmal vorbei, setzte mich hin und sagte mir, dass er ein Buch schreibe. Eine *Memoiren* nannte er es. Wissen Sie, woher Memoiren kommt? Es kommt aus dem Lateinischen, *memoria*, was Erinnerung bedeutet. Und wissen Sie, was das Lustige daran ist? Dieser Wichser hatte überhaupt keine Erinnerung. Er wusste nicht, wie die Dinge funktionierten, welche Prozesse wir durchlaufen mussten, um bestimmte Deals abzuschließen, oder wie irgendwelche der Meetings verliefen, an denen wir gemeinsam teilnahmen. Und wissen Sie, warum das so ist? Weil er ein nutzloser Scheißhaufen war.«

Tomek erinnerte sich an seinen früheren Kommentar zu Chey und wie er damit vielleicht ein wenig zu weit gegangen war.

»Herbert Tucker hat sein ganzes Leben lang improvisiert. Er musste während seiner gesamten beruflichen und politischen Karriere komplett an die Hand genommen werden, und trotzdem ist er derjenige, der den ganzen Ruhm dafür einstreicht. Nun ja... *eingestrichen hat.*«

»Also bat er Sie, bei dem Buch zu helfen, Sie kamen mit dem Großteil des Inhalts, weil Sie ihm geholfen haben, dahin zu kommen, wo er im Leben war, und dann hat er es versäumt, Sie in besagtem Buch zu erwähnen... klingt das ungefähr richtig?«

»So ziemlich.«

»Und wie hat Sie das fühlen lassen?«

»Ziemlich scheiße. Genervt. Ich...« Und dann hielt er inne, als die Erkenntnis auf seinem Gesicht dämmerte. Er begann mit dem Finger auf Tomek zu zeigen. »Ich sehe, was Sie da tun.«

»Und das wäre?«

»Sie versuchen, es so aussehen zu lassen, als ob ich so wütend war, dass ich ihn am Ende umgebracht habe.«

»Und haben Sie das?«

»Ja! Ich meine, nein! Ich dachte, Sie meinten, ob ich wütend war. Ja, natürlich war ich wütend. Ich war sauer, ich war außer mir. Aber ich habe ihn nicht getötet.«

»Das werden wir noch sehen«, sagte Tomek, als er sich zu Sean drehte, damit dieser fortfahren konnte.

Bevor er dies tat, räusperte sich der Sergeant und positionierte sich auf dem Stuhl in eine etwas bequemere und autoritativere Position.

»Wie lange sind Sie beide schon Miteigentümer des Vereins?«

»Fangen Sie damit nicht an.«

»Wir würden gerne, wenn wir dürfen. Es sei denn, Sie wollen das auf dem Revier besprechen?«

Das funktionierte. Das schien immer zu funktionieren. Als ob die Drohung, zur Wache zu gehen, automatisch bedeutete, dass er verhaftet werden würde. Das würde er nicht; er hätte überall verhaftet werden können, es wäre nur praktischer und schneller gewesen, ihn in dem Gebäude zu verhaften, in dem er die Nacht verbringen würde.

»Ich habe diesen Ort vor zweiundzwanzig Jahren gekauft, und zu der Zeit war ich mit Herbert eng befreundet. Er verdiente gutes Geld und sah dies als eine gute Investitionsmöglichkeit für sich. Also überzeugte er mich, ihm einen Anteil am Verein für eine Gebühr zu verkaufen. Nenne wir es Kumpelpreise. Und seitdem hat er mehr und mehr Kontrolle über den Verein erlangt. Und er hat immer mehr herausgeholt. Er hat ihn ausgeblutet, und jetzt ist nur noch wenig übrig. Er war derjenige, der mit der Idee kam, ihn abzureißen und in eine Wohnsiedlung zu verwandeln, da er eine verdammte Immobilienfirma besitzt. Und ich war geneigt, ihm zuzustimmen, besonders nachdem ich gesehen hatte, wie viel es in die Bücher bringen würde. Aber diese Nachricht kam nicht gut an, und wegen seines Status als Abgeordneter und im Stadtrat konnte er nicht das Gesicht davon sein, also musste ich die Hauptlast all dieser Gegenreaktionen tragen.«

»Nicht mehr lange, nach dem, was wir mitbekommen«, sagte Tomek. »Die Südamerikaner kommen, um deinen Speck zu retten.«

James nahm den Stift wieder auf. »Ich will nicht verkaufen«, sagte er. »Ich wünschte, wir müssten das nicht. Ich habe diesen Verein einmal geliebt. Deshalb habe ich ihn gekauft. Aber das hat sich im Laufe der Jahre geändert. Ich würde lügen, wenn ich behaupten würde, dass die Interessen des Clubs immer im Mittelpunkt stehen, aber das tun sie nicht... nicht mehr. Ich wurde in Herberts Welt hineingezogen, und jetzt haben wir den Verein dahin gebracht, wo er ist. Die Südamerikaner zu holen, ist wie ein Pflaster auf ein gebrochenes Bein zu kleben.«

»Warum verzögern Sie den Verkauf?«

James zögerte einen Moment, dann kicherte er, amüsiert von seinen Gedanken. »Herbert hat alles verzögert. Er versuchte, das Konsortium um so viel Geld wie möglich zu drücken. Hat es weit über seinen Wert geschätzt, jeder wusste das. Sogar ich wusste es. Und jetzt, wo er tot ist, wird es die Dinge noch weiter aufhalten. Typisch, nicht wahr? Ich werde wieder als der Bösewicht dastehen. Ganz zu schweigen davon, dass der Wert des Clubs absolut in den Keller gehen wird, also werde ich nicht das Geld bekommen, das ich dafür will.«

Etwas an der Art, wie James Colehill es sagte, implizierte, dass *das* die verheerendste Erkenntnis an diesem Morgen war. Nicht, dass sein Geschäftspartner gestorben war. Nicht, dass er einen Freund verloren hatte. Nicht, dass er den Verein verlor, den er einst geliebt hatte (obwohl

Tomek auch daran zweifelte). Sondern dass er am Ende bei dem Verkauf Geld verlieren würde, wenn alles vereinbart worden wäre.

Dass es in diesem Sommer keine Reise auf die Malediven geben würde.

»Wo waren Sie vorgestern Abend, James?«, fragte Sean und ließ dem Mann keine Zeit für Sentimentalitäten.

»Das dürfen Sie mich nicht fragen. Und verdammt noch mal, es heißt *Mr. Colehill*!«

Tomek und Sean tauschten einen Blick aus, der festlegte, dass keiner von ihnen ihn mit seinem Nachnamen ansprechen würde.

»Ich bin gut befreundet mit dem PFCC, nur damit Sie's wissen.«

Das Akronym war Tomek fremd.

»Mit wem?«

»Brendan Door. Der Polizei-, Feuerwehr- und Kriminalkommissar.«

»Oh, *der*.« Tomek hatte immer noch keine Ahnung, von wem der Mann sprach. »Der wird doch nichts dagegen haben, wenn Sie eine einfache Frage beantworten, oder?«

James zügelte seine Wut. Mittlerweile hatte er aufgehört, mit dem Stift zu kritzeln, und begonnen, ihn fest in seiner Faust zu umklammern.

»Ich muss nichts beantworten, was ich nicht beantworten will.«

»Nicht, es sei denn, Sie wollen zur Wache kommen. Und dann können Sie dem PFCC erklären, warum Sie dort sind.«

Zum dritten Mal funktionierte diese leere Drohung, und James legte den Stift auf den Tisch.

»Vor zwei Nächten?«, begann er. »Nun, ich war...«

Sie warteten geduldig, während der Mann seine Antwort überlegte.

»Ich war... ich war...«

Plötzlich ein Stottern entwickelt? An Amnesie leidend? Alzheimer?

»Ich bin ziemlich sicher, dass ich einfach hier war. Das bin ich die meisten Nächte.«

»Wissen Sie, wann Sie gegangen sind?«

James presste die Lippen zusammen und neigte den Kopf zur Seite. »Muss so gegen elf gewesen sein.«

»Was passierte, nachdem Sie nach Hause kamen?«

»Ich bin ins Bett gegangen. Ich war müde. Musste am nächsten Morgen um vier aufstehen für den nächsten Tag.«

»Das ist früh«, bemerkte Tomek.

»Das ist das, was man tun muss, wenn man vorankommen will. Man muss immer der Frühaufsteher sein. Mehr Stunden am Tag, um mehr Dinge zu erledigen. Das habe ich Herbert beigebracht, aber ich wette, dieser dumme Wichser hat es in seinem Buch als seine eigenen weisen Worte der Weisheit dargestellt. Wenig weiß er, dass ich es von jemand anderem geklaut habe. Jetzt wird er es wohl nie erfahren.«

Tomek war sich nicht sicher, aber er glaubte, ein dünnes Lächeln über James' Lippen huschen zu sehen. Nachdem sie dem Mann gesagt hatten, dass sie alles von ihm hatten, was sie brauchten, und dass sie bald bei Bedarf wieder mit ihm in Kontakt treten würden, verließen Tomek und Sean das Büro und gingen zurück zum Auto. Sobald sie nach draußen traten, wurden sie von einer dicken Kältewand getroffen, und die Menge der Demonstranten stand immer noch da, skandierte, marschierte und versuchte, ihre Körper warm zu halten und ihre Gliedmaßen vor dem Abfallen zu bewahren. Inzwischen hatte sich die Gruppe junger Erwachsener bewegt, und es herrschte eine Art Ruhe.

Owen Braverman eilte auf sie zu, schlurfte mit den Füßen, damit er nicht auf dem Eis ausrutschte.

»Was hatte dieser Feigling zu sagen?«

»Nicht viel.«

»Dürft ihr es uns nicht sagen?«

»So ziemlich. Es könnte einige Verzögerungen beim Verkauf des Vereins geben, aber ich würde weitermachen, was du tust. Er wird bald genug weg sein.« Tomek legte eine feste Hand auf die Schulter des Mannes, bot ihm ein kurzes Lächeln und ging dann weiter zum Auto.

Sobald sie drin waren, drehte Sean die Heizung auf die höchste Stufe und hauchte seinen Fingern Leben ein.

»Gedanken?«, fragte er Tomek zwischen Atemzügen.

»Ich denke, Mr. Colehill wusste mehr, als er zugab. Es gibt da definitiv ein Motiv, aus seinem Fußballverein gedrängt zu werden, aber ich spürte auch noch etwas anderes«, erklärte Tomek. »Wer auch immer

Herbert getötet hat, es war jemand, den er kannte. Und wer wäre besser geeignet als ein Frühaufsteher, der nie nach Hause ging?«

»Ich weiß, was du meinst. Er war jedoch ein Arschloch, oder?«

»Ein richtiges Arschloch.«

Sean grinste, als er den Gang einlegte. »Wo ist dein Kaffeebecher?«

»Habe ihn in seinem Büro gelassen, als wir gingen.«

»Wer ist jetzt das Arschloch?«

KAPITEL
ZWANZIG

Nick Cleaves war ein Mann vieler Stimmungen. Vieler Talente, ja. Aber auch vieler Stimmungen. Deutlich mehr Stimmungen als Talente, zumindest nach Tomeks Meinung. Er war im Büro und im gesamten Polizeibezirk von Süd-Essex berüchtigt für seine langen, tiefen Seufzer. Egal bei welcher Gelegenheit – gut, schlecht oder hässlich – Nick ließ stets die heiße Luft aus seinen Nasenlöchern entweichen. Von vielen als nervig bezeichnet, fand Tomek sie ikonisch, geradezu sein Markenzeichen. Er hatte die Kunst perfektioniert, so viel zu sagen, ohne überhaupt etwas zu sagen.

Wie der gegenwärtige Gesichtsausdruck. Und die Häufigkeit, mit der die Luft aus seiner Nase kam.

»Die Dinge sehen nicht gut aus, Kumpel«, sagte er zu Tomek. »Sie ist jetzt seit einer Woche aus dem Krankenhaus raus, was toll ist und so, wirklich fantastisch, aber es war eine massive Anpassungsphase für uns. Für sie, mich, Wendy. Wendy kümmert sich Vollzeit um sie, während ich abhaue und mich hier verstecke.«

»Niemand hat gesagt, dass du dich versteckst«, bemerkte Tomek. »Du hast einen Job zu erledigen. Eine ganze Stadt ruht auf deinen Schultern.«

Noch ein Seufzer, dieser sanfter. »*Ich* habe es gesagt. Und ich kann sehen, dass Wendy dasselbe denkt. Es ist nur... das Putzen und Füttern und Kümmern ist nicht der schwierige Teil, es ist das *Anschauen*. Ich kann mich nicht dazu durchringen.«

Tomek entschied sich, nichts zu sagen. Den Mann weiterreden zu lassen, bis er alles gesagt hatte, was er sagen musste.

»Es liegt daran, dass sie anders ist, sie hat sich verändert. Körperlich, ihr Gesicht hat sich verändert, und ich weiß, ich sollte so etwas nicht sagen, aber es ist wahr. Sie ist nicht mehr mein kleines Mädchen. Sie sieht nicht mehr wie mein kleines Mädchen aus. Und ich weiß nicht, was ich tun soll. Es ist, als wäre sie nicht da... sie ist oft abwesend, reagiert langsam. Die Ärzte sagten, es gäbe keine dauerhaften Hirnschäden, aber sie haben nicht immer Recht, oder?«

Nick schaute Tomek an, als erwarte er eine Antwort, aber er fühlte sich viel zu unwohl, um eine zu geben, also blieb er weiterhin still.

»Es ist nur... die Anzeichen sind da, oder? Du weißt, was ich meine. Sie sieht nicht *ganz* bei sich aus. Das Loch an der Seite ihres Kopfes ist so riesig, dass es nicht überraschend ist, aber ich...« Er senkte seinen Kopf und ließ seinen Blick auf seinen Schoß fallen. »Ich wünsche mir einfach mein kleines Mädchen zurück, verstehst du? Ich mache mir Sorgen, ob ich sie je zurückbekommen werde.«

Und ob die Liebe zu ihr jemals zurückkehren würde.

Nick musste es nicht aussprechen, aber Tomek wusste, dass dies Nicks Gedanken und Gefühle zu der Sache waren.

Nach einigen unbehaglichen Momenten der Stille realisierte Tomek, dass Nick fertig gesprochen hatte und dass es nun an ihm war, Ratschläge anzubieten, Orientierung zu geben, Antworten auf die unmöglichen Fragen zu finden, die Nick ihm gestellt hatte.

Glücklicherweise kam Nick ihm zuvor, genau als er den Mund öffnete.

»Genug von mir und Lucy«, sagte er. »Wie kommt Kasia zurecht?«

Tomek rollte seinen Kopf von einer Seite zur anderen. »Du weißt schon... sie hat gute Tage, schlechte Tage. Hauptsächlich Albträume. Viele Albträume. Wir haben vereinbart, dass wir beide eine Beratung in Anspruch nehmen.«

»Ihr beide?«

Tomek antwortete mit einem einzelnen Nicken. »Ich habe sie auch.

Kasias Vorfall und der Mord an meinem Bruder vermischen sich zu einem.«

»Das tut mir leid.«

»Was mich daran erinnert, wie heißt diese Therapeutin, die du letztes Mal empfohlen hast?«

»Isabel?«

Tomek zuckte mit den Schultern. »Wenn das ihr Name ist. Du kennst sie besser als ich.«

»Sie ist gut«, sagte Nick, während er nach Stift und Papier griff. »Wirklich gut.«

»Vielleicht solltest du wieder hingehen.«

Nick hielt mitten in der Bewegung inne und starrte zehn Sekunden lang tief in Gedanken versunken auf die Seite, bevor er fortfuhr. Dann reichte er Tomek den Zettel mit den Kontaktdaten, den dieser schweigend einsteckte. Genug war gesagt worden zu diesem Thema; Nick würde nicht mit der Therapeutin sprechen. Er würde keine Hilfe holen. Er würde es auf seine eigene, innere Weise bewältigen.

Als Tomek sich zum Gehen wandte, piepste sein Handy. Eine Nachricht von Abigail, die fragte, ob sie noch zum Abendessen verabredet wären.

»Scheiße«, flüsterte er zu sich selbst.

»Etwas nicht in Ordnung?«, fragte Nick.

»Hab nur vergessen, etwas zu erledigen.«

»Klassisch. Wir werden das in Zukunft 'Den Tomek' nennen müssen. Wir haben deine Stirn bereits einen Spitznamen gegeben.«

Tomek erstarrte, die Hand um den Türgriff gelegt. »Verarscht mich. Nein, habt ihr nicht.«

Nick grinste. Das erste Mal seit langem, dass er das tat. »Kennst du Die Mauer aus *Game of Thrones*?«

Tomek kannte sie. Er kannte sie sehr gut. Eine undurchdringliche, siebenhundert Fuß hohe, vertikale Mauer aus massivem Eis aus der erfolgreichen HBO-Serie.

»So haben wir es genannt«, sagte Nick mit einem strahlenden Lächeln.

»In dem Fall bin ich Jon Schnee, König des Nordens.«

»Wenn es dir hilft, besser zu schlafen. Persönlich finde ich, es ist nicht besser als Teflon-Tommy, aber ich bin voreingenommen.«

Tomek kämpfte darum, das Lächeln zu unterdrücken, das sich auf seinem Gesicht ausbreiten wollte. Dann sagte er: »Fickt euch alle«, und ging.

Als er wieder an seinen Schreibtisch zurückkehrte, hatte er bereits Abigail geantwortet, dass sie für den Abend noch verabredet seien und dass der Ort bis zu seiner Abholung ein Geheimnis bleiben würde. Das einzige Problem war, dass er noch keinen hatte und daher dringend rechtzeitig einen Ort finden musste. Aber bevor er überhaupt darüber nachdenken konnte, kam DC Oscar Perez auf ihn zugestürmt.

»Hallo, Käpt'n.«

»Sarge.«

»Außer Atem vom ganzen Weg hierher?«

»Es ist weiter, als du denkst. Besonders wenn dein einziger Sport darin besteht, die Treppen zu deiner Wohnung hoch und runter zu gehen.«

Tomek kicherte. »Na dann«, sagte er. »Raus damit.«

»Es geht um Herbert Tucker...«

»Guter Anfang.«

»Ich habe seine Finanzen überprüft.«

»Ach ja?«

»Wir haben Zugang zu seinen persönlichen Bankgeschäften. Er hat acht separate Konten bei verschiedenen Banken.«

»Warum braucht eine Person so viele?«, fragte Nadia und drehte sich in ihrem Stuhl zu ihnen um.

»Es ist eine gute Methode, um Geld zu verstecken«, sagte Tomek.

»Eigentlich«, unterbrach der Captain, »ist es überhaupt nicht effektiv. Die Banken können trotzdem sehen, was du tust, und sie haben jetzt Unmengen zusätzlicher Sicherheitsebenen hinzugefügt, sodass bei allen Zahlungen nach dem Zweck gefragt wird, bevor du sie abschickst.«

Tomek schaute von seinem Sitz aus zu dem Mann hoch. »Also warum hat er so viele, Captain?«

»Es sind einfach nur Bankkonten«, antwortete Oscar. »Wie deine und meine. Falls eine Bank pleite geht, hat er sozusagen mehrere in Reserve.«

»Von wie viel reden wir?«

Oscar biss sich auf die Unterlippe. »Oh, sein Vermögen beträgt locker dreißig Millionen.«

»Schön für manche«, kommentierte Nadia.

»Das ist keine kleine Summe. Weißt du, an wen es geht, jetzt wo er tot ist?«

»Noch nicht sicher.«

»Und was hat er damit gemacht?«

»Immobilien. Häuser überall in Essex. Einige scheint er zu vermieten, die anderen behält er für schlechte Zeiten.«

»Wie viele?«

»Insgesamt neun. Eins ist seine Wohnadresse, wo er lebt. Zwei weitere wurden kürzlich auf die Namen seiner Töchter gekauft, drei weitere werden vermietet, und die letzten drei stehen einfach nur da.«

»Aus einem bestimmten Grund?«

Oscar zuckte mit den Schultern. »Keinen, den ich entschlüsseln könnte.«

»Okay. Was hat dieser Wirtschaftsmagnat sonst noch mit seinen Finanzen gemacht?«

»Eine Menge. Ich habe im Handelsregister nachgesehen, und er hat mindestens sechs verschiedene Unternehmen. Der hinterlistige Mistkerl hat einige davon im Handelsregister mit seinem zweiten Vornamen eingetragen, während die anderen nur seinen Vor- und Nachnamen tragen. Er hat ein Restaurant in Leigh, eine Sportfirma, die mit Southend FC verbunden ist, sein Immobilienunternehmen, sein Metallunternehmen, ein Offshore-Unternehmen und ein weiteres, das als Verlagshaus geführt wird.«

»Sein Buch...«

»Ja.«

»Interessant. Und wie viel Geld steckt in jedem davon?«

»Insgesamt sind dort Vermögenswerte von etwa fünfzig Millionen Pfund.«

Tomek nahm sich einen Moment, um seine Gedanken zu sammeln

und die Informationen zu verarbeiten. Es war offensichtlich, dass der Mann viel Geld hatte – so viel, dass es ihn in den Augen mancher von der Realität entkoppelte – und er wusste definitiv, was er damit anfangen sollte. Er war ein kluger Geschäftsmann, das musste Tomek ihm zugestehen. Aber wenn Herbert Tucker, wie James Colehill angedeutet hatte, nicht so clever war, wie er vorgab, dann musste es Fehler geben, Lücken in seinen Versuchen, etwas zu verstecken und Entdeckungen zu verzögern. Es würde unweigerlich einen Riss in der Rüstung geben.

»Hast du alle Konten überprüft?«, fragte Tomek.

»Noch nicht. Die Unternehmenskonten werden aufgrund ihrer Art länger dauern. Was seine persönlichen angeht, habe ich sie kurz überflogen.«

»Irgendwelche Auffälligkeiten?«

Oscar grinste, das Gesicht eines Mannes, der verzweifelt darauf gewartet hatte, zu sagen, was er sagen wollte.

»Ein paar Dinge.«

»Wie zum Beispiel...?«

»Eine Barabhebung von zwanzigtausend von seiner Bank im November und regelmäßige monatliche Zahlungen an eine Frau namens Alina Zandecka.«

Seine Geliebte.

»Wie viel?«

»Fünftausend Pfund.«

Tomek pfiff durch die Lippen. »Für so viel im Monat würde ich auch den Mund halten. Auch noch steuerfrei.«

»Was würdest du mit fünf Riesen im Monat kaufen?«, fragte Chey, der gerade den letzten Teil des Gesprächs mitbekommen hatte.

»Das Ziel ist nicht, es jeden Monat auszugeben«, erwiderte Tomek. »Es ist wie bei diesen Lotto-Gewinnern, die für den Rest ihres Lebens zehntausend im Monat gewinnen; die verjubeln es einfach.«

»Aber was würdest du tun, wenn du wüsstest, dass du für den Rest deines Lebens jeden Monat zehntausend bekommst?«

»So viele Bonsai-Bäume wie möglich kaufen. Vielleicht sogar meinen eigenen kleinen Garten anlegen. Oder ich würde einfach weitermachen wie bisher.«

Chey keuchte. »Du würdest nicht aufhören zu arbeiten?«

»Nein. Denn was wäre sonst mein Sinn? Warum sollte ich morgens aufstehen, wenn ich nicht für etwas arbeite, nicht mein eigenes Geld verdiene? Ich würde wahrscheinlich depressiv werden und dann über Selbstmord nachdenken.«

Cheys Mund öffnete sich ein Stück weit, sprachlos.

»Habe ich die Stimmung ein bisschen gedrückt? Gut. Jetzt, Oscar, was hast du gesagt?«

»Fünf Riesen im Monat.«

»Ja.«

»Fünftausend im Monat für die letzten vier Jahre, bis vor drei Monaten, als die Zahlungen aufhörten.«

KAPITEL
EINUNDZWANZIG

Alina Zandecka lebte mit ihrem Sohn in einer kleinen Einzimmerwohnung über einem Spirituosengeschäft in Hockley. Tomeks erster Eindruck war, dass die Wohnung kaum groß genug für eine Person war, geschweige denn für zwei. Und das Durcheinander und der Unrat, zusammen mit den Spielsachen und Spielen auf dem Teppich, die den Weg ins Wohnzimmer versperrten, waren ein Beweis dafür.

Tomek und Rachel hatten etwas mehr als eine halbe Stunde gebraucht, um zu dem kleinen Dorf zu gelangen, das nördlich von Southend lag. Mittagsverkehr. Frühzeitiger Feierabendverkehr. Ganz zu schweigen davon, dass es Freitag war. In Tomeks Familie auch bekannt als POETS-Tag.

Piss Off Early Tomorrow's Saturday.

Er wusste nicht, wann das ein Ding geworden war, aber er hatte bemerkt, dass frühe Feierabende in letzter Zeit sehr beliebt waren. Dass die Arbeitswoche für einige Glückliche kürzer wurde, während er und der Rest des Teams immer längere Stunden arbeiteten. Dieser Teil machte ihm nicht so viel aus. Es war hauptsächlich der verfluchte Verkehr, den er hasste.

Und die Schlaglöcher.

Aber das war ein anderer Streitpunkt und ein anderes Gespräch mit dem Stadtrat für einen anderen Tag.

Nachdem sie sich niedergelassen hatten, schlurfte Alina in die Küche und machte jedem eine Tasse Tee, wobei sie ihren Sohn auf der Hüfte trug. Ein paar Minuten später kehrte sie zurück, immer noch mit dem Kind auf einem Arm und den Tassen in der anderen Hand. Tomek war der Zweite, der sein Getränk erhielt.

Alina Zandecka sah aus, als hätte sie seit Wochen nicht geschlafen. Die Augenringe waren so dunkel wie der Raum sich anfühlte, aber trotzdem war sie eine hübsche Frau. Sogar sehr hübsch. Sie war dünn, sah aber nicht unterernährt aus. Es schien eher, als hätte sie hart daran gearbeitet, ihre Figur zu erreichen, und an den Wölbungen ihrer Schultern und Arme konnte man erkennen, dass es ihr keine Mühe bereitete, ihren Sohn zu halten. Ihr Haar war eine unordentliche Kombination aus Brünett und Blond und mit einer Haarklammer zusammengebunden. Sie trug kaum Make-up, was, wie Tomek vermutete, hauptsächlich daran lag, dass sie keine Zeit dafür hatte. Aber sie brauchte es auch nicht. Sie erinnerte Tomek stark an die polnischen Supermodels, die er oft im polnischen Fernsehen sah.

»Ihr Sohn ist bezaubernd«, sagte Rachel und spielte mit dem Fuß des kleinen Jungen.

»Danke«, antwortete Alina mit Zurückhaltung in ihrer Stimme.

Sie hatte einen Anflug eines osteuropäischen Akzents, aber Tomek konnte ihn nicht genau einordnen.

»Wie alt?«

»Vier.«

»Niedlich.«

Bevor sie eingetreten waren, hatten Tomek und Rachel den Grund für ihren Besuch zurückgehalten. Nur, dass es sich um wichtige polizeiliche Angelegenheiten handelte. Und während er ihr gegenüber saß, fragte sich Tomek, welche Gedanken ihr durch den Kopf gehen mochten. Welche Geheimnisse sie befürchtete preiszugeben.

»Wie heißt du, Süßer?«, fragte Rachel und kniff den Jungen in die Zehen.

»Worum geht es hier?«, schnappte Alina und zog ihren Sohn etwas weiter um ihre Hüfte, gerade außerhalb von Rachels Reichweite.

»Herbert Tucker«, antwortete Tomek. »Wir glauben, Sie kennen ihn.«

»Sie... könnte man so sagen.«

»Wie gut kannten Sie ihn?«

»Ich... Was ist mit ihm passiert? Ist ihm etwas zugestoßen?«

»Sie haben die Nachrichten nicht gesehen?«, fragte Tomek. Als sie den Kopf schüttelte, fuhr er fort. »Er ist tot, Alina.«

Ihr Keuchen war hörbar, und sie hob ihre Hand an den Mund. Dann wandte sie ihre Aufmerksamkeit ihrem Sohn zu. »Ich will nicht, dass er das hört. Kann ich...?«

»Natürlich«, sagte Tomek mit einer Kopfbewegung.

Alina erhob sich vom Sofa und eilte zum Esstisch. Die Oberfläche war mit Flyern, Post, Dokumenten und leeren Bechern bedeckt und mit Frühstücksresten übersät. Einen Moment später setzte sie ihren Sohn auf den Stuhl, holte ein iPad und ein Paar Over-Ear-Kopfhörer aus einer nahegelegenen Tasche und überließ ihn dann sich selbst.

»Es tut mir leid«, sagte sie. »Ich wollte nicht, dass er hört...«

»Ist schon gut. Ehrlich.«

Tomek war bestrebt, das Gespräch voranzutreiben, aber nach ihrer ersten Reaktion war klar, dass sie etwas Zeit brauchen würde.

»Wann haben Sie Herbert Tucker zuerst getroffen, Alina?«, fragte Rachel mit sanfter, leiser, beruhigender Stimme.

Tröstend.

»Das muss jetzt ungefähr fünf Jahre her sein.«

Tomek nahm seinen Stift und sein Notizbuch heraus und begann, Notizen zu machen, während Rachel das Gespräch eröffnete.

»Und wie haben Sie sich kennengelernt? Unter welchen Umständen?«

»Ich... ich will es nicht sagen...«

Tomeks Interesse war geweckt.

»Warum nicht?«, fragte Rachel.

»Weil ich...«

»Bedroht Sie jemand?«

Alina schüttelte den Kopf. »Nein. Nein... Nichts dergleichen. Es ist nur...« Alina drehte sich langsam auf ihrem Stuhl und wandte sich ihrem Sohn zu, der jetzt in den Wundern seines digitalen Bildschirms versunken war. Als sie sich wieder ihnen zuwandte, sagte sie: »Ich schäme mich dafür, das ist alles.«

»Sie können es uns erzählen. Dies ist eine sichere Umgebung. Das ist *Ihre* Umgebung, Alina. Hier wird Ihnen nichts passieren.«

Alina beruhigte sich einen Moment, drehte die Worte in ihrem Kopf um und spielte sie in ihrem Gesichtsausdruck durch.

»Ich kam vor sechs Jahren aus Litauen in dieses Land. Ich hatte nicht viel Geld, ich wusste nicht, was ich mit mir anfangen sollte, aber ich... ich kam als Stangentänzerin hierher. Dann arbeitete ich eine Weile in einigen Bars und Clubs, bis ich schließlich... eine andere Arbeit fand.«

Tomek ahnte, worauf das hinauslief.

»Ich wurde Prostituierte.«

Bingo.

»Ich traf Herbert zum ersten Mal, als ich einmal in einen Club ging. Ein Herrenclub in Southend. Er und eine Gruppe seiner Freunde feierten eine Party, also gingen einige der Mädchen, mit denen ich arbeitete, dorthin. Als ich ankam, waren sie bereits ziemlich betrunken und high von Drogen.«

»Drogen? Welche Art von Drogen?«, fragte Tomek.

»Hauptsächlich Kokain.«

»Und haben Sie welches genommen?«

Alina drehte sich wieder zu ihrem Sohn um und beantwortete die Frage, ohne es zugeben zu müssen.

»Sie waren wild«, sagte sie. »Es war so viel. Es war überall.«

»Wie oft sind Sie dorthin gegangen, um mit den Männern in diesem Club zu schlafen?«

»Oh, so war das nicht. Es war immer Herbert. Herbie gehörte mir. Ich habe nie mit jemand anderem geschlafen. Wir hatten jeder unseren eigenen Mann...«

Als wären sie kostbare, einzigartige Kunstwerke, die nicht gekauft, verkauft oder gehandelt werden konnten.

»Wie oft haben Sie mit Herbert Tucker geschlafen, Alina?«

Ihre Lippen bewegten sich, aber es kam nichts heraus, als sie auf ihre Finger blickte.

»Zehn? Vielleicht weniger?«

»Warum hörte es auf?«

Dann antwortete sie auf die gleiche Weise wie zuvor. Indem sie ihren Sohn ansah.

»Ich weiß nicht, wie es passiert ist.«

Tomek fiel ein Buch ein, das er einmal gelesen hatte und das es ihm klar erklärt hatte...

»Wir waren vorsichtig«, fuhr sie fort. »Ich habe immer darauf geachtet, dass er Schutz trägt.«

Und auch Tomek hatte immer Schutz getragen. Aber vor vierzehn Jahren hatte sich dieser Schutz entschieden, nicht zu funktionieren.

»Als ich es herausfand, wollte ich es ihm zunächst nicht sagen. Aber die Mädchen... sie sagten, ich sollte es tun.«

»Was sagte er, als er es erfuhr?«, fragte Rachel und massierte ihre fast leere Teetasse zwischen den Fingern.

»Er wollte, dass ich es wegmache. Sagte, ich solle abtreiben. Er würde dafür bezahlen, er kenne jemanden.« Da begannen die Tränen. Zunächst sanft, aber nachdem Rachel ins Badezimmer geeilt war, um etwas Toilettenpapier zu holen, kamen sie in Strömen.

Beide Detektive warteten, bis sie fertig war, bevor sie weitermachten.

»Aber Sie haben Nein zur Abtreibung gesagt«, fuhr Rachel fort.

Schnüffelnd antwortete Alina. »Ich wollte nicht. Ich wollte es behalten. Ich wollte schon immer ein Baby haben. Ich...«

»Und dann begann er, Ihnen Geld zu zahlen?«, fragte Tomek und sprach den Elefanten im Raum an.

»Was?«

»Das Geld. Die fünftausend Pfund im Monat, die er Ihnen gezahlt hat. Dieses Geld?«

»Woher...?« Alina schnüffelte heftig und saugte den Rotz und die Tränen weg.

»Warum hat er Ihnen dieses Geld geschickt, Alina?«

»Es war... Ich...«

»Dies ist ein sicherer Ort, denken Sie daran?«, bemerkte Rachel. Obwohl selbst Tomek zugab, dass es sich nicht so anfühlte.

»Warum begann er, Ihnen Geld zu geben, Alina?«, bohrte Tomek nach.

»Weil er es mir angeboten hat«, sagte sie. »Ich... ich war dumm. Ich wusste nicht, was ich tat. Ich hatte Angst. Als ich ihm sagte, dass ich es behalten wollte, drohte er mir. Sagte, er würde mich bloßstellen und nach Litauen zurückschicken. Also drohte ich ihm als Vergeltung. Ich sagte ihm, ich würde zu den Zeitungen gehen. Zur *Echo*, zur *Daily Mail*. Dass der feine Geschäftsmann und lokale Politiker an drogengeschwängerten Sexpartys mit Prostituierten teilgenommen und eine von ihnen schwanger gemacht hätte. Also bot er mir Geld an, damit ich schweige.«

»Sie haben ihn erpresst?«

Sie wedelte mit dem Finger vor ihm. »Überhaupt nicht!« Ihre Stimme stieg um einige Oktaven an, aber es lenkte ihren Sohn kaum vom Computerbildschirm ab. »*Er* bot *mir* das Geld an. Wie ich Ihnen sagte, ich war verzweifelt. Ich brauchte es damals.«

Und dennoch, nach vier langen Jahren, in denen sie beträchtlich mehr als den durchschnittlichen Lohn erhalten hatte, lebte sie immer noch an einem solchen Ort. Je mehr er jedoch darüber nachdachte, desto mehr verstand er, dass es Sinn machte, über einem Spirituosengeschäft zu wohnen, das an eine Tankstelle angeschlossen war, mit seinen überhöhten Preisen.

»Aber er gab es Ihnen immer weiter«, sagte Rachel. »Warum? Warum hat er Sie die ganze Zeit bezahlt?«

Sie senkte wieder ihren Kopf. »Weil... weil ich ihm sagte, ich würde zu den Medien gehen, wenn er es nicht täte.«

»Also haben Sie ihn *doch* erpresst?«

»Nein... Aber...« Diesmal kehrten die Tränen zurück. Diesmal bot Rachel ihr kein Mitgefühl an. »Ich musste für meinen Sohn sorgen. Ich musste alles tun, was ich konnte, um mich um Francis zu kümmern. Hätten Sie nicht dasselbe getan?«

Keiner der beiden entschied sich, die Frage zu beantworten.

Rachel räusperte sich und stellte die Tasse auf den Teppich. »Lassen Sie mich das klarstellen. Sie kamen hierher und arbeiteten ein bisschen als Stangentänzerin. Gingen mit Ihren Kolleginnen zu ein paar Partys, schliefen ein paar Mal mit Herbert Tucker – *zehn* Mal, um genau zu sein – wurden dann mit seinem Kind schwanger und haben ihn erpresst, damit er schweigt. Habe ich da etwas vergessen?«

»Es war nicht wie-«

Rachel unterbrach sie mit einer Handbewegung. »Es ist eine einfache Ja- oder Nein-Frage, Alina. Habe ich etwas vergessen?«

Das war eine Seite seiner Kollegin, die Tomek noch nicht gesehen hatte. Ein Feuer loderte in ihr, und er machte sich Sorgen, wohin es führen könnte.

»Nein«, antwortete Alina leise. »Da ist nichts anderes.«

»Ich glaube, da ist noch etwas.«

»Warum?«

»Weil, wenn wir uns nicht täuschen, das Geld vor vier Monaten aufgehört hat zu kommen, nicht wahr?«

Alinas Mund klappte auf und zu, während ihre Geschichte auseinanderfiel. »Woher wissen Sie...?«

»Weil das unser Job ist, Alina. Also schlage ich vor, Sie erklären uns alles, was passiert ist, und beantworten unsere Fragen ehrlich und vollständig. Denn wir werden es so oder so herausfinden.«

Verdammt. Erinnere mich daran, mich nie mit dieser Frau anzulegen.

»Warum hat Herbert die Zahlungen eingestellt? Was ist passiert?«

Linker Haken, rechter Haken, Jab, Jab, Jab. Die Schläge von Rachel waren unerbittlich.

»Weil er meinen Bluff durchschaut hat«, zischte Alina. »Er hatte genug. Eines Nachmittags rief er mich an, um mir zu sagen, dass er mir kein Geld mehr zahlen würde und dass es ihm egal sei, ob ich zu den Medien gehe. Er hatte genug.«

»Warum haben Sie also nicht zurückgeschlagen? Warum haben Sie nicht mit einem Journalisten gesprochen?«

»Wegen Francis. Ich wollte nicht, dass er da hineingezogen wird. Er hat ein Leben. Ich habe jetzt ein Leben. Er geht zur Schule. Er hat

Freunde. Ich habe Freunde. Ich will nicht, dass Leute anders über uns denken. Ich tat es, um ihn zu schützen.«

»Hat es Sie nicht geärgert? Wurden Sie nicht wütend darüber?«

»Natürlich war ich wütend. Es bedeutete, dass ich einen Job finden musste, ich hatte kein Einkommen. Jetzt arbeite ich für ein Taxiunternehmen, nehme Anrufe entgegen und organisiere die Taxis für die Leute.«

»Hat es Sie wütend genug gemacht, um ihn zu töten?«, fragte Rachel.

»Was? Nein!«

»Wo waren Sie in der Nacht, als er starb?«

»Hier. Mit Francis. Wir haben gespielt, gelernt. Wie an den meisten Abenden.«

»Kann jemand das bestätigen?«

Sie zögerte etwas länger, als Tomek lieb war.

»Nein. Es sind nur wir beide. Bitte... bitte nehmen Sie mich nicht von meinem kleinen Jungen weg.«

»Das würde bedeuten, dass Sie etwas Falsches getan haben«, sagte Tomek so sanft, wie er es schaffen konnte. »Gibt es noch etwas, das Sie uns sagen müssen?«

Alina spielte mit ihren Fingern und pickte an ihren Nägeln, die im Gegensatz zum Rest von ihr, der so gepflegt und maniküriert war, schmutzig und bis zum Ende abgebissen waren.

»Da war etwas...«, begann sie und konnte ihren Blick nicht heben. »Nachdem er mir gesagt hatte, dass er die Zahlungen einstellen würde, glaube ich, hat er jemanden zu mir nach Hause geschickt.«

»Was meinen Sie mit "jemanden"?«

»Einen Mann. Irgendwen. Ich weiß nicht, wer. Ich hatte nie die Gelegenheit, sein Gesicht klar zu sehen. Aber für ein paar Tage danach wurde ich von einem Mann verfolgt, entlang der Hauptstraße, im Auto, auf dem Weg nach Hause von Francis' Schule. Ich bekam richtig Angst und schloss mich im Haus ein. Ich glaube, Herbert hat ihn geschickt, um mich zu warnen. Ich glaube, er wollte, dass ich weiß, dass er mir jederzeit wehtun könnte, dass ich immer beobachtet werde.«

»Hat er Ihnen das gesagt?«

»Nein.«

»Woher wissen Sie, dass er es war?«

»Weil, wer sonst könnte es sein?«

Tomek konnte dem nicht widersprechen.

»Wann haben Sie den Mann zuletzt gesehen?«

»Er hörte nach ein paar Wochen auf. Ich glaube, er muss gemerkt haben, dass ich nichts tun würde. Dass ich zu viel Angst hatte.«

»Wie sah er aus?«

»Weißer Pullover. Mit Kapuze. Trug eine Mütze, damit ich sein Gesicht nicht sehen konnte. Schwarze Jeans. Mittelgroß. Mehr habe ich nicht erkannt.«

Tomek notierte die vage Beschreibung des Mannes und die Details darüber, wann er Alina verfolgt hatte. Dann informierte er sie, dass sie sich melden würden, falls sie etwas anderes benötigten. Dass sie in der Gegend bleiben sollte.

Nachdem sie alles geregelt hatten, machten sich Rachel und Tomek auf den Weg nach draußen. Auf dem Weg hinaus winkte Rachel dem kleinen Jungen zum Abschied, und Tomek bot ihm ein High-Five an. Als er an ihm vorbeiging, begutachtete Tomek das Gesicht des Jungen. Er trug eine unheimliche Ähnlichkeit mit Herbert Tucker. Die Ohren, die Nase und sogar der Abstand zwischen seinen Augen waren gleich.

»Rufen Sie uns an, wenn Ihnen etwas einfällt, das wichtig sein könnte«, rief Tomek ihr auf ihrer Türschwelle zu.

Als sie zum Auto zurücktrotteten und sich gegen den bitteren Wind wappneten, der durch die Tankstelle fegte, sagte Tomek: »Erinnere mich daran, dich nie gegen mich aufzubringen.«

»Warum nicht?«

»Weil ich für einen Moment dachte, du wärst wirklich süß zu Alinas Sohn, aber dann hast du bei ihr den Schalter umgelegt.«

»Ich musste.«

»Und wenn du das jemals mit deinem eigenen Kind machen würdest...«

Sie stiegen ins Auto. Rachel schloss die Tür.

»Gut, dass ich lesbisch bin, nicht wahr?«

»Entschuldige, was?«

»Lesbisch. Ich bin lesbisch. Wusstest du das nicht?«

Tomek fühlte sich plötzlich unwohl. Sein Gesicht wurde rot.

»Ich glaube, das habe ich nicht kommen sehen.«

»Das tun viele nicht. Und wenn ich nicht eine Partnerin finde, die mich davon überzeugt, Kinder zu haben, kann ich mir nicht vorstellen, dass ich bald etwas zu befürchten habe und das Kind auch nicht.«

KAPITEL
ZWEIUNDZWANZIG

Tomek hatte das letzte Mal mit zehn Jahren in einem Therapeutenstuhl gesessen. Und zu seiner Überraschung hatten sie sich nicht allzu sehr verändert. Die Wände des Raumes, in dem er sich gerade befand, waren im gleichen langweiligen, kalten Hellblau gestrichen, und die Möbel waren genauso wie vor all den Jahren. Billig.

Seine Therapeutin hieß Isabel Fox. Sie war Ende zwanzig und hatte einen Doktortitel in Psychologie. Nachdem er ihr früher am Tag eine Nachricht geschickt hatte, um einen Termin zu vereinbaren, hatte sie fast sofort geantwortet und ihm mitgeteilt, dass sie den Rest der Woche Jahresurlaub nehmen würde und dass sie ihn und Kasia am Ende des Tages noch unterbringen könnte. Kasia war zuerst dran gewesen und wartete nun vor dem Zimmer auf ihn. Es war kurz nach sechs Uhr, und Tomek war sich seines Dinnertreffens in knapp zwei Stunden bewusst.

»Ich kann nichts von dem besprechen, was zwischen mir und Ihrer Tochter vorgefallen ist«, sagte Isabel mit sanfter, zarter Stimme und einem deutlichen Essex-Akzent. »Ich möchte das nur klarstellen.«

»Kristallklar.«

Wie der Ring an ihrem Finger, wie die makellose Kette, die von ihrem Hals baumelte.

»Ausgezeichnet.« Sie verschränkte ihre Hände. »Haben Sie schon einmal so etwas gemacht? Haben Sie jemals mit einem medizinischen Fachmann gesprochen?«

Tomek erzählte ihr, dass er das getan hatte, und wann.

»Sie waren sehr jung. Und darf ich fragen, wofür das war?«

»Ich habe meinen toten Bruder im Park gefunden. Er wurde verprügelt, angegriffen und zum Sterben zurückgelassen. Ich sollte mich mit ihm treffen, aber ich war zu spät. Ich habe seine Angreifer gesehen.«

Wenn Isabel von der Zusammenfassung seines Kindheitstraumas betroffen oder schockiert war, dann zeigte sie es nicht. Andererseits hatte sie wahrscheinlich schon alles Mögliche gehört. Einige schöne Geschichten, einige weniger schöne. Und wahrscheinlich einige, die deutlich schlimmer waren als seine.

»Ich verstehe...«, sagte sie. »Und wurden die Mörder gefasst?«

»Einer wurde gefasst. Der andere ist entkommen. Obwohl niemand glaubt, dass er existiert.«

»Das klingt schrecklich. Es tut mir leid für Ihren Verlust.«

»Tun Sie das nicht«, sagte er und winkte mit der Hand ab. »Sie müssen das nicht tun. Es ist in Ordnung. Es ist passiert. Ich habe es verarbeitet. Ich bin darüber hinweg.«

Außer dass er das nicht war. Und er bezweifelte, dass er es jemals sein würde. Zumindest nicht vollständig.

»Verstanden.« Ein kleines Grinsen huschte über ihr Gesicht. »Wie hat sich der Tod Ihres Bruders auf Sie ausgewirkt?«

»So wie Sie es erwarten würden. Genauso wie Kasias Trauma sie jetzt beeinflusst.«

»Wie hat es sich auf Ihre Beziehung zu Ihrer Familie ausgewirkt?«

Tomek zögerte. Er hatte gerade versucht, sie zu dem Grund zu lenken, warum er gekommen war, zu Kasia, zu den Albträumen. Aber sie bestand darauf, das Gespräch in eine Richtung zu lenken, mit der er sich nicht wohl fühlte. In eine Richtung, die ein Thema ansprach, das er nicht ansprechen wollte. Familie. Es war ein Thema, das entweder bedeutete, dass sie außergewöhnlich gut in ihrem Job war und zwischen den Zeilen lesen konnte, oder dass eine bestimmte Dreizehnjährige in ihrem vorherigen Treffen zu viel gesagt hatte.

»Ich bin nicht hier, um meine Beziehung zu meiner Familie zu besprechen«, sagte er und schlug ein Bein über das andere. »Ich bin hier, um die Albträume zu besprechen, die ich habe.«

»Das hilft mir alles, ein umfassenderes Bild zu bekommen«, erklärte sie, aber Tomek ließ es nicht zu. Es war genauso wie beim letzten Mal: die Therapeutin, die versuchte, in seinen Kopf zu kommen, die versuchte, ihn dazu zu bringen, Dinge zu glauben, die er nicht glauben wollte. Über Dinge zu sprechen, über die er nicht sprechen wollte.

»Es tut mir leid, aber ich möchte wissen, wie ich diese Albträume loswerden kann.«

»Der beste Weg, das zu tun, Tomek, ist, wenn Sie sie in einer Umgebung besprechen, in der Sie sich entspannt fühlen, in der Sie sich wohlfühlen. Fühlen Sie sich in einer dieser beiden Weisen?«

Er rutschte mit seinem Hintern auf dem Stuhl hin und her. »Nicht besonders.«

»Soll ich Ihnen ein Glas Wasser holen?«

Er überlegte einen Moment. »Bitte.«

Ohne ein weiteres Wort zu sagen, schlüpfte Isabel geschickt von ihrem Stuhl und ging an ihm vorbei aus dem Raum. Während er wartete, tippte Tomek wiederholt mit dem Fuß auf den Teppich und behielt die Uhr im Auge. Eine Stunde hatte er bezahlt. Und es waren noch fünfundvierzig Minuten zu gehen.

Fünfundvierzig Minuten, um ihr zu sagen, was sie hören wollte.

Fünfundvierzig Minuten, um sie glauben zu lassen, dass sie einen guten Job machte.

Tatsächlich war er nur für Kasia hier. Wenn seine Albträume nicht aufhörten, dann sei es so. Er hatte sie in den letzten dreißig Jahren ertragen. Was würden weitere dreißig Jahre schaden?

Als sie zurückkam, waren noch vierundvierzig Minuten auf der Uhr.

»Wo waren wir?«, fragte sie, während sie sich hinter ihrem Schreibtisch niederließ.

Tomek nahm einen Schluck Wasser, um so viel Zeit wie möglich zu gewinnen.

»Ich fühle mich jetzt viel wohler«, log er.

Dreiundvierzig.

»Großartig. Das freut mich zu hören. Erzählen Sie mir jetzt, was in diesen Träumen von Ihnen passiert.«

Und so tat er es. Er erzählte ihr, dass sie zufällig auftraten, manchmal mehrere Nächte hintereinander, manchmal mit einer Woche Pause dazwischen, und dass er oft mitten in der Nacht schweißgebadet aufwachte. Er erzählte ihr, dass die Träume daraus bestanden, dass er die Erfahrung dieser Nacht erneut durchlebte, seinen Bruder tot im Park zu finden, mit Batteriesäure in den Augen, Blut auf seiner Brust und dem weißen Schulhemd. Er erzählte ihr, wie sich das Bild seines Bruders nun zu Kasia zu wandeln begann. Und dass er nicht wollte, dass es weiterging.

»Das klingt nach sehr lebhaften Albträumen«, kommentierte Isabel. »Und Sie sagen, es gibt keine Auslöser? Oder es scheint keine zu geben?«

»Nicht dass ich wüsste.«

»Ich kann mir vorstellen, dass Ihr Job nicht gerade hilfreich ist...«

Tomek zuckte mit den Schultern. »Wahrscheinlich nicht. Aber ich werde das nicht so bald ändern.«

Er war absichtlich unverständlich, und er wusste das. Es war keine Reflexion über sie, überhaupt nicht, nur über diejenigen in ihrem Beruf. Er glaubte gerne, dass er es besser wusste als sie, dass ihre jahrelange Ausbildung nichts im Vergleich zu den vierzig Jahren war, die er in seinem eigenen Kopf gelebt hatte. Dass sie ihm unmöglich helfen könnte. Wenn niemand dazu in der Lage gewesen war, als er zehn war, wie könnten sie es dann, wenn er wesentlich älter war und die Burgmauern und Barrieren wirklich befestigt waren?

»Sie sagten, Sie hätten mit jemandem gesprochen, als Sie jünger waren. Erzählen Sie mir davon. Wie waren diese Gespräche so kurz nach dem Vorfall?«

»Schwierig«, antwortete er. »Ich habe nicht viel gesagt.«

»Wie jetzt?«

Tomek öffnete den Mund, um zu antworten, hielt sich aber zurück.

»Ich schätze schon.«

»Und ich nehme an, diese Person hat Ihnen einige Bewältigungsmechanismen für die Albträume gegeben? Zumindest würde ich das hoffen.«

»Sie sagten mir, ich solle ein Albtraumtagebuch führen.«

»Und haben Sie das getan?«

Er nickte.

»Gut. Fürs Erste würde ich dann gerne, dass Sie weiterhin schreiben. Können Sie das für mich tun? Tagebuchschreiben kann eine therapeutische Art sein, Traumata zu verarbeiten, besonders Traumata, die so alt sind wie Ihre. Aber ich möchte, dass Sie noch einen Schritt weitergehen. Ich möchte, dass Sie über Ihren Tag schreiben, bevor Sie ins Bett gehen. Und wenn Sie aufwachen, möchte ich, dass Sie darüber schreiben, wie Sie sich fühlen, worüber Sie besorgt sind.«

»Als wäre ich ein fünfzehnjähriges Mädchen?« Tomek verdrehte die Augen. »Ist das Ihr Rat? Dass ich weitermache mit dem, was ich tue, wenn es offensichtlich nicht funktioniert?«

»Nein, ich-«

»Denn so klingt es. Entweder bin ich unheilbar und die Albträume werden nie aufhören – womit ich übrigens absolut einverstanden bin – oder Sie sind einfach nicht sehr gut in Ihrem Job. Und dabei wurden Sie so sehr empfohlen.«

Tomek erhob sich aus seinem Stuhl und stürmte auf den Ausgang zu. Er schloss die Tür hinter sich, bevor Isabel protestieren konnte. Draußen im Wartezimmer fand er Kasia auf dem Stuhl sitzend, den Kopf nach vorne gebeugt, Kopfhörer in den Ohren, ihren Finger, der wiederholt nach oben wischte.

»Komm«, sagte er ihr. »Wir gehen.«

»Schon?«

»Es stellt sich heraus, dass wir früher fertig waren als erwartet.«

Siebenundzwanzig Minuten früher.

KAPITEL
DREIUNDZWANZIG

Tomek hatte Mühe, ein Restaurant zu finden, in dem er noch nicht mit einem anderen Mädchen gewesen war. Er war mit vielen früheren One-Night-Stands an vielen Orten gewesen, sodass die Auswahl an Restaurants fast erschöpft war. Aber heute hatte er Glück. Die Oyster Bar hatte erst kürzlich eröffnet, und nach den Gesprächen, die er im Büro gehört hatte, waren sowohl das Essen als auch die Bewertungen gut. Und was noch besser war – sie hatten den letzten Tisch für zwei Personen für ihn und Abigail reserviert. Es war ein kleines, unabhängiges, familiengeführtes mediterranes Restaurant in Rayleigh, oben in der High Street am National Trust's Rayleigh Mount gelegen. Auf dem Gelände hatte einst eine mittelalterliche Burg gestanden, die nun eine grüne Oase für Wildtiere war. Dasselbe konnte man jedoch nicht vom Restaurant behaupten. Das Thema und die Einrichtung waren eine moderne Darstellung der weißen Gebäude von Santorini, Griechenland: weiß gestrichene Wände, gefliester Boden und niedrig hängende Weinreben, die von der Decke baumelten. Vielleicht das schlichteste Design, das Tomek je gesehen hatte. Im Hintergrund spielte sanfte Gitarrenmusik aus den Lautsprechern. Der Raum im Restaurant war klein, mit genügend Platz für zwanzig Personen, die an zehn Tischen Platz finden sollten. Es war deutlich zu erkennen, dass die Besitzer auf eine romantische, intime Flitterwochenatmosphäre entlang der griechischen Küste setzten – eine erschwinglichere Version. Es war nur schade, dass es keine passende Aussicht gab. Statt des atemberaubenden, kristallklaren blauen Wassers des Mittelmeers und der sich an der Küste entlangziehenden Hügel wurde Tomek mit einem pechschwarzen Himmel, mehreren schäbigen Straßenlaternen, wütenden Essex-Fahrern, die eilig nach Hause wollten, und einem Sturzbach von Regentropfen, die an der Fensterscheibe hinunterliefen, konfrontiert. Es war eher Skegness als Santorini.

»Obwohl die Gesellschaft gar nicht so übel ist«, sagte er, als sie ihre Gläser mit Weißwein hoben.

Als das *Klirren* verklungen war, antwortete Abigail. »Es hat lange genug gedauert, bis wir es auf diese Ebene geschafft haben.«

»Ich habe nur die Unnahbare gespielt.«

Heute Abend hatte sich Abigail für diesen Anlass herausgeputzt. Sie trug schwarze Stilettos und eine Ombré-Jeans mit weitem Bein, dazu ein schwarzes Top mit Wasserfallausschnitt, das viel mehr Dekolleté zeigte, als er erwartet hatte. Ihr Make-up war perfekt, ihre Wimpern voll, und ein Paar Diamantohrringe baumelte an ihren Ohren und fing die Scheinwerfer der vorbeifahrenden Autos ein. Ihr Outfit stand in völligem Kontrast zu der Arbeitsversion, die er in den letzten Wochen viel häufiger gesehen hatte. Und es gefiel ihm. Er hatte sie noch nie so gut aussehen sehen. Nicht einmal in der Nacht, als sie sich bei der Preisverleihung geküsst hatten.

Tomek hingegen hatte hastig sein bestes blaues Hemd übergeworfen (das glücklicherweise das erste war, das er aus der Reihe von Arbeitshemden in seinem Kleiderschrank gezogen hatte), eine dunkelblaue Jeans und seine elegantesten Schuhe – ein Paar Timberlands. Sie hatte alles gegeben, während er aussah, als hätte er sich für einen Elternabend zurechtgemacht.

»Findest du das nicht seltsam?«, fragte Abigail.

»Ja, ich denke das Gleiche. Wer stellt eine weiße Dipladenia in ein griechisch-thematisches Restaurant? Jeder weiß, dass sie in Südamerika beheimatet sind.«

Eine Weile sagte Abigail nichts. Sie starrte ihn einfach nur ausdruckslos an, wie erstarrt vor Verwirrung.

»Das war nicht das, was du meintest?«

»Nein. Natürlich nicht. Wovon zum Teufel redest du? Diplodocusse...«

»*Dipladenia*«, korrigierte Tomek. »Das sind Pflanzen.«

»Du bist eine Dipladenia. Nerd.« Sie lächelte ihn kokett an, während sie einen Schluck aus dem Glas nahm. Ihr Blickkontakt war unnachgiebig. »Ich wusste gar nicht, dass du dich für Pflanzen interessierst.«

»Ich schätze, deshalb machen wir das hier...«

»Aber ausgerechnet Pflanzen. *Pflanzen*. Warum?«

Tomek zuckte mit den Schultern. Er hatte nie wirklich darüber nachgedacht. »Ich mag, dass sie alle unterschiedlich sind, sie sind einfach, man kommt leicht mit ihnen aus. Sie machen keinen Dreck, sie sind pflegeleicht, und sie entspannen mich. Sie geben dir ein Gefühl von Verantwortung, aber ohne das ganze Chaos und die finanzielle Belastung, die damit einhergeht. Vielleicht bin ich deshalb die ganze Zeit Single geblieben.«

Das und die gelegentlichen Affären, die One-Night-Stands und, bis vor kurzem, die dreizehnjährige Tochter, die vor seiner Tür aufgetaucht war und ihn daran gehindert hatte, solche Dinge zu tun.

»Nein, du hast völlig recht, es sind die Pflanzen«, stimmte Abigail zu. »Und deine Unfähigkeit, jemanden an dich heranzulassen.«

Tomek wollte dieses Gesprächsthema vermeiden und lenkte die Diskussion in eine andere Richtung.

»Na dann, Fräulein Perfekt. Was ist dein seltsames Hobby? Warum bist du mit zarten fünfundzwanzig noch Single?«

»Siebenunddreißig. Aber netter Versuch.« Sie prostete ihm zu und sagte dann: »Ich denke, ich habe nie darüber nachgedacht. Ein Teil von mir war wohl immer einfach glücklich damit, Single zu sein.«

»Quatsch. Was ist es? Was hast du Angst, mir zu erzählen? Dass du heimlich gerne Leuten auf YouTube beim Schminken zuschaust? Denn wenn ja, dann können wir uns gut verstehen. Ich bin ein echter Experte. Kasia muss sich ungefähr tausend Stunden von diesem Zeug angeschaut haben, und jetzt glaube ich, dass ich es durch Osmose aufgenommen habe.«

Abigail kicherte. »Es ist nichts dergleichen. Ich bin einfach so auf meine Arbeit konzentriert, dass ich mir keine Zeit gelassen habe, mich auf irgendetwas anderes zu konzentrieren.«

»Ist das bei Sean passiert?«

Tomek bereute die Frage sofort. Es war nicht nur unfair ihr gegenüber, die Trennung von seinem Freund rechtfertigen und erklären zu müssen, sondern auch unfair, über Sean zu sprechen, bei einem Thema, von dem er wusste, dass der Mann sehr empfindlich darauf reagierte, und das ohne ihn zu tun, war ein echter Dolchstoß in den Rücken.

Abigail erinnerte ihn mit einem missbilligenden Blick und einigen gewählten Worten an diese Tatsache. Nachdem das Gespräch leicht unangenehm geworden war, wurde die dicke Atmosphäre vom Kellner unterbrochen, der ihre Bestellung aufnahm. Wenig später brachte der junge, vorpubertäre Mann, der aussah, als sollte er noch zur Schule gehen, zwei Gläser Wasser, eine Platte mit Brot zum Teilen und ein weiteres Getränk für beide.

Tomeks zweites und letztes Bier des Abends. Er hatte eine Tochter, zu der er nach Hause musste, und er hatte keine Lust, sich auf dem Heimweg um einen Baum zu wickeln. Während sie auf ihr Essen warteten, führten sie ihre Gespräche fort und lernten sich allmählich auf einer tieferen, persönlichen Ebene kennen. Lange Zeit war ihre Beziehung rein platonisch gewesen, doch das änderte sich heute Abend. Etwas brodelte in ihm, etwas, das er sich nur schwer eingestehen wollte. Eine Verbindung, ein Funke.

Sie verbrachten die nächsten zwanzig Minuten damit, über frühere Freunde, frühere Freundinnen (bei ihr hatten sich die beiden während einer experimentellen Phase in ihren frühen Zwanzigern überschnitten), ihr Schulleben, ihr Familienleben während des Aufwachsens, ihre Lieblingsorte, die sie als Kind besucht hatten, und die lustigen Geschichten, die dazu geführt hatten, zu sprechen. Unbeschwert, sorglos, unverfälschter Spaß. Sie hatten die Ketten ihrer Beziehung gelöst und tobten sich damit aus.

Doch das kam zu einem plötzlichen und drastischen Ende, als das Essen serviert wurde. Lachslinguine für ihn, Hähnchengyros für sie.

Zwei entgegengesetzte Enden der mediterranen Küche, aber gleichermaßen köstlich.

»Wolltest du schon immer Journalistin werden?«, fragte Tomek. Bis zu diesem Zeitpunkt war das Thema Arbeit unausgesprochen geblieben. Und obwohl es eine harmlose Frage war, wusste Tomek, worauf es unweigerlich hinauslaufen würde.

»Nicht unbedingt«, antwortete sie. »Ich mochte Englisch in der Schule, dann bekam ich eine Stelle bei der Universitätszeitschrift, während ich meinen Abschluss machte. Dann stellte ich fest, dass ich ziemlich gut darin war, also bin ich seitdem dabei geblieben. Was ist mit dir, Herr Polizist? Wolltest du schon immer die Bösewichte jagen?«

»Ziemlich genau«, sagte er und zuckte mit den Schultern. »Schon von klein auf.«

»Wie kommt das?«

Tomek zögerte. »Ich denke, ich helfe einfach gerne Menschen, beschütze sie, wenn ich kann.«

Und um sie zu rächen. Aber das wollte er ihr noch nicht sagen. Nicht, wenn er nach seinem Treffen mit Isabel Fox immer noch frustriert über den Tod seines Bruders war.

»Das ist lobenswert, und ich habe großen Respekt davor«, sagte sie. »Wenn wir gerade davon sprechen...«

Jetzt geht's los.

»Wie läuft es mit Herbert?«

»Du weißt, dass ich dir nichts anderes sagen kann, als was bereits gesagt wurde.«

»Warum nicht? Hast du Angst?«

»Nein.«

»Dann sag es mir.«

Tomek schüttelte den Kopf.

»Bitte...«

Er schüttelte erneut den Kopf. »Diesen Fehler habe ich in der Vergangenheit gemacht, und die Person, der ich es erzählt habe, entpuppte sich als Serienmörder.«

»Willst du damit andeuten, dass ich Herbert Tucker getötet haben könnte, Herr Bowen?« Ihre linke Augenbraue hob sich kokett.

»Ich bin nur neugierig, warum du so ein Interesse zeigst, das ist alles. Es ist ein bisschen beunruhigend. Wie wäre es, wenn du mir erzählst, was du weißt oder was du untersuchst, und ich bestätige dir dann, ob es Fakt oder Fiktion ist?«

»Ich brauche ein weiteres Date, bevor ich diese Informationen preisgebe.«

Tomek seufzte innerlich und erinnerte sich an Seans Worte.

Eine Beziehung, die auf Transaktionen basiert, scheint keine gute zu sein.

Und dann entschied er, dass es wahrscheinlich aus Eifersucht und Neid stammte.

»Willst du es schon jetzt im Kalender eintragen? Wir sind erst auf halbem Weg durch die Mahlzeit. Was, wenn ich dich versehentlich anspucke oder Wein auf dein weißes Top verschütte?«

»Dann musst du mit zu mir kommen, um es sauber zu machen.«

Was, im weiteren Verlauf des Abends, genau das war, was passierte. Aber anstatt dass Tomek den Wein auf Abigails Top verschüttete, war das ihr eigenes Werk. Obwohl das Tomek nicht davon abgehalten hatte, es mit Absicht zu versuchen.

Als sie die Oyster Bar verließen, war das Restaurant fast leer, abgesehen von ihnen und einem anderen Paar, das so betrunken wurde, dass sie fast am Tisch einschliefen, zwischen ihren zufälligen Lachanfällen und lautstarken Streits. Es war ein Spektakel, das aus solcher Nähe zu beobachten war, aber sobald sie fertig waren, verließen Tomek und Abigail eilig den Ort. Zu betrunken, um zu fahren, geschweige denn zu riskieren, von einem Polizeibeamten angehalten zu werden (was das Ironischste gewesen wäre, wie Abigail ihn ständig erinnerte), beschloss Tomek, ein Taxi zu rufen. Der erste Haltepunkt war Abigails Wohnung, und als er ihr zum Abschied winkte, zog sie ihn aus dem Auto und in ihre Wohnung.

»Ich sollte wirklich gehen«, sagte er und versuchte, sich aus ihrem Griff zu befreien.

»Komm schon«, sagte sie. »Sei nicht so langweilig. Kasia ist ein großes Mädchen. Sie wird schon klarkommen, oder? Ich war zehn, als ich zum ersten Mal allein zu Hause gelassen wurde.«

Tomek überlegte, kämpfte in Gedanken mit der Entscheidung. Eine gute Nachtruhe in seinem eigenen Bett oder die Aussicht auf Sex? Eine Nacht in unmittelbarer Nähe seiner Tochter oder eine Nacht, in der er sie allein ließ?

Als er die Tür hinter sich schloss, ungehemmt durch den Alkohol, der in seinem Gehirn schwappte, flogen alle Gedanken an Kasia und ihre Albträume sowie ihr früheres Gespräch mit dem Therapeuten aus dem Fenster seines Geistes.

KAPITEL
VIERUNDZWANZIG

Rennen. Diesmal schneller.

Ich weiß nicht warum, aber es fühlt sich an, als wäre mein Rucksack nicht da, als würde ich ohne ihn rennen. Aber jedes Mal, wenn ich zurückschaue, sehe ich ihn, wie er auf und ab hüpft, der Inhalt poltert, während er mir hinterherjagt.

Ich renne, aber als ich zur Kreuzung an der Straße vor der Schule komme, werde ich langsamer und gehe.

Ich sehe das Auto nicht, das auf mich zukommt. Das, welches ich schon einmal gesehen habe, aber an das ich mich nicht richtig erinnere. Diesmal ist es schwarz, aber früher war es, da bin ich mir sicher, weiß, vielleicht silbern.

Ich sehe die Scheinwerfer nicht, als sie näher kommen.

Aber ich sehe den ausdruckslosen, gelassenen Gesichtsausdruck des Fahrers, als er zu spät auf die Bremse tritt und mit mir zusammenstößt.

Mein kleiner Körper rollt auf die Motorhaube und wird dann auf den Boden geschleudert. Meine Schulter knallt auf den Beton und schickt stechende Schmerzen durch meinen linken Arm. Ich will schreien, kann aber nicht. Ich muss zu Michał.

Michał wartet.

Das Geräusch von Autos, die mit quietschenden Reifen anhalten, dröhnt in meinen Ohren, während ich mich vom Boden hochstemme und den nassen Schmutz und Kies von meinem Schulblazer abklopfe.

Der Mann im Auto fragt, ob es mir gut geht, aber ich ignoriere ihn und gehe weiter Richtung Park. Ehrlich gesagt spüre ich überhaupt nichts. Alles ist taub. Alles ist gedämpft, weit weg. Und während ich über den Bürgersteig renne und die Autos hinter mir lasse, verklingen die Geräusche schließlich in Stille.

Und dann ein Schnitt.

Ich stehe über Michals Körper. Regen peitscht mir ins Gesicht. Vorher hat es nicht geregnet. Und der Wind bläst mein Haar und meinen Mantel, als stünde ich in einem Windkanal.

Blut sickert aus Michals Körper. Seine Augen, seine Ohren, seine Nase, sein Mund. Sein ganzer Körper ist mit der roten Flüssigkeit bedeckt. Ich weiß, dass er tot ist. Ich kann sehen, dass er tot ist. Aber ich unternehme nichts. Ich kann mich nicht bewegen. Jeder Teil von mir will ihm helfen, aber es fühlt sich an, als würde ich lachen, ihm zulächeln. Lachen und lächeln über das, was ihm passiert ist.

Meinem eigenen Bruder.

Und dann ein Schnitt. Zum Schlafzimmer meiner Wohnung.

Die Lichter sind eingeschaltet, und jetzt stehe ich wieder über Kasia. Dreißig Jahre älter. Und es ist das Gleiche. Nur ist sie am Leben. Und diesmal kann ich sie retten. Aber ich tue es nicht. Ich stehe einfach da, wie angewurzelt. Das Lächeln auf meinem Gesicht macht mir Angst.

Ich will schreien, ich will ihr helfen, aber nichts geschieht.

Währenddessen weint sie auf dem Bett, zu einer Kugel zusammengerollt, kauert sich hin, ringt nach Luft, die Fesseln an ihren Handgelenken und Füßen schneiden in ihr Fleisch. Ihr Körper zuckt und sie stirbt langsam. Und es scheint, dass ihr nichts mehr helfen kann. Nicht einmal ich.

Ihr Vater.

Und dann ein Schnitt.

Zu etwas, das noch nie zuvor passiert ist, etwas, das ich noch nie zuvor gesehen habe.

Es regnet draußen, peitscht gegen das Gebäude. Ich trage einen Anzug. Schwarz. Alle anderen um mich herum sind genauso gekleidet.

Eine Beerdigung.

Kasias.

Ich stehe vor dem Rednerpult und spreche. Aber ich kann nicht hören, was ich sage. Meine Worte sind nicht zu vernehmen.

Tränen strömen aus meinen Augen und denen der Menschen vor mir. Wir trauern, trauern gemeinsam um den Verlust meiner Tochter. Freunde, Familie, Bekannte.

Doch dann entdecke ich den Mörder meines Bruders hinten in der Kirche, der dort genauso steht wie damals über Michałs Körper. Mit den Armen an der Seite und gesenktem Kopf, die Augen auf mich gerichtet.

Und dann ein Schnitt.

KAPITEL
FÜNFUNDZWANZIG

Als Tomek am nächsten Morgen nach Hause kam, war die Wohnung leer. Kasia war früh zur Schule gegangen, und auf dem Tisch wartete ein Zettel auf ihn.

Gehe mit Sylvia spazieren. Mittagessen steht bereit. Sehen uns heute Abend zum Dinner. Hoffe, du hattest eine schöne Nacht.

Tomek wusste nicht warum, aber sobald er den Zettel gelesen hatte, plagte ihn das schlechte Gewissen wie eine fiese Erkältung. Der Wortlaut ließ zwar nicht auf Bosheit oder Verachtung schließen, aber er hatte das Gefühl, dass sie verärgert war, weil er so spät eine Nachricht geschickt hatte, weil er sie an einem Schultag allein gelassen hatte und weil sie sich allein fertig machen musste.

Sofort bereute er die Nacht, die er mit Abigail verbracht hatte.

Nach einer schnellen Dusche (die er dringend brauchte) und einem raschen Kleiderwechsel rief er ein Taxi, um ihn zum Restaurantparkplatz zu bringen. Nachdem er sein Fahrzeug erfolgreich abgeholt hatte, fuhr er zur Polizeiwache, nun deutlich unter der Promillegrenze.

Fünfunddreißig Minuten später kam er während des Berufsverkehrs an. Sobald er einen Fuß ins Büro setzte, eilte er in die Küche. Die Erfahrung hatte ihn gelehrt, dass dies der beste Ort war, um sich zu verstecken, wenn er es jemals nötig hatte. Es war auch der beste Ort, um vorzutäuschen, dass er schon seit Stunden im Büro war und nur seinen Koffeinpegel auffüllte.

Das war, bis er auf Victoria traf. Die schlimmste Person, der er nach seiner verspäteten Ankunft begegnen konnte.

»Hattest du heute Morgen Lust auf Ausschlafen?«, fragte sie, während sie den Wasserkocher in Gang setzte.

»Du weißt, wie das ist.«

»Nein, weiß ich nicht. Ich bin kein Single-Mann.«

Woher weiß sie das?, fragte sich Tomek. Und dann fiel es ihm ein. Sean. Sein bester Freund musste ausgeplaudert haben, dass er am Vorabend ein Date hatte und wahrscheinlich zu spät ins Büro kommen würde. Dass sie in der Küche auf ihn warten solle.

Diese Schlange.

Einen Moment später war der Wasserkocher fertig, und anstatt die dampfende heiße Flüssigkeit in die Tasse zu gießen, die sie für sich vorbereitet hatte, drückte sie den Hebel und brachte ihn erneut zum Kochen.

»Was machst du da?«, fragte Tomek. »Hast du das nicht gerade schon gemacht?«

Victoria schaute ungläubig auf das leblose Gerät, als hätte es ihr gerade gesagt, sie solle sich verpissen.

»Habe... habe ich das?«

»Ja. Du weißt, dass du das getan hast.«

»Ja... es ist nur. Du meinst, du kochst dein Wasser nicht zweimal auf?«

»Ich koche gar nichts zweimal auf«, antwortete Tomek. »Ich mache auch keinen Doppeldip, aber das ist jetzt nicht wichtig. Wichtig ist, dass du erklärst, warum du das bereits gekochte Wasser noch einmal aufkochst?«

»Damit es heiß ist.«

»Und was hat es vorher gemacht? Es sanft gestreichelt?«

»Halt die Klappe. Es macht es einfach *extra* heiß.«

»Damit du länger darauf pusten kannst, um es abzukühlen?«

Der Hebel im Gerät klickte und signalisierte, dass der zweite Kochvorgang beendet war. Ihn ignorierend hob sie es von der Basis und goss die kochende Flüssigkeit in ihre Tasse, dann begann sie den Inhalt umzurühren.

»Wann bekommen wir einen Inspektor, der eine normale Tasse Tee machen kann?«, fragte er.

»Versuchst du mich schon loszuwerden?«

Tomek antwortete nicht. Nicht, wenn er etwas sagen wollte, was er später bereuen würde.

»Wir nannten unseren alten Inspektor Lauwarmer Lenny, weil er immer ein paar Minuten wartete, bis das Wasser abgekühlt war, bevor er es in seinen Instantkaffee goss, weil er besorgt war, er könnte den Kaffee verbrennen. Während du einfach keinen Scheißdreck darauf gibst, oder? Du Anarchist.«

»Ich glaube, du meinst Brandstifter.«

»Victoria ›Die Brandstifterin‹ Orange... hat nicht ganz den gleichen Klang wie Lauwarmer Lenny«, sagte Tomek, mehr zu sich selbst als zu ihr. Im Hinterkopf dachte er an einen anderen Spitznamen für sie.

»Bösartige Victoria... Victoria die Flammenwerfer... Ofenheiße Orange... Oh So Heiße Victoria...« Tomek schüttelte den Kopf und erkannte, dass er aufhören sollte zu reden. Sofort. Schließlich schnippte er mit den Fingern in ihre Richtung und sagte: »Überlass es mir. Mir wird schon etwas einfallen.«

»Stell sicher, dass du das tust, nachdem du Herbert Tuckers Mörder gefunden hast, ja?«

———

Das Thema ihres nächsten Treffens, zu dem Tomek nur zwei Minuten zu spät kam, während er sich eine eigene Tasse Kaffee machte, drehte sich ganz um Herbert Tuckers Mörder.

Seit Tomek am Abend gegangen war, hatte das Team hauptsächlich Dutzende von Zeugenaussagen durchforstet, die sie von allen Mitarbeitern Tuckers aus seinen verschiedenen Unternehmen und aus den Rathausbüros eingeholt hatten. Jeder, der in diesem Gebäude arbeitete, musste befragt werden, und das war eine Aufgabe, für die Tomek dankbar war, dass sie ihm nicht aufgehalst worden war. In der

Zwischenzeit warteten sie auf die DNA-Ergebnisse für Herbert Tuckers Fahrzeug und die Analyse des Lippenstifts, der auf seiner Hand gefunden wurde.

»Irgendwelche Neuigkeiten bei den Ermittlungen zu Alina Zandecka?«, fragte Nick das Team.

»Steht heute auf dem Plan, Sir«, antwortete Rachel.

»Haben wir schon die Berichte über seine Finanzen, Chey?«

»Nein, Sir. Aber ich denke-«

»Wie steht's mit dem Herrenclub?«, fragte Nick und schnitt dem Kriminalkommissar fast sofort das Wort ab. Er hatte es sich zur Aufgabe gemacht, die Informationen so schnell wie möglich offenzulegen, und er würde auf niemanden warten, der das Team zurückhielt.

»Wie Rachel schon sagte, Sir«, antwortete Tomek. »Steht heute auf meiner Liste.«

»Gut. Was ist mit-«

»Sir, ich glaube, Sie-«, unterbrach Chey, wurde aber sofort mit einer Handbewegung abgewürgt.

»Anna, was sagt Nora Tucker? Hast du etwas mitbekommen, das von Interesse sein könnte?«

Anna sammelte sich, bevor sie antwortete, und nahm sich Zeit, weil sie wusste, dass sie nicht viel davon haben würde, sobald sie zu sprechen begann. »Nora Tucker hat mir nicht viel gesagt, was darauf hindeuten könnte, dass sie am Mord ihres Mannes beteiligt war, *allerdings* denke ich, dass wir sie im Auge behalten sollten.«

»Warum?«

»Intuition, Sir.«

»Intuition?«

»Ja, Sir. Irgendetwas sagt mir, dass etwas nicht stimmt.«

»Du denkst, sie ist diejenige, die es getan hat?«

»Nicht unbedingt. Ich denke, sie könnte beteiligt gewesen sein.«

»Wie?«

»Ich habe mit ihr über die Affäre ihres Mannes mit Sarah Jewell gesprochen, und sie teilte mir mit, dass sie bereits davon wusste. Dass sie... *damit einverstanden* war.«

»Das würde ihr kein Motiv geben, ihren Ehemann zu töten...«

»Ich weiß. Aber erscheint es dir nicht seltsam? Dass sie glücklich darüber ist, dass ihr Mann sie wiederholt betrügt?«

»Vielleicht hatten sie eine offene Beziehung«, fügte Tomek hinzu. »Oder vielleicht waren sie Swinger.«

»Davon habe ich gehört«, sagte Chey. »Komischer Haufen von Leuten.«

»Dann landest du besser nicht auf einer ihrer Partys«, erwiderte Tomek. »Sonst musst du vielleicht deine Mutter anrufen, damit sie dich abholt, wenn du zu viel Angst bekommst.«

»Richtig«, antwortete Chey. »Das reicht! Kein Biryani-Reste für dich.«

»Oh was? Aber-«

»Haltet verdammt noch mal beide die Klappe«, zischte Nick und seufzte schwer. »Werden wir jemals ein vernünftiges Gespräch führen können, ohne dass es in verdammte Anarchie ausartet?«

Tomek und Chey sahen sich an und zuckten mit den Schultern.

»Kann ich mir nicht vorstellen, Sir, nein«, antwortete Tomek.

»Eigentlich, Sir, ich denke-«

Nick schnitt dem Kommissar mit einer weiteren Handbewegung das Wort ab, während er seine Aufmerksamkeit wieder Anna zuwandte. »Halte weiter die Ohren offen. In der Zwischenzeit möchte ich, dass jemand ihre Geschichte untersucht: Anrufe, Textnachrichten, E-Mails. Alles, was darauf hindeuten könnte, dass sie versucht hat, jemanden zu engagieren, um dies zu tun. Und dann-«

»SIR!«

Cheys Stimme dröhnte durch den Raum, laut, autoritär und bestimmend. Alle hielten inne, erstarrten, ihr Atem stockte für einen kurzen Moment, als sie sich umwandten, um Nicks Gesichtsausdruck zu sehen.

Der Hauptkommissar wirkte beschämt, überrascht. Seine kleine Gestalt schien noch kleiner zu werden, und er schob die Schultern zurück.

Dann räusperte er sich und sagte ruhig: »Ja, Chey?«

»Ich... es tut mir leid, dass ich so geschrien habe, Sir, aber ich dachte, Sie möchten das hören.«

»Was hören, Kommissar?«

»Es geht um Keith Ferguson, Sir. Letzte Nacht habe ich mit seiner Frau gesprochen. Sie hat mir bestätigt, dass er nicht zu der Zeit nach Hause gekommen ist, die er angegeben hat.«

»Wo war er?«, fragte Nick.

»Sie weiß es nicht.«

»Nun...«, sagte Nick langsam. »Gute Arbeit, Kommissar. Ich denke, es wird Zeit, dass wir ihn selbst fragen.«

KAPITEL
SECHSUNDZWANZIG

Tomek und Rachel hatten es nur bis zum Empfang des Rathauses geschafft, bevor sie erfuhren, dass es keinen Keith Ferguson gab, mit dem sie hätten sprechen können. Der Mann war nicht zur Arbeit erschienen, und nach einem kurzen Telefonat mit seiner Frau hatte diese bestätigt, dass ihr Mann tatsächlich zur gewohnten Zeit das Haus verlassen hatte. Er hatte sich verabschiedet, ihr einen Kuss gegeben und sie daran erinnert, dass er auf dem Heimweg noch Eier besorgen würde. Aber er war nie angekommen.

Und irgendetwas an der ganzen Situation sagte Tomek, dass Keith keine Eier mehr nach Hause bringen würde.

Nachdem sie Nick und den Rest des Teams kurz informiert hatten, wurde eine Suchaktion gestartet, und Dutzende von uniformierten Beamten in der ganzen Stadt wurden in höchste Alarmbereitschaft für einen Mann mit seiner Beschreibung versetzt.

Und etwas mehr als drei Stunden später fanden sie ihn.

Der Anruf kam, während Tomek an Cheys Schreibtisch saß und die Telemetriedaten von Keiths Handy analysierte. Am Strand von Chalkwell war eine Leiche angeschwemmt worden. Eine Leiche, die auf Keiths Beschreibung passte. Und zum dritten Mal in zwei Tagen wurde Tomek von den Winden und dem Graupel, der ihm ins Gesicht peitschte, malträtiert. Am schlimmsten waren seine Ohren dran.

Exponierte Fleischringe, die als erstes aufgaben. Er hatte kurz überlegt, Ohrenschützer zu tragen, aber dann wurde ihm klar, dass er das nie wieder zu hören bekommen hätte. Besonders nach dem Spott, den er Chey in dieser Hinsicht gegeben hatte.

Am Strand war ein Zelt aufgebaut worden, das Keiths Leiche vor den Elementen schützte, während ein Dutzend uniformierte Polizisten und Spurensicherungsbeamte um den Tatort herumstanden.

Tomek ging direkt zur Pathologin, Lorna.

»Danke, dass du so kurzfristig gekommen bist«, sagte Tomek.

»Ich war in der Gegend. Habe mich mit einer Freundin zum Mittagessen getroffen. Ein Mädchen muss irgendwie essen.«

Wenn sie etwas anderes als die wörtliche Interpretation meinte, wollte Tomek nichts davon wissen.

»Was kannst du mir sagen, Lorn?«

»Er ist tot, das ist sicher.«

»Guter Anfang. Etwas Spezifischeres?«

»Wenn ich ihn mir ansehe, war sein Körper nicht allzu lange dem Salzwasser ausgesetzt, also würde ich sagen, er ist erst seit ein paar Stunden tot.«

»Irgendwelche Anzeichen für einen verdächtigen Tod?«

Sie zuckte mit den Schultern und verschränkte die Arme. »Das kalte Wasser hat ihn ziemlich gut konserviert, und ich kann äußerlich nichts erkennen, also würde ich vorerst nein sagen. Aber das könnte sich noch ändern.«

»Beste Einschätzung der Todesursache dann?«

»Er ist entweder gefallen oder aus eigenem Antrieb ins Wasser gewatet. Bis ich ihn öffne, werde ich nicht wissen, ob Alkohol oder irgendetwas anderes in seinem System ist.«

Tomek überlegte einen Moment und konzentrierte sich auf das wahrscheinlichste Szenario. Dass der Druck der Ermittlung zu viel für ihn geworden war. Dass er etwas in seiner Vergangenheit hatte, von dem er befürchtete, es könnte an die Öffentlichkeit gelangen. Dass einige seiner vielen Geheimnisse schließlich aus welchem Loch auch immer, in dem sie sich versteckten, ausgegraben würden. Dass vielleicht das Schuldgefühl, Herbert Tuckers Mord begangen zu haben, ihn eingeholt hatte und er keinen Ausweg mehr sah. Oder dass er dachte, er könnte der Nächste sein, und deshalb beschloss, dem Killer die Mühe zu ersparen, indem er es selbst tat.

Alles Möglichkeiten. Leider konnte der Mann es ihm nicht bestätigen.

Nachdem er entschieden hatte, alles gesehen zu haben, was er brauchte, dankte Tomek Lorna für ihre Zeit und eilte zurück ins Büro, weg von der Kälte ins Warme, wo er seine Ohren auftauen konnte.

KAPITEL
SIEBENUNDZWANZIG

Als Tomek Morganas Café in Hadleigh an der alten London Road betrat, wurde er sofort an einen Ort der Wunder und reinen Freude versetzt. Der überwältigende Duft von Speck, Würstchen, Rösti und Eiern kitzelte die Dopamin-Rezeptoren in seinem Gehirn und ließ seinen Körper kribbeln. Es erinnerte ihn an seinen ersten Besuch in Großbritannien. Er war fünf Jahre alt gewesen, als sein Vater der Familie ein volles englisches Frühstück vorgestellt hatte, etwas, das seiner Meinung nach nur im Land seines Namensgebers perfektioniert werden konnte.

Ironisch war dann, dass Morgana, die Besitzerin, aus Osteuropa stammte und ihre Version der Mahlzeit allem überlegen war, was er je in einem britischen Café probiert hatte, das dasselbe Gericht servierte.

Tomek fing ihren Blick auf, als sie von einem Tisch zum nächsten sauste, und wenige Augenblicke später kam sie auf ihn zugestürmt.

»Schon wieder so bald zurück?«, fragte sie.

»Ich sollte vielleicht anfangen, einen Tisch zu mieten«, erwiderte er.

»Ich kann dir guten Rabatt geben.«

Dann, mit einem koketten Lächeln und einem kleinen Funkeln in ihren Augen, führte Morgana Tomek zu einem Vierertisch am Rande des Raumes. Über seinem Kopf hing ein geschmackloser, mit

Strasssteinen besetzter Spiegel. Die Sitze entlang der Wand waren in einem ebenso grellen, fluoreszierenden Pink, aus Kunstleder gefertigt, das durch jahrelange Abnutzung so glatt wie Eis geworden war, und jedes Mal, wenn man sich darauf setzte, lief man Gefahr, auf den Hintern zu fallen.

Das Café servierte ausschließlich Frühstücksgerichte. Von sechs Uhr morgens bis elf Uhr abends. Den ganzen Tag über dasselbe Menü, mit der Ausnahme, dass es morgens ein All-you-can-eat-Angebot gab. Es war also kein Wunder, dass das kleine Restaurant normalerweise bis unters Dach mit Gästen gefüllt war, die im Laufe des Tages ein- und ausgingen. Es war nicht nur ein Ort, um der Kälte zu entkommen, sondern auch ein Ort, an dem man seinen Magen füllen konnte und sich sowohl absolut beschämt als auch angenehm erfreut fühlte. Es war ein Paradox, um das sich, wie Tomek bemerkt hatte, niemand zu kümmern schien; alle waren stets bereit, hereinzukommen und sich vollzustopfen, um es dann zur gleichen Zeit in der nächsten Woche oder in vielen Fällen am nächsten Tag wieder zu tun.

Es war kurz nach sieben Uhr abends, und Tomek zählte etwa zwanzig weitere Personen im Lokal, jede in verschiedenen Phasen ihrer Mahlzeit. Einige warteten wie er. Andere hatten gerade ihren Teller erhalten, ihre Gesichter strahlten vor Freude. Manche ignorierten ihre Liebsten, während sie sich das köstliche Essen in den Mund stopften. Und wieder andere hatten gerade fertig gegessen und sahen aus, als würden sie gleich platzen.

Während er dort saß, fragte er sich, wie viel Gewinn das Unternehmen machte. Ob es ein geschäftliches Interesse für Herbert Tucker gewesen wäre. Und dann schaltete sich die Detektivseite seines Gehirns ein und fragte sich, wie sie in der Lage waren, so lächerlich günstige Preise für die Menge an Essen zu verlangen, die sie verschenkten. Inflation und Preissteigerungen hätten mit Sicherheit ihre Grundlinie und ihre Margen angefressen, und die Arbeitskosten waren nicht gerade billig. Er mochte nicht daran denken, dass sie in Geldwäsche verwickelt waren, aber manchmal war es unmöglich, es nicht zu tun. In den letzten Monaten hatten an der Hauptstraße von

Southend Ketten von Handyzubehörgeschäften und Friseuren eröffnet, und es war schwer, nicht denselben Eindruck zu haben. Bald würde das historische Stadtzentrum nur noch für diejenigen da sein, die entweder Lust auf einen Kaffee hatten, eine neue Handyhülle wollten oder einen Haarschnitt benötigten.

»Was kann ich dir bringen?«, fragte eine Stimme und riss Tomek aus seinen Gedanken.

Er blickte auf und sah Morgana über ihm schweben. Heiß, aufgeregt, müde. Und doch sah sie auch aus, als hätte sie noch mehr im Tank, als würden ein Dutzend oder mehr Energydrinks und Tassen Kaffee durch ihren Körper fließen. Und wenn er sich nicht irrte, sahen ihre Lippen röter und ihre Wimpern voller aus.

»Wir haben ein Angebot für ein volles englisches Frühstück bis acht Uhr heute Abend. Zehn Pfund.«

Tomek tat so, als wäre er interessiert. Obwohl es wie ein Angebot klang, das er nicht ablehnen konnte, ertrug er nicht den Gedanken an das Fresskoma, in dem er für den Rest des Abends sein würde.

»Nur einen Kaffee, danke«, antwortete er.

»Sonst noch etwas?«

Dann, fast so, als hätte sie es absichtlich getan, kam Abigail durch die Tür und schlenderte auf ihn zu, eingewickelt in eine dicke Daunenjacke, die bis zu ihren Schienbeinen reichte.

»Hast du schon bestellt?«, fragte sie.

»Ja.«

»Schön. Wofür hast du dich entschieden?«

»Kaffee.«

»Um diese Uhrzeit? Du wirst die Wände hochgehen. Nicht dass du es letzte Nacht gebraucht hättest.«

Tomeks Gesicht errötete vor Verlegenheit.

»Ich nehme eine Cola, bitte«, bestellte Abigail schließlich.

Sobald Morgana außer Sichtweite war, lehnte sich Tomek in das Polster zurück, legte seinen Arm entlang der Wand und sagte: »Hätte es gezählt, wenn ich dich gestern Abend stattdessen hierher gebracht hätte?«

»Hierher? Für wen hältst du mich?«

»Für jemanden, der gutes Essen kennt.«

»Das tue ich. Aber nein. Das wäre nicht erlaubt gewesen.«

»Gut, dass dies dann unser *zweites* Date ist.«

Abigail schüttelte ihren Mantel ab. Als sie sich mühsam aus dessen flauschigen Fängen befreite, begann sie endlich zu verstehen, was er gesagt hatte.

»*Das* ist ein zweites Date?«

Tomek nickte. »Überraschung!«

Sie seufzte und verdrehte die Augen. »Es ist ein Glück, dass du so gut aussiehst, Tomek.«

»Wenn wir für eine Minute aufhören könnten, über mein Herz-Kreislauf-System zu sprechen, wäre das großartig. Ich habe etwas Wichtiges, das ich mit dir besprechen möchte.«

Ihre journalistischen Reflexe setzten ein und ihre Augen weiteten sich vor Neugier. »Herbert Tucker?«

»Jemand anderes. Aber verwandt.«

»Verwandt durch Blut oder durch eine andere Methode?«

»Eine andere Methode.«

»Interessant. Ich habe auch etwas, das ich mit dir besprechen möchte. Auch eine andere Methode.«

Ausgezeichnet. Jetzt fühlte sich Tomek nicht mehr so schlecht, aus dem Nichts ein zweites Date fabriziert zu haben. Er hatte es nur getan, weil sie Informationen versprochen hatte, die für Tuckers Tod relevant waren, wenn er sie zu einem weiteren Date ausführen würde.

Bevor sie beginnen konnten, kehrte Morgana mit Tomeks Kaffee und einem Glas Cola für Abigail zurück. Tomek dankte ihr und wandte dann seine Aufmerksamkeit der Frau ihm gegenüber zu. Bilder der Nacht, die sie geteilt hatten, begannen nach und nach wie auf einem Filmprojektor in seinem Kopf zu erscheinen. Blitzlichter ihrer Körper, die miteinander verschlungen waren, der Alkohol in ihren Systemen, der das ganze Reden übernahm.

»Worüber lächelst du?«, fragte sie.

Er hatte es nicht bemerkt, aber die Gedanken hatten ihn lächeln lassen, als hätte er gerade im Lotto gewonnen.

»Nichts«, log er. »Nur etwas Lustiges, das jemand früher gesagt hat.«

»Überraschend, dass du es nicht warst. Du denkst gerne, du wärst der Witzige.« Sie nahm einen Schluck ihres Getränks und stellte es dann vorsichtig ab. »Willst du anfangen oder ich?«

»Sollen wir dieselbe Reihenfolge wie letzte Nacht einhalten?«

Abigail zögerte nicht, über den Tisch zu greifen und ihn spielerisch auf den Arm zu schlagen.

»Schwein.«

Tomek kicherte vor sich hin und schob dann seine Tasse Kaffee zur Seite. Der Koffein war ihm bereits in den Kopf gestiegen, und er konnte fühlen, wie die Synapsen in seinem Gehirn zu feuern begannen.

»Hast du gehört, was heute Nachmittag passiert ist?«, fragte Tomek.

»Nein? Was?«

Dann brachte Tomek sie über die Ereignisse mit Keith Ferguson auf den neuesten Stand. Dass die Obduktion ergeben hatte, dass er Selbstmord begangen hatte. Dass er sich in den Stunden vor seinem Tod mit Alkohol und Kokain vollgepumpt hatte, auf einem Trink- und Drogengelage. Dass Keith laut den CCTV-Aufnahmen, die das Team zusammentragen konnte, an der Küste entlang der Strandpromenade gewandert war und seinen Weg ins Wasser gefunden hatte. Dass seine dicke, dichte Kleidung schnell durchnässt und schwer geworden war und ihn nach unten gezogen hatte. Dass die eisigen Temperaturen der Themsemündung sein Herz zum langsamen Stillstand gebracht hatten.

»Wir haben Keith Ferguson im Zusammenhang mit Herberts Tod untersucht. Seine Frau konnte seinen Aufenthaltsort nicht bestätigen. Und er hat sich *das* selbst angetan, bevor wir eine Chance hatten, ihn dazu zu befragen.«

Abigails Augen weiteten sich vor Überraschung, dann neigte sie den Kopf zur Seite, ihr Haar fiel ordentlich auf ihre Schulter. »Ich habe einige Dinge über ihn gehört... Und sie waren auch nicht immer besonders gut.«

»Wie was?«

»Dass er sich manchmal in einigen unappetitlichen Situationen wiederfand, mit Frauen der Nacht, wenn du weißt, was ich meine.«

Alina Zandecka
Der Gentlemen's Club.
Tomek war so beschäftigt gewesen, den Selbstmord des Beamten zu untersuchen, dass er es noch nicht geschafft hatte, ihn zu besuchen.

»Er war dafür bekannt, die Grenzen zu überschreiten, sagen wir mal so«, fuhr Abigail fort. »Oft mit seiner Nase.«

»Und gibt es einen Grund, warum du nie darüber berichtet hast?«

Längst vorbei waren die Skandale von Politikern, die bei Sex- und Drogenpartys mit versteckten Kameras erwischt wurden und Tage später auf der Titelseite der Boulevardzeitungen erschienen, dachte Tomek. Aber dann erinnerte er sich daran, dass Geld oft mehr spricht als Münder. Und dass es perfekt Sinn ergab, warum weder über Herbert Tucker noch über Keith Ferguson jemals berichtet worden war.

»Es waren nur Gerüchte«, antwortete sie. »Nichts Wesentliches dahinter.«

»Ist es nicht dein Job, die Gerüchte zu untersuchen?«

Sie zögerte, anscheinend unwohl mit der Frage. »Unser Redakteur entschied, dass es saftigere Dinge zu schreiben gab.«

»Wie die steigenden Parkgebühren entlang der Strandpromenade?«

Sie lachte spielerisch. »Ich lasse dich wissen, dass das ein Stück knallharter Journalismus war.«

Tomek antwortete mit einem Spott und verdrehte die Augen. Seine Spinnensensoren begannen zu kribbeln.

»Apropos knallharter Journalismus«, begann sie und lehnte sich näher, senkte ihre Stimme. »Ich denke, ich könnte etwas haben, das dich interessieren könnte.«

Tomek hielt nicht den Atem an.

»Mach weiter...«

»Es geht um Herbert Tucker«, sagte sie.

»Okay.«

»Gestern und heute erhielt ich ein paar Anrufe von jungen Frauen, die sagten, dass sie von ihm während Begegnungen sexuell belästigt wurden...«

Tomek nahm sich einen Moment, um zu verarbeiten, was sie gesagt hatte und was die Auswirkungen waren.

»Wie viele Personen haben sich gemeldet?«

»Vier.«

»Und sie sind direkt zu dir gekommen? Sie sind nicht zur Polizei gegangen?«

»Nein.«

»Um einen toten Mann etwas anzuklagen, gegen das er sich nicht verteidigen kann?«

»Nun...«

»Ich sage nicht, dass er es nicht getan hat, aber ohne ihn, der uns seine Seite der Ereignisse erzählen kann, ist das ein bisschen verdächtig, oder?«

»Nicht wirklich. Einige dieser Mädchen waren Teenager, als es passierte.«

»Kann ich mit ihnen sprechen? Sind sie bereit, zur Polizei zu gehen?«

Abigail schüttelte den Kopf und umklammerte das Glas mit ihren Fingern fest, als ob Tomek es ihr wegnehmen würde. »Ich kann fragen, aber als ich es ihnen vorher erwähnte, lehnten sie die Idee ab.«

»Kann ich ihre Namen wissen?«

Sie presste die Lippen zusammen und schüttelte den Kopf.

»Also warum erzählst du mir das, wenn ich nichts dagegen tun kann?«

»Weil... weil ich dachte, du würdest es gerne wissen.«

Tomek wandte sich ab und begann, die anderen Kunden im Restaurant zu beobachten. Gelächter und Geplauder begleiteten den Duft von Speckfett in der Luft.

»Haben sie erklärt, warum sie es so lange geheim gehalten haben?«

»Spielt das eine Rolle? Sie hatten Angst. Ihre Leben wurden von jemandem mit Macht zerstört. Weißt du, wie viel Mut und Stärke es braucht, damit Frauen über diese Art von Dingen sprechen, selbst wenn es nach all diesen Jahren ist?«

Das war eine Seite an ihr, die Tomek noch nicht erlebt hatte. Ein Feuer, eine Leidenschaft, ein weiteres hartnäckiges Element ihrer Persönlichkeit. Und er bewunderte es sehr.

»Ich bestreite das überhaupt nicht«, sagte er schnell, um sich zu verteidigen. »Ich habe großen Respekt vor diesen Frauen und wünschte, mehr von ihnen würden sich melden. Der einzige Grund, warum ich gefragt habe, ist, weil ich gestern mit jemandem gesprochen habe, der dafür bezahlt wurde, ihr uneheliches Kind mit Herbert Tucker geheim zu halten.«

Abigails Augen weiteten sich vor Aufregung, als ob Tomek versehentlich die nuklearen Startcodes der Regierung ausgeplaudert hätte. Dann wanderte die Aufregung in ihrem Gesicht zu ihrem Mund und manipulierte ihn zu einem schiefen Grinsen.

»Ich glaube, wir sprechen von derselben Person.«

»Wer?«, fragte Tomek, während Alina Zandeckas Name in seinem Hinterkopf schrie.

»Die Frau, auf die du dich beziehst. Ist sie Osteuropäerin?«

»Ja.«

»Wie heißt sie?«

»Du zuerst«, sagte Tomek. »Dieselbe Reihenfolge wie letzte Nacht, erinnerst du dich?«

»Halt die Klappe«, zischte sie. »Bei drei.«

»Das ist nicht die Grundsch-«

»Eins...«

»Komm schon, Ab-«

»Zwei...«

Dann, beim Zählen bis drei, sagten beide Alinas Namen.

Es dauerte eine Weile, bis Tomek sprach, da er aus zwei Gründen skeptisch war. Erstens hatte sie, als er mit ihr gesprochen hatte, nichts über einen sexuellen Übergriff erwähnt, obwohl sie die Gelegenheit dazu in der Sicherheit und Privatsphäre ihres eigenen Hauses gehabt hätte. Und zweitens hatte sie gewartet, bis Tomek seine Befragung beendet hatte, bevor sie zur Presse ging.

Seine Sorge war, dass Alina Zandecka nach einem großen Zahltag für eine Geschichte suchte, die nicht echt war.

»Können wir gemeinsam mit ihr sprechen?«, fragte er.

»Wann?«

»Jetzt.«

Überlegung spielte sich auf ihrem Gesicht ab.

»Hier?«

»Oder irgendwo ruhiger, wenn du das bevorzugst. Dein Auto?«

Glücklicherweise hatte sie näher geparkt als Tomek, vorne auf dem Parkplatz. Abigail fuhr einen beigen Fiat 500, eines der kleinsten Autos, in dem Tomek je gesessen hatte, und als er einstieg, wurden seine Beine wie bei einer der Testpuppen, die zur Sicherheitsprüfung des Fahrzeugs verwendet worden waren, gegen seine Brust gedrückt.

»Mein Telefon oder deins?«

»Deins«, sagte Tomek. Er wollte nicht derjenige sein, der redete; er wollte derjenige sein, der zuhörte, der das Knistern und Brechen in ihrer Stimme hörte.

Einen Moment später hatte Abigail Alinas Mobilnummer auf ihrem Bildschirm geladen und die Nummer gewählt, wobei sie den Anruf auf Lautsprecher stellte.

Die alleinerziehende Mutter antwortete beim siebten Klingeln.

»Hallo?«, kam die Antwort. Zögerlich, vorsichtig.

»Alina? Hier ist Abigail. Wir haben früher gesprochen...«

»Oh. Richtig. Ja. Ist alles... ist alles in Ordnung?«

»Ich denke schon«, sagte Abigail. »Ich wollte dich nur nach ein paar weiteren Details über deine Beziehung zu Herbert fragen, wenn das okay ist?«

»Richtig.«

»Und das Baby, das ihr zusammen hattet...«, unterbrach Tomek.

»Was? Ich weiß nicht-«

»Komm schon, Alina...«, fuhr er fort.

»DS Bowen, sind Sie das? Was machen Sie-?«

Bevor Alina ihren Satz beendete, hörte Tomek ein Geräusch durch den Lautsprecher. Ein Flüstern, hart, scharf. Gefüllt mit Statik.

»Leg auf!«

Tomek konnte es nicht zuordnen.

»Alina, bist du noch da?«

»Ja. Ja. Ich bin hier.«

Panik in ihrer Stimme jetzt; Vorsicht und Besorgnis ersetzt durch Angst.

»Alina, leg auf!«, flüsterte die Stimme wieder. Diesmal war sie tiefer, deutlicher zu erkennen - die eines Mannes.

»Es tut mir leid«, begann Alina, ihre Stimme brach. »Aber ich muss gehen. Etwas ist dazwischengekommen. Ich muss mich um meinen Sohn kümmern. Ich...«

Und dann war die Leitung tot.

KAPITEL
ACHTUNDZWANZIG

Es war kurz nach elf Uhr, als Tomek endlich nach Hause kam. Sechs Stunden später als er es sich gewünscht hätte. Trotzdem war es besser, als wie in der Nacht zuvor gar nicht nach Hause zu kommen.

Auf Zehenspitzen schlich er die Treppe zur Wohnung hinauf und hielt den Atem an, um das Gebäude nicht zu stören und Kasia nicht zu wecken. Aber die knarrenden Dielen machten ihm einen Strich durch die Rechnung.

In der Küche hatte sie wieder einen Zettel für ihn auf der Arbeitsplatte hinterlassen.

Abendessen im Kühlschrank.

Der zweite Zettel des Tages.

Der Anblick schmerzte ihn, machte ihn traurig. Und die Erkenntnis, dass er sich zweimal vor sie gestellt hatte, traf ihn wie ein Schlag ins Gesicht. War das jetzt ihre Vater-Tochter-Beziehung? Eine endlose Reihe verpasster Abendessen und Post-its? Machte ihn das nicht genauso schlimm wie ihre Mutter, die sie oft stundenlang allein gelassen hatte, während sie losging, um Drogen zu besorgen? Wäre sie ohne ihn besser dran? Ohne irgendjemanden?

Und dann wurde ihm klar, dass das ein törichter Gedanke war. Dumm. Wenn das der Fall wäre, würde sie in einer Pflegefamilie landen, und er hatte in seinen Jahren genug miterlebt und erfahren, um zu wissen, dass das der letzte Ort war, an dem er sie haben wollte.

Tomek hatte keinen großen Hunger, obwohl er weder im Büro noch auf dem Heimweg etwas gegessen hatte, also ließ er die Reste im Kühlschrank. Er schlich auf Zehenspitzen aus dem Wohnzimmer in den Flur und fuhr mit den Fingern zur Orientierung an der Wand entlang. Sie lebten erst seit ein paar Monaten dort, und er gewöhnte sich noch daran, wie sich das Gebäude im Dunkeln anfühlte, etwas, worüber er sich nie Gedanken gemacht hatte, bis Kasia in sein Leben getreten war.

Ihr Zimmer lag am Ende des Flurs, und in der sanften Dunkelheit sah er die Silhouette ihrer Zimmertür. Und den dünnen Streifen gelben Lichts, der unter ihr durchschien.

Zögernd, langsam, behutsam, näherte sich Tomek ihrem Zimmer, umfasste sanft den Türgriff und klopfte leicht mit den Knöcheln. Der Klang war kaum hörbar; wäre er nicht nur Zentimeter davon entfernt gewesen, hätte er ihn wahrscheinlich nicht gehört. Aber Kasia hatte ihn gehört. Vielleicht lag es an seinem rapide nachlassenden Gehör im Alter.

»Ich bin wach«, kam die Antwort. »Du kannst reinkommen.«

Tomek ließ sich das nicht zweimal sagen.

Kasia lag in Embryonalstellung auf ihrem Bett, das blaue Licht ihres Bildschirms erhellte ihr zartes Gesicht. Als er eintrat, blieb ihr Blick auf ihr Handy gerichtet.

»Hey...«, sagte er und schwebte im Raum zwischen Türrahmen und Fußende des Bettes.

»Hey.«

Immer noch kein Blickkontakt.

»Was machst du noch wach?«

»Kann nicht schlafen.«

Natürlich konnte sie das nicht. Das wusste er. Aber die Stille und Unbeholfenheit brachten ihn um.

»Wie... wie war dein Tag?«

»Können wir morgen früh darüber reden? Ich bin müde.«

Das blaue Licht ihres Bildschirms flackerte und blitzte in ihren Augen auf, während sie weiter von Video zu Video scrollte, auf welcher Plattform auch immer sie gerade war.

»Bist du sicher?«

»Ja.«

»Okay...« Tomek zögerte, halb zur Tür gedreht. »Ich... Hast du letzte Nacht besser geschlafen?«

»Nicht besonders.«

»Und... und hast du die Ratschläge befolgt, die Isabel dir gegeben hat?«

»Ja.«

Tomek hätte gewusst, was das war, wenn er zu Hause gewesen wäre, um darüber zu sprechen. Er hätte viel mehr gewusst, wenn er die letzten zwei Nächte nicht verpasst hätte.

Sie war absichtlich kalt zu ihm, und es war nichts anderes als das, was er verdiente. Er hatte sie vernachlässigt, im Stich gelassen. Und sie erinnerte ihn mit schmerzlicher Klarheit daran.

»Ich gehe dann ins Bett«, teilte er ihr mit. »Ich versuche, morgen früh da zu sein, um dich zu verabschieden.«

»Ist schon gut. Du musst nicht«, sagte sie ohne jede Emotion oder Erwartung in ihrer Stimme. Als ob sie in dem Moment verschwunden wäre, als er sie in der Nacht zuvor allein gelassen hatte.

»Na gut, Kleines. Dann sehen wir uns morgen früh. Du weißt, wo du mich findest, wenn du mich brauchst.« Er zog die Tür an.

»Hab dich lieb, Kleine.«

Dann schloss er die Tür, ohne eine Antwort zu bekommen.

KAPITEL
NEUNUNDZWANZIG

Das Erste, was ich spüre, ist Schmerz, ein scharfer, blendender Schmerz, der meinen Rücken hinauf und hinunter schießt.

Dann das Geräusch. Das Geräusch einer sich öffnenden Autotür.

Gefolgt vom Anblick eines Mannes, der auf mich zueilt und mich fragt, ob es mir gut geht.

Mir geht es gut, sage ich ihm. Dass er sich keine Sorgen um mich machen muss. Dass ich auf mich selbst aufpassen kann. Dass ich zu meinem Bruder kommen muss.

Michał wartet. Michał wartet schon lange.

Ich kämpfe mich auf die Füße, ignoriere den Schmerz und bemühe mich, richtig zu stehen. Der Mann bietet mir Hilfe an, aber ich schüttele ihn ab und eile die Straße entlang. Ich betrachte ihn eindringlich, als ich gehe, als wolle ich sein Gesicht im Gedächtnis behalten, aber ich kann es nicht. Es ist nichts als schwarz, verschwommen.

Im Park ist es genauso. Ich kann Michałs Gesicht nicht sehen. Und es ist nicht wegen des Blutes. Es liegt daran, dass er genauso verschwommen ist wie der Mann. Ich weiß nicht, warum es so ist, aber so ist es.

Und dann ein Schnitt.

Zurück in der Zeit. Ich betrete den Park und sehe die Gestalten, die sich vor dem schwarzen Hintergrund des Spielplatzes abzeichnen. Sie beugen sich über Michałs Körper. Einer von ihnen hält einen Ziegelstein.

Der andere steht an Michals Kopf. Schaut nach unten. Das Weiße seiner Zähne glänzt im schwachen Licht.

Aber das ist alles, was ich sehen kann. Der Rest ist verschwommen, schwarz, düster.

Ich eile auf sie zu, aber sie verschwinden bald, und dann folgt ein Schnitt.

Zum Klassenzimmer. Wieder zurück in der Zeit.

Miss Cameron spricht mit mir. Schreit mich an. Steht über mir, wie Michals Mörder, während ich auf dem Stuhl sitze. Ich behalte mit einem Auge die Uhr im Blick und mit dem anderen sie. Zähle die Minuten, bis ich gehen darf.

Es ist spät. Viel zu spät. Ich sollte längst im Park sein.

Und Miss Cameron schimpft mit mir. Mein Verhalten sei unerhört, sagt sie. Das wird mir eine Lehre sein, sagt sie. Was auch immer das bedeutet. Ich passe nicht wirklich auf, also weiß ich es nicht.

Ich muss nur zu Michal. Ich muss zu meinem Bruder, damit wir nach Hause gehen und zu Abend essen können.

Aber je länger sie mich festhält-

Und dann ein Schnitt.

Zur Rückbank des Polizeiautos. Papa sitzt neben mir. Polizeibeamte vorne. Regen peitscht gegen das Fenster. Laut. Streifen davon fliegen in Winkeln ab, während wir durch die Straßen rasen. Ich erinnere mich nicht, dass es vorher geregnet hat. Es muss wie aus dem Nichts gekommen sein oder plötzlich angefangen haben, während ich zusah, wartete und absolut nichts tat, um meinen Bruder vor seinem Tod zu schützen.

Und dann ein Schnitt. Zum Gesicht seines Mörders.

Nathan Burrows.

Der Fünfzehnjährige, der Michal tötete, weil es Spaß machte.

Der Fünfzehnjährige, der seitdem in einem Hochsicherheitsgefängnis saß.

Der Fünfzehnjährige, der seit dreißig Jahren geschwiegen und den Namen seines Komplizen geheim gehalten hatte.

KAPITEL
DREISSIG

Der Traum war anders gewesen. Albtraumhaft. Erschütternd.

Sein Verstand spielte ihm Streiche, und je schlimmer es wurde, desto weniger wusste er, was er glauben sollte. Desto verwirrter fühlte er sich. Was war echt und was war falsch? Wie konnte er die beiden unterscheiden, wenn sein Gehirn es sich immer wieder ausdachte?

Er hatte sich unruhig hin und her gewälzt, nachdem er um drei Uhr morgens in sein Tagebuch geschrieben hatte. Er hatte sogar überlegt aufzustehen und zur Arbeit zu gehen, erinnerte sich dann aber an sein Gespräch, oder eher das fehlende Gespräch, mit Kasia. Und daran, dass er einiges wiedergutzumachen hatte.

Als er schließlich um sieben aus dem Bett gekrochen war, hatte er sich einen Kaffee und Toast gemacht und sich auf dem Sofa zusammengesunken, während er gedankenlos dem Nachrichtensprecher zuhörte, der über die morgendlichen Ereignisse berichtete. Dann war der Wetterfrosch an der Reihe, ihn auf dem Laufenden zu halten. Eine starke Winterbrise aus dem Westen, die die Temperaturen auf unter null fallen ließ. Die Gefahr von Regen, Graupel und vielleicht etwas Schnee.

Jedes Jahr das Gleiche also. Grau, nass und trostlos.

Kurze Zeit später kam Kasia aus ihrem Zimmer, trug ihren Morgenmantel mit der tief über die Augen gezogenen Kapuze. An ihren

Füßen hatte sie ein Paar Hausschuhe und schlurfte zum Badezimmer hinüber.

»Morgen«, rief er, wobei die Aufregung in seiner Stimme seine eigentlichen Gefühle verriet, genau in dem Moment, als sie die Tür vor ihm zumachte.

Das Geräusch von fließendem Wasser drang durch die Tür, und während sie unter der Dusche stand, machte Tomek ihr eine Scheibe Toast und eine Tasse Tee. Alles war bereit und wartete auf sie, als sie wieder auftauchte, immer noch im Morgenmantel, aber mit dem deutlichen Unterschied eines um ihren Kopf gewickelten Handtuchs.

»Glaubst du, die Schule würde dich so reingehen lassen?«, fragte er sanft.

»Wäre schön.«

»Ich wette, Miss Holloway hätte dazu einiges zu sagen.« Er reichte ihr das Getränk und das Frühstück. Sie nahm es ihm ab und setzte sich an den Tisch. »Geh nicht mit zu nassen Haaren raus. Du wirst krank werden.«

»Wird schon gehen«, sagte sie, während sie ihre Zähne in den Toast grub und Krümel auf den Teller fielen.

Natürlich würde es das. Tomek hatte in diesem Alter die gleiche Ignoranz gegenüber dem Wetter gehabt. Eigentlich war er wahrscheinlich noch schlimmer gewesen und dachte, er wäre cool und überlegen, wenn er mitten im Winter nur mit einem dünnen Kapuzenpulli und einer Jeans das Haus verließ. Wobei es in Wahrheit ein Hilferuf gewesen war, ein Ruf nach Aufmerksamkeit.

Tomek erkannte das jetzt bei Kasia.

So viel sagen, ohne überhaupt etwas zu sagen.

»Hey, wegen neulich Abend«, begann er.

»Ist schon gut«, sagte sie. »Du musst dich nicht entschuldigen. Ich bin es inzwischen gewohnt.«

»Und das solltest du nicht sein. Ich sollte öfter zu Hause sein, als ich es bin, das verstehe ich. Ich werde... ich werde mit Nick darüber sprechen, früher zu gehen, einige der Verantwortlichkeiten abzugeben.«

Kasia bemerkte das Zögern in seiner Stimme. »Das musst du nicht tun. Ich habe dir gesagt, es ist in Ordnung. Geh und mach, was immer du tun musst. Ich gehe vielleicht an manchen Abenden zu Sylvia, anstatt nach Hause zu kommen.«

Dieses Mal war es an Tomek, das Zögern in *ihrer* Stimme zu bemerken. Sie brauchte ihn zu Hause. Sie würde nur als letzten Ausweg zu Sylvia gehen.

»Hoffentlich wirst du das nicht tun müssen«, antwortete er. »Aber solange du mir Bescheid gibst, wo du bist, werden wir kein Problem haben.«

Ein Problem, als ob sie nicht zu ihrer Freundin gehen dürfte.

Das lief schrecklich, schlimmer als erwartet. Er sagte nicht unbedingt die falschen Dinge. Aber er sagte auch nichts Richtiges. Er hatte gedacht, dass er sich entschuldigen könnte, dass sie damit einverstanden sein würde und das Gespräch damit vorbei wäre. Der einfache Weg. Aber so funktionierte der Verstand eines Teenagers nicht. Im Moment würde sie sich, wenn sie ihm irgendwie ähnlich war, fühlen, als wäre sie das Problem, als hätte sie etwas falsch gemacht, als käme er spät nach Hause, um ihr aus dem Weg zu gehen, um sich seiner Verantwortung als Vater zu entziehen, sobald sie Hilfe brauchte. Dass er sie vernachlässigte wegen *ihr*. Dass alles ihre Schuld war, dass sie es verdient hatte. Dass es sie gegen den Rest der Welt war.

Zumindest, wenn sie ihm irgendwie ähnlich war.

Und wenn der DNA-Test, den sie gemacht hatten, etwas zu bedeuten hatte, dann bestand eine 99,9-prozentige Chance, dass sie *genau* wie er war.

Das einzige Problem war dann, was er dagegen tun sollte, denn er hatte keine verdammte Ahnung. Im Moment fühlte er sich, als hätte er die Erziehungsfähigkeiten einer Amöbe, und jeglicher Sinn für Rationalität und das Zurückgreifen auf seine, wenn auch begrenzten, Erfahrungen war zum Fenster hinausgeflogen.

Am Ende versprach er, dass er es besser machen würde, dass er früher nach Hause kommen würde, wenn die Arbeit es zuließ, und dass er seine Beziehung zu Abigail vorerst auf Eis legen würde.

»Du musst das nicht tun, wirklich«, antwortete sie. »Ich finde es schön, dass du Leute triffst. Du könntest jemanden in deinem Leben gebrauchen.«

»Ich habe jemanden in meinem Leben.«

Sobald er auf sie zeigte, verdrehte sie die Augen und seufzte tief mit dem Stöhnen eines Teenagers, dem gerade gesagt wurde, etwas zu tun, was er nicht wollte.

»Das meinte ich nicht. Jemanden, mit dem du dich verbinden kannst. Jemanden, mit dem du lachen kannst. Machst du irgendetwas davon mit ihr?«

Tomek dachte an sein Date mit Abigail - *Dates*, jetzt in der Mehrzahl. Er dachte an die Verbindung, die sie teilten. Unabhängig davon, ob sie schwach gewesen war oder nicht (obwohl sie vielleicht nicht zugestimmt hätte), sie war dennoch vorhanden. Genauso wie das Lachen.

»Ich glaube schon«, antwortete er.

»Gut. Dann lass nicht zu, dass ich dem im Weg stehe. Ich möchte, dass du glücklich bist.«

»Und ich möchte, dass auch du glücklich bist.«

Was in den letzten Wochen nicht der Fall gewesen war.

»Wie hast du letzte Nacht geschlafen?«, fragte er.

»Gut.«

»Keine Albträume?«

»Nein«, antwortete sie. »Und du? Irgendwelche Albträume?«

»Nein«, antwortete er. »Habe wie ein Stein geschlafen.«

Aber beide wussten, dass der andere log.

KAPITEL
EINUNDDREISSIG

Tomeks erste Handlung bei der Arbeit war, sich einen Kaffee zu machen.

Genau zur selben Zeit wie Victoria. Schon wieder.

»Hast du an dem neuen Spitznamen für mich gearbeitet?«, fragte sie, als er die Küche betrat, mit einem Hauch von Verspieltheit in ihrer Stimme.

»Verdammt! Noch nicht. Ich arbeite noch daran. Aber warte mal, hast du nicht gesagt, ich müsste erst einen Mörder fangen?«

»Hast du das auch noch nicht geschafft?« Ihre Augenbraue hob sich, während sie den Becher zum Wärmen in ihren Händen hielt.

»Touché, Victoria. Touché.«

Er wartete, bis sie weg war, bevor er sein Getränk zubereitete. Als er es zu seinem Schreibtisch trug, wurde er von Anna überfallen, die so kraftvoll von der anderen Seite des Raumes auf ihn zugestürmt kam, dass er Kaffee über seine Hand und seinen Ärmel verschüttete.

»Jesus, Maria, Sohn eines Hurensohns!«

»*Kurwa mać!*«, sagte sie. »*Bardzo przepraszam!*«

Tomek war zu beschäftigt damit, einen Platz für den Becher zu finden und seine Hand von der brühend heißen Flüssigkeit zu befreien, um sie zu hören.

»Es tut mir so leid«, fuhr sie fort.

»Schon gut. Es ist nur eine geringfügige Verbrennung dritten Grades. Nichts, worüber man sich Sorgen machen müsste. Wie kann ich dir helfen?«

»Jemand ist hier, um dich zu sehen.«

Tomek hielt inne und fasste sich, bevor er die Beherrschung verlor. »Du konntest mir das nicht von der anderen Seite des Büros aus sagen oder durch einen kurzen Anruf, oder?«

»*No tak*, aber-«

»Christus auf dem Fahrrad, das tut weh.«

Bevor er protestieren konnte, zog Anna ihn in die Küche und hielt seine Hand unter einen kalten Wasserhahn. Dreißig Sekunden später war seine Hand taub, doch das Pochen hielt an.

»Ist es jemand Wichtiges? Die Queen?«

»Sie ist tot, Tomek.«

»Sorry. Richtig. Vergesse ich immer wieder.«

»Nein, es ist niemand in der Art. Aber es ist jemand, der speziell nach dir fragt.«

»Es ist doch nicht noch ein dreizehnjähriges Mädchen, oder?«

Anna kicherte, aber das ging unter, als Tomek versuchte, seine Hand vom Wasserhahn wegzuziehen. Sie war für ihre Größe unheimlich stark und konnte ihn in einem Augenblick zurück unter den eiskalten Wasserstrahl ziehen.

»Vorsicht, verdammte Scheiße! Meine Knochen sind zerbrechlich. Wenn du noch stärker drückst, könntest du sie brechen.«

»Hör auf, so eine Primadonna zu sein. Mein Vierjähriger ist härter im Nehmen als du.«

»Das ist gut für deinen Vierjährigen, aber nicht-«

Tomek versuchte es erneut, aber vergeblich; sie zog ihn zurück und packte ihn diesmal noch fester. Er beschloss, nichts zu sagen. Eine Lektion, die er auf die harte Tour gelernt hatte.

»Wer ist gekommen, um mich zu sehen?«, fragte er.

»Jemand namens Terrence Toffolo.«

Tomek verzog das Gesicht.

»Armer Kerl. Seine Eltern müssen ihn wirklich gehasst haben.«

»Und ich wette, er ist wahrscheinlich auch nicht allzu begeistert von ihnen«, antwortete Anna, bevor sie ihn schließlich losließ.

—

Terrence Toffolo war so pompös und schwer von Begriff, wie Tomek es erwartet hatte. Er war Mitte fünfzig und sah aus, als käme er gerade vom Bauernhof. Er trug eine Tweed-Jagdjacke über einer Fleece-Weste und einem eng anliegenden blau-grün karierten Hemd. Auf dem Kopf trug er eine hellgrüne Schiebermütze (der Spitzname „Flat Cap Toff" kam Tomek sofort in den Sinn, als er sie sah), und an der unteren Hälfte seines Körpers eine dunkelblaue Jeans mit einem braunen Ledergürtel. Das Einzige, was ihm noch fehlte, um das Ensemble zu vervollständigen, war sein Jagdgewehr.

Der Ausdruck auf Terrence Toffolos Gesicht, wenn sein Name und sein Outfit nicht schon genug waren, deutete darauf hin, dass er seinen Status für höher hielt, als er tatsächlich war; dass er Besseres mit seiner Zeit anzufangen hatte.

Komisch, wenn man bedenkt, dass er derjenige war, der gekommen war, um mit Tomek zu sprechen.

»Herr Toffolo«, begann er und lehnte sich in seinem Stuhl zurück. »Danke, dass Sie hergekommen sind, um mit uns zu sprechen. Wie ich verstehe, haben Sie speziell nach mir gefragt. Aber, verzeihen Sie, ich glaube nicht, dass wir uns schon einmal begegnet sind?«

»Nicht dass ich mich erinnern könnte. Und normalerweise bin ich gut mit Gesichtern.«

»Versuchen Sie mal, so viele Menschen zu treffen wie ich...«, sagte Tomek leichthin, aber die Leichtigkeit erreichte Terrence's düsteren, elenden Gesichtsausdruck nicht. »Ich verstehe auch, dass Sie Herrn Herbert Tucker kannten...«

»Ja.«

»Und ist das der Grund, warum Sie hier sind?«

»Ja.«

Herrgott, das war qualvoll langsam. Und sie hatten noch nicht einmal angefangen.

Tomek ahnte, dass er lange hierbleiben würde.

»Okay. Großartig.« Er konnte spüren, wie Terrence seiner Stimme die Energie entzog wie ein Blutegel. »Und würde es Ihnen etwas ausmachen zu erklären, warum Sie hergekommen sind?«

»Ich habe Ihnen etwas mitzuteilen.«

»Großartig. Lassen Sie hören.«

Für einen langen Moment sagte der Mann nichts. Er starrte Tomek einfach an. Und Tomek fragte sich, ob Terrence eine Panne hatte, ob der Motor in seiner Antriebseinheit aufgehört hatte zu drehen.

»Es gibt keine einfache Möglichkeit für mich, das zu sagen...«

Verdammte Scheiße. Spuck's aus.

»Haben Sie meinen Namen schon einmal gehört?«

Tomek schüttelte den Kopf. »Ich bin schlechter mit Namen als mit Gesichtern.«

Frag einfach mal die Frauen, mit denen ich zusammen war.

»Sollte ich ihn kennen?«

»Das hängt davon ab, wen Sie kennen. Ich war eine einflussreiche Person... es war einmal.«

Tomek unterdrückte den Drang zu sagen: Schön für Sie.

»Ich habe mit Herbert Tucker zusammengearbeitet, als er erstmals Politiker wurde. Ich war einer seiner Mentoren. Wir hatten auch vorher an ein paar Projekten zusammengearbeitet, aber mein Hintergrund war immer die Politik.«

Tomek nickte nachdenklich, während er zuhörte.

Mentor. Politik. Geschäft. Die Memoiren. Echos von Keith Fergusons Worten spielten in Tomeks Kopf.

»Ich bin hergekommen, um meinen Namen reinzuwaschen«, fuhr Terrence fort. »Ich möchte, dass Sie wissen, dass ich nichts mit Herberts Ermordung zu tun hatte.«

Genau das würde jemand sagen, der tatsächlich etwas mit dem Mord zu tun hatte.

»Okay...«

»Ich bin hier, um meinen Namen reinzuwaschen. Es gibt einige Dinge, die Sie bereits über mich wissen, und Dinge, die Sie noch erfahren werden. Ich würde es vorziehen, wenn Sie sie von mir hören.«

Das war alles sehr seltsam, sehr verwirrend. Ob es absichtlich so angelegt war, musste Tomek noch herausfinden.

»Ich bin auch hier, um Alina Zandeckas Namen reinzuwaschen.«

Okay, jetzt kamen sie irgendwohin.

»Was ist Ihre Beziehung zu Alina?«, fragte Tomek.

Bevor er antwortete, räusperte sich Terrence und legte die Hand an den Mund, seine Bewegungen langsam, kalkuliert. »Könnte ich bitte etwas Wasser haben?«

Der Bastard. Natürlich wollte er verdammtes Wasser. Er hatte Tomek in der Handfläche und plante, ihn dort so lange wie möglich zu halten.

Ein paar Minuten später kehrte Tomek mit einer Plastikflasche zurück. Ein halber Liter, damit der kleine Bastard nicht alle dreißig Sekunden nach mehr verlangte.

»Bitte, fahren Sie fort«, sagte Tomek sanft. »Alina Zandecka... wie kennen Sie sie?«

»Ich habe sie zuerst im Club kennengelernt.«

»Die Southend Seven.«

»Ja.«

»Wie haben Sie Alina dort kennengelernt?«

»Sie wurde... sie wurde eines Abends hereingebracht. Sie sollte für uns tanzen, aber dann erfuhren wir, dass sie und ihre Freundinnen bereit waren, mehr zu tun... Herbert, ich sollte hinzufügen, dass Herbert derjenige war, der ihnen zuerst Geld im Austausch für sexuelle Dienste anbot. Das setzte einen Präzedenzfall für das, was erwartet wurde und was kommen sollte.«

»Also haben Sie mit Alina geschlafen?«

»Nicht am Anfang, nein. Es war bei unserer dritten Begegnung. Zu diesem Zeitpunkt war jedem von uns ein Mädchen zugewiesen worden. Sie kamen zwei-, dreimal pro Woche zu uns, und wir schliefen mit ihnen. Aber ich hatte immer ein Auge auf Alina geworfen. Sie war sanft, höflich, elegant. Sie besaß etwas, das keines der anderen Mädchen hatte – Ehrgeiz und Antrieb. Sie war in das Land eingewandert und auf der Suche nach einem besseren Leben für sich. Dann, nach mehreren Wochen, schliefen sie und ich miteinander. In meinem Haus. Und wir begannen uns langsam zu verlieben.«

»Was ist mit ihrer Beziehung zu Herbert?«

»Die ging weiter. Mal mehr, mal weniger. Eher weniger als mehr.«

»Und dann wurde sie schwanger, nicht wahr?«, fragte Tomek.

Ein winziges Anzeichen von Schock zeigte sich im Gesicht des Mannes. »Ja. Herbert dachte, es wäre seins...«

»Aber es war Ihres...«

»Ja.«

»Und Sie ließen ihn all die Jahre glauben, es sei seins?«

»Ja.«

»Sie haben ihn weiterhin bestochen, um sein Schweigen zu erkaufen?«

»Ja.«

»Warum? Sie waren Politiker, Geschäftsmann, vermutlich wohlhabend. Warum brauchten Sie das Geld? Oder sind der Tweed und die Schiebermütze nur eine Fassade?«

Für einen Mann, der angeblich gekommen war, um seinen Namen reinzuwaschen, glaubte Tomek nicht, dass er erkannt hatte, wie sehr sein Name diese Reinigung benötigte.

»Kurz bevor alles mit Alina und Herbert geschah, bevor er ihr drohte, eine Abtreibung vornehmen zu lassen, hatte ich meinen Job verloren.«

»Warum?«

»Sehen Sie, was ich Ihnen nicht erzählt habe, ist, dass ich während dieser Zeit stark Kokain konsumierte.«

Tomek war nicht überrascht, das zu hören. Aber er fragte sich, was der Mann ihm sonst noch nicht erzählte.

»Also was? Tucker hat herausgefunden, dass Sie Drogen nahmen, und hat Sie aus dem Team geworfen?«

Zum ersten Mal gab die roboterhafte Fassade nach, und Terrences Gesicht verzog sich.

»Wir haben es damals alle getan. Kokain fast jeden Tag. Es half uns zu funktionieren. Ab einem gewissen Punkt wussten wir kaum noch, dass wir es nahmen. Aber ich... ich wurde süchtig. Ich wurde richtig süchtig. Und dann wurde es immer schlimmer. Ich konnte ohne es nicht funktionieren. Ich konnte nicht schlafen, ich konnte nicht sprechen. Ich wurde mehrmals ins Krankenhaus eingeliefert. Ich war ein Wrack. Und Herbert, nachdem er mich im Club gefunden hatte, an meinem Speichel erstickend, zwang mich zu gehen. Er sagte mir, es würde einvernehmlich sein, dass es ein schneller und stiller Ausstieg sein würde, aber er wollte mich aus dem Team haben. Er konnte niemanden wie mich dabei haben, der seiner Glaubwürdigkeit schadete, und mit der Möglichkeit, dass meine Geschichte an die Öffentlichkeit gelangen könnte, wollte er nichts davon wissen. Ich versuchte dagegen anzukämpfen – gegen die Sucht und auch gegen die Entscheidung – aber es klappte nicht. Herbert wollte der Platzhirsch sein. Er wollte der Alpha sein.«

»Er wollte also weder das Baby noch die tote Last?«

Wenn Tomeks Wortwahl Terrence beleidigt hatte, zeigte er es nicht. Vielleicht war es ein Wort, das er in der Vergangenheit verwendet hatte, um sich selbst zu beschreiben.

»Das bedeutete also, dass Sie und Keith Ferguson die Schwächlinge des Wurfes waren?«

Terrence fragte, woher Tomek von dem anderen Politiker wusste. Tomek antwortete und erklärte dann, dass der Mann tot sei.

»Selbstmord.«

Terrence senkte seinen Kopf in einem kurzen Moment der Feierlichkeit und Trauer.

Nachdem er dem Mann eine Minute Zeit zum Trauern gegeben hatte, fuhr Tomek fort. »Er hat Sie also losgeworden, sobald er wusste, dass Sie ein Problem sein würden. Ist das der Grund, warum Sie und Alina ihn bestochen haben, Terrence?«

»*Er* war bereit, *uns* zu bezahlen.«

»Sie bestätigen also, dass Sie Ihren Anteil ebenfalls erhalten haben?«

Das Nicken war subtil, aber bemerkbar. »In den letzten vier Jahren haben wir beide das Geld erhalten. Zehntausend Pfund im Monat.«

Das war mehr als das Doppelte von Tomeks Gehalt. Viel mehr.

Und zu denken, dass es alles seins hätte sein können, wenn er nur mit einem Politiker mittleren Alters geschlafen oder reichlich Kokain und andere Drogen der Klasse A genommen hätte.

Vielleicht in einem anderen Leben.

»Danke, dass Sie mir all das erzählt haben«, sagte Tomek. »Aber ich verstehe nicht, wie das Ihren Namen reinwaschen soll.«

»Was meinen Sie?«

»Alles, was Sie getan haben, ist mir zu erzählen, dass Sie viele Drogen genommen, mit Prostituierten geschlafen und dann Schweigegeld von einem ehemaligen Kollegen erhalten haben. Nichts davon lässt Sie in einem guten Licht erscheinen, Terrence, und Sie haben mir nicht gesagt, wo Sie in der Nacht waren, als er starb.«

»Ich war zu Hause. Mit Alina. Wir teilen uns die Wohnung.«

»Dann nehme ich an, das waren Sie gestern Abend am Telefon?«

Terrence rutschte unbehaglich auf seinem Sitz hin und her.

»Ich... ich...«

»Waren Sie derjenige, der ihr gesagt hat, zur Presse zu gehen?«

»Ich...«, stammelte Terrence.

Für jemanden, der so gut im Reden war und Gespräche in die Länge zog, wenn es ihm passte, hatte er Schwierigkeiten, eine einfache Ja-oder-Nein-Frage zu beantworten.

»Hat Herbert Alina sexuell belästigt, Terrence?«

»Was Sie verstehen müssen-«

»Haben Sie sie gezwungen, das zu sagen, Terrence?«

»Nein, ich... es ist wirklich passiert! Sie brauchte nur Überzeugungsarbeit, das ist alles.«

»Warum haben Sie ihr nicht gesagt, sie solle zur Polizei gehen, so wie Sie es jetzt tun? Ist es, weil Sie wussten, dass wir die Wahrheit herausfinden würden?«

»Überhaupt nicht. Ich-«

»Was ist passiert? Papa hat die Geldversorgung abgeschnitten, also dachten Sie, Sie holen sich eine letzte Auszahlung von der Presse? Und Sie wussten, dass Sie sie bekommen würden, weil ein toter Mann sich nicht verteidigen kann?«

»Nein! So war das überhaupt nicht!«

»Hat es Sie wütend gemacht, als er Sie gehen ließ? Ist es das – Rache? Vier Jahre in der Machu-«

Terrence schlug mit seiner großen, stämmigen Hand auf den Tisch.

Der Klang ließ Tomeks Trommelfelle fast platzen und ließ ihn hochschrecken, obwohl er hoffte, dass es nicht offensichtlich war.

»Sie erfinden jetzt Dinge. Sie erfinden Dinge, die nicht real sind.«

»Ich versuche, einer Morduntersuchung auf den Grund zu gehen.«

»Genau, und dabei versuche ich, Ihnen zu helfen.«

»Indem Sie sich selbst ausliefern?«

Eine lange Stille schob sich zwischen sie, als Terrence sich sammelte. Er klopfte sich ab und richtete seine Mütze, obwohl sie immer noch falsch saß, als er losließ. Tomek blickte auf die Wasserflasche, die auf dem Tisch an der gleichen Stelle stand, an der Tomek sie gelassen hatte. Der Bastard hatte nicht einmal etwas davon getrunken.

»Ich habe Informationen, die Sie vielleicht interessieren könnten«, antwortete Terrence ruhig, jetzt stärker, mit mehr Entschlossenheit in seiner Stimme und seiner Haltung.

»Okay«, sagte Tomek, leicht skeptisch. »Bitte fassen Sie sich kurz.«

»Ich habe Namen. Von den Southend Seven.«

»Okay.«

»Möchten Sie sie hören?«

Nicht schon wieder.

»Ja, bitte. Schnell, wenn es Ihnen nichts ausmacht.«

Der Ausdruck auf Terrences Gesicht deutete darauf hin, dass er erkannte, dass er nicht mehr die Macht im Gespräch hatte, dass alles bei Tomek lag, und er schien sich mit dieser Tatsache abgefunden zu haben.

»Ich weiß nicht, nach wem Sie suchen oder mit wem Sie versuchen zu sprechen, aber wenn jemand Herbert Tucker getötet hat, dann ist es einer dieser Männer...«

KAPITEL
ZWEIUNDDREISSIG

»Das ist äußerst beunruhigend. Wirklich äußerst beunruhigend.«
Nick hatte über fünf Minuten lang auf die fast unleserliche
Liste von Namen gestarrt, die Tomek auf ein Stück Papier gekritzelt
hatte. Dann reichte er sie an Victoria weiter, die sich ebenso lange Zeit
nahm, um sie in sich aufzunehmen.

»Ich glaube, wir müssen hier sehr vorsichtig vorgehen«, begann
Nick mit einem Seufzer. »Ehrlich gesagt weiß ich nicht einmal, wie wir
vorgehen sollen.«

»Ich habe da ein paar Ideen«, sagte Tomek und konnte sein Lächeln
nicht verbergen.

»Das kann ich mir vorstellen.«

Die Namen auf der Liste waren in der Tat äußerst beunruhigend.
Männer von Bedeutung und Einfluss in der örtlichen Gemeinschaft
hatten schlimme Dinge getan. Männer an der Spitze der Nahrungskette.
Und wenn sie stürzten, war nicht abzusehen, wie viel Zerstörung das
unten verursachen könnte.

Zumindest war das Nicks Sorge.

Tomek war das egal. Er war einfach aufgeregt bei dem Gedanken,
einige sehr mächtige Männer vor sich zu haben und herauszufinden, was
sie wussten. Und wenn sie Glück hätten, vielleicht einen oder zwei von
ihnen hinter Gitter zu bringen. Wo sie hingehörten.

Nach seinem Treffen mit Terrence hatte Tomek Martin eingespannt, um eine ausführliche Zeugenaussage aufzunehmen, was bedeutete, dass der Mann alles offiziell wiederholen musste, eine Aufgabe, für die Tomek dankbar war, dass er sie in der Hierarchie nach unten weitergeben konnte. Vorerst sollte Terrence Toffolo nach Hause gehen, im Land bleiben und erreichbar sein, falls die Polizei mit ihm sprechen müsste. Er war immer noch ein Verdächtiger, wenn für nichts anderes, dann für seine schlechte Kleiderwahl, aber im Moment hatte das Team größere Fische zu fangen.

Oder besser gesagt, *Haie*.

»Ist es schlimm, dass ich keinen dieser Namen kenne?«, fragte Victoria, während sie nach ihrem Handy griff.

»Das kommt darauf an, wen du fragst«, antwortete Tomek. »Wenn du sie fragen würdest, wäre ihr Ego sicher angekratzt, aber wenn du irgendeinen Otto Normalverbraucher auf der Straße fragen würdest, kann ich mir nicht vorstellen, dass er sie auch kennt. Das ist wahrscheinlich der Grund, warum sie ein bisschen unter dem Radar geblieben sind. Aber wenn es dich beruhigt, ich musste sie selbst erst googeln.«

Victoria legte die Liste mit den Namen behutsam auf den Tisch, als ob sie befürchten würde, dass sie sie in zwei Teile reißen könnte, wenn sie es etwas fester machen würde.

»Was zur Hölle sollen wir jetzt tun?« Nick fuhr mit der Handfläche über seinen Kopf, als würde er ihn auf Glück reiben. »Ich... ich kenne diese Leute. Ich habe eng mit ihnen zusammengearbeitet. Besonders... besonders mit ihm.«

Nick zeigte auf den ersten Namen auf der Liste.

Brendan Door.

Der Polizei-, Feuerwehr- und Kriminalkommissar für Essex. Einer der höchstrangigen Polizeibeamten im Raum Southend. Beschuldigt, zu feiern, Drogen zu nehmen, mit Prostituierten zu schlafen. Und möglicherweise einen Mann zu töten.

Zusammen mit den anderen Männern auf der Liste.

Anthony Arnold, einer der besten Anwälte der Staatsanwaltschaft, war dafür verantwortlich, Dutzende von Kriminellen, von Drogendealern bis zu Mördern, hinter Gitter zu bringen.

Gregory Chaplin, Bürgermeister von Southend.

James Colehill, Vorsitzender des Southend United FC.

Richard Stafford, ein Mann, der so lange Tomek denken konnte, auf der Fahndungsliste der Drogeneinheit stand, weil er eines der größten Drogengeschäfte der Stadt betrieb, aber der Festnahme immer entkommen war.

Und der letzte Name auf der Liste hatte Tomek am meisten beunruhigt.

John Mullen, Chefredakteur des *Southend Echo*, der Zeitung, für die Abigail schrieb.

Jetzt ergab es Sinn, warum sie gebeten worden war, die Geschichten über Herbert Tuckers schlüpfrige Affäre und Drogengewohnheiten zu verstecken.

»Nichts davon darf nach außen dringen«, fügte Nick hinzu. »Ich meine es ernst. Nichts verlässt dieses Gebäude. Kein Gespräch mit der Familie. Kein Gespräch mit Liebsten. Nicht einmal mit euren Kindern. Und... Tomek, ich schaue dich an, auch nicht mit Freunden oder Freundinnen.«

Vielleicht doch nicht.

Tomek kaute auf seiner Unterlippe. »Warum werde ich hierbei besonders hervorgehoben?«

»Weil du das größte Mundwerk von allen hast. Die Anzahl der Male, die ich für dich einspringen und deinen albernen kleinen Hintern schützen musste, ist ein Beweis dafür. Muss ich dich daran erinnern?«

Tomek schnaubte und sagte nichts.

Es stimmte, ja, dass er oft viele Dinge sagte, ohne es zu merken. Es stimmte auch, ja, dass er einmal während einer Mordermittlung ein paar Dinge ausgeplaudert hatte, die es dem Mörder ermöglicht hatten, der Festnahme länger zu entgehen, als er hätte sollen. Aber hatte er das absichtlich getan? Nein. Fehler gehörten zum Leben, und er fand nicht, dass er dafür so lange nach der Tatsache gerügt werden sollte.

»Am Ende hat sich alles zum Guten gewendet«, fügte Tomek hinzu, aber weder Victoria noch Nick antworteten; Victoria war zu beschäftigt, die Namen auf der Liste zu recherchieren, um überhaupt zuzuhören, und Nick hatte das alles schon einmal gehört.

»Ohhh, *daher* kenne ich ihn«, sagte sie.

»Welchen?«

»Richard Stafford. Er stand auf unserer Beobachtungsliste zurück in Colchester. Wir haben ihn wegen Drogen und Menschenhandel und allem Möglichen gesucht, aber wir konnten ihm nie etwas nachweisen.«

»Nun, jetzt wissen wir warum. Mit dem PFCC und dem Staatsanwalt in seinen Taschen ist es offensichtlich. Die Korruption stinkt zum Himmel.«

»Sergeant!« kreischte Nick.

»Was? Ich sage nur das Offensichtliche, Sir.«

»Das brauchst du nicht, wenn wir alle dasselbe verdammte Ding denken.«

»Komm schon, Chef, du musst zugeben, ein exklusiver Club voller weißer, Männer mittleren Alters, die Teil der Elite sind, schreit förmlich nach Korruption«, sagte Victoria leise.

»Du kannst auch den Mund halten.« Nick drehte sich in seinem Stuhl herum, stand auf und begann hin und her zu laufen, wobei er seinen Kopf massierte, während er von einer Seite zur anderen wanderte. »Was tun wir? Was tun wir?«

»Ich sage, wir greifen sie von allen Seiten an, Sir. Wir sprechen mit allen, die sie kennen, und finden heraus, was sie in der Nacht getan haben, als Tucker starb, und bringen sie dann alle auf einmal herein. Wir sammeln zuerst die Beweise, bevor wir sie kalt erwischen.«

»Ich... ich mag das. Aber... wir müssen super vorsichtig sein. Wenn einer von ihnen Wind davon bekommt, was wir tun, ist es vorbei, wir sind erledigt.«

»Dieses Risiko gehen wir massiv ein, wenn wir um sie herumschnüffeln«, fügte Victoria hinzu und spielte den Advocatus Diaboli. »Ich bin dafür, dass wir sie sofort herholen, ohne Vorwarnung, sie mit einer Massenverhaftung überraschen und befragen.«

»Nicht wenn wir keine Beweise haben, um sie anzuklagen. Wir werden sie erschrecken, und wenn sie etwas mit Tuckers Mord zu tun hatten, werden sie ihre Schritte zurückverfolgen, um sicherzustellen, dass wir es nie herausfinden. Nein, was wir tun müssen, ist, für jeden Mann ein Motiv zu finden. Tucker hatte viele Feinde. Zwei von ihnen, James Colchill und Terrence Toffolo, haben sich bereits gegen ihn gestellt. Es würde mich nicht überraschen, wenn der Rest von ihnen Gründe hätte, Herbert Tucker zu... *entsorgen*. Dann, wenn wir alle Beweise haben, die wir brauchen, holen wir sie gleichzeitig herein. Keine Gelegenheit für sie, Alarm zu schlagen und ihre Ärsche auf diese Weise zu schützen. Wir werden schön gezielt vorgehen. Ja... das werden wir tun. Wir werden... Ja...«

Nick blieb mitten im Raum stehen und ließ seine Hand zu seiner Taille fallen. Der obere Teil seines Kopfes war rot, weil er ihn zu hart gerieben hatte.

»Kann ich euch beiden das überlassen, es zu koordinieren? Ach, verdammt!«

»Was?«

»Mir ist gerade eingefallen, dass ich in ein paar Stunden ein Treffen mit dem PFCC habe.«

»Oh...«

Tomek wusste nicht, was Nick von ihm als Antwort erwartete.

»Lieber Sie als ich, Sir.«

Aber das war es sicherlich nicht.

KAPITEL
DREIUNDDREISSIG

Tomek wusste nicht, woher die Idee gekommen war, aber kurz nachdem sie begonnen hatten, wurde ihm klar, dass es wahrscheinlich nicht einer seiner besten Vorschläge war.

Minigolf mitten im Winter zu spielen hatte seine offensichtlichen Nachteile: die Kälte, die tauben Finger, der Wind, der den Ball über die grüne Oberfläche blies. Aber zu seiner Verteidigung gab es einen Vorteil, der alle Nachteile überwog: die Tatsache, dass es völlig verlassen war und sie einen kompletten 18-Loch-Piraten-Themenplatz für sich allein hatten. Sie konnten sich so viel Zeit nehmen, wie sie wollten, und so lange an jedem Loch bleiben, wie sie brauchten, ohne dass Horden von Familien und jungen Paaren ihnen im Nacken saßen.

Tomek hatte sich nie für Golf interessiert. Es war ihm zu langsam, zu zahm. Und er fand auch nicht, dass es ein besonders guter Zuschauersport war. Fußball und Rugby hingegen waren seine bevorzugten Sportarten. Sowohl zum Zuschauen als auch zum Spielen. Und er dachte gerne, dass er ziemlich gut darin war. Ein Kommandeur, ein Anführer auf dem Spielfeld. Ein Ballträger, der keine Angst hatte, seinen Körper aufs Spiel zu setzen. Es war eine Weile her, seit er das letzte Mal auf dem Spielfeld gestanden hatte – er war Mitglied der Fußball- und Rugbymannschaften der Polizei, die aus Personen aller Hierarchieebenen bestanden – und er war begierig darauf, wieder dort draußen zu sein. Vielleicht sogar Kasia einladen, um zuzuschauen, wie sich ihr lieber alter Vater blamiert, indem er mit einem anderen erwachsenen Mann mit Bierbauch und Glatze in einen Streit gerät.

Bei näherer Überlegung musste das niemand sehen.

»Für dieses hier musst du den Ball durch eines dieser Löcher bekommen, und dann fällt er zur nächsten Ebene hinunter«, erklärte Tomek, während er Kasias Ball auf das Grün legte. »Wenn du Glück hast, kommst du vielleicht nah ans Loch heran. Und wenn du noch mehr Glück hast, könntest du ein Hole-in-one schaffen.«

»Ja«, brummte Kasia, als sie für ihr viertes Loch an diesem Abend an den Abschlag trat. Sie ließ ihren Ball auf den Tee fallen und schwang dann, ohne hinzusehen, zurück und trieb ihn den schmalen Gang hinunter. Der Ball war weit vom Ziel entfernt und prallte von der Wand ab, um fast wieder zu ihren Füßen zu landen.

»Oh...«, murmelte sie.

Sie hätte nicht weniger begeistert aussehen können, wenn sie es versucht hätte, aber Tomek war entschlossen, es durchzuziehen. Er hatte das Gefühl, er müsste sie aufheitern, sie aus dem Haus holen, etwas anderes tun als drinnen zu sitzen und auf ihrem Handy zu scrollen oder Scheißfernsehen zu schauen.

Das war seine Art, sich zu entschuldigen. Indem er etwas tat, von dem er hoffte, dass es ihr gefallen würde.

»Pech gehabt«, sagte er, dann legte er seinen eigenen Ball hin. Er bereitete sich vor, stand mit schulterbreit geöffneten Beinen, gebeugten Knien, nach hinten gestrecktem Hintern und geradem Rücken. Er schaute den Gang hinunter und zeichnete eine unsichtbare gerade Linie ins Loch. Dann blickte er auf seine Füße und erkannte, dass alles sinnlos war. Dass er keine verdammte Ahnung hatte, was er tat, und dass es besser war, einfach drauflos zu schlagen und zu hoffen.

Wie durch ein Wunder landete der Ball im linken Loch und erreichte eine strategisch günstige Position auf der unteren Ebene. Tomek jubelte und reckte die Faust in die Luft. Dann hielt er die Hand für ein High-Five hin, aber Kasia schaute ihn nur finster an.

»Müssen wir das wirklich machen?«, fragte sie.

»Was würdest du stattdessen lieber tun?«

»Irgendetwas?«

»Irgendetwas?«, wiederholte Tomek.

»Ja.«

»Buchstäblich irgendetwas?«

»Ja!«

»Würdest du jetzt lieber im Meer schwimmen gehen?«

Kasia drehte sich zu der Schwärze hinter ihrer Schulter um. In der Ferne konnte man die kleinen Lichtpunkte in Kent sehen.

»Nein...«, sagte sie zögernd.

»Dachte ich mir. Also, lass uns das hier zu Ende bringen, und dann können wir auf dem Heimweg bei McDonald's vorbeifahren.«

Das schien sie aufzuheitern.

»Aber nur, wenn du mich besiegst!«

In den nächsten fünf Runden (oder waren es Löcher? Tomek konnte sich nie daran erinnern) wurde sie engagierter und konzentrierter. Mehr die alte Kasia, die er kannte. Am Ende standen die Ergebnisse mit fünf zu vier zugunsten von Kasia recht ausgeglichen. Er würde lügen, wenn er behauptete, er hätte ihr nicht ein paar Punkte geschenkt. Ein Teil von ihm wollte sie für ihr Selbstvertrauen, ihre Moral und ihre psychische Gesundheit gewinnen lassen. Während der andere Teil von ihm eine Schummelmahlzeit wollte, eine Ausrede, um ungesundes und fettiges Essen zu essen. Alles in allem wäre es ein doppelter Gewinn für sie.

Als sie sich auf den Weg zum zehnten Loch machten und in die zweite Hälfte des Spiels eintraten, wehte eine Windböe über den Strand und brachte Tomek aus dem Gleichgewicht. Früher am Tag hatte es stark geregnet, und in seinem Kampf, das Gleichgewicht zu halten, setzte er einen Fuß auf einen falschen Felsen. Das Plastikmaterial war rutschig, und unter seinem immensen Gewicht gab sein Fuß nach und ließ ihn mit dem Hintern über den Kopf in ein kleines Wasserelement purzeln. Der Minigolfplatz mit Piratenthema war mit solchen übersät, und das, in das Tomek fiel, war ausgerechnet das schlimmste von allen: ein großer Teich mit einem fast zwei Meter breiten Wasserfall, der eiskaltes Wasser auf ihn herabstürzen ließ.

Es dauerte ein paar Sekunden, bis er sich aufrappeln und aus dem eisigen Teich krabbeln konnte. In der Zwischenzeit stand Kasia doppelt gekrümmt da, die Hände auf dem Boden, und lachte ihn aus.

Er konnte es ihr kaum verübeln; er hätte dasselbe getan.

Tomek war völlig durchnässt, und innerhalb weniger Sekunden war die Kälte durch seine Schichten gesickert und hatte sich um seinen Rücken und seine Oberschenkel gelegt.

»Sieht aus, als wärst du derjenige, der stattdessen schwimmen gegangen ist«, spottete sie.

Tomek öffnete den Mund, um zu antworten, aber er ließ sie diesen Punkt haben.

Sie war definitiv eine Bowen für diesen Kommentar, auch wenn ihr Nachname Coleman war.

»Ich glaube, wir sollten besser von hier verschwinden«, sagte er, während seine Zähne klapperten, als er versuchte, sich aufzuwärmen.

»Aber ich lag in Führung!«

Das spielte keine Rolle. Nicht, wenn ihm so kalt war. Er ignorierte sie, schnappte sich ihren Schläger und Ball und eilte zum Ende des Platzes, wo er die Ausrüstung abgab. Mit Kasia dicht auf den Fersen sprintete er, so schnell seine tauben Beine es zuließen, zum Auto.

Zehn Minuten später waren sie in der Wärme. Er hatte sich bis auf eine einzige Schicht ausgezogen, und sein Körper wurde von den Chicken Selects gewärmt, die gerade durch sein System wanderten. Währenddessen machte sich Kasia über eine Sharing-Box mit Nuggets her, die sie keineswegs zu teilen beabsichtigte. Die Heizung im McDonald's lief auf Hochtouren, und nach ein paar Minuten merkte er, wie er wieder warm wurde. Es gab ihm auch eine psychologische Wärme zu wissen, dass er den Strom von jemand anderem nutzte statt seinen eigenen.

»Wie ist das Essen?«, fragte er.

»Gut!«, antwortete Kasia, während Stücke zerkauten Hühnchens in ihrem Mund herumwanderten. »Richtig gut.«

Teenager waren so einfach. Stell eine dekorative Schachtel mit Fast Food vor sie, und sie waren wie Butter. Er wusste nicht, warum er nicht früher daran gedacht hatte.

»Wie ist deins?«, fragte sie.

»Auch richtig gut.«

Der Kaffee allerdings nicht.

Während sie weiter ihr Essen genossen, ließ Tomek seinen Blick durch das Restaurant schweifen. Es war kurz nach acht Uhr, und der Laden war immer noch voll. Teenager, Kinder, Familien, Paare. Eine neue Generation, die mit diesem Zeug aufwuchs.

»Papa...«

Kasias Stimme holte ihn von der Kundschaft zurück.

»Wegen gestern Abend...«, fuhr sie fort.

»Ja?«

»Ich... ich habe dich doch nicht gekränkt, oder?«

Tomek dachte zurück.

»Welcher Teil?«

»Als du gesagt hast, dass du mich liebst?«

»Oh.«

»Ja.«

»*Dieser* Teil.«

Kasia senkte ihren Blick und starrte tief in ihr Chicken Nugget.

»Hast du... hast du das ernst gemeint?«

Tomek schnaubte, dann beendete er seinen Bissen. »Natürlich habe ich das. Sonst hätte ich es nicht gesagt.«

Ihr Gesicht glänzte leicht.

»Es tut mir leid, dass ich es nicht erwidert habe.«

»Das ist... das ist okay.«

Tomek würde lügen, wenn er sagte, er wäre nicht verletzt. Aber was konnte er erwarten? Sie kannte ihn erst seit einem halben Jahr. Sie waren immer noch Fremde. Es wäre phantastisch zu erwarten, dass sie es erwidern würde.

»Du musst dich nicht entschuldigen«, fuhr er fort.

»Es ist nur... ich bin es nicht gewohnt, es zu sagen.«

»Hey, und wenn du es nie sagst, ist das auch in Ordnung für mich.«

»Wirklich?«

»Wirklich.«

Außer, dass es das nicht war. Aber das konnte er ihr nie sagen, oder?

KAPITEL
VIERUNDDREISSIG

Tomek und das Team verbrachten die nächsten Tage wie im Rausch mit unauffälligen und diskreten Ermittlungen über das Leben der sieben Männer von Terrence Toffolos Liste. Gemeinsam arbeiteten sie unermüdlich daran, die Hintergründe jedes Mannes zu verstehen, sprachen mit ehemaligen Kollegen, untersuchten ihre politische und berufliche Vergangenheit, überwachten ihre Telefon- und Fahrzeugdaten, wo es angemessen und gesetzlich zulässig war, und hielten sich dabei stets an die Grenzen des Gesetzes. Das Letzte, was sie wollten, war eine Verurteilung, die später aufgehoben würde, weil die gesammelten Beweise illegal beschafft worden waren. Besonders wenn einer der Verdächtigen ein Staatsanwalt war.

Während dieser Zeit hatte das Team nur geringe Fortschritte gemacht. Die Informationen zu jeder Person waren überraschend dürftig, und aufgrund der Natur ihrer Ermittlungen konnten sie nur Personen am Rande des Lebens dieser Männer befragen. Insgesamt hatten sie über fünfzig Zeugenaussagen gesammelt, und keine davon konnte den Aufenthaltsort der Männer in der Nacht, als Herbert Tucker starb, bestätigen. Was viele jedoch bestätigen konnten, war, dass jeder Mann zu irgendeinem Zeitpunkt in seinem politischen oder beruflichen Leben mit Herbert Tucker aneinandergeraten war.

Dies half ihnen kaum dabei, eine bestimmte Richtung einzuschlagen, außer dass möglicherweise alle irgendwie beteiligt waren.

Die Männer auf der Liste waren mächtig und einflussreich, Mitglieder der lokalen Gemeinschaft und in Autoritätspositionen. In der Folge war es schwierig, Informationen zu sammeln. Am schwierigsten von allen war jedoch John Mullen, der Herausgeber des *Southend Echo*. Der Mann verbrachte sein ganzes Leben damit, über andere zu schreiben, aber nie über sich selbst. Er war wie ein schwarzes Loch; alles ging hinein, aber nichts kam je wieder heraus. Deshalb hatte Tomek nach einigen Tagen der geheimen Ermittlungen erkannt, dass sie Hilfe brauchen würden. Und wen könnte man besser fragen als Abigail? Sie arbeitete mit Mullen und kannte ihn besser, als Tomek es wahrscheinlich je tun würde. Das einzige Problem war, dass er im Gegenzug etwas für sie tun musste.

»Bist du sicher, dass du ihr die richtige Adresse gegeben hast?«, fragte Tomek.

»Ja.«

»Und die richtige Uhrzeit?«

»Ja.«

»Und das richtige Datum?«

»Ja. Für wie blöd hältst du mich eigentlich?«, fragte Abigail.

»Willst du, dass ich darauf antworte, oder...?«

»Das war rhetorisch, du Idiot.«

Abigail wandte ihre Aufmerksamkeit der dampfenden Tasse Kaffee zu, die Morgana nur Momente zuvor vor sie gestellt hatte, ihrer zweiten, seit sie warteten. Sie warteten auf eine der wichtigsten Zeuginnen, die sich gemeldet hatte und behauptete, Herbert Tucker habe sie sexuell belästigt.

Abigail wollte ihm den Namen der Frau nicht verraten und bezeichnete sie stattdessen nur als Frau X. Sie gab auch keine anderen Informationen über die mysteriöse Frau preis, die bereits am Tag zuvor nicht zu einem Treffen erschienen war.

»Hat sie dir eine Nachricht geschickt?«, fragte Tomek. Seine Geduld ging rapide zur Neige, und obwohl es technisch gesehen nicht Abis Schuld war, war sie die Einzige vor ihm.

Abi nahm ihr Handy vom Tisch und tippte auf den Bildschirm. Nichts. Keine SMS, keine WhatsApp-Nachrichten, nichts. Nur ein paar Dutzend Twitter-Benachrichtigungen.

»Gib ihr noch zehn Minuten«, flehte sie.

»Ich hab zu tun. Ich kann wirklich keine zehn Minuten entbehren.«

»Und du denkst, ich kann das?«

»Du bist nicht diejenige, die einen Mord untersucht.«

»Nein, aber du bittest mich, meinen Chef zu untersuchen.«

Tomek scannte schnell den Raum, um sicherzustellen, dass niemand ihren kleinen Ausbruch gehört hatte. Das war nicht der Fall, also wandte er sich wieder ihr zu.

»Du musst ihm sagen, dass er locker lassen soll«, sagte er.

»Womit?«

»Mit uns. Er ist unerbittlich.«

»Das ist sein Job.«

Tomek war skeptisch. Vielleicht war der wahre Grund, warum John Mullen Nick und das Team in den letzten Tagen ständig bedrängt hatte, dass er nah am Geschehen sein wollte. Er wollte wissen, was vor sich ging, zur gleichen Zeit wie alle anderen.

»Hattest du überhaupt mit ihm über Herbert Tucker gesprochen, bevor das alles anfing?«, fragte Tomek.

Abigail schüttelte den Kopf und kaute auf dem Deckel ihres Stifts. »Nicht ausführlich. In der Vergangenheit sagte er uns nur, wir sollen ein paar Dinge ignorieren. Es nach hinten schieben. Meistens sagte er, er würde stattdessen selbst nachforschen.«

»Wie was?«

»Du weißt schon, wenn Leute Anschuldigungen gegen ihn erhoben oder wenn er seinen politischen Standpunkt zu etwas änderte.«

»Und hat er jemals die Dinge verfolgt, bei denen er sagte, er würde es tun?«

Sie zuckte mit den Schultern. »Davon habe ich nie etwas gehört. Ich war immer zu beschäftigt mit meinen eigenen Sachen.«

»Also, was hat sich geändert?«, fragte Tomek. »Warum lässt er dich jetzt diese Vorwürfe wegen sexueller Belästigung untersuchen?«

Abigail hörte auf, auf ihrem Stift zu kauen. »Das tut er nicht...«, antwortete sie. »Er weiß nichts von ihnen. Die Frauen haben sich direkt an mich gewandt.«

»Warum hast du es geheim gehalten?«

»Weil in dem Moment, als Herbert Tucker starb, ich nur Korruption wittern konnte. Ich wusste, dass etwas im Gange war, und ich wollte es für mich behalten.«

»Damit du die Exklusivstory und den ganzen Ruhm haben konntest?«

Ein weiteres Schulterzucken, diesmal lässiger. »Ich habe auch Träume und Karriereziele, weißt du. Ich wollte warten, bis ich alle Informationen zusammen hatte, den Artikel geschrieben, Zeugenaussagen vorbereitet, und *dann* es ihm zeigen. Er hätte nicht ablehnen können.«

»Nein, aber er hätte dich vielleicht feuern können.«

Sie begann wieder, auf ihrem Stift zu kauen. »Wenn das der Fall wäre, dann wüssten wir, auf welcher Seite er steht.«

Tomek musste ihr Anerkennung zollen. Sie hatte das System durchschaut und es auf ihre eigene Weise genutzt. Das hätte er nicht von ihr erwartet, und er war leicht beeindruckt.

Gerade als er auf seine Uhr sehen wollte, um zu überlegen, wo die Zeugin sein könnte, piepte sein Handy. Eine SMS. Von Sean.

Sorry, Kumpel – muss das Spiel am Wochenende absagen. Du kannst mein Ticket benutzen, wenn du jemanden zum Mitnehmen brauchst. Abigail vielleicht? Lass es mich einfach wissen.

Abigails Name war nicht der erste, der ihm in den Sinn kam. Stattdessen war es Kasia. Ein schöner Vater-Tochter-Nachmittag zum Bonden. Zugegeben, es wäre wieder etwas, was er tun wollte, und sie müssten möglicherweise ihre Karatestunde am Morgen absagen, aber es würde trotzdem ein guter Nachmittag werden. Und er war sicher, dass er den Deal versüßen könnte, indem er ihr als Anreiz eine weitere Takeaway-Mahlzeit anbot.

»Wer ist das?«, fragte Abigail und lehnte sich leicht vor. »Deine andere Freundin?«

Tomek sah sie komisch an, schaltete das Handy schnell aus und legte es mit dem Display nach unten hin.

»Wer war das?«, fragte sie, und in ihrer Stimme wuchs die Besorgnis.

»Sean«, antwortete er. »Sagt, ich müsse in etwa einer halben Stunde zurück sein.«

Es war nicht ganz gelogen; es *gab* ein Meeting in einer halben Stunde, nur war Nick derjenige gewesen, der es organisiert und ihn wiederholt daran erinnert hatte, dass er nicht zu spät kommen dürfe.

Glücklicherweise für Nick sah es nicht danach aus. Frau X war nicht aufgetaucht, und mit etwas Glück würde Tomek in Kürze wieder im Büro sein.

Aber als er gerade gehen wollte, schoss Abigails Kopf wie der eines Erdmännchens hoch, ihre Augen waren auf das Fenster des Restaurants fixiert, als hätte sie gerade ein Raubtier entdeckt.

»Ist das...?«, fragte Abigail.

Tomek schaute zum Fenster. Auf der anderen Seite stand eine Gestalt. Eine Frau, gekleidet in einen dicken Mantel, den Schal bis zum Kinn hochgezogen, ihre Gesichtszüge verzerrt durch den Regen auf der einen Seite und Kondenswasser auf der anderen.

»Ist sie das?«, fragte Tomek.

»Ich weiß nicht. Ich...«

Als Tomek das nächste Mal hinschaute, war die Frau verschwunden. Sie rannte nach rechts davon.

Tomek setzte ihr nach, schlängelte sich durch die Tische und die Gruppen von Kunden, die ins Café kamen und gingen. Als er ins Freie gelangte, landete sein Fuß in einer Wasserpfütze. Die eisige Flüssigkeit spritzte auf seine Schuhe und sein Bein hoch, aber er schenkte dem kaum Beachtung, denn dort, in der Ferne, war die Frau.

Sie bog um eine Ecke.

Als er gerade lossprinten wollte, kam Abigail aus dem Restaurant gestürmt und prallte mit ihm zusammen. Ihr plötzlicher Angriff auf ihn ließ ihn nach vorne stolpern, und eine weitere Ladung Wasser ergoss sich über seine Beine und Schuhe.

»Verdammte Scheiße«, zischte er, während er seine Beine schüttelte.

In der Zeit, die er brauchte, um wieder zu sich zu kommen, hatte Abigail ihn auf dem Beton zurückgelassen und sprintete bereits in

Richtung der Gasse, in der die mysteriöse Gestalt verschwunden war. Als Tomek sie schließlich eingeholt hatte, war es zu spät.

Nebelschwaden explodierten vor ihren Gesichtern, als sie nach Luft schnappten. Tomek war überrascht zu sehen, dass er schwerer atmete als sie.

»Du bist davon schon erschöpft?«, fragte Abigail.

»Ich hatte ein großes Mittagessen, okay!«, sagte er, während er die Hände in die Hüften stemmte. »In welche Richtung ist sie gegangen?«

»Keine Ahnung.«

Da wurde Tomek klar, dass er auf einen Parkplatz blickte, der zu einem Aldi führte. Trotz der Uhrzeit und des Wetters war der Supermarktparkplatz überfüllt, und es gab kaum eine Chance, sie zu finden.

»Nun, immerhin ist sie aufgetaucht«, sagte Abigail.

»Nein, ist sie nicht.«

»Doch, ist sie. Das zählt.«

Tomek schüttelte den Kopf, winkte zum Abschied und ging dann zu seinem Auto. Er keuchte immer noch, als er sich auf den Fahrersitz setzte.

KAPITEL
FÜNFUNDDREISSIG

Das Meeting war für Punkt sieben Uhr angesetzt worden. Für viele, wenn nicht für alle, Essenszeit. Und um gegen knurrende Mägen und die damit einhergehende zunehmend schlechte Laune anzukämpfen, hatte Chey eine Ladung Currys und verschiedene Reisgerichte aus dem indischen Restaurant seiner Eltern bestellt. Doch fast so schnell, wie das Essen angekommen und auf den Tisch gestellt worden war, wurde es wieder in seine Verpackung zurückgelegt. Es war keine Zeit fürs Essen, nicht wenn Nick die Leitung der Besprechungen hatte.

Seine Entscheidung, das Essen bis nach dem Meeting zurückzuhalten, hatte alle frustriert und begierig, es so schnell wie möglich hinter sich zu bringen. Einschließlich Tomek, dessen Stimmung von seinem Blutzuckerspiegel und der Anzahl der Kalorien abhing, die gerade in seinem System schwammen.

Nick stand am Kopfende des Raumes, als das Meeting begann. Neben ihm standen vier Whiteboards. Für jeden der sieben Namen und Gesichter war ein Platz auf den Tafeln reserviert. Zwei Gesichter pro Tafel, mit einer Ausnahme – Gregory Chaplin, der Bürgermeister von Southend. Die Liste der Informationen unter seinem Namen war die längste und rechtfertigte den zusätzlichen Platz.

Tomek war begierig darauf, mit dem Meeting zu beginnen. Nicht nur wegen der Aussicht auf Essen am Ende, sondern auch, weil er neugierig war, was jeder Detektiv herausgefunden hatte.

»Zuerst möchte ich mit Terrence Toffolo beginnen«, sagte Nick, sein Körper zur Seite geneigt. In den Tagen seit Tomek ihn das letzte Mal im Besprechungsraum gesehen hatte, wo er nicht hinter seinem Schreibtisch saß, schien sein Bauch um einige Zentimeter gewachsen zu sein, verglichen mit der Zeit vor dem Vorfall mit seiner Tochter. »Da Toffolo derjenige ist, der das alles ins Rollen gebracht hat und sich schnell von jeglichem Fehlverhalten freigesprochen hat, möchte ich sehen, ob er so sauber ist, wie er vorgibt.«

Terrence Toffolo war DC Martin Brown übergeben worden. Nachdem er die Zeugenaussage des Mannes aufgenommen hatte (was, wie Tomek später erfuhr, ein dreistündiger Prozess gewesen war), war Martin mehr als glücklich, das Leben des Mannes heimlich zu untersuchen. Er hatte es als eine Art Vergeltung dafür gesehen, dass er so viel Zeit im Verhörraum verschwendet hatte.

»Terrence Toffolo«, begann Martin und las von einem Blatt Papier vor sich. »Neunundvierzig Jahre alt. Geboren in Dagenham, Ostlondon. Zog nach Southend, als er dreizehn war. Schloss sein Politikstudium an der University of East Anglia mit Auszeichnung ab. Sein Vater war sein ganzes Leben lang in der Politik tätig. Ein Bleistiftspitzer, könnte man sagen. Er hat es nicht weit gebracht, eher ein Beamter im Auge des politischen Karrierefortschritts, aber sein Vater prägte ihm ein, wie wichtig es ist, anderen Menschen zu helfen. Und ich denke, Terrence sah es als Herausforderung, besser zu sein als sein Vater es je war. So stieß er auf Herbert Tucker, und wir kennen den Rest: die Drogen, die Prostitution. Was die Nacht von Herbert Tuckers Tod betrifft, konnte ich nichts finden. Von dem, was ich von den Nachbarn höre, halten er und Alina Zandecka sich viel für sich. Sie tauchen nur auf, wenn sie etwas vom Lebensmittelgeschäft brauchen, und leider löscht die Tankstelle ihre Aufnahmen nach achtundvierzig Stunden. Es war zu spät, als ich dort ankam.«

»Also kann niemand seine Bewegungen in der Nacht bestätigen?«, fragte Nick.

»Nein, Sir.«

»Motive?«

»Ich würde argumentieren, dass seine Entfernung aus Herberts Team ausreichend war. Oder das Zurückhalten des Geldes für ihn und Alina.«

»Sonst noch etwas?«

Martin schüttelte den Kopf.

Nick seufzte, wie Nick es generell tat, und zeigte dann auf den nächsten Namen auf der Liste. Anthony Arnold, der Top-Staatsanwalt der Strafverfolgungsbehörde. Die Verantwortung, die Informationen über ihn preiszugeben, fiel Sean zu. Der sanfte Riese räusperte sich ebenfalls, als er begann.

»Ich habe mit Anthony Arnolds Sekretärin gesprochen und gefragt, ob ich die Liste seiner früheren Fälle einsehen könnte. Google und der *Southend Echo* konnten mir nur so viel sagen, aber dann wurde mir höflich mitgeteilt, dass ein Großteil seiner Arbeit dem Anwaltsgeheimnis unterliegt. Von den wenigen Informationen, die ich *von* Google und dem *Southend Echo* finden konnte, hatte jedoch keiner von Anthony Arnolds Angeklagten etwas mit Herbert Tucker zu tun. Bis auf einen Mann.«

Sean pausierte für einen dramatischen Effekt, aber als dieser nicht eintrat, fuhr er fort.

»Ryan Maston wurde vor etwa zehn Jahren wegen Verleumdung gegen Herbert Tucker verhaftet und angeklagt. Er schrieb einige kontroverse Dinge über unseren Abgeordneten in einem Blog, und Tucker bekam Wind davon, also erhob er Anklage. Nun, ich habe das Zeug gelesen, und nach dem, was wir bereits über Mr. Tucker wissen, scheint es überhaupt nicht zu kontrovers zu sein.«

»Was stand da?«, fragte Victoria.

»Nichts mehr als wir bereits wissen. Dass er ein kokainabhängiger Politiker war, der eine Vorliebe für Prostituierte und lockere Frauen hatte; Ryan Mastons Worte, nicht meine.«

»Und das hat er vor zehn Jahren gesagt?«, fragte Tomek.

Sean nickte.

»Hmm. Vielleicht kann er mir die Lottozahlen dieser Woche verraten.«

»Keine Chance, dass das passiert. Er ist tot. Vor zwei Jahren an einem Herzinfarkt gestorben.«

»War es in irgendeiner Weise verdächtig?«, fragte Nick, der ins Gespräch einstieg.

»Nicht, dass ich es feststellen konnte, Sir.«

»In Ordnung. Gute Arbeit. Was ist mit einem Motiv? Bisher sehe ich keins.«

Sean zögerte und rieb sein Ohrläppchen mit seinen übergroßen Fingern. »Soweit ich das beurteilen kann, scheint das der Fall zu sein«, antwortete er. »Nach dem, was ich herausfinden konnte, ging die Staatsanwaltschaft bei der Verleumdung härter vor als bei einigen anderen Fällen von Anthony Arnold, was darauf hindeutet, dass Herbert einen Gefallen einforderte. Es sei denn, die beiden hatten einen Streit über etwas im Zusammenhang mit Ryan Maston über zehn Jahre später, ich sehe kein anderes Motiv.«

»Bei welcher Art von Fällen ist Anthony Arnold nachsichtig gewesen?«, fragte Tomek neugierig.

»Meistens Drogenfälle. Leute, die von uns gefasst und verhaftet wurden. Er hat es entweder geschafft, sie freizubekommen oder irgendwie eine unglaublich niedrige Strafe zu bekommen, indem er seine Pflichten als Staatsanwalt nicht erfüllt hat.«

»Interessant...«

In Tomeks Kopf begann sich ein Bild zu formen. Es schien, dass sich dasselbe Bild auch in Nicks Kopf formte, als er Oscar aufrief, der Richard Stafford untersuchte.

»Der Mann ist ein Rätsel«, sagte Oscar. »Eigentlich ist er schlimmer als das. Ich habe nicht einmal ein Wort, um ihn zu beschreiben. Er hat keine sozialen Medien, er hat keine Website, und er scheint kein Mobiltelefon zu haben. Er scheint nichts anderes zu haben als ein Paar verdammt große Rottweiler vor seinem Haus in Hockley. Es ist fast so, als würde er nicht existieren, und wenn man den Gerüchten glauben darf, ist das genau das, was der größte Drogenhändler der Grafschaft einen glauben machen würde. Ich habe mit einigen der Jungs in Colchester gesprochen, und sie haben mit mir geteilt, was sie hatten, aber sie rieten uns, unter keinen Umständen bei Mr. Stafford einzugreifen, falls es ihre laufenden Ermittlungen wegen Drogenhandels gegen den Mann stört.«

»Du hast also nichts?«

Der Captain kaute auf seiner Unterlippe, bevor er antwortete und sich auf eine große Enthüllung vorbereitete. »Eigentlich ja. Ich habe *etwas*. Aber ob es von Nutzen ist oder nicht, bleibt abzuwarten.«

»Los«, schnappte Nick. »Spuck's aus.«

»Richard Stafford und Anthony Arnold wurden mehrmals zusammen gesehen.«

»Bei Dates? Im Park, Händchen haltend?«

»Auf dem Boyce Hill Golfplatz.«

Warum war es immer Golf? fragte sich Tomek. Überall sah man, dass Kriminelle sich entweder auf einem Achtzehnloch-Platz trafen oder mitten in einer düsteren Unterführung. Dazwischen schien es nicht viel zu geben. Lag es daran, dass es für feine Leute war und sie dachten, die Polizei wäre zu arm, um Zugang zum Platz zu bekommen? Oder brauchten sie schöne Landschaft, einen Fünf-Eisen-Schläger und einen schönen Tag, während sie über ihre illegalen Aktivitäten sprachen?

Das Bild in Tomeks Kopf verfestigte sich.

Als Nächstes sollte Gregory Chaplin, der Bürgermeister von Southend, besprochen werden.

»Gregory ist etwas anders als die bisher Genannten«, begann Anna, nachdem Nick ihr einen Moment gegeben hatte, um ihren Schluck Wasser zu beenden, »insofern als alles über ihn im Internet steht. Er ist in vielerlei Hinsicht ein offenes Buch. Er hat seine eigene Wikipedia-Seite, obwohl ich nicht sicher bin, ob sie von ihm selbst erstellt wurde oder ob jemand anders es für ihn getan hat. Aber nach meinen Recherchen ist der Bürgermeister blitzsauber. Fast zu sauber. Und größtenteils scheint er in der lokalen Gemeinschaft hoch angesehen zu sein. Ich habe mit einigen Leuten gesprochen, die in der Vergangenheit eng mit ihm zusammengearbeitet haben, und sie haben alle dasselbe gesagt – dass er angenehm, freundlich und eine Freude war, mit ihm zu arbeiten. Viele von ihnen hatten nichts Schlechtes über ihn zu sagen.«

»Und was ist mit denen, die doch etwas zu sagen hatten?«, fragte Victoria.

»Nur, dass er ein wenig kontrollierend war und manchmal die Beherrschung verlor, aber zu seiner Verteidigung sagten sie, dass er in einer Hochdrucksituation arbeitete. Wenn überhaupt, waren sie überrascht, dass er es nicht öfter tat.«

Tomek warf Nick einen schnellen Blick zu, der ihn auffing und mit einem selbstgefälligen Blick antwortete, der sagte: „Ich habe die gleiche Ausrede – dies ist ein Hochdruckumfeld, und verdammt noch mal, niemand kann mir etwas anderes sagen." Tomek wusste, dass der Hauptkommissar noch eine Weile von dieser Ausrede leben würde. Bis er eine andere fand, die er immer wieder verwenden konnte.

Nick ging zum fünften Namen an der Wand über.

James Colehill, angeführt von Chey.

Der junge Polizist verbrachte die nächsten fünf Minuten damit, dem Team alles zu erklären, was Tomek bereits wusste. Am Ende war er auf jeden Fall einer der Hauptverdächtigen des Teams.

Bevor Tomek an der Reihe war, um John Mullen zu besprechen, kam Nadia, der die Aufgabe übertragen worden war, Brendan Door zu untersuchen, den Polizei-, Feuer- und Verbrechenskommissar für Southend. Und bevor sie überhaupt begonnen hatte, rutschte Nick unbehaglich von einer Seite zur anderen auf seinem Stuhl. Es war kein Geheimnis, dass er und der PFCC die direkteste Beziehung von allen im Team zu den Namen auf der Liste hatten. Nick und Brendan standen auf ähnlicher Ebene zueinander und waren für die Polizeiarbeit auf den Straßen von Southend verantwortlich. Sie setzten die Strategien, die Budgets und die Hierarchie fest. Alles, was das Team und die breitere Polizeifamilie tat, hing von ihnen ab. Und dass Brendan möglicherweise zu einem Verdächtigen in einem Mordfall geworden war, war für alle Beteiligten beunruhigend. Besonders für Nick.

»Ich hasse es, das zu sagen«, begann sie, »aber überall, wo ich hinschaute, fand ich den PFCC. Geschäftstreffen, Feierlichkeiten, Preisverleihungen, sie waren immer zusammen, sahen kumpelhaft aus, fast...« Sie konnte den Satz nicht beenden, aber jeder verstand ihre Andeutung. »Ich bin mir nicht ganz sicher, wie ihre berufliche Beziehung funktionierte, aber Brendan und Herbert schienen jeden Arbeitstag miteinander zu verbringen.«

Nadia wandte sich an Nick, um eine Antwort zu erhalten.

Er senkte langsam den Kopf. »Sie trafen sich häufig, um Strategien zu besprechen.«

Nadia nickte und fuhr fort. »Ich habe Schwierigkeiten gehabt, Informationen über Brendan zu finden, wenn ich ehrlich bin. Ich wusste nicht, wo ich suchen sollte.«

Tomek fand ihre Ehrlichkeit erfrischend. Es kam nicht oft vor, dass jemand zugab, einen Fehler gemacht zu haben oder gescheitert zu sein, und es war schön zu sehen.

Nachdem Nick genug gehört hatte, leitete er das Gespräch zu Tomek weiter.

Und zum Thema John Mullen.

»Wo fange ich an?«, begann er und sprach laut, um einen Effekt zu erzielen, der jedoch bei allen anderen verloren ging. Sie waren hungrig, müde und interessierten sich nicht besonders dafür. »Für jemanden, der es gewohnt ist, über andere Leute zu schreiben, gibt es sehr wenige Informationen über Mr. Mullen. Er ist seit etwas mehr als zwanzig Jahren Redakteur des *Southend Echo* und kennt die Branche, das Geschäft und die Landschaft sehr gut. Aber wenn es um Herbert Tucker geht, ist sehr wenig bekannt, wenn die Menge an Inhalten, die über ihn produziert wird, ein Anhaltspunkt ist. Meine Quelle sagt mir, dass Mullen selbst sich oft um alles kümmert, was umstritten oder problematisch über Herbert Tucker ist. Und dann wird neunmal von zehn nichts davon gedruckt. Es geht einfach im Äther verloren, vergessen.«

»Das scheint jetzt nicht der Fall zu sein«, entgegnete Nick und seufzte schwer mit über der Brust verschränkten Armen. »Ich bekomme etwa zwei Anrufe pro Tag von diesem Mistkerl, der wissen will, was das Neueste über seinen Tod ist.«

»Ich weiß. Verdächtig, nicht wahr?« Seine theatralischen Handbewegungen taten wenig, um den Spaßpegel auf den Gesichtern seiner Kollegen zu bewegen. Sie waren fast so tot wie Herbert Tucker. »Ich habe mit meinem Kontakt über diese spezielle Angelegenheit gesprochen, und sie sagten, dass es das erste Mal ist, dass sie Druck auf ihrer Seite bemerkt haben. Meine Theorie ist, dass er besorgt ist und über alles auf dem Laufenden gehalten werden will. Er könnte jemanden schützen.« Tomek fuhr mit dem Finger durch seine Stoppeln und begann, an einem Haar zu ziehen, das ihm in den letzten Stunden Unbehagen bereitet hatte. »Haben Sie etwas gelesen, das im *Echo* veröffentlicht wurde, Sir?«

»Nicht viel davon. Ich habe keine Zeit. Warum?«

Er zuckte mit den Schultern. »Nur neugierig, ob es irgendwelche Auslassungen von Fakten gibt von dem, was Sie weitergegeben haben. Wenn es etwas in den Aussagen gibt, das Sie ihm ausdrücklich gesagt haben und er es versäumt hat, in seine Berichte aufzunehmen, dann lässt das die roten Fahnen wehen.«

»Rote Fahnen?«, bemerkte Chey. »Schau dich an mit deinem Jugend-Slang.«

Tomek kicherte. »Guter Spruch. Hast du es geschafft, den ganzen Sand aus deinen Schuhen zu bekommen?«

Es gab keine Antwort. Stattdessen zog sich Chey auf seinen Sitz zurück.

Tomek richtete seine Aufmerksamkeit wieder auf Nick. »Es wäre interessant zu sehen, ob nach all den Interviews in den nächsten Tagen irgendeine Erwähnung der Namen auf dieser Liste schriftlich veröffentlicht wird, Sir. Ich würde meine Bonsai-Bäume darauf verwetten, dass es nichts gibt.«

»Deine Bonsai-Bäume?«, fragte Chey und entschied sich, wieder aufzutauchen. »Das ist eine ziemlich große Sache!«

Tomek zuckte mit den Schultern, als wollte er sagen, ich setze mein Geld da ein, wo mein Mund ist.

»Was denkt deine Quelle?«, fragte Nadia. »Ich muss zugeben, sie klingt sehr gut.«

»Hilft, wenn man mit ihr schläft«, antwortete Rachel.

»Unabhängig davon, ob er mit ihr schläft oder nicht, sie ist eine große Hilfe, um zu verstehen, was hinter den Kulissen vor sich geht«, sagte Nick.

Tomek war überrascht, den Mann zu seiner Verteidigung zu hören; er war dagegen gewesen, dass Tomek sich überhaupt an Abigail wandte.

»Solange man ihr vertrauen kann...«, fügte Nick mit hochgezogener Augenbraue hinzu.

»Natürlich«, antwortete Tomek mit hörbarem Zögern in der Stimme.

»Ausgezeichnet.« Nick stupste auf das Whiteboard. »Dann haben wir alle abgedeckt. Es scheint, dass jeder auf dieser Liste etwas zu verbergen hat. Sie alle könnten Gründe haben, Herbert Tucker zu töten, aber wir müssen auch herausfinden, was sie in der Nacht getan haben, als er starb. Und sobald wir mit ihnen allen gesprochen haben, haben wir viel mehr Flexibilität, mit wem wir sprechen und was wir tun können.«

Nun mussten sie sich vom Theoretischen entfernen und das Praktische besprechen: wie sie sieben Männer gleichzeitig untersuchen konnten, ohne dass einer von ihnen Wind davon bekam, was vor sich ging. Oder schlimmer noch, Wege finden, ihre Spuren zu verwischen.

KAPITEL
SECHSUNDDREISSIG

Der Herrenclub Southend Seven befand sich um die Ecke vom Bahnhof Southend Victoria, in einer ruhigen und abgelegenen Straße. Der Eingang des Gebäudes war unauffällig, für das ungeübte Auge uninteressant: eine große rote Tür, die als Eingang zu einer Fabrik nicht fehl am Platz gewirkt hätte. Tomek näherte sich und legte seine Hand um den Messinggriff. Als er die Tür aufdrückte, spürte er, wie seine Muskeln unter dem Gewicht arbeiteten. Sobald er drinnen war, überkam ihn ein schmutziges, anrüchiges Gefühl. Als wäre es falsch, hier zu sein, als wäre es ein dreckiger Ort. Nur, wenn man die Reinigungsstandards betrachtete, war es überhaupt nicht dreckig.

Ein schwarz-weißer Mosaikboden funkelte unter seinen Füßen. Direkt vor ihm stand ein kunstvoll verzierter Kleiderständer und ein gusseiserner Ständer für Regenschirme, die beide nicht in Gebrauch waren. Zu seiner Rechten befand sich ein Spiegel, größer als die Tür, durch die er eingetreten war, mit Schnitzereien an den Rändern. Nirgendwo war auch nur ein Stäubchen zu sehen. Nach seinen ersten Beobachtungen war Tomek beeindruckt. Der Ort war sauberer, als er erwartet hatte. Aber andererseits, mit der Kundschaft, die hier verkehrte, und den Dingen, die sie hier trieben, überraschte es ihn nicht, dass sie so viel Mühe in die Reinigung steckten. Er war stark versucht, mit einer

Schwarzlichtlampe durch das Gebäude zu gehen, nur um zu sehen, welche Fingerabdrücke und Flecken er vielleicht finden würde.

Zu seiner Linken war eine Tür mit einem kleinen Fensterpaneel. Dahinter befand sich ein junger Mann in Hemd und Krawatte. Schick, professionell. Anfang zwanzig, etwa im gleichen Alter wie Chey. Er saß hinter einem Restaurant-Podest und richtete behutsam seine Frisur. Beim Anblick von Tomek, jemand, den er noch nie den Club hatte betreten sehen, weiteten sich seine Augen und er geriet in Panik. Armer Kerl, dachte Tomek. Er war wahrscheinlich zur Geheimhaltung verpflichtet, gezwungen, mehrere Vertraulichkeitsvereinbarungen zu unterschreiben, und dazu angehalten, seinen Freunden und seiner Familie zu erzählen, dass er irgendwo in einem Supermarkt arbeitete. Wahrscheinlich hatte man ihm sogar die entsprechende Uniform gegeben, um das zu untermauern.

»Guten Morgen, mein Herr«, sagte der junge Mann sanft, nachdem Tomek durch die Tür getreten war. »Wie kann ich Ihnen heute behilflich sein?«

»Ich bin hier, um jemanden zu treffen.«

»Haben Sie... haben Sie eine Mitgliedschaft bei uns?«

Tomek klopfte seine Taschen ab. »Sollte ich haben... Irgendwo... Man findet die Dinge nie, wenn man sie braucht, nicht wahr!«

Die Anspannung im Gesicht des Mannes verwandelte sich in Angst.

»Keine Sorge«, sagte Tomek. »Ich habe keine Pistole dabei.«

Ein unbeholfenes Kichern entwich dem Mund des jungen Mannes.

»Ah! Hier ist es. Ist das, was Sie gesucht haben?«, fragte Tomek, als er seinen Dienstausweis aus der Tasche zog und ihn dem Mann ins Gesicht hielt.

Zunächst wusste der Rezeptionist nicht, was er da ansah, also beugte er sich vor, um die Karte genauer zu betrachten. Als sich dann die Erkenntnis einstellte, weiteten sich seine Augen noch mehr.

»Ich wurde zuverlässig informiert, dass der Bürgermeister hier sein könnte...«

Der Mund des jungen Mannes öffnete und schloss sich wie der eines gestrandeten Fisches, der nach Luft schnappt.

»Sie können ohne Mitgliedschaft nicht dort hinein!«

Er stellte sich Tomek in den Weg, aber der Detektiv ließ sich nichts gefallen.

»Das *ist* meine Mitgliedskarte, Kumpel. Sie öffnet viele Türen. Genau wie diese hier.«

Der Rezeptionist jagte Tomek durch eine weitere Türe nach, verlangsamte dann aber schnell, als ihm klar wurde, dass er machtlos war, ihn aufzuhalten. Tomek hatte gerade den Hauptsaal für Mitglieder betreten, ausgestattet mit großen Holzmöbeln, vergoldeten Bilderrahmen mit berühmten Landschaftsgemälden, kunstvollen Dekorationen und einem reichen roten Teppich, der nicht Tomeks erste Wahl gewesen wäre. Zwei große Sofas nahmen die Mitte des Raumes ein, mit mehreren Sesseln auf beiden Seiten. In der Mitte des Bereichs stand ein handgefertigter Mahagoni-Couchtisch mit einer Sammlung von Artefakten darauf. In einer Ecke stand ein Flügel mit einem samtbezogenen Sitz, und auf der gegenüberliegenden Seite befand sich eine kleine Barfläche. Spirituosenspender mit einer Vielzahl von Spirituosen hingen an der Wand, und Reihe um Reihe von Gläsern baumelten von der Decke über der Bar. In jeder der vier Wände des Raumes befand sich eine kleine Tür, die in private Räume führte.

Tomek hielt inne und begutachtete jede einzelne.

»Wo ist er?«

Der Rezeptionist antwortete nicht von der Eingangstür aus, sondern murmelte nur unverständlich.

»Muss ich jede einzelne überprüfen? Oder werden Sie es mir sagen...«

»Ich...«

Tomek seufzte und lauschte.

Leise, ruhige Murmeleien hallten von der Tür zu Tomeks Linker.

Er ließ den jungen Mann hinter sich stehen und ging direkt darauf zu, stürmte ohne Vorwarnung hinein. Dort, in der Mitte des Raumes auf einem teuren Sessel, saß der Bürgermeister mit heruntergezogener Hose, und eine Frau kniete auf allen Vieren, Gesicht nach unten in seinem Schoß.

»Was zum Teufel ist hier los!«, brüllte Gregory Chaplin, als er die

Frau von sich wegstieß. »Was zum Teufel machst du hier? Niemand darf hier rein, es sei denn, ich sage es!«

Tomek stand vollkommen still mit verschränkten Armen vor der Brust. Während Gregory Chaplin nach seiner Hose tastete, bekam Tomek mehr zu sehen, als er wollte. Währenddessen war die Frau, die ihm gerade einen Blowjob gegeben hatte, dabei, ihre Bluse zuzuknöpfen. In der Aufregung ihrer Aktivität waren ihre Knöpfe aufgegangen und zeigten ihren BH und ihr Dekolleté.

»Hoffe, ich störe nicht«, bemerkte Tomek und hielt seinen Blick fest auf den Mann im Sessel gerichtet. »Ich habe versucht, vorher anzurufen, aber der Empfang an diesem Ort ist wirklich *zum Kotzen*.«

Der Kommentar entging Gregory nicht, der schnaubte, als er sich aus seinem Sessel hochstemmte.

»Wer zum Teufel bist du und was zum Teufel machst du hier? Du hast keine Mitgliedschaft bei uns.« Bevor Tomek antworten konnte, spähte Gregory an seiner Seite vorbei und zeigte auf den Rezeptionisten, der im Türrahmen schwebte. »Und *du* - warum hast du ihn durchgelassen? Du weißt doch, dass du niemanden hereinlassen sollst, der mich stört.«

»Er... er...«, begann der junge Mann, konnte aber nicht zu Ende sprechen.

»Ich habe eine Mitgliedschaft«, erklärte Tomek. »Wie ich Ihrem Angestellten hier gerade erklärt habe, gewährt sie mir Zugang zu vielen Orten.«

Beim Anblick von Tomeks Dienstausweis wich die Farbe aus Gregory Chaplins Gesicht, und die Krähenfüße um seine Augen vertieften sich.

»Scheiße.«

»Scheiße, in der Tat.«

»Es ist nicht das, wonach es aussieht. Alles ist einvernehmlich. Ich habe sie zu nichts gezwungen, und ich habe sie nicht bezahlt. Keine Gesetze wurden gebrochen.«

Tomek zögerte und wandte sich an die Frau. »Stimmt das?«

Sie nickte langsam, unfähig, Tomek in die Augen zu sehen. Inzwischen war sie vollständig angezogen und stand mit den Armen hinter dem Rücken. Tomek nahm sich einen Moment, um ihre Gesichtszüge genauer zu betrachten.

»Kenne ich Sie?«, fragte er.

»Ich... ich glaube nicht.«

»Haben wir uns schon einmal getroffen? Ich erkenne Ihr Gesicht.« Er wedelte mit dem Finger in ihre Richtung. »Aus den Büros des Rathauses«, fuhr er fort. »Sie waren im Büro, als ich neulich mit seiner Sekretärin sprach. Bei dem Wasserspender. Und den Nuklear-Startcodes.«

»Ich...«, sagte sie mit einem ernsten Nicken, das seine Vermutungen so gut wie bestätigte. »Bitte, Sie können es niemandem erzählen. Ich werde meinen Job verlieren.«

»Ich hoffe aufrichtig, dass dies nicht die Art ist, wie Sie ihn bisher behalten haben...«

Darauf hatte sie keine Antwort. Tomek notierte ihre Daten und bat sie dann zu gehen. Und dass er wissen würde, wo er sie finden könne, falls sie etwas Dummes versuchen sollte.

Nachdem sie den Raum verlassen hatte, wies Tomek den jungen Mann an, sie aus dem Gebäude zu begleiten und die Tür hinter sich zu schließen, sodass nur noch sie beide im Raum waren.

Gregory Chaplin trug immer noch sein Bürgermeisteroutfit, mit den Ketten, die um seinen Hals hingen, und der Beule in seiner Hose, die noch deutlich sichtbar war. Tomek bedeutete ihm, sich zu setzen.

»Worum geht es hier?«, fragte Gregory. »Ich habe nichts falsch gemacht.«

Tomek ignorierte den Mann, während er begann, im Raum auf und ab zu gehen, und sich wie ein Bond-Bösewicht fühlte.

Die Wände waren mit Fotografien aus verschiedenen Zeitaltern bedeckt. Meist ehemalige Mitglieder in Schwarz-Weiß, bemerkenswerte Personen, die irgendwann einmal den Club besucht hatten. Aber erst als Tomek auf der anderen Seite des Raumes war, fiel ihm etwas auf, das sich vom Rest unterschied.

Ein Digitalfoto, das erst vor wenigen Jahren aufgenommen worden war. Ein Foto, in dessen Mitte ein toter Mann stand. Darauf trug Herbert Tucker eine fleckige und zerrissene schwarze Hose. Am

Oberkörper hatte er einen schäbigen Pullover, der an der Brust zerrissen war. Um seinen Hals und an seinen Händen befanden sich schwarze Flecken. Sein Haar war schmutzig und zerzaust, und seine Stirn war mit Schlamm bedeckt. Darunter, in seinen Nasenlöchern festsitzend, befand sich ein Rückstand weißen Pulvers, den er zu schnupfen vergessen hatte. Aber nichts davon beunruhigte Tomek. Vielmehr war es der Mund des Mannes, der ihn beunruhigte. Er war rot, geschwollen und mit Lippenstift bedeckt.

Bilder des toten Mannes, der zwischen den Strandhütten lag und auf dieselbe Weise gekleidet war, erschienen in Tomeks Gedanken. Fast eine exakte Kopie davon, wie Herbert Tucker dargestellt worden war.

»Was geht hier vor?«, fragte Tomek und zeigte auf das Bild.

»*Das*? Äh... Sie... Sie hätten das nicht sehen sollen.«

»Ich hätte auch nicht sehen sollen, was ich gerade vor ein paar Augenblicken gesehen habe, und doch sind wir hier. Nun sagen Sie mir, was auf diesem Foto vor sich geht?«

Gregory Chaplin stammelte unverständlich, sein Blut raste noch immer, da er auf frischer Tat ertappt worden war.

»Dieses Foto wurde vor einiger Zeit aufgenommen.«

»Es interessiert mich nicht, wann es aufgenommen wurde. Ich will wissen, was darauf zu sehen ist und warum es verflucht nochmal in der Mitte eines Sexzimmers an der Wand hängt.«

Tomek lehnte sich näher, um den Hintergrund des Fotos zu inspizieren, dann betrachtete er die Umgebung.

»Das Foto wurde hier aufgenommen«, sagte er. »Ist das eine Art Schrein-Sexkerker-Kombination?«

»Es ist nicht das, was Sie denken.« Auf Gregory Chaplins Stirn hatte sich inzwischen ein Schweißfilm gebildet, und um seinen Kragen des Bürgermeisteroutfits bildete sich ein feuchter Fleck.

»Dann sagen Sie mir, was es ist, denn ich bin ernsthaft verwirrt.«

»Es war nur einer unserer Abende!«

Unserer Abende. Von denen wusste Tomek alles.

»Es war ein Wochentag«, fuhr Gregory fort. »Ich kann mich nicht erinnern, welcher. Es war eine Kostümparty... Herbert dachte, es wäre lustig, als Obdachloser verkleidet zu kommen...«

Als einer der Menschen verkleidet, denen zu helfen er versprochen hatte.

Tomek spürte plötzlich einen Stich der Trauer für Aaron Howell-Jones und seinen Bruder.

Gregory fuhr fort. »Er war ein Schmutzfink, aber wir waren es alle. Diese Nacht... diese Nacht haben wir...«

»Kokain genommen und mit Prostituierten geschlafen?«

Noch mehr Schock zeichnete sich auf Gregorys Gesicht ab, wenn das überhaupt möglich war.

»Woher wissen Sie über-?«

»Keine Sorge«, unterbrach Tomek. »Ich weiß alles über Ihre kleinen Sex- und Drogenpartys. Das ganze Team weiß es auch. Ich vermute, es wird nur eine Frage der Zeit sein, bis die Presse es erfährt und dann die ganze Gemeinde davon weiß.«

»Mullen...«, flüsterte Gregory. Wenn er versuchte, es leise zu tun und es vor Tomeks Ohren zu verbergen, dann hatte er einen schrecklichen Job gemacht, denn Tomek hörte jede Silbe. Der Name bestätigte nur Tomeks Verdacht. Dass die Kabale der sieben Männer zusammenarbeiteten und sich gegenseitig stützten, um ihre schmutzigen kleinen Geheimnisse aus der Öffentlichkeit herauszuhalten.

»Wer hat das Foto gemacht?«, fragte Tomek.

»Eine Frau.«

»Wie war ihr Name?«

Einer fiel ihm sofort ein, aber er wartete auf eine Bestätigung.

»Irgendeine osteuropäische Frau. Ich kann mich nicht erinnern.« Gregory schaute weg und schnippte mit den Fingern, als ob das die Gedanken in seinem Gehirn anregen würde. »Ali... Allen... Alina! Alina irgendwer.«

Bingo.

»Und wer weiß sonst noch von diesem Bild?«

»Das ist die einzige Kopie. Alina hat es gelöscht, nachdem sie es uns geschickt hat.«

Nach dem, was er in der letzten Woche über Alina Zandecka gelernt hatte, bezweifelte er das ernsthaft.

»Sie haben mir immer noch nicht gesagt, was Sie hier machen«, sagte Gregory Chaplin, jetzt mit etwas mehr Entschlossenheit in seiner Stimme. »Sie begehen Hausfriedensbruch.«

»Nein, tue ich nicht. Aber da Sie so besorgt darüber sind, warum ich hier bin, lassen Sie mich erklären. Wo waren Sie in der Nacht des fünfzehnten Januar?«

»Welche Nacht war das?«

»Eine kalte.«

»Häh?«

»Es war die Nacht, in der Herbert Tucker, einer Ihrer engsten Kollegen, gestorben ist.«

»Oh...«

»Wo waren Sie?«

»Werde ich ernsthaft im Zusammenhang mit seinem Mord verhört?«

Tomek griff nach dem Foto und nahm es von der Wand.

»Unsere Ermittlungen laufen«, sagte er langsam. »Dies ist Teil unserer Routineuntersuchungen. Sie haben viele Jahre mit ihm zusammengearbeitet, nicht wahr?«

»Ja.« Inzwischen war wieder etwas von der Entschlossenheit aus seiner Stimme verschwunden. »Wir haben eng zusammengearbeitet. Aber ich mag nicht, was Sie da unterstellen.«

»Ich unterstelle gar nichts.«

»Doch, das tun Sie. Sie deuten an, dass ich etwas mit seinem Tod zu tun hatte.«

Tomek hob seine Hand in gespielter Kapitulation. »Hey, Sie sind derjenige, der es gerade gesagt hat.«

Gregory grunzte und warf wütend seine Fäuste umher, wie ein verwöhntes Kind, dem gerade Nein gesagt wurde. Tomek genoss es, einen erwachsenen Mann zappeln zu lassen, bevor es die Frau konnte, die seinen Penis saugte.

»Beantworten Sie die Frage«, sagte Tomek. »Wo waren Sie in der Nacht, als er starb?«

»Ich war im Büro«, schnaubte Gregory.

»Welches Büro?«

»*Meines.*«

»Hier? Oder in den Rathausbüros zur gleichen Zeit wie Herbert und seine Kollegen?«

Gregory hatte sich selbst in die Falle gelockt, und beide Männer wussten es.

»Hier. Ich war hier, okay?«

»Mit einer anderen Freundin?«

Gregory senkte seinen Kopf in Scham. »Vielleicht. Aber ich habe sie nicht bezahlt. Alles geschieht einvernehmlich. Sie alle sind bereit, hier zu sein.«

Tomek konnte sich niemanden vorstellen, der mit einem fetten, verschwitzten Mann mittleren Alters schlafen wollte. Aber dann schaute er sich selbst in einem der Spiegel an und erinnerte sich daran, dass er selbst nicht weit davon entfernt war.

»Ich benötige den Namen und die Kontaktdaten der Frau, mit der Sie die Nacht verbracht haben.«

»Ich denke nicht, dass ich-«

»Sie können, und Sie werden.«

»Aber...« Gregory unterbrach sich, bevor er fortfuhr. Er wusste, dass er keine andere Wahl hatte.

»Um welche Uhrzeit haben Sie beide Ihren Liebesabend beendet?«

Der Bürgermeister ließ sich Zeit, bevor er antwortete. »Es war gegen Mitternacht. Vielleicht früher. Und dann bin ich nach Hause gegangen.«

»Zu Ihrer Frau?«

»Ja, zu meiner *Frau*.«

Tomek legte seine Hände hinter seinen unteren Rücken. »Wie ist dieses Gespräch verlaufen?«

»Gar nicht. Sie weiß es nicht.«

Tomek presste seine Lippen zusammen und zischte durch die Zähne. »Es könnte sich lohnen, es ihr zu erzählen, bevor sie es aus einer anderen Quelle erfährt.«

»Ist das eine Drohung?«, fragte Gregory und baute sich vor Tomek auf.

»Überhaupt nicht. Aber Sie scheinen eine Menge über Drohungen zu wissen, Herr Chaplin. Ist das Herbert passiert? Hat er eine gegen Sie ausgesprochen, aber Sie sind ihm zuvorgekommen, oder war es umgekehrt? Sie haben die Drohung ausgesprochen und dann umgesetzt?«

»Absolut nicht! Sie gehen hier weit über Ihre Befugnisse hinaus. Sie haben kein Recht, mich solcher absurder Dinge zu beschuldigen. Wenn Sie keine weiteren Fragen an mich haben, werde ich jetzt gehen!«

Ohne ein Wort zu sagen, packte Gregory seine Kleidung und den Rest seiner Sachen und machte sich auf den Weg. Als er nach dem Türgriff griff, rief Tomek ihn zurück und zeigte auf einen kleinen Aluminiumstreifen, der auf der Armlehne des Sessels lag. Darin befanden sich kleine blaue Pillen.

»Ich glaube, Sie vergessen etwas«, bemerkte Tomek. »Aber ich würde nicht empfehlen, noch mehr zu nehmen. Wir wollen doch nicht, dass das Gespräch mit Ihrer Frau noch *schwieriger* wird, oder?«

KAPITEL
SIEBENUNDDREISSIG

Als Tomek zur Polizeiwache zurückkehrte, waren bereits alle anderen Mitglieder der Southend Seven, einschließlich Richard Stafford, abgefangen und befragt worden. Und es wurde als Erfolg gewertet, ein koordinierter Angriff, auf den selbst Nordkorea stolz gewesen wäre.

Die Nachricht über die kompromittierende Situation, in der er Gregory Chaplin gefunden hatte, hatte sich schnell verbreitet, und kurz nach seiner Rückkehr hatte das gesamte Team darüber gelacht und Witze gemacht, ganze dreißig Sekunden lang, bevor Nick dem ein Ende setzte und alle in den Einsatzraum für eine Nachbesprechung beorderte. Eine Gelegenheit, alles zusammenzutragen, während es noch frisch in ihren Köpfen war.

Leider war das Einzige, was in Tomeks Kopf noch frisch war, das unauslöschliche Bild von Gregory Chaplins erigiertem Penis. Er schauderte bei dem Gedanken daran, als er den Haupteinsatzraum betrat.

»Na los dann«, sagte Nick und trieb alle hinter sich von der Tür herein. »Beeilt euch verdammt noch mal.«

Die Letzten, die eintraten, waren Chey und Rachel, die auf die glänzende Idee gekommen waren, sich vor der Besprechung eine Tasse Tee zu machen.

»Hast du zufällig noch mehr Essen aus deinem Restaurant dabei?«, fragte Tomek den jungen Polizisten.

»Es ist noch was von gestern Abend im Kühlschrank.«

»Volltreffer!«, sagte Tomek. »Ich liebe kalten Reis vom Vortag.«

»Nein!«, schrie Nadia und fiel fast von ihrem Stuhl, als sie sich zu ihm umdrehte. »Bist du wahnsinnig? Kalter Reis? Du kannst gekochten Reis nicht kalt essen!«

»Warum nicht?«

»Weil er dich umbringen wird. Da sind Bakterien überall drauf. Du musst ihn *gründlich* aufwärmen, bevor du ihn wieder essen kannst.«

»Ist das nicht ein Mythos?«, fragte er aufrichtig.

»Ich geb dir gleich Mythos«, sagte Nadia, die sich jetzt wieder unter Kontrolle hatte. »Wie konntest du das nicht wissen?«

Tomek zuckte mit den Schultern. »Ich hab's immer so gemacht. Hat mich bisher noch nicht umgebracht.«

»Unter keinen Umständen darfst du kalten Reis essen, nachdem er gekocht wurde.« Sie schüttelte den Kopf und blies heftig durch ihre Lippen. »Du bist verdammt noch mal vierzig Jahre alt, Tomek. Ich kann nicht glauben, dass ich dir solche Sachen beibringen muss, als wäre ich dein Elternteil.«

Tomek nickte in Richtung des Babys, das in ihrem Bauch heranwuchs. »Alles gute Übung für dich.«

»Klar, weil das die erste Lektion sein wird, die ich ihr beibringen werde.«

Nadia drehte sich auf ihrem Stuhl um und wartete darauf, dass Nick die Besprechung begann. Der Hauptkommissar schwebte am Kopfende des Raumes und starrte Tomek missbilligend an.

»Du erstaunst mich immer wieder, weißt du das?«, sagte er.

Tomek verbeugte sich spöttisch. »Ich bin die ganze Woche hier. Außer Samstag. Hab Samstag frei. West Ham.«

Aber Nick hatte aufgehört zuzuhören und wandte sich den Namen an den Whiteboards zu. In der nächsten Stunde ging das Team die Informationen durch, die sie von ihren jeweiligen Verdächtigen sammeln konnten.

Kurz gesagt, niemand redete. Niemand gab irgendetwas zu. Niemand hatte etwas mit Herbert Tuckers Mord zu tun. Sie waren alle zu Hause, fest schlafend, im Bett eingekuschelt. Wenn das wirklich der Fall war, dann brachte es eindeutig zwei Personen als Mitverschwörer ins Spiel.

»Abgesehen davon, dass ich viel mehr gesehen habe, als ich erwartet hatte«, begann Tomek, »habe ich auch das hier gefunden.«

Er hielt das Bild hoch, das er aus dem Sexzimmer genommen hatte, und zeigte auf Herbert Tuckers roten Mund.

»Erkennt ihr etwas? Die Ähnlichkeit ist unheimlich. Das wurde vor ein paar Jahren von unserer Freundin Alina Zandecka aufgenommen, während einer Nacht voller Vergnügen und Unterhaltung bei den Southend Seven. Das ist laut Gregory Chaplin die einzige Kopie.«

»Keine Chance«, meinte Martin.

»Genau mein Gedanke. Es ist auch mein Gedanke, dass derjenige, der Herbert Tucker getötet hat, dieses Foto gesehen hat.«

»Das grenzt das Feld definitiv ein«, sagte Nick. »Gute Arbeit.« Dann wandte er seine Aufmerksamkeit schnell Chey zu, der als Letzter sprach.

Der Polizist strahlte vor Freude.

»Leute, ihr werdet das hören wollen!«, sagte er, unfähig, seine Aufregung zu unterdrücken. »Während der Rest von euch mit Mauern gesprochen hat, hat Herr Colehill vom Fußballverein gesungen wie ein Kanarienvogel. Oder gepinkelt wie ein Achtzigjähriger, wie ich gerne sage.«

»Überrascht, dass du die Bedeutung des Wortes kennst«, erwiderte Tomek.

»Du bist auf halbem Weg dorthin, Opa! Obwohl deine Stirn vielleicht zuerst dort ankommt!«

Tomek beschloss, den Kommentar durchgehen zu lassen. »Warte, bis du in deinen Vierzigern bist. Du wirst Nierensteine haben, bevor ich Blasenprobleme bekomme.«

Das schien ihn zum Schweigen zu bringen, dann wandte er seine Aufmerksamkeit Nick zu. »Wie ich schon sagte...«

»Singend wie ein Kanarienvogel...«, beendete der Hauptkommissar für ihn.

»Ja. Im Gegensatz zu der Art, wie Tomek ihn neulich beschrieben hat, war er bereit zu reden. Und reden tat er. Er hat mir tatsächlich ein paar augenöffnende Dinge erzählt. Laut James Colehill hatte Herbert Tucker ein größeres Problem mit Drogen, als wir zunächst dachten.«

»Inwiefern?«

»Er hat sie nicht nur konsumiert, sondern auch damit gehandelt.«

»*Was?*«

»Oh ja! Es wird noch besser. Also, anscheinend betrieben die vier ihren eigenen kleinen Drogenring-«

»Wer?«, fragte Nick.

»Herbert, der PFCC, der Bürgermeister und Richard Stafford.«

Ein kurzer Moment des Schweigens, beladen mit Schock, erfüllte den Raum.

»Erklär das«, befahl Nick.

»So wie ich es verstehe, war Richard derjenige, der die Drogen lieferte; offensichtlich, wenn man seine Vorgeschichte bedenkt. Währenddessen sagten Gregory Chaplin und Herbert Tucker der Öffentlichkeit alle richtigen Dinge, wenn es darauf ankam, wie sie gegen Drogen vorgehen und härtere Strafen für diejenigen verhängen würden, die beim Besitz und beim Handeln erwischt werden. Aber hinter verschlossenen Türen gaben sie Anweisungen an den PFCC weiter.«

»Welche Art von Anweisungen?«

»Sie sagten ihm, er solle die Budgets für die Polizeiarbeit an vorderster Front kürzen, den Fokus von Drogeninterventionen und Personal in den Gebieten, wo es am häufigsten vorkam, auf etwas völlig Unzusammenhängendes verlagern, wie Einbrüche in Häuser oder Autodiebstähle. Sie wollten, dass die Straßen mit dem Zeug überflutet werden, so viel Geld wie möglich von den Junkies und Konsumenten nehmen, warten, bis das Problem außer Kontrolle gerät, und dann, wenn sie einen schnellen PR-Stunt brauchen, würden sie das Problem wieder beheben.« Chey bewegte seine Hand auf und ab wie eine Sinuswelle. »Höhen und Tiefen. Höhen und Tiefen. Die ganze Zeit über steckten sie ordentlich von den Einnahmen ein.«

Nick öffnete seinen Mund, um zu sprechen, aber Chey unterbrach ihn und fuhr fort.

»Ich habe sogar einige monatliche Zahlungen bemerkt, vermutlich Honorare, an Brendan Door, Gregory Chaplin und Richard Stafford, als ich Herbert's Finanzberichte durchsah.«

Alle Augen wandten sich Nick zu, der in gewisser Hinsicht eine gewisse Mitverantwortung zu tragen hatte. Die Polizeiarbeit im Bereich Southend war sein Zuständigkeitsbereich; er hätte zu irgendeinem Zeitpunkt die Budgets abgezeichnet und die Strategie mit Brendan vereinbart.

»Verdammt«, zischte er.

Verdammt noch mal, dachte Tomek. Das gleiche Gefühl stand auf den Gesichtern seiner Kollegen geschrieben.

»Ich... ich habe das nicht kommen sehen...«, sagte er und senkte seinen Kopf. »Ich...«

Niemand sagte etwas. Niemand wusste, was er sagen sollte. Ein fremdes Gefühl für Tomek.

»Können wir etwas davon beweisen?«, fragte Nick.

»Wir können die Zahlungen überprüfen, ja. Aber wie bei vielen dieser Dinge wird es wahrscheinlich keine Spur geben, es sei denn, wir finden etwas auf Tuckers Laptop - E-Mails, Nachrichten, solche Sachen.«

Das einzige Problem war, dass das Team für digitale Forensik immer noch die Festplatte des Politikers untersuchte. Und es würde noch etwa eine Woche dauern, bis sie die Beweise vollständig durchgesiebt hätten.

»Gut«, sagte Nick, in seine Gedanken verloren. »Aber was ist das Motiv in all dem? Wenn Herbert Tucker monatliche Honorare an den PFCC zahlte, wie übersetzt sich das in seinen Tod?«

Chey hielt inne, überlegte. »Weil die Zahlungen aufhörten, genau zur gleichen Zeit, wie sie an Alina Zandecka und Terrence Toffolo aufhörten.«

»Also hat er einfach alle Blutversorgungen abgeschnitten, und dann hat jemand zurückgeschlagen?«

»Sieht so aus, Sir.«

Tomek saß geduldig da, hörte zu und drehte die Informationen in seinem Kopf um. Bevor er sich richtig darauf konzentrieren konnte, räusperte sich Chey.

»Es gibt noch mehr…«, sagte er theatralisch.

»Mehr?«

»Oh, ja. Hab's euch gesagt, pinkelnd wie ein Achtzigjähriger!« Chey kratzte sich an der Seite seines Gesichts, während er sich auf die nächste theatralische Darbietung seiner Rede vorbereitete. »Herr Colehill informierte mich auch, dass Herbert Tucker nicht der Einzige mit einem Drogenproblem war.«

»Wer noch?«

»Seine Tochter, Whitney. Für einen Zeitraum von zehn bis zwölf Monaten war sie süchtig nach Kokain und Heroin. Wie der Vater, so die Tochter. Das war vor etwa sechs Jahren. Aber dann fand ihre Mutter es heraus und brachte sie davon los. Hat Herbert trotzdem nicht davon abgehalten, die Sucht zunächst zu finanzieren, oder? Der dumme Bastard war bereit, seine eigene Tochter wegen etwas Extrageld zu töten.«

Es war ekelhaft. Und Tomek wurde kurz an seine Tochter zu Hause erinnert. Wie sie einer drogensüchtigen Mutter ausgesetzt gewesen war, bevor sie schließlich vor seiner Tür landete. Wie sie aus erster Hand die Zerstörung gesehen hatte, die es verursachen konnte. Wie sie hätte versucht sein können, in so jungen Jahren in diese Welt abzudriften. Und wie sie bereits begonnen hatte, Anzeichen dafür zu zeigen: Sie hatte bereits versucht, minderjährig zu trinken, und er hatte sie bei zwei Gelegenheiten beim Dampfen einer E-Zigarette in ihrem Schlafzimmer erwischt. Er hoffte, dass es keine natürliche Progression in ihrem Verhalten gab…

Tomek schaltete seine Gedanken ab und konzentrierte sich wieder auf den Raum.

»Noch zwei Dinge«, sagte Chey.

»*Zwei?*«

»Jap. Welches möchtest du zuerst hören?«

»In der Reihenfolge, in der du es gehört hast«, antwortete Nick, obwohl jeder im Raum den Mund geöffnet hatte, um seine Wahl zu äußern.

»Also gut dann.« Chey räusperte sich. »Erstens, laut James Colehill, schläft unser Police, Fire and Crime Commissioner, Mr Brendan Door, schon lange mit Herberts Frau, Nora. Und zweitens, Gerüchten zufolge weiß Richard Stafford etwas über Herbert Tucker, das sonst niemand weiß. Etwas, das er angeblich mit ins Grab nehmen wird...«

KAPITEL
ACHTUNDDREISSIG

Samstag. Tomeks freier Tag. Der erste seit gefühlt langer Zeit.

Es war auch Spieltag. Sein erster seit gefühlt noch längerer Zeit.

Aber für Kasia war es der erste in ihrem ganzen Leben.

Und für die nächsten vierundzwanzig Stunden hatte er versprochen, nicht an Herbert Tucker, Alina Zandecka, Gregory Chaplin oder das Mädchen zu denken, das mit dem Gesicht auf seinem Schoß gelegen hatte (obwohl er sie bei seinem Versprechen nicht erwähnt hatte). Kasia hatte seine ungeteilte Aufmerksamkeit für den ganzen Tag, und er würde das nicht verderben. Ein West-Ham-Spiel zu besuchen, seinem Lieblingsteam, war ein besonderer Tag für ihn. Ein Tag der Verbundenheit.

Ob sie dessen Bedeutung zu schätzen wusste, konnte er nicht mit Sicherheit sagen. Aber er hoffte, dass sie sich bis zum Ende zumindest amüsiert haben würde.

Als sie das Stadion betraten, kaufte Tomek an einem Stand einen Spieltagsführer und einen weinroten und blauen Schal für Kasia.

»Jetzt haben wir passende«, sagte er und hielt ihren neben seinen.

»Muss ich den wirklich tragen?«

»Wenn du heute Abend dein Essen haben willst, ja.«

Widerwillig nahm sie den Schal von ihm und wickelte ihn um ihren Hals, wobei sie darauf achtete, so viel wie möglich davon in ihren Mantel zu stecken. Dann, als sie sich auf den Weg zu ihren Plätzen machten, reichte er ihr das Programmheft.

»Darin steht, wer all ihre Spieler sind«, erklärte er ihr.

»Ich weiß, wer sie sind«, antwortete sie. »Ich habe sie online nachgeschaut.«

Was ihn erinnerte. Er holte sein Handy heraus und navigierte zur William Hill Wett-App. Gerade als er die Software laden wollte, erschien oben auf dem Bildschirm eine Benachrichtigung. Eine Nachricht. Von Abigail.

Lange nichts von dir gehört. Alles in Ordnung? Hab mich gefragt, ob wir uns...

Tomek war stark versucht, mit seinem dicklichen Finger auf die Benachrichtigung zu tippen und den Rest der Nachricht zu lesen und vielleicht eine Antwort zu schreiben, aber dann erinnerte er sich an Kasia und sein Versprechen an seine Tochter. Nachdem die Benachrichtigung verschwunden war, lud er die Wett-App, fand das West-Ham-Spiel und setzte zehn Pfund auf ihren Sieg. Keine fantastischen Quoten mit 18:10, aber sie waren die Favoriten. Und zumindest würde er sein Geld fast verdoppeln.

Nein. Er *würde* sein Geld fast verdoppeln. Dessen war er sich sicher. West Ham gegen Manchester United, das Heimteam in guter Form, das andere mit Problemen auf und neben dem Platz, und eines war der Underdog. In seinem Kopf konnte es nur einen Gewinner geben, und das waren seine geliebten Hammers.

Sie erreichten ihre Plätze und setzten sich trotz der Kälte hin. Sie waren eine halbe Stunde zu früh, und schon füllte sich das Stadion. Eine riesige Zuschauermenge für ein riesiges Spiel. Tomek spürte, wie die Atmosphäre im Stadion zu brodeln begann.

»Wer wird deiner Meinung nach für uns treffen?«, fragte Tomek sie, als er seine erste Wette abschloss.

Kasia schaute im Spieltagsprogramm nach, bevor sie antwortete.

Schließlich sagte sie: »Bowen«, und zeigte begeistert auf den Namen des Flügelspielers.

»Ich frage mich, warum...«

»Sind wir mit ihm verwandt?«

Tomek zuckte mit den Schultern. »Nicht dass ich wüsste. Könnte aber sein.«

»Herr Hendricks sagt, wir sind alle irgendwie miteinander verwandt.«

»Warum sagt er das?«

»Anscheinend behauptet irgendein Typ, dass es einen genetischen Isopunkt gibt, der bedeutet, dass wir alle von zwei Menschen aus der Urzeit abstammen.«

»Stimmt.« Tomek nickte. »Ich schätze, vielleicht sind wir tatsächlich alle irgendwie verwandt.«

»Haben wir berühmte Leute in unserer Familie?«, fragte Kasia.

Sie war überraschend gesprächig für einen kalten Januarnachmittag, in einer ungewohnten Umgebung und bei einer ungewohnten Erfahrung, aber er beschwerte sich nicht. Vielleicht war dies ihre Art, ihm mitzuteilen, dass sie eine gute Zeit hatte.

»Ich glaube, die berühmteste Person, die wir je in der Familie hatten, war eine Großtante – *meine* Großtante. Ich weiß nicht, in welchem Verwandtschaftsverhältnis sie zu dir stehen würde.«

»Was hat sie gemacht?«

»Sie war eine Verbrecherin. Sie hat einmal einen Juwelierladen in Polen ausgeraubt.«

»Oh.«

»Ja. Sie starb ein paar Jahre, bevor du geboren wurdest, glaube ich.«

»Ist das erblich?«

»Was? In den Kopf geschossen zu werden? Ich denke, da bist du auf der sicheren Seite.«

Kasias Lippen öffneten sich und ihre Augen weiteten sich. »Sie wurde in den Kopf geschossen! Warum?«

»Vergeltung. So wie ich es verstanden habe, war sie keine besonders nette Frau, und sie hatte jemanden ein paar Jahre zuvor verärgert, und dann kamen sie, um die Sache zu Ende zu bringen.«

»Wow.«

»Ja. Also pass auf, wen du in deinem Leben verärgerst.«

Mit diesem beunruhigenden Stück Weisheit im Kopf ließ sich Kasia in ihren Sitz sinken und sagte nichts mehr. Aber die Stille war nur von kurzer Dauer, und wenige Minuten später betraten die Teams den Platz, und das Spiel begann. Dann flogen für die nächsten neunzig Minuten plus Nachspielzeit alle Gedanken an kriminelle Urgroßtanten und Kugeln im Kopf aus dem Fenster, während sie zusahen, wie West Ham sich an einen 1:0-Sieg klammerte, wobei Jarrod Bowen das einzige Tor im Spiel erzielte. Nachdem das Spiel beendet war, hallten Jubel und Gesänge von "Bowen's on fire, your defence is terrified" zur Musik von Galas 'Freed From Desire' durch das Stadion. Tomek stimmte mit ein, rief laut, ließ sich von der Begeisterung mitreißen.

»So peinlich«, sagte Kasia, als sie begannen, ihre Plätze zu verlassen.

»Was? Ich bin doch on fire, oder?«

»Du hast das Tor nicht geschossen.«

»Nein. Ich meine nur allgemein. Im Leben.«

Ihr Gesichtsausdruck sagte, dass sie am liebsten gesagt hätte: »Wovon zum Teufel redest du, Papa?«, aber stattdessen wählte sie die jugendfreie Version.

»Du bist manchmal so seltsam.«

»Das gehört zum Elternsein dazu. Steht im Regelbuch. Blamiere dein Kind so oft wie möglich.«

»Ja... Klar...«

»Außerdem habe ich meine Wetten gewonnen, oder? *Jetzt* bin ich on fire.«

»Ein Teil von dem Geld sollte mir gehören.«

Fairer Punkt.

»Es bezahlt dein Essen heute Abend, da hast du's.«

Kurz nachdem sie ihre Plätze verlassen hatten, wurden sie schnell von der Menge der Fans mitgerissen, die begierig darauf waren, das Stadion zu verlassen und so schnell wie möglich nach Hause zu kommen. Gerade als sie die kleine Treppe hinunter in den Hauptgang gelangten, erklärte Kasia, dass sie auf die Toilette müsse, also wartete Tomek auf sie auf der anderen Seite. Während er dort stand und sich an die Wand lehnte, nahm er sein Handy heraus und schaute auf die Benachrichtigungen. Während des Spiels hatte er zwei weitere Nachrichten von Abigail erhalten. Beide besagten dasselbe.

Hoffe, ich habe nichts getan, um dich zu verärgern...

Will nicht, dass du denkst, ich sei bedürftig oder aufdringlich…

Tomek dachte das nicht. Er hatte das schon einmal erlebt, im Extremfall, und das hier war nichts dergleichen. Auf gewisse Weise war es sogar ein wenig liebenswert. Dass sie ernsthaft und der Beziehung verpflichtet war und ihn kennenlernen wollte. Jetzt war es nur an der Reihe, dasselbe zu tun. Solange er seine Prioritäten sortiert bekam.

Apropos Prioritäten. Wo war sie?

Es waren mindestens fünf Minuten vergangen, und noch immer keine Spur von Kasia. Er steckte sein Handy in die Tasche und begann, sich durch die Menge zu kämpfen, wehrte die Muskeln und den Speck von Männern mittleren Alters mit alkoholhaltigem Atem ab, die ihm ins Gesicht schrien. Plötzlich fesselte ihn die Euphorie und Aufregung des Sieges nicht mehr so sehr wie noch wenige Momente zuvor.

Glücklicherweise war der leichte Zustand der Panik nur von kurzer Dauer, denn da, aus der Toilette kommend, Seite an Seite mit einem anderen Mädchen, war Kasia. Tomek erkannte das Mädchen, das sie begleitete, konnte ihr Gesicht aber nicht einordnen.

»Papa, erinnerst du dich an Yasmin?«, fragte Kasia.

Yasmin. Yasmin. Tomek ging den Namen mehrmals durch den Kopf. Dann, als sie zu ihm aufschaute und ihre reifen Gesichtszüge sichtbar wurden, erkannte er sie. Yasmin. Das Mädchen vom Strand vor Weihnachten. Die, die in der Nacht dabei gewesen war, als Nicks Tochter angegriffen wurde.

»Yasmin. Ja, natürlich erinnere ich mich an dich. Wie geht es dir? Bist du allein hier oder mit jemandem?«

»Ich bin mit meinen Eltern hier.« Sie drehte sich um und zeigte auf eine Gestalt auf der anderen Seite der Menge. »Meine Mutter wartet auf mich.«

Kasia winkte schnell und unbeholfen zum Abschied. Als sie sich zu ihm umdrehte, waren ihre Wangen gerötet.

»Was für ein Zufall war das!«, sagte Tomek.

»Ihre Mutter und ihr Vater haben Dauerkarten.«

»Ich schätze, wenn du eine Freundin dabei hast, wirst du jetzt eher zu den Heimspielen kommen, oder? Und nicht nur, weil dein lieber alter Vater dich darum gebeten hat.«

Kasia sagte nichts, als sie sich der Menschenmenge anschlossen und ihren Weg aus dem Stadion heraus bahnten.

Als sie in die U-Bahn einstiegen, sagte Tomek: »Abendessen heute. Hast du dich entschieden, was du willst?«

»Chinesisch. Ich hätte wirklich Lust auf Chinesisch.«

Natürlich hatte sie das. Es war ihr Lieblingsessen. Und normalerweise das teuerste. Es war gut, dass Herr William Hill die Rechnung bezahlte.

KAPITEL
NEUNUNDDREISSIG

atteriesäure zischt in den Augen meines Bruders. Regen peitscht in sein Gesicht und sprudelt auf, wenn er mit der Säure kollidiert.

Oder vielleicht auch nicht. Ich weiß es nicht.

Aber was ich weiß, ist, dass es zwei Mörder gibt. Zwei Mörder, die über meinem Bruder stehen, als ich das Feld betrete, wo ich Michał treffen sollte.

Zwei Mörder, die vom Tatort flohen. Aber nicht, bevor ich einen von ihnen zu Gesicht bekam.

In diesem Moment starre ich direkt auf Nathan, den Mörder, der für den Mord an Michał verhaftet wurde, während der andere verschwommen bleibt, im Hintergrund steckt. Ich will die Hand ausstrecken und ihn ins Licht ziehen, aber nichts passiert. Er bewegt sich nicht.

Aber Nathan...

Dieser kleine Wichser starrt mich direkt an; sein Gesicht voller Bosheit und Bösartigkeit, seine Augen durchzogen von Hass.

Er trägt einen schwarzen Trainingsanzug. Adidas, glaube ich. Die drei Streifen. Er hat eine Kapuze, aber er trägt sie nicht. Nicht dass er sie bräuchte, denn es regnet nicht wirklich. Der Regen ist nicht wirklich da. Ich weiß, dass er nicht da ist, aber aus irgendeinem Grund taucht er immer wieder auf.

Aber Nathan scheint das in keiner Weise zu kümmern.

Nathan ist fünfzehn. Vier Jahre älter als ich, zwei Jahre älter als Michał. Einer der Ältesten in der Schule. Er hat dünne, schmale Schultern und eine noch dünnere, schmalere Figur. Er glaubt gern, er sei einer der harten Jungs, die irgendwo in einer Sozialsiedlung leben. Er denkt, dass ihm die Schule gehört, wann immer er reinkommt, aber das stimmt nicht. Sein dicker, zotteliger schwarzer Pony peitscht und schwingt im Wind, und sein Mund öffnet sich zu einem schiefen Lächeln, das seine schrecklichen Zähne entblößt – Zähne, die wahrscheinlich seit Wochen nicht geputzt wurden. Seine Hände und sein Mantel sind mit Blut bedeckt, und als er eine Haarsträhne aus seinem Gesicht streicht, verschmiert er etwas davon auf seiner Wange.

Michałs Blut. Das Blut meines Bruders.

Sie haben ihn abgeschlachtet. Getötet. Ihn absolut brutal zugerichtet.

Und ich werde ihnen nie verzeihen. Ich werde ihnen nie verzeihen, was sie getan haben.

Ich wünschte, wir hätten die Todesstrafe. Ich wünschte, sie wären zum Tode verurteilt worden. Gehängt für ihre Verbrechen. Eine tödliche Injektion oder den elektrischen Stuhl bekommen.

Getötet, vom Planeten ausgelöscht. Genauso, wie sie es mit Michał gemacht haben.

Aber stattdessen haben sie eine weitere Chance bekommen.

Nathan bekam dreißig Jahre.

Der andere... Charlie, nun, wo auch immer der Scheißkerl ist, ich hoffe, er leidet, wie er es verdient.

Er verdient die Batteriesäure in seinen Augen.

Die Ziegelsteine in seinem Gesicht.

Den Dreck in seinem Mund.

Die Stichwunden in Bauch und Brust.

Die Verstümmelung seines Penis.

Er verdient das alles. Jeden einzelnen Schmerz, den er Michał zugefügt hat, verdient er zehnfach zurück.

KAPITEL
VIERZIG

Das *Southend Echo* befand sich in einem kleinen Büro im zweiten Stock im Herzen von Basildon, in einem trostlosen, grauen Gebäude, das seit seiner ursprünglichen Errichtung in den Achtzigern in keiner Weise verändert worden war. Es gab keine bodentiefen Fenster, keine moderne Verkleidung, nichts, was darauf hindeutete, dass es seiner Zeit voraus gebaut worden war. Von außen war es deprimierend anzusehen, und Tomek hoffte, dass es innen etwas heller sein würde.

Da lag er falsch.

Das Innere war genauso trist und düster wie das Äußere und erinnerte ihn an seine Klassenzimmer aus den Neunzigern. Am Empfang wurden sie von einer Frau mittleren Alters begrüßt, die aussah, als sollte sie eher in einer Bibliothek arbeiten als in einem Zeitungsbüro. Tomek und Rachel stellten sich vor und erklärten, dass sie hier seien, um John Mullen zu treffen, und-

»Haben Sie einen Termin?«

»Nein«, antwortete Tomek mit einem spöttischen Lächeln. »Wir brauchen keinen.«

»Ich fürchte, den brauchen Sie schon. Mr. Mullen ist ein äußerst beschäftigter Mann.«

»Wir auch«, erwiderte Rachel mit der Überzeugungskraft eines Kleinkinds, das Recht behalten will.

Bevor die Empfangsdame antworten konnte, fragte Tomek: »Arbeitet Abigail heute?«

»Was hat das mit-?«

»Tut sie?«, drängte Tomek.

»Ja, sie ist-«

»Ausgezeichnet. Ich werde mit ihr sprechen. Ich habe ein Treffen mit ihr.«

Tomek wandte sich von der Frau ab, ging durch die Tür, die mit fetten Buchstaben als *Southend Echo* gekennzeichnet war, und dann weiter einen langen Korridor entlang, der mit einem lila Teppich ausgelegt war, der mindestens dreißig Jahre alt war, möglicherweise älter.

»Ich schätze, mit einer der Autorinnen der Zeitung zu schlafen hat seine Vorteile«, bemerkte Tomek.

»Abgesehen von den offensichtlichen.«

»Erkenne ich da einen Hauch von Eifersucht, DC Hamilton?«

»Nur weil ich lesbisch bin, heißt das nicht, dass ich jede Frau da draußen attraktiv finde. Genauso wie du nicht jeden Mann attraktiv fändest, wenn du schwul wärst. Aber ja, ich denke, du spielst mit der auf jeden Fall in einer ganz anderen Liga.«

Tomek zog eine Augenbraue hoch. »Hab keine Angst, nächstes Mal zu sagen, was du denkst, okay? Ich bin ein großer Junge, ich kann das ab.«

»Pass auf, was du dir wünschst, Chef«, antwortete sie mit einem frechen Lächeln.

Schließlich erreichten sie das Ende des Korridors und einen kleinen offenen Raum, in dem sechs Personen über ihre Schreibtische gebeugt saßen, eine Wand aus Computermonitoren und Kabeln verhinderte, dass sie einander sehen konnten. Das Geräusch von wütendem Tippen war ohrenbetäubend. Am anderen Ende des Raumes befand sich ein kleines Büro mit John Mullens Namen, der in derselben Schriftart angebracht war, an der sie auf dem Weg nach innen vorbeigekommen waren.

Tomek ignorierte die Mitarbeiter und Abigail, die mit dem Rücken zu ihm am Ende der Tischreihe saß, und ging direkt auf John Mullens Büro zu.

Er schaffte es gerade ein paar Schritte, bevor sie ihn aus dem

Augenwinkel bemerkte und sich in ihrem Stuhl drehte, ihr Gesicht ein Bild der Überraschung und Aufregung.

»Tomek! Was machst-?«

»Entschuldige«, sagte er und unterbrach sie sofort. »Ich spreche nachher mit dir. Erst muss ich mich um etwas kümmern.«

Nach Cheys Enthüllung war das Gespräch mit John Mullen zu einer Toppriorität geworden. Dasselbe galt für Brendan Door, den PFCC, nur hatte Nick geraten, dass er bei diesem die Zügel in die Hand nehmen würde. Und dasselbe galt auch für Richard Stafford. Das einzige Problem war, dass das Team Schwierigkeiten hatte, den mutmaßlichen Drogendealer zu finden. Berichten zufolge war er zu seiner Villa im sonnigen Spanien geflogen, und sie konnten ihn nicht ausliefern, weil ohne ausreichende Beweise keine Anklage gegen ihn erhoben werden konnte.

Derzeit.

John Mullen hingegen war ein sitzendes Huhn. Und Nick hatte darum gebeten, dass Tomek direkt mit ihm spreche. Ein Sergeant, jemand mit Seniorität. Es war schwer gewesen, nicht an Sean zu denken, als er es erfahren hatte, aber der Moment des Mitgefühls hatte nur wenige Sekunden gedauert, bevor er seinen Polizeihelm wieder aufgesetzt und sich mit Rachel auf den Weg gemacht hatte.

Tomek klopfte an die Tür zu John Mullens Büro und wartete. Der 49-Jährige öffnete die Tür ein paar Sekunden später.

»Wer sind Sie?«, zischte er, die Empörung in seiner Stimme war offensichtlich.

»Freunde«, antwortete Tomek, während er dem Mann seinen Dienstausweis vors Gesicht hielt. »Wir wollen Ihnen nichts Böses.«

Zumindest nichts Körperliches.

Widerwillig erkannte John Mullen, dass er in dieser Situation wenig Macht hatte, und trat zur Seite. Rachel betrat als Erste den Raum, gefolgt von Tomek. Es gab keine Sitzgelegenheiten im Büro, außer dem einen Stuhl, der dem Redakteur zugewiesen war, was bedeutete, dass Tomek und Rachel stehen bleiben mussten, was Tomek jedoch nichts ausmachte. Mehr Macht für ihn, eine einschüchterndere Präsenz, eine

Präsenz, die vielleicht ein bestimmtes Informationshäppchen oder eine Weisheit hervorbringen würde.

Einen Moment später began Tomek: »Wir wollten mit Ihnen im Zusammenhang mit Herbert Tucker sprechen, und-«

»Ich habe euch Typen neulich schon alles gesagt, was ich weiß.«

»Leider haben wir Grund zu der Annahme, dass das nicht stimmt.«

John Mullen verschränkte seine Finger und nahm einen nachdenklichen Gesichtsausdruck an.

»Es ist uns zu Ohren gekommen, dass Sie seit einiger Zeit bestimmte Dinge über Herbert Tucker aus der Presse herausgehalten haben.«

»Wie das?«

»Ein Zeuge.«

»Wer hat geredet?«, sagte Mullen schnell und fing sich genauso schnell wieder.

»Niemand hat geredet, Mr. Mullen«, log Tomek. »Unsere geschätzten Kollegen konnten die Information aus ihnen herauspressen.«

»Glaub nicht, dass das bei mir funktionieren wird.«

Rachel und Tomek warfen sich einen Blick zu. »Wie süß«, sagte Tomek zu ihr. »Das sagen sie alle.«

»Stimmt, Boss. Du hast Recht.«

Tomek trat einen Schritt vor.

»Darum geht es eigentlich gar nicht, John. Wir sind hier, um über einige andere Dinge zu sprechen.«

Die Linien auf seiner Stirn vertieften sich, als die Sorge zunahm.

»Wir haben uns gefragt, ob Sie uns mehr Informationen über den Drogenmissbrauch seiner Tochter geben könnten.«

Johns Pupillen verengten sich, sein Kopf neigte sich zur Seite.

»Was wollt ihr darüber wissen?«

»Wie viel Sie bezahlt bekommen haben, um es geheim zu halten.«

»Ich wurde nicht bezahlt.«

»Wirklich? Wie erklären Sie dann das hier?« Rachel stellte sich vor ihn und reichte John ein A4-Dokument. Oben auf dem Dokument befand sich eine einzelne Reihe von Zellen. In der ersten stand Johns

Name, dann seine persönlichen Bankdaten, Bankleitzahl und Kontonummer, das Datum der Transaktion und schließlich der Betrag.

»Können Sie das erklären?«

»Es war... Ich war... Es war ein Beratungshonorar.«

»Vierzigtausend Pfund ist eine Menge Geld für Beratung. Wobei hat er Sie beraten?«

»Seine politischen Standpunkte«, antwortete John und lächelte, als ob er stolz auf sich wäre, dass er es spontan erdacht hatte. »Er musste wissen, wie seine Meinungen und Reden aus PR-Sicht aussehen würden.«

»Also haben Sie ihn beraten?«, fragte Tomek.

»Ja.«

»Haben Sie ihm jemals gesagt, was er sagen soll?«

»Manchmal.«

»Ist das erlaubt? Das klingt für mich ein bisschen nach Manipulation. Außerdem klingt es, als hätte dieser Mann keinen eigenen originellen Gedanken gehabt.«

»Ich...«

»Hat Sie das überhaupt gestört?«

John schüttelte langsam den Kopf. »So war er eben. Wir hatten es alle akzeptiert.«

»Wir?«

Tomek genoss dies. Der Mann stolperte über seine Worte. Und bei diesem Tempo könnte er bis zum Ende des Gesprächs den Mord gestehen.

»Nur... nur wir hier. Bei der Zeitung.«

»Hat das nichts mit Gregory Chaplin, Richard Stafford, Brendan Door, Anthony Arnold, James Colehill oder Terrence Toffolo zu tun?«

John sagte eine Weile nichts, saß nur unbequem da und drehte die Namen in seinem Kopf hin und her. Ein Tic begann in seinem rechten Auge.

»Ich kenne keinen dieser Namen.«

»Wirklich? Nicht einmal den des Bürgermeisters? Das scheint seltsam. Waren Sie beide nicht am Wochenende zusammen?«

»Oh. Richtig. Nun ja, ich kenne sie in einem beruflichen Sinne.«

»Aber nicht in einem persönlichen Sinne?«

»Das würde ich nicht sagen, nein.«

»Also wissen Sie nichts über den Herrenclub Southend Seven in der Richmond Avenue?«

Johns Gesicht wurde eine Stufe heller.

»Oder das Foto, das in einem der Räume an der Wand hing?«

Noch eine Stufe.

Als Tomek einen Ausdruck des Fotos aus seiner Tasche zog und es dem Mann zeigte, wich alle Farbe aus seinem Gesicht.

»Waren Sie dabei, als dieses Foto aufgenommen wurde?«

»Ich... Äh...« John räusperte sich, griff nach einem Becher Wasser von seinem Schreibtisch und trank. Der Mann zögerte eindeutig, das war klar zu erkennen, aber es machte keinen Unterschied, ob er zehn Minuten oder zehn Stunden hinauszögerte; was zählte, war das, was als Nächstes aus seinem Mund kam. Alle fünf - der Anwalt, der Bürgermeister, der PFCC, John und der Drogendealer - hielten dicht, stellten sicher, dass ihre Münder geschlossen blieben. Sie erwiesen sich als harte Nüsse, die es zu knacken galt. Aber einer von ihnen würde schließlich anfangen zu reden. Und Tomek wollte dabei sein, wenn es so weit war.

»Ich weiß nichts über dieses Bild«, antwortete John. »Bin ich verhaftet?«

»Nicht, wenn Sie nicht wollen, dass wir Sie verhaften.«

»Dann werde ich nichts mehr sagen.«

Tomek ließ das Bild auf dem Tisch und steckte seine Hände in die Taschen.

»Wir haben noch ein paar Fragen, die wir gerne stellen würden, also werden wir genau das tun.«

John schnaubte verächtlich.

»Wie oft besuchen Sie den Southend Seven?«

Der Mann sagte nichts und saß da mit zusammengepressten Lippen, als wolle er seinen Standpunkt weiter unterstreichen.

»Wöchentlich? Täglich?«

Nichts.

»Weiß Ihre Frau, dass Sie dorthin gehen?«

Die Spannung in seinen Lippen lockerte sich leicht.

»Weiß sie, was Sie dort treiben? Weiß sie, wer das Foto gemacht hat?«

Lockerer, noch lockerer.

»Weiß sie von den Drogen?«

Lockerer, jetzt wieder normal.

»Weiß sie, wo Sie in der Nacht von Herbert Tuckers Tod waren? Kann sie das bestätigen, oder müssen wir diese Unterhaltung in einem förmlicheren Rahmen führen? Oder müssen wir ihr erzählen, was für Dinge Sie dort treiben?«

»Also gut! Halt die Klappe, verdammt noch mal. Hör auf zu reden. Nein, sie weiß es nicht, okay? Und ich wäre dankbar, wenn das auch so bliebe.«

»Der einzige Weg, wie sie es erfahren würde, wäre, wenn es in die Nachrichten durchsickern würde, aber da Sie diese Publikation besitzen und nicht für Ihr eigenes Schweigen bezahlen müssen, denke ich, dass Sie okay sein werden. Wenn Sie jedoch wegen Tuckers Mord hinter Gitter kommen, kann ich mir vorstellen, dass all diese Geheimnisse und wer weiß was noch alles heraussickern könnten.«

»Ich hatte nichts mit Herberts Tod zu tun. Ich war erschüttert, als ich es erfuhr. Ehrlich.«

Das war genau das, was jemand, der nicht ehrlich war, sagen würde.

»Wissen Sie, wer es getan hat?«, fragte Rachel.

Der Mann schüttelte heftig den Kopf. »Ich wünschte, ich wüsste es. Aber ich weiß es nicht. Tut mir leid.«

»Können Sie uns *irgendetwas* sagen?«

»Ich habe euch neulich schon alles gesagt, was ich weiß.«

»Das ist eine Lüge, nicht wahr, John, und das wissen Sie auch?«

»W-Wa-? Ich verstehe nicht.«

»Herberts Tochter nahm Drogen, und Sie haben das aus der Öffentlichkeit herausgehalten, nicht wahr?«, fuhr Rachel fort. »Wie viel hat er Ihnen dafür bezahlt? War das ein weiteres Ihrer Beratungshonorare? Weitere vierzigtausend Pfund auf dem Konto fürs Stillhalten?«

»Ich sage nichts«, sagte er. Aber dadurch hatte er seine Schuld so gut wie bestätigt. Er hatte Bestechungsgelder für sein Schweigen angenommen.

Das war ein wiederkehrendes Thema bei fast allen, mit denen sie gesprochen hatten. Es lief alles auf Geld hinaus. Und bei einem Mann mit solchem Einfluss und solcher Macht mangelte es nicht an Angebot.

Auch nicht an Nachfrage.

KAPITEL
EINUNDVIERZIG

Auf dem Weg aus John Mullens Büro zog Tomek Abigail beiseite und erklärte ihr, dass er sie entgegen ihrer Überzeugung nicht ignoriert hatte und dass er eine Tochter hatte, um die er sich kümmern musste. Kasia war seine Priorität, und Abigail zeigte plötzlich viel Verständnis dafür und entschuldigte sich anschließend dafür, dass sie aufdringlich und erdrückend gewirkt hatte. Am Ende des Gesprächs brachte Tomek die Idee ins Spiel, dass sie sich am folgenden Wochenende treffen könnten, möglicherweise bei einem der nächsten Heimspiele.

»Machst du Witze? Ich bin mein ganzes Leben lang West Ham-Fan. Ich würde *liebend* gern hingehen!«

Es war ein Date. Im Kalender eingetragen. Etwas, worauf man sich freuen konnte.

Leider konnte man das von seinem Nachmittag nicht behaupten. Sobald er mit John Mullen fertig war, war die nächste Person auf seiner Liste, mit der er sprechen musste, Brendan Door, der Polizei-, Feuer- und Kriminalkommissar von Southend. Nick begleitete ihn.

Der Chief Inspector war sichtlich nervös. Er lief auf und ab, verlagerte sein Gewicht von einem Fuß auf den anderen, wenn er nicht gerade lief, und kratzte sich fast pausenlos am Hinterkopf, während sie darauf warteten, dass Brendans Sekretärin sie durchließ.

»Alles in Ordnung, Chef?«, fragte Tomek.

»Ja«, antwortete Nick zittrig. »Es ist nur... es ist schwierig, weißt du.«

»Versuch, nicht daran zu denken.«

Normalerweise hätte Nick auf eine solche Aussage geseufzt, Tomek finster angeschaut und irgendeinen fluchbeladenen Kommentar darüber abgegeben, dass er nicht selbst darauf gekommen sei, aber jetzt war da nichts. Nicht einmal der leiseste Hauch eines Ausatmens. Als ob sein Chef kaputt wäre.

Wenige Augenblicke später öffnete sich die Tür zu Brendans Büro, und ein großer, übergewichtiger Mann mit zurückweichendem Haar trat heraus. Es sah aus, als wäre viel Geld ausgegeben worden, um es nur geringfügig zu verbessern. Seine Augen lagen tief, und er hatte eine dicke Brille auf die Stirn geschoben. Er trug einen teuren dunkelblauen Anzug, der zu tief von seinen Schultern hing, und eine Krawatte, bei der der oberste Knopf um etwa einen halben Kilometer fehlte. Das gesamte Ensemble sah aus, als wäre es mit Blick auf die Zukunft gekauft worden, als hätte seine Mutter es ihm gekauft in der Hoffnung, dass er eines Tages hineinwachsen würde.

»Ich sehe, du hast diesmal Verstärkung mitgebracht, Nick«, sagte Brendan mit tiefer, rauer Stimme.

»Du musst es nicht so schwer machen wie beim letzten Mal.«

»Verschwinde aus meinem Büro, dann haben wir kein Problem.«

Tomek spürte, dass ein Kampf bevorstand. Er konnte fühlen, wie das Adrenalin in ihm zu brodeln begann.

Für einen langen Moment sagte niemand etwas, während Nick und Tomek warteten, bis Brendan nachgab. Und nach ein paar weiteren Sekunden tat er es schließlich. Der tyrannische Mann drehte ihnen den Rücken zu und huschte in sein Büro. Nick war dicht hinter ihm und fing die Tür ab, bevor sie ihm ins Gesicht knallte.

»Weißt du, dieses Verhalten deutet nur darauf hin, dass du etwas zu verbergen hast«, bemerkte Nick. »Das erfüllt mich nicht gerade mit Vertrauen.«

»Welche Beweise habt ihr gegen mich?«, fragte der Mann, während er sich auf seinen Schreibtischstuhl setzte.

»Keine, die dich belasten. Nur ein paar seltsame Zahlungen, die du erklären musst, aber nichts-«

»Also bin ich schuldig durch Assoziation, ist es das?«

»Und der Rest«, sagte Tomek, unfähig, sich zu kontrollieren. Da war wieder sein vorlautes Mundwerk.

»Entschuldigung?«, bellte Brendan. »Wer zum Teufel bist du?«

»DS Tomek Bowen, Sir.«

»Nun, DS Bowen, halt verdammt nochmal die Klappe und lass die beiden ranghöchsten Männer dieser Abteilung das regeln.«

Das Adrenalin stieg weiter an.

»Bei allem Respekt, Sir, im Moment sind Sie ein Verdächtiger in einem Mordfall. Ihre Glaubwürdigkeit, Ihr Rang und Ihr Status sind alle aus dem Fenster geflogen. In meinen Augen stehen Sie auf einer Stufe mit einigen der Leute, die wir täglich verhaften.«

»Ich bin nicht wie diese Ratten da draußen. Ich habe ein schönes Haus und ein schönes Auto. Ich bin ein mächtiger, einflussreicher Mann.«

»Und Sie glauben, das gibt Ihnen das Recht, Leben zu zerstören und jemanden zu töten?«

Brendan reagierte nicht. Zumindest nicht sofort. Aber als er es tat, stürzte er aus seinem Stuhl und stürmte auf Tomek zu. Er kam abrupt wenige Zentimeter vor ihm zum Stehen, die Faust erhoben und schwer durch die Nase atmend.

»Tu es«, bat Tomek und fixierte den Kommissar mit seinem Blick. »Bitte. Ich flehe dich an. Sobald wir dich wegen Körperverletzung drankriegen, wer weiß, was wir sonst noch finden könnten?«

Das Dilemma spielte sich auf Brendans Gesicht ab. Zuschlagen oder es sein lassen. Zuschlagen oder es sein lassen. Schließlich senkte er die Faust und sagte: »Nick, ist dieser kleine Rotzlöffel immer so?«

»Leider ja. Aber genau das macht ihn zu einem der besten Polizisten, die ich kenne. Also werde ich dich bitten, von ihm zurückzutreten und unsere Fragen zu beantworten.«

Widerwillig entfernte sich der Mann von Tomek, die Augen fixiert, und trat in den Raum zwischen ihnen und dem Schreibtisch.

»*Gowniaki*«, flüsterte Tomek.

Übersetzung: Kleiner Scheißer.

Falls der Kommissar es verstand, zeigte der bereits wütende Ausdruck auf seinem Gesicht es nicht.

»Also«, begann Nick, als sich die Atmosphäre leicht beruhigt hatte. »Herbert Tucker. Wie lange kennst du ihn schon und arbeitest mit ihm?«

»Fünfzehn Jahre.«

»Mit ihm arbeiten oder ihn kennen?«

»Beides.«

»Richtig. Und in welcher Funktion habt ihr beide zusammengearbeitet?«

»Ich bin zum ersten Mal auf ihn gestoßen, als er seine Immobilienfirma gegründet hat. Er hatte gerade ein kleines Dorf mit Häusern in Rawreth gebaut, beklagte sich aber darüber, dass Leute einbrachen und die Häuser verwüsteten. Also kam er zu mir, als ich noch Manager für kommunale Sicherheit und Strafjustiz war, in der Hoffnung, dass ich etwas dagegen tun könnte.«

»Und hast du das?«

Brendan zuckte mit den Schultern. »Ich habe mit einem Polizeisergeant in der Gegend gesprochen und ihn gebeten, gelegentlich ein paar mehr uniformierte Streifen dorthin zu schicken, nur als Abschreckung.«

»Also hast du dich schnell in seiner Tasche wiedergefunden?«

»Überhaupt nicht.«

»Was ist dann mit dem Geld?« Nicks Stimme blieb ruhig, was überraschend war, da normalerweise die kleinste Unannehmlichkeit ausreichte, um ihn aus der Fassung zu bringen.

»Welches Geld?«

»Stell dich nicht dumm. Du bist ein intelligenter Mann. Du weißt, wie wir arbeiten. Du weißt, dass wir Dinge mit Leichtigkeit herausfinden können. Wir haben die Zahlungen gesehen. Wir müssen nur von dir bestätigen lassen, wofür sie sind.«

»Wenn ihr sie bereits gefunden habt, dann solltet ihr das bereits wissen.«

Nick sagte nichts.

»Und wenn das der Fall ist, worauf wartet ihr dann?« Brendan streckte die Hände aus, die Handgelenke zusammengepresst. »Verhaftet mich. Los, verhaftet mich.«

Weder Tomek noch Nick bewegten sich. Sie steckten fest, konnten nichts tun. Alles, was sie hatten, um zu behaupten, dass Brendan Door Zahlungen von Herbert Tucker erhalten hatte, um den Drogenhandel in der Stadt zu verstärken, war eine Zeugenaussage. Es gab keine harten Beweise, keine konkreten Belege dafür, dass er etwas Illegales und Unmoralisches getan hatte. Und Brendan wusste das.

»Nein? Ihr wollt mich nicht verhaften? In diesem Fall könnt ihr gehen.«

Als Brendan ihnen den Rücken zukehrte, sagte Tomek: »Der Name Richard Stafford bedeutet Ihnen nichts, oder?«

Brendan blieb in der Drehung stehen, die Seiten seiner Lippen verzogen sich zu einem spöttischen Lächeln. »Natürlich kenne ich ihn. Er ist ein schrecklicher Mann, der schreckliche Dinge getan hat.«

»Sie würden nicht zufällig etwas über das Bild an der Wand im Southend Seven wissen, oder?«, fragte Tomek. »Das, auf dem Sie im Hintergrund stehen, neben einem Mann namens Richard Stafford?«

Brendan hielt einen Moment inne, während er das Bild von der Fotografie in seinem Geist heraufbeschwor. Tomek hatte gelogen; keiner der Männer war im Hintergrund, aber das war ihm egal. Die nächsten Worte aus Brendan Doors Mund würden in gewisser Weise seine Schuld bestimmen.

»Netter Versuch«, antwortete der Mann. »Keiner von uns ist auf dem Foto.«

Tomek konnte das Grinsen nicht verbergen. »Aber Sie wissen, von welchem Foto ich spreche, und Sie wissen, von welchem Club ich spreche, und Sie kennen die Person, von der ich spreche.«

»Ich...«

»Können Sie erklären, woher Sie das wissen? Sehen Sie, wir wissen viel über den Club und wir wissen auch viel über Ihre Beziehung zu Richard Stafford.«

»Wenn das wirklich der Fall wäre, dann hättet ihr mich inzwischen verhaftet.«

Tomek konnte seinen Ohren nicht trauen. Der Polizei-, Feuer- und Kriminalkommissar hatte gerade zugegeben, ob unbewusst oder nicht, eine aktive Beteiligung an einer kriminellen Beziehung mit einem Drogenhändler zu haben.

»Aber wie ich schon vorhin sagte, ihr habt keine physischen Beweise für irgendetwas. Es ist alles nur Hörensagen. Es ist alles Schwachsinn.«

Nick öffnete den Mund, um zu sprechen, aber Tomek kam ihm zuvor.

»Der Club«, begann er, »erzählen Sie uns mehr.«

»Wie ich schon vorher sagte, scheint ihr bereits alles zu wissen, was es gibt.«

»Nicht ganz. Ist es dort, wo Herbert von Ihrer Affäre mit seiner Frau erfahren hat, oder ist das woanders passiert?«

Brendan blickte auf den Boden und dann wieder hoch. »Mein Privatleben hat nichts mit Herbert Tuckers Tod zu tun.«

»Doch, wenn Sie mit seiner Frau geschlafen haben. Hat er es herausgefunden und gedroht, die Zahlungen einzustellen? Oder hat er gedroht, zu John und der *Echo* zu gehen? Aber Sie konnten es sich nicht leisten, Ihren Ruf zu schädigen, also haben Sie beide ihn irgendwie erledigt?«

Brendan schnaubte. »Mein Ruf war nie in Gefahr, beschädigt zu werden.«

»Richtig. Weil Sie zu mächtig und einflussreich sind, als dass so etwas jemals an die Öffentlichkeit gelangen könnte, nicht wahr? Also haben Sie ihn vielleicht aus Gier getötet? Sie waren nicht zufrieden damit, dass Tucker den Investitionsfonds gestrichen hat, und wollten eine Art Vergeltung?«

»Glaubst du wirklich, ich bin so kleinlich? Ich habe mein eigenes Geld, ich brauche seins nicht.«

»Also geben Sie zu, dass Herbert Tucker Ihnen monatliche Raten für etwas geschickt hat, was er nicht hätte tun sollen?«

»Nein. Das ist das Letzte, was ich sage. Du kannst weiter versuchen, mich über meine eigenen Worte stolpern zu lassen, aber es wird nicht funktionieren. Ich bin schon sehr lange in diesem Geschäft, länger als dein Boss hier, und ich kenne jeden Trick im Buch.«

Ohne etwas zu sagen, drehte Nick Brendan den Rücken zu und ging aus dem Raum. Tomek fühlte sich gezwungen, ihm zu folgen. Als Nick die Tür erreichte, legte er seine Hand auf den Griff und sagte zu Brendan: »Ich habe mich noch nie mehr enttäuscht und angewidert vom gesamten Polizei- und politischen System gefühlt als in den letzten Tagen. Und du bist einer der Gründe dafür. Ich hoffe, unabhängig davon, welches Ergebnis es aus dieser Untersuchung gibt, du tust das Anständige und trittst zurück. Du bist ein verdammter Schandfleck für diese Stadt, Brendan. Und ich freue mich darauf, nie wieder mit dir zusammenarbeiten zu müssen.«

KAPITEL
ZWEIUNDVIERZIG

Tomek hatte einen plötzlichen Anfall von Euphorie verspürt und wollte dem Hauptkommissar einen High-Five geben, sobald sie das Gebäude verließen, aber Nick hatte ihn sofort gebremst. Er hatte gesagt, dass a) es keinen Grund gäbe, überschwänglich zu sein, und b) das Risiko bestünde, dass Brendan Door sie aus dem Fenster beobachtete wie ein verlassenes Kind, das seinen Eltern beim Weggehen nachsieht.

Beides war nach Tomeks Meinung nicht zutreffend.

Erstens gab es allen Grund, aufgeregt zu sein. Sie hatten Brendan Door unter die Haut gehen können, einen Riss in seiner Fassade gefunden und sich dort hineingedrängt. Es hatte sich vielleicht nicht so angefühlt, aber Tomek war sicher, dass es bald weit aufreißen würde. Und zweitens, wen kümmerte es, ob er zuschaute? Es würde ihm nur noch mehr unter die Haut gehen.

Leider hatte Nick die Stichhaltigkeit von Tomeks Gegenargumenten nicht eingesehen, und selbst nachdem sie die Wache betreten hatten, weigerte sich der Hauptkommissar immer noch, das Angebot eines High-Fives anzunehmen. Um die Peinlichkeit zu überwinden, suchte Tomek die nächstbeste Person an ihrem Schreibtisch und hielt seine Hand vor ihr Gesicht.

»Was zum Teufel soll ich damit anfangen?«, fragte Chey. »Was zeigst du mir da?«

»Schlag ein, du Idiot.«

»Es gibt nur eine Handvoll Gelegenheiten, bei denen ich den Anweisungen eines erwachsenen Mannes folge, etwas zu schlagen, und das hier ist keine davon.«

Tomek fragte sich, auf welche anderen Gelegenheiten Chey sich wohl bezog. Dann wurde ihm klar, dass er es eigentlich gar nicht wissen wollte. Überhaupt nicht.

»Drück einfach deine Handfläche gegen meine.«

»Das ist doch nicht irgendein Fetisch von dir, oder?«

»Es ist ein High-Five, du verdammter Trottel.«

Cheys Augen weiteten sich, als hätte er gerade die Fähigkeit zu hören entwickelt. »Bedeutet das, dass ich jetzt dein neuer bester Freund bin, Chef?«

Schließlich klatschte der Polizist Tomeks Handfläche ab. Der Schall hallte durch den Raum, und das brennende Gefühl blieb auf seiner Haut zurück.

»Absolut verdammt nicht«, antwortete Tomek. »Nicht mit den seltsamen Fetischen, auf die du stehst.«

Bevor Chey antworten konnte, klopfte eine Polizistin Anfang zwanzig an die Tür und trat zögernd vor.

»Entschuldigung«, sagte sie nervös.

»Alles in Ordnung, Kollegin?«, fragte Tomek.

»Ich wollte... ich wollte fragen...«, sagte sie, räusperte sich dann und begann von neuem. »Da ist jemand unten, der behauptet, etwas zu haben, das Sie vielleicht interessieren könnte.«

Na los, dachte Tomek. Wahrscheinlich noch so ein Spinner, der glaubt, er hätte gesehen, wie der Täter Herbert Tucker umgebracht hat, und der erst jetzt aus dem Holz gekrochen kommt, nachdem er erfahren hat, dass eine Belohnung ausgesetzt wurde.

»Was will er?«

»Er... Er hat angeblich am Tag von Tuckers Ermordung etwas am Strand gefunden. Er ist gekommen, um es abzugeben.«

Tomek wurde sofort zurückversetzt zum Parkplatz, von dem Herbert Tucker entführt worden war, und später zwischen die Strandhütten, wo seine Leiche gefunden worden war. Der Geruch von Albert Patterson war überwältigend. So stark, dass Tomek überzeugt war, dass der Mann ihn aus seinen Poren ausschwitzte.

»Danke, dass Sie sich heute Zeit genommen haben, zur Wache zu kommen«, begann Tomek.

Nachdem er gehört hatte, was Albert Patterson wollte, hatte Tomek es auf sich genommen, mit dem Mann zu sprechen. Aber er begann schnell zu wünschen, dass er es nicht getan hätte. Oder zumindest, dass er ein Plastikfenster zwischen ihnen gehabt hätte. Oder Nasenklammern. Irgendetwas, um dem Gestank von Urin und Körpergeruch entgegenzuwirken.

»Ich verstehe, dass Sie etwas mitteilen wollten, etwas, das für unsere Ermittlungen von Nutzen sein könnte.«

Albert Patterson war Mitte siebzig und sah auch so aus. Sein Körper war gebrechlich, seine Haut hing an seinem Körper herab, und man konnte deutlich erkennen, dass er einige Schwierigkeiten hatte, sich um sich selbst zu kümmern. Aber sobald er den kleinen Gegenstand aus seiner Tasche zog (ein Vorgang, der an sich schon länger als gewöhnlich dauerte), erwachte er zum Leben, als hätte jemand seine Uhr wieder aufgezogen und ihm ein neues Leben geschenkt.

In seiner Hand hielt er einen kleinen, mit Diamanten besetzten goldenen Ehering. Tomek wusste nicht viel darüber – der Gedanke an Heirat und langfristige Bindung kam ihm selten in den Sinn – aber er konnte an der Qualität des Glanzes, dem Gewicht in der Hand des anderen Mannes und den unter dem Licht funkelnden Diamanten erkennen, dass es ein teurer Kauf gewesen war.

»Es ist massives Gold und die Diamanten sind fast ein Viertel Karat schwer«, sagte Albert Patterson.

»Ist das gut?«, fragte Tomek und versuchte vergeblich, die Naivität in seiner Stimme zu verbergen.

»Es ist teuer, das ist es.« Der alte Mann sprach mit einem echten Essex-Akzent. Fast Cockney. Als wäre er näher an London aufgewachsen als an Southend. »Ein wunderschönes Ding. Ich hätte nur davon träumen können, so etwas zu besitzen, bis ich es gefunden habe. Der frühere Besitzer war ein wohlhabender Mann.«

»Wissen Sie, wem es früher gehört hat?«, fragte Tomek, als wäre die Antwort offensichtlich.

»Nein. Keine Ahnung.«

»Wo haben Sie es gefunden?«, fragte Tomek.

»Thorpe Bay. Bei den Strandhütten.«

»Richtig. Und warum haben Sie es hergebracht?«

»Dachte, es könnte Ihnen helfen, die Person zu finden, die den Mord begangen hat.«

»Also, glauben Sie, dass es der Person gehören könnte, die gestorben ist?«

»Könnte sein. Kann mich aber nicht an ihren Namen erinnern. Sie könnten mir bei diesem Teil helfen. Es sind Initialen auf der Innenseite des Rings eingraviert.«

Es wurde Tomek schnell klar, dass der Mann mehr Hilfe brauchte als nur beim Ankleiden und Reinigen. Er brauchte professionelle Unterstützung, jemanden, der sich um ihn kümmern konnte.

»Darf ich den Ring sehen?«

Sobald Tomek seine Hand ausstreckte, zog Albert seine zurück und drückte den Ring an seine Brust.

»*Mein Schatz*«, zischte Albert.

Tomek lachte unbeholfen. »Ich werde ihn nicht stehlen.«

»Haben Sie sich die Hände gewaschen?«

»Was?«

»Haben Sie sich die Hände gewaschen? Sie dürfen ihn nicht mit schmutzigen Fingern anfassen. Schmutzige Finger sind nicht erlaubt.«

Tomek blickte auf seine Hände. Er wusste, dass das, was er gleich sagen würde, falsch war, aber er tat es trotzdem.

»Absolut, sie sind sauber. Ich habe beim Reinkommen Desinfektionsmittel benutzt. Haben Sie das nicht gesehen?«

Albert kratzte sich an der Unterseite seines Kinns, drehte sich zur Tür und starrte sie unheilvoll an. »Nein, ich schätze, das habe ich nicht. Nun, in diesem Fall...«

Langsam, vorsichtig, als wäre er die leibhaftige Verkörperung von Gollum, reichte Albert Patterson den Ring an Tomek weiter, der ihn behutsam in seine Handfläche legte – in die, die frei von Cheys Handflächenkeimen war. Die Inschrift auf der Innenseite des Rings war winzig, kaum lesbar. Tomek hielt ihn ins Licht und untersuchte ihn genau.

H & N.

Herbert und Nora.

Bingo.

»Der Besitzer hiervon ist die Leiche, die am Strand gefunden wurde«, bestätigte Tomek. »Wie haben Sie ihn gefunden?«

Albert Patterson schien wieder zum Leben zu erwachen. »Mit meinem Metalldetektor. Ich gehe fast jeden Tag an der Strandpromenade entlang auf der Suche nach etwas.«

»Cool.«

»Ich hatte nur einmal Glück. Das war, als ich sechs Jahre alt war. Eine Münze. Römisch, über zweitausend Jahre alt. Ihr Wert hat es meiner Familie ermöglicht, aus der Armut herauszukommen. Glauben Sie, dass der Mann, dem dieser Ring gehörte, mir eine Belohnung geben wird?«

Tomek schaute auf den Ring hinunter und fühlte sich gezwungen, seine Finger darum zu schließen.

»Leider nicht«, sagte er. »Der Mann, dem dieser Ring gehörte, ist tot. Sie hätten ihn gesehen, als Sie ihn fanden. Er lag am Strand, zwischen den Strandhütten...«

Albert durchsuchte sein Gedächtnis. »Ich dachte, das wäre ein Obdachloser gewesen.«

Er war nicht der Einzige.

»Wenn ich keine Belohnung dafür bekomme, hätte ich ihn gerne zurück, bitte.«

Tomek umschloss den Ring fester mit seinem Griff. »Leider kann ich das nicht tun, Sir«, antwortete er. »Das ist jetzt ein Beweisstück in einer Mordermittlung. Ich muss ihn mitnehmen.«

»Aber wer findet, darf behalten...« Alberts Augen senkten sich, und sein Gesichtsausdruck sah aus, als hätte er gerade seinen eigenen Namen vergessen. »Das ist jetzt mein Eigentum. Es gehörte mir, als ich es gefunden habe.«

»Ja. Und Sie haben es gerade abgegeben.«

Albert schlug mit seinen Fingern auf den Tisch. Der Klang und die Wellenbewegung durch den Tisch waren schwach, aber Tomek spürte die Wut und den Zorn hinter den Augen des Mannes. Eine Handlung, die in der Vergangenheit möglicherweise anderen Menschen angetan worden war.

»Ich verlange eine Entschädigung!«

»Leider kann ich das nicht tun, Mr. Patterson.«

Und dann begann das Weinen. Zunächst weich und sanft. Dann gewann es an Schwung, als Albert anfing zu hyperventilieren.

»Bitte. Ich habe nichts. Es ist... es ist erst mein zweiter Fund überhaupt. Ich... ich brauche ihn.«

Tomek streckte seine freie Hand über den Tisch und legte sie auf Alberts. Er sah dem Mann in die Augen. »Es tut mir leid«, sagte er. »Aber meine Hände sind gebunden. Ich wünschte, ich könnte ihn Ihnen geben, aber möglicherweise befinden sich DNA-Spuren darauf.«

»Bitte...«

»Ich kann nichts versprechen, aber ich kann mit der Familie sprechen und sehen, ob sie bereit sind, ihn am Ende der Ermittlung freizugeben, vorausgesetzt, er wird freigegeben. Aber das könnte einige Zeit dauern. Es könnten Monate, Jahre sein.«

Und bis dahin hat er es vielleicht längst vergessen.

Tomek wartete geduldig auf die Antwort des Mannes.

Er hatte jegliche Farbe aus seinem Gesicht verloren, seine Haut schien tiefer von seinen Wangen gefallen zu sein, und seine Lippen hatten sich geöffnet, um einen Satz schlecht gepflegter Zähne zu enthüllen.

»Das wäre wundervoll«, sagte er mit einem sanften Lächeln. »Sie sind ein Gentleman, danke. Das würde mir so viel bedeuten. Es ist gut zu wissen, dass es immer noch einige anständige Menschen da draußen in der Welt gibt.«

Tomek fühlte sich immer noch schuldig – als hätte er einem Mann seinen letzten Besitz geraubt; einen Besitz, der nicht einmal seiner war – als er in den Hauptermittlungsraum zurückkehrte.

»Störe ich bei etwas?«, fragte er.

Ohne es zu merken, war er zu spät zu einer Besprechung gekommen. Das gesamte Team saß im Hauptermittlungsraum und blickte zu den beiden Gestalten am Kopfende des Raumes auf: Nick und Liam Porter, der Tatortmanager, der für die Sicherung von Beweisen von Herbert Tuckers Leiche verantwortlich gewesen war. Er war ein junger Mann, Anfang dreißig, aber in kurzer Zeit an die Spitze seiner Karriereleiter aufgestiegen. Trotzdem war er bodenständig, umgänglich und eines der netteren Mitglieder dieses speziellen Teams, mit dem Tomek das Vergnügen gehabt hatte, zu arbeiten.

»Gerade noch rechtzeitig, eigentlich«, sagte Liam und winkte ihn hektisch herein. »Ein paar Augenblicke später und du hättest es verpasst.«

»Jetzt bin ich neugierig«, sagte Tomek, als er sich einen Sitz in der Nähe der Tür herauszog.

Als er sich gesetzt hatte und alle Augen sich von Tomek abgewandt hatten, räusperte sich Liam.

»Der DNA-Testbericht für Herbert Tucker ist zurückgekommen. Seine Kleidung. Sein Haar. Das Auto. Und am wichtigsten, der Lippenstift.«

Tomek rückte aufmerksam an den Rand seines Sitzes.

»Kurz gesagt, ein großer Teil der auf ihm gefundenen DNA wurde durch Regen und Wetter weggespült. Was das Auto betrifft, so fand das Team Spuren von Haaren, Kleidungsfasern und einige Fingerabdrücke, aber da es sich um ein Familienauto handelt und er jeden darin herumfährt, wird es eine Weile dauern, herauszufinden, was wem gehört.«

»Haben wir DNA-Proben von der Familie genommen, damit wir sie ausschließen können?«, fragte Nick in die Runde.

Alle Augen richteten sich auf Anna. Die Polizistin hob ihren Blick und schüttelte den Kopf.

»Gut. Das hat nach diesem Meeting Priorität.«

Anna nickte zustimmend.

»Der Teil, über den ich am meisten aufgeregt bin, euch bei all dem zu erzählen, ist jedoch etwas anderes«, sagte Liam und ballte aufgeregt seine Fäuste.

»Na los. Was ist es, Liam? Wir haben einen Mordfall zu bearbeiten.«

»Ich weiß. Entschuldigung. Ja. Du hast Recht. Also...«, er machte eine Pause für den dramatischen Effekt; Tomek fiel fast von der Kante seines Stuhls. »Der Lippenstift. Die an ihm durchgeführte chemische Analyse zeigte, dass *zwei* DNA-Sätze an Herbert Tuckers Hand gefunden wurden. An derselben Stelle.«

»Zwei Personen haben seine Hand in der Nacht, in der er starb, geküsst?«, fragte Tomek verblüfft.

Liam nickte. »Und beide mit demselben Lippenstift.«

Er hielt ein DIN-A4-Blatt hoch. Das Dokument war in der Mitte geteilt durch zwei Liniendiagramme, die jeweils die chemische Zusammensetzung desselben Lippenstifts zeigten, der auf Herbert Tuckers Hand gefunden worden war.

»Da er glänzend und wasserfest ist und glücklicherweise unter der Bettdecke, in der er gefunden wurde, geschützt war, konnte das Team eine Probe guter Qualität nehmen.«

»Verdammt«, sagte Tomek gedankenverloren.

Sein Verstand überschlug sich und brachte ihn ein paar Tage zurück. Zu dem Gespräch, das er mit Sarah Jewell geführt hatte, Tuckers Sekretärin und Bettgeschichte.

Nachdem wir es... getan hatten, sagte er mir, ich solle ihn auf die Hand küssen.

Das war einfach einer seiner kleinen Fetische, weißt du.

Er hat den Lippenstift extra für mich gekauft. Er hat ihn mir als Geschenk gegeben.

Dutzende von Fragen schossen ihm durch den Kopf.

Hatte Tucker nach dem Schlafen mit Sarah Jewell noch Sex gehabt? Hatte er in einer Nacht mit zwei Frauen geschlafen?

Oder hatte sein Mörder gewusst, dass er gerne nach dem Sex auf die

Hand geküsst wurde, und es getan, um sie zu verwirren und zu desorientieren?

Wenn dem so war, dann fielen ihm nur drei Namen ein.

Sarah Jewell.

Alina Zandecka.

Und jetzt seine Frau, Nora Tucker.

KAPITEL
DREIUNDVIERZIG

Tomek nahm vorsichtig einen Schluck Wasser, ließ es langsam seine Kehle hinuntergleiten und stellte das Glas behutsam auf den Tisch.

»Ihr Wasser ist fantastisch.«

»Danke«, erwiderte Isabel. »Es kommt gefiltert direkt aus dem Hahn.«

»Und ich dachte, ich könnte all das Metall und Fluorid darin schmecken.«

»Ich kann es Ihnen gerne besorgen, wenn Sie möchten?«

Das wollte Tomek nicht. Er wollte auch nicht bei seinem zweiten Termin mit Isabel im selben Raum sitzen.

»Hatten Sie eine schöne Zeit im Urlaub?«, fragte er, um das Gespräch so weit wie möglich von sich selbst wegzulenken.

Auf der Uhr blieben noch etwas mehr als fünfzig Minuten.

»Es war schön, danke. Angenehm, angesichts des Wetters.«

»Wo waren Sie?«

»Cornwall.«

»Klassisch. Ich wette, Sie haben dort ein Zweithaus, nicht wahr? Vermieten Sie es auf Airbnb und vertreiben die Einheimischen?«

Isabel legte ihren Stift auf den Tisch. »Nein. Aber viele Leute, mit denen ich gesprochen habe, waren sehr unglücklich über Airbnb. Viele verglichen es mit einer Krankheit, einer Seuche.«

Tomek schnaubte. »Das ist eine ziemlich drastische Wortwahl.«

»Welche Worte würden Sie wählen, um es zu beschreiben?« Isabel sprach sanft, leise, und während er ihr zuhörte, vergaß er manchmal, dass sie seine Therapeutin war, die versuchte, die Tür zu seinem Verstand aufzuschließen.

»Ich würde sagen... ich würde sagen, dass es unfair ist und moralisch falsch erscheint, aber ich würde diese Leute nicht als Krebs bezeichnen.«

»Niemand hat von Krebs gesprochen, Tomek. Neigt Ihr Geist dazu, zu Extremen zu wandern?«

Tomeks Körper spannte sich an, als er spürte, wie sie den Schlüssel ansetzte.

»Nein...«

»In Ordnung. Nur neugierig. Erzählen Sie mir von Ihren Albträumen seit unserem letzten Gespräch. Hatten Sie welche?«

Der Kernpunkt, warum er hier war.

»Sie waren... anders.«

»Inwiefern?«, fragte sie und nahm den Stift wieder auf.

»Sie... Einige von ihnen spielen mir Streiche.«

»Haben Sie aufgehört, Kasia in ihnen zu sehen?«

»Ja«, sagte er kurz angebunden. Ihm war gar nicht bewusst gewesen, dass er sich nicht mehr daran erinnern konnte, wann Kasia das letzte Mal anstelle seines Bruders erschienen war.

»Das ist gut. Ermutigende Anzeichen für eine Besserung. Wie häufig hatten Sie sie in der letzten Woche oder so? Fast jede Nacht? Ein paar?«

»Ein paar.«

»Und fallen Ihnen gemeinsame Auslöser ein?«

Tomek fühlte sich im Gespräch verloren, neugierig auf die inneren Abläufe seines Geistes, jetzt, da sie ihm ermöglicht hatte, sie selbst zu erkennen. Für die nächsten Momente saß er schweigend da und versuchte herauszufinden, was er an den Tagen seiner Albträume getan hatte.

»Ich weiß nicht«, log er. »Es ist nur...«

»Was?«, fragte Isabel sanft nach.

»Ich weiß nicht, ob es etwas bedeutet, aber...«

Warum? Warum gibst du das zu? Du hast das noch nie jemandem gegenüber getan...

»Fahren Sie fort«, drängte sie und neigte ihren Kopf zur Seite.

»Vor einigen Monaten ist etwas passiert. Etwas Ähnliches. Da war dieses Mädchen, mit dem ich zusammen war. Katie hieß sie. Obwohl es sich herausstellte, dass sie Charlotte hieß, aber das ist ein Thema für ein anderes Mal, also denken Sie gar nicht daran, mich irgendetwas über sie zu fragen. Wir waren ein paar Wochen zusammen, und ich verliebte mich in sie. Tatsächlich hatte es mich schwer erwischt. Es lief fantastisch. Sie verstand mich, ich verstand sie. Es war großartig. Ich sagte eines Morgens das L-Wort, und sie sagte es zurück. Die Dinge liefen gut...«

»Was ist passiert?«

Tomek wedelte mit dem Finger in der Luft. »Gespräch für einen anderen Tag, das habe ich Ihnen gerade gesagt.«

»Dann erklären Sie mir die Ähnlichkeiten zwischen damals und jetzt. Was war gleich?«

»Die Albträume«, sagte Tomek, während sich ein Lächeln auf sein Gesicht zu schleichen begann. »Die Albträume wurden besser. In der Nacht, in der ich ihr sagte, dass ich sie liebe, hatte ich einen Albtraum. Den klarsten, den ich je hatte. Der der Realität am nächsten kam.«

»Wie das?«

»Ich hörte den Namen des anderen Mörders meines Bruders. Derjenige, der entkommen ist. *Charlie.*«

Es war einige Zeit her, seit Tomek diesen Namen laut ausgesprochen hatte, und als er es tat, fühlte er eine Mischung aus Emotionen. Wut auf den Mann für das, was er getan hatte. Groll, weil er sein Gesicht nicht klarer vor Augen hatte. Und Erleichterung, dass der Name sicher auszusprechen war, dass er nicht den Teufel beschwören und ihm in irgendeiner Weise schaden würde.

Dass er den Namen so oft sagen konnte, wie er wollte.

Und dass er es tun sollte.

»Das ist fantastisch«, erwiderte Isabel mit einem schmalen Lächeln.

»Haben Sie mit dieser Information seit ihrer Entdeckung etwas unternommen?«

Tomek schüttelte den Kopf und senkte ihn. Fast als schäme er sich für seine Antwort.

»Und wie hat Sie diese Entdeckung fühlen lassen?«

»Sie hat mich inspiriert, dem Mädchen, das mir die Antwort gab, zu sagen, dass ich sie liebe.«

»Was meinen Sie damit?«

»Sobald Katie in mein Leben trat, wurden die Albträume besser. Sie hörten nicht auf. Sie wurden einfach besser, klarer. Mehr wurde mir in ihnen offenbart.«

»Und dasselbe passiert jetzt?«

Tomek nickte. »Ich glaube schon. Ich glaube, dass jedes Mal, wenn ich jemanden hereinlasse oder jemandem nahe komme, mein Gehirn sich irgendwie sortiert. Es müssen die Endorphine sein.«

Isabel brummte und nickte, während sie einige Dinge auf ihr Papier schrieb. »Das ist sehr interessant. Aber so wie Sie es sagen, klingt es, als sei es etwas Schlechtes.«

Tomek kratzte sich am Nacken. »Ich denke, ich will einfach nicht davon abhängig sein, dass jemand in mein Leben tritt, damit ich die Antworten finde. Was, wenn ich mich von jemandem trenne, oder sie stirbt, oder etwas passiert? Ich möchte nicht von Beziehung zu Beziehung springen, um die Antworten zum Tod meines Bruders zu finden.«

Isabel beendete ihre Notizen, legte ihre Hände auf den Schreibtisch und verschränkte ihre Finger.

»Ich glaube, Sie liegen völlig falsch«, sagte sie, ihre Stimme jetzt strenger. »Ich glaube nicht, dass Sie eine romantische Beziehung oder eine neue Person in Ihrem Leben brauchen, um die Identität des Mörders Ihres Bruders zu enthüllen. Was Sie meiner Meinung nach brauchen, sind zwei Dinge.« Sie hielt einen Finger hoch. »Das erste ist, dass es klingt, als sehnten Sie sich nach Zuneigung. Zuneigung, die schon so lange fehlt durch den Ausschluss aus Ihrer Familie. Ich denke, Sie müssen die zerbrochenen Barrieren und die beschädigten Beziehungen zu Ihren Eltern und Ihrem Bruder heilen. Die Zuneigung, nach der Sie sich sehnen, und die Zuneigung, die Sie glauben, von Ihren romantischen Partnern zu bekommen, ist Zuneigung, die Sie von ihnen brauchen. Nun, ich kann nicht garantieren, dass das Öffnen ihnen gegenüber Ihre Albträume wirklich stoppen wird, aber der nächste Punkt ist einer, von dem ich glaube, dass er das in größerem Maße tun wird.« Sie hielt auch ihren Mittelfinger hoch, so dass sie ihm nun das Friedenszeichen zeigte. »Das zweite, von dem ich glaube, dass es Ihnen helfen wird, etwas mehr mentale Klarheit über die Situation Ihres Bruders zu gewinnen, ist etwas, das Sie schon zu lange aufschieben. Dreißig Jahre, um genau zu sein. Seit vor meiner Geburt. In dieser Zeit haben Sie sich auf Ihren Geist verlassen, um Ihnen die Antworten zu geben, nach denen Sie sich sehnen, während Sie die ganze Zeit die Antworten direkt vor sich hatten: den Mörder Ihres Bruders. Den, der im Gefängnis sitzt. Er weiß alles, was Sie nicht wissen. Meine Empfehlung wäre, den Mut zu finden, mit ihm Kontakt aufzunehmen und zu sprechen. Er könnte bereitwilliger sein, als Sie denken, über das, was seit dreißig Jahren in Ihrem Geist eingeschlossen ist, zu sprechen. Wenn Sie jemanden haben, der Sie begleitet, großartig. Wenn nicht, und Sie sich wohler fühlen, allein zu gehen, dann tun Sie das. Aber ich denke, ein Treffen mit ihm wird Sie der Wahrheit einen Schritt näher bringen. Der Wahrheit Ihres *Bruders*.«

KAPITEL
VIERUNDVIERZIG

Tomek hatte letzte Nacht keinen Albtraum gehabt. Allerdings hatte er auch nicht geschlafen. Stattdessen hatte er wach gelegen, sich hin und her gewälzt und über Isabels Worte nachgedacht. Ob er dem Mörder seines Bruders gegenübertreten sollte. Ob er die mentale Stärke besaß, dreißig Jahre später mit ihm am Tisch zu sitzen und ihn zu fragen, wie er Michał getötet hatte, warum und mit wem er noch zusammen gewesen war.

Lange Zeit hatte Tomek darüber nachgedacht, Abigail mitzunehmen, hatte die Idee dann aber verworfen. Sie wusste kaum etwas über die Situation. Sie war neu in seinem Leben. Und wenn das, was Isabel gesagt hatte, stimmte, dann brauchte er sie ohnehin nicht dabei. Vielmehr müsste es seine Familie sein. Seine Mutter, sein Vater, vielleicht sogar sein älterer Bruder.

Aber er konnte sich nicht vorstellen, dass sie zustimmen würden. Sie hatten Nathan nie verziehen, was er ihrer Familie angetan hatte, und er erwartete auch nicht, dass sich das in naher Zukunft ändern würde. Stattdessen müsste er allein gehen, wenn er jemals den Mut dazu aufbringen würde, überhaupt zu gehen.

Er war immer noch unentschlossen. Und er dachte immer noch darüber nach, während er auf die Pflanze neben Herbert Tuckers

Haustür starrte. Er schreckte auf, als er einen Stoß an seinem Arm spürte.

»Ej, co tam?« fragte Anna und stieß ihn in die Schulter, Besorgnis zeichnete sich auf ihrem Gesicht ab.

»Tut mir leid. War gerade meilenweit weg. Mir geht's gut. Alles in Ordnung. Nichts, worüber man sich Sorgen machen müsste!«

Tomek hob seinen Blick und musterte seine Umgebung. Für einen Moment hatte er vergessen, dass sie hier waren, um Nora Tucker zu treffen. Und bevor er mehr von seiner Umgebung wahrnehmen konnte, öffnete sich die Haustür und beide Detektive wurden von einer perfekt manikürten Nora begrüßt, die in Leggings, einem dünnen Hoodie und weißen Turnschuhen gekleidet war. Seit Tomek sie das letzte Mal gesehen hatte, waren ihre Lippen dicker geworden, und die Falten sowie jegliche Elastizität ihrer Stirn waren verschwunden. Als sie Anna überschwänglich anlächelte, bewegte sich kaum etwas in ihrem Gesicht.

»Anna, Süße!« kreischte Nora, als sie die Polizistin für eine Umarmung an sich zog. »Wie geht's dir, Schätzchen?«

»Gut«, antwortete Anna schüchtern.

Dann war Tomek an der Reihe. Die Fünfzigjährige schob Anna beiseite und streckte ihre Arme nach Tomek aus, wobei sie ihm kaum eine Chance ließ, ihren Avancen zu entkommen. Ihre Arme waren um seinen Hals geschlungen, und ihre Brüste drückten sich gegen seine Rippen, bevor er ausweichen konnte. Für einen langen Moment, viel länger als bei Anna, blieb Nora dort und drückte sich an ihn. Als sie ihn schließlich losließ, starrte sie in seine Augen und schenkte ihm ein kokettes Grinsen.

»Und DS Bowen«, sagte sie verführerisch. »Es ist schon eine Weile her, aber ich vergesse nie einen Namen. Oder ein hübsches Gesicht.«

Anna verdrehte am Rande seines Blickfeldes die Augen; es war nicht das erste Mal, dass eine Zeugin in ihrer Gegenwart mit ihm flirtete.

»Schön, Sie wiederzusehen, Nora«, sagte Tomek und versuchte, etwas Fassung zu finden, musste ihr stattdessen aber ins Gesicht gähnen. »Könnten wir reinkommen und ein Wort mit Ihnen wechseln? Es gibt einige Entwicklungen, die wir besprechen möchten.«

Nora war mehr als glücklich, ihnen entgegenzukommen. Sie war bereits im Fitnessstudio gewesen, und ihr Yogakurs fände erst am Nachmittag statt, erzählte sie ihnen, also hätte sie jede Menge Zeit totzuschlagen. Während sie auf die Erfrischungen warteten, auf denen Nora bestand, nahmen Tomek und Anna auf der Chaiselongue im Wohnzimmer Platz. Als Tomek begann, die Möbel zu mustern, die er bereits zweimal zuvor gesehen hatte, stupste Anna ihn ins Bein.

»Sie ist alt genug, um deine Mutter zu sein!«

»Wovon redest du? Nein, ist sie nicht. Und um Himmels willen, sag so etwas nie wieder. Das ist ein Bild, das ich NICHT in meinem Kopf haben möchte.«

»Ferkel.«

Bevor Tomek sich verteidigen konnte, kam Nora mit drei hohen Gläsern einer dickflüssigen, grünen Flüssigkeit auf einem hölzernen Serviertablett zurück. Sie stellte sie auf den Kaffeetisch vor ihnen.

»Ich hoffe, ihr habt nichts dagegen, aber ich wollte eure Meinung zu etwas hören, was mir mein Personal Trainer empfohlen hat.«

»Heißt es zufällig Kuhdiät?« fragte Tomek, während sein Blick sich im Grün verlor.

»Es ist eine gemixte Kombination aus Proteinpulver, Grünkohl, Honig, Spinat, Gurken, Sellerie, Zitrone und Ingwer. Es hat eine wunderbare Mischung aus Vitamin A, C, Kalzium und Eisen. Es ist gut für den Magen, hilft beim Abnehmen und man fühlt sich gut damit. Ich trinke sie erst seit ein paar Tagen, aber ich kann jetzt schon spüren, wie meine Haut strahlender und mein Haar weicher wird.«

Bist du sicher, dass es nichts mit der Kosmetik und dem synthetischen Zeug zu tun hat, das du dir ins Gesicht schmierst? Tomek hatte aufgehört zu zählen, wie viele neue Wörter er gelernt hatte, seit er eine jugendliche Tochter hat. Kollagenmasken hier. Salicylsäure da. Es war ein Albtraum und ein Minenfeld verwirrenden und sinnlosen Fachjargons.

»Trinke ich es auf einmal wie einen Shot, oder sollte ich mir Zeit lassen?« fragte Anna unschuldig.

»Ich glaube, du wirst es schnell hinter dich bringen wollen«, antwortete Tomek.

Ohne ein Wort zu sagen, nahm er das Glas, das ihm am nächsten stand, und hielt es unter seine Nase. Der Gestank von Gemüse und gesundem Essen, verschlimmert durch die Tatsache, dass es ihm ins Gesicht gedrückt wurde, ließ ihn zusammenzucken. Die Flüssigkeit war zähflüssig und dick, mit kleinen Bläschen, die auf der Oberfläche schwammen. Er hielt sich die Nase zu, schluckte das Getränk und schloss die Augen. Sobald die Flüssigkeit seine Zunge berührte, verzog er das Gesicht und wollte sie wieder ausspucken, erinnerte sich dann aber daran, dass er in Gesellschaft war und dies keine Dschungelprüfung war. Zu seiner Überraschung ging der Rest der Flüssigkeit nach dem ersten Schluck leichter runter. Als er fertig war, stellte er das Glas auf den Tisch und wischte sich mit dem Handrücken über den Mund.

»Und?« fragte Nora eifrig, lehnte sich nach vorne, die Augen weit geöffnet.

»Ich glaube, der Geschmack von Sellerie wird mich den Rest des Tages begleiten«, sagte er mit schwacher Stimme. »Aber ich habe Schlimmeres geschmeckt, um es mal so zu sagen.«

»Oh, gut! Ich bin begeistert. Ich weiß, dass die Mädchen es lieben werden!«

»Wo sind sie eigentlich, nur so aus Neugier?« fragte Anna, als sie das Glas auf den Tisch stellte. Die perfekte Ausrede, um nicht mehr von dem gottverdammten Gesöff zu trinken.

»Whit ist bei ihrem Freund und Eleanor ist oben. Sie ist seit dem Vorfall nicht viel runtergekommen. Die Schule war so gut zu ihr, hat per E-Mail und Telefonanrufen nachgefragt. Sie haben sogar Hausaufgaben geschickt, falls sie eine Ablenkung brauchte.«

Und um sicherzustellen, dass sie ihre Klassen nicht verfehlte.

»Wie kommen sie mit dem Tod ihres Vaters zurecht?« fragte Tomek, dann fügte er hinzu: »Entschuldigung, wenn das altes Terrain ist. Es ist für mich, da ich Sie schon länger nicht gesehen habe.«

Nora winkte seine Entschuldigungen weg. »Überhaupt nicht. Ich verstehe das. Es ist Ihr Job.« Das kokette Lächeln blieb bestehen. Tomek war mehr als glücklich, es vorerst zu genießen. »Whit kommt etwas besser damit zurecht, wie man erwarten würde. Sie hat den Vorteil des Alters auf ihrer Seite, obwohl das nicht heißt, dass es sie nicht auch stark betrifft. Aber Eleanor leidet mehr, das ist sicher. Sie ist viel jünger und stand ihrem Vater viel näher.«

Tomek nickte und legte seine Handflächen auf seinen Schoß. »Ich verstehe. Und war das schon immer so?«

Wenn Nora die Anspielung hinter seiner Frage bemerkte, zeigte sie es nicht. Stattdessen neigte sie den Kopf zur Seite wie ein verwirrter Hund und sagte: »Ich denke, Herbert und Whit haben sich natürlich voneinander entfernt, als sie älter wurde. Das ist doch normal bei Kindern, oder? Sie werden erwachsen und entwickeln ihre eigene Persönlichkeit.«

»Also hatte es nichts mit ihrer Drogengewohnheit zu tun, die Herbert gefördert hatte?«

Die Frage brachte Nora aus der Fassung. Ihr Mund öffnete sich weit und sie schüttelte den Kopf. Dann beugte sie sich nach vorne, sodass ihre Ellbogen auf ihren Knien ruhten und ein gutes Stück Dekolleté unter ihrem Sportbustier direkt auf ihn gerichtet war. Sie begann, mit ihren manikürten Fingernägeln zu spielen.

»Ich... ich weiß nicht was... Woher wissen Sie davon?«

»Das ist unser Job. Warum haben Sie uns das nicht erzählt?«

»Ich... ich dachte nicht, dass es wichtig war.«

»So wie Sie auch nicht dachten, dass Ihre laufende Affäre mit Brendan Door wichtig war?«

Noras Augen weiteten sich zu einem Punkt, an dem sie wie eine überraschte Möwe aussah, und ihr Kopf begann, zwischen Tomek und Anna hin und her zu schwenken.

»Was zwischen Brendan und mir läuft, geht weder Sie noch die Ermittlung etwas an«, murmelte sie.

»Ich entscheide, was von Interesse ist, danke. Wie lange sind Sie beide schon zusammen?«

»Lang genug.«

»Wir haben aus zuverlässiger Quelle, dass es fast ein Jahr ist.«

Dank James Colehill, ihrem singenden Kanarienvogel.

»Wenn Sie es wissen, warum fragen Sie mich dann?«

»Weil wir es gerne aus Ihrem Mund hören würden. Und wir werden nicht gerne belogen. Das sieht nicht sehr gut für Sie aus, wenn Sie das tun.«

Nora senkte den Kopf, als ob sie die Drohung hinter Tomeks Worten verstanden hätte.

»Herbert hatte nie ein Problem damit, wenn Sie es unbedingt wissen müssen. Wie könnte er auch bei den Dingen, die er in der Vergangenheit getan hat?« Sie machte eine Pause, während sie an einem ihrer Nägel zupfte. »Wir haben uns nie geliebt. Vielleicht am Anfang der Beziehung, aber es verpuffte ziemlich schnell. Und dann erfuhr ich, dass ich schwanger war, also beschlossen wir, zusammenzubleiben. So ist es seitdem geblieben, zum Wohle der Mädchen. Ich weiß, ich weiß, Whitney ist alt genug, um allein zu leben, und Eleanor ist auch fast so weit. Aber um ehrlich zu sein, hatte ich immer Angst vor dem Gedanken, dass sie ausziehen könnten. Ich wollte nicht mit ihm allein sein.« Sie würgte an einem Kloß in ihrem Hals und fuhr mit den Fingern ihren Hals auf und ab. »Ich hatte in der Vergangenheit viele Gelegenheiten, ihn zu verlassen, aber ich habe sie nie genutzt. Ich war zu bequem. Ich musste nicht arbeiten, alles wurde für mich bereitgestellt. Und ich konnte so viele Beziehungen außerhalb führen, wie ich wollte. Dasselbe galt für ihn. Er wusste, was ich trieb, und ich wusste, was er trieb.«

»Wussten Sie von seinem unehelichen Kind?« fragte Tomek neugierig.

»Natürlich wusste ich das. Er hatte eine Vorliebe für Osteuropäerinnen. Auf seinem Handy tauchte immer irgendein ausländischer Name auf. Und diese Schlampe Alina hat hier ein paar Mal ihr Gesicht gezeigt und versucht, Herbert zu finden. Natürlich wusste ich, dass er nichts damit zu tun haben wollte, und ich auch nicht. Ich habe mich so weit wie möglich davon distanziert, aber sie kam immer wieder.«

»Wussten Sie, dass er ihr jeden Monat Geld zahlte?«

Nora hörte auf, an ihren Nägeln zu zupfen, und ließ den Kopf sinken. »Das war meine Idee. Sie hatte ziemlich deutlich gemacht, dass sie nicht verschwinden würde, und wie oft sie gedroht hat, zur Presse zu gehen, mein Gott! Obwohl wir wussten, wenn sie zu John gehen würde, wären wir in Ordnung; er würde nichts drucken. Aber ich erkannte schnell, dass es der beste Weg war, sie ruhig zu halten, wenn wir sie auszahlten.«

Tomek setzte sich auf seinem Sitz nach vorne, die Arme verschränkt, wie gebannt.

»Dann müssen Sie ja wissen, warum die Zahlungen aufgehört haben?« fragte er. »Beide davon.«

»Beide davon?« wiederholte sie. »Was meinen Sie?«

»Die Zahlungen an Alina Zandecka und die Zahlungen an Brendan Door. Nach dem, was wir herausgefunden haben, scheint Ihr Mann eine Menge Leute für eine Menge verschiedener Dinge bezahlt zu haben. Warum haben sie aufgehört?«

»Er hatte genug. Es war so einfach. Er hatte genug davon, dass Leute ihn erpressen, und er hatte auch genug von sich selbst, weil er ihren Bluff nicht durchschaut hat.«

Tomek wusste nicht, was er erwartet hatte zu hören. Bis jetzt hatte er nur gehört, dass Herbert Tucker genug davon gehabt hatte, Leute entweder für ihr Schweigen oder ihre Unterstützung zu bezahlen, und er hatte sie abgeschnitten. Also wusste er nicht, warum er sich enttäuscht fühlte, nachdem er es aus Noras Mund gehört hatte.

»Warum hat er Geld an Brendan Door gezahlt?« fragte Anna geschickt.

»Wegen unserer Affäre. Herbert wusste davon, aber das bedeutete nicht, dass es ihm gefiel. Besonders wenn es mit jemandem war, der ihm beruflich und persönlich so nahe stand. Er mochte die Vorstellung nicht, dass wir zusammen waren, und gelegentlich versuchte er, uns auseinanderzubringen – wissen Sie, indem er andere Menschen in unser Leben brachte und versuchte, unsere Köpfe zu verdrehen. Aber es funktionierte nie, und Brendan wurde es leid. Also drohte Brendan, John zu überzeugen, ihn einen Artikel über die Affären, die Herbert hatte, und auch über das uneheliche Kind schreiben zu lassen. So etwas war viel schlimmer, wenn es für einen Parlamentsabgeordneten herauskam als für Brendan. Brendan war nicht so sehr in der Öffentlichkeit, aber ein Abgeordneter...« Sie pfiff durch die Zähne. »Das war etwas völlig anderes.«

Bisher machte das alles Sinn für Tomek. Außer dem Teil mit der Erpressung. Ein Teil von ihm dachte, sie könnte lügen; dass sie genau wusste, wofür es war, und sie hatte nichts unternommen, um die Drogen davon abzuhalten, die Straßen von Southend zu überfluten und in das Leben ihrer Tochter zu kommen. Während der andere Teil von ihm, der Teil, dem er glaubte, war, dass ihr die Lüge von beiden Männern aufgetischt worden war; dass sie ihr gesagt hatten, es ginge darum, Brendan davon abzuhalten, wegen ihrer Affäre zur Presse zu gehen. Und dass es nichts damit zu tun hatte, die Straßen von Southend mit Drogen zu überfluten.

»Sie sagten, dass Brendan von dem unehelichen Kind wusste...«, begann Tomek.

»Ja.«

»Wer wusste noch davon?«

»Eine Handvoll Leute. Ich kann mich nicht an ihre Namen erinnern. Aber ich weiß, dass Herbert sie alle zur Verschwiegenheit verpflichtet hat.«

Tomek schluckte und leckte sich die Lippen für den nächsten Teil des Gesprächs.

»Was können Sie uns über den Herrenclub erzählen, in den Ihr Mann zu gehen pflegte?«

Bevor sie antwortete, winkte Nora mit der Hand vor ihrem Gesicht, als würde sie die Worte aus ihrem Blickfeld verscheuchen. »Ich will nicht über diesen Ort reden. Ich hasse ihn. Ich habe die Erwähnung davon in diesem Haus verboten. Ich wusste genau, welche Art von Dingen Herbert dort trieb. Er pflegte mir alles darüber zu erzählen, als ob er angeben würde, als ob er prahlen würde. Die Dinge, die sie dort anstellten... es machte mich krank.«

»Ihnen ist aber klar, dass Brendan den Club auch besucht, oder?«

Nora atmete tief ein, langsam, um Zeit zu gewinnen. Vom Ausdruck auf ihrem Gesicht her wusste sie genau, worüber Tomek sprach. Jetzt musste sie es nur noch zugeben.

»Er hat es mir erklärt, ja. Aber er war nicht mehr dort, seit wir uns treffen.«

Tomek machte sich eine gedankliche Notiz, das zu bestätigen. Und dann wanderten seine Gedanken zu dem Bild seines einzigen Besuchs. Seines unglücklichen und schlecht getimten Besuchs. Er schauderte bei der Vorstellung in seinem Kopf.

»Wenn Sie es auf einer Skala von eins bis zehn bewerten müssten«, begann Tomek, »wie viel würden Sie sagen, wissen Sie über die inneren Abläufe dieses Clubs?«

»Eins«, sagte sie ohne zu zögern. »Ich habe Ihnen gesagt. Ich wollte damals nichts darüber wissen und ich will es immer noch nicht. Warum fragen Sie mich überhaupt so viel darüber?«

Tomek griff in seine Blazertasche und bot ihr ein warmes, entwaffnendes und sicherlich nicht kokettes Lächeln an. Dann zog er eine Kopie des Fotos heraus, das er in dem gefunden hatte, was er inzwischen "Das Zimmer" nannte.

»Haben Sie dieses Bild schon einmal gesehen?« fragte Tomek, als er es über den Tisch schob und dabei knapp die Gläser vermied.

Nora nahm das Dokument von ihm und untersuchte es sorgfältig, auf die gleiche Weise, wie es so viele andere vor ihr getan hatten.

»Ja, ich habe das schon einmal gesehen.«

Interessant. Dies sollte die einzige Kopie sein, und für jemanden, der so entschieden war, den Herrenclub zu meiden, wie sie es war, war er neugierig, wie sie es gesehen hatte.

»Würden Sie uns bitte erklären, wo Sie diesem Bild schon einmal begegnet sind?«

»Es wurde uns zugestellt. Kam vor ein paar Wochen mit der Post. Die arme Whitney, sie war diejenige, die es geöffnet hat.«

»War es an sie adressiert?« fragte Anna.

»Nein. Da stand kein Name drauf. Jemand hatte es persönlich zugestellt.«

»Wissen Sie, wer?«

Nora begann wieder, mit ihren Nägeln zu spielen. »Es war diese litauische Schlampe. Ich habe sie auf dem Überwachungssystem des Hauses gesehen, wie sie es mit diesem Freund von ihr abgegeben hat.«

»Terrence?«

»Ja. Der.«

Jetzt ergab es Sinn. Der ursprüngliche Besitzer des Fotos hatte mehr als eine Kopie, wie man glaubte. Tomek nickte, dann drehte er sich zu Anna und gab ihr ein subtiles Nicken. Es war jetzt Zeit für die letzte Phase des Besuchs.

»Nora«, begann Anna. »Im Rahmen unserer Ermittlungen haben wir mit Alina Zandecka und auch mit seiner Sekretärin, Sarah Jewell, gesprochen-«

»Pah! Sie war die neueste, ja? Dummes kleines Mädchen. Immer verzweifelt darauf aus, voranzukommen, indem sie sich an ihn rangeschmissen hat.«

Anna ignorierte den Kommentar und fuhr fort. »Beide Frauen haben gesagt, dass Herbert sie nach dem Geschlechtsverkehr dazu brachte, seine Hand zu küssen. War das etwas, das er jemals von Ihnen erwartete?«

»Oh, das? Ja. Das ist verdammt seltsam, oder? Das ist nicht nur meine Meinung, oder?«

Tomek hob ergeben die Hände. »Menschen stehen auf alles Mögliche. Ich bin nicht einer, der urteilt.«

»Ich wette, das sind Sie nicht«, antwortete Nora und verführte ihn mit ihrem Lächeln.

»Hat er Sie jemals gebeten, das für ihn zu tun?« wiederholte Anna.

»Ja«, antwortete Nora. »Als wir frisch zusammenkamen, in den frühen Stadien der Beziehung. Er war ziemlich offen und direkt darüber, und wir waren in der Flitterwochenphase, also hatte ich kein Problem damit. Ich tat es in den Anfangstagen, aber nachdem die Flitterwochenphase vorbei war und ich erkannte, was für ein Mann er war, hörte ich schnell auf und sagte ihm, er solle sich verpissen. Er konnte von anderen Frauen angebetet werden, wenn er wollte, aber nicht von mir.«

»Hat er Sie jemals gebeten, es mit einem bestimmten Lippenstift zu tun?«

Nora blickte durch den Raum. »Ich habe ihn noch«, sagte sie und ging zu einer Kommode an der Seite des Wohnzimmers. Sie begann, den Inhalt jeder Schublade zu durchsuchen, ihre Hände verloren sich in dem Trödel darin. »Ich bewahre etwas von meinem Make-up hier unten auf, aber ich denke, er ist oben in meinem Make-up-Schrank. Seltsamerweise habe ich ihn all die Jahre behalten.«

»Könnten wir ihn bitte haben?« fragte Tomek. »Und wir werden Sie bitten müssen, uns eine DNA-Probe zu geben.«

Nora knallte die Schublade zu.

»Warum? Sie denken doch nicht, dass ich etwas mit seinem Mord zu tun hatte, oder?«

KAPITEL
FÜNFUNDVIERZIG

Die Türklingel läutete, aber das Geräusch war kaum hörbar. Es klang, als käme es aus der Tiefe der Wohnung. Sie warteten, aber es gab immer noch keine Antwort.

Niemand zu Hause.

»Vielleicht sind sie zum Club gegangen«, sagte Rachel.

»Welchen?«

»Southend Seven...«

»Kann mir nicht vorstellen, dass sie dort so bald wieder willkommen sind. Und ich bezweifle, dass sie ihre Mitgliedskarten griffbereit haben. Die sind ziemlich streng mit solchen Sachen dort.«

»Ich will gar nicht wissen, wie *du* reingekommen bist...«

Nachdem er die DNA-Probe von Nora Tucker eingeholt hatte, hatte Tomek Rachel angerufen und sie gebeten, sich mit ihm in Alinas und Terrences Wohnung zu treffen, während Anna die Probe zum Forensik-Team zurückbrachte. Es war kurz nach fünf Uhr, die Lichter waren aus, und niemand war zu Hause. Wenn sie ihren Sohn nicht zu einer Nachmittagsaktivität bringen mussten, fragte sich Tomek unweigerlich, wo sie wohl sein könnten. Vielleicht hatten sie gemerkt, dass sich das Netz der Ermittlungen um sie schloss, waren in Panik geraten und hatten beschlossen zu verschwinden. Das Letzte, was die Ermittlungen jetzt brauchen konnten, wäre, dass die beiden die Stadt verließen, um nie wieder zurückzukehren.

Immerhin hatten sie das Geld, sie hatten keine Bindungen, die sie in der Gegend hielten. Sie konnten jederzeit gehen, wohin sie wollten.

»Ich habe eine Idee«, sagte er.

»Nicht etwa ein *ausgeklügelter Plan*, Baldrick?«

Tomek hielt mitten in der Drehung inne. »Das war wirklich gut von dir«, sagte er sarkastisch. »Du solltest es aufschreiben. Verwende es unbedingt bei jemand anderem.«

Tomek schmunzelte, als er ihr den Rücken zukehrte und die Treppe hinunterging, die aus dem Gebäude führte. Am Fuß der Treppe bog Tomek links ab und ging in den Co-op, der an die Tankstelle angeschlossen war. Der Vorplatz war voll mit Fahrern, die ihre Autos betankten, während ihre Beifahrer geduldig auf dem Vordersitz saßen und auf ihren Handys scrollten. Das Innere war zu seiner Überraschung größer als erwartet. Es war wie in einen Tesco Express oder Sainsbury's Local zu gehen. Reihe um Reihe mit allem, was man brauchte. Getränke, Snacks, Mahlzeiten, Toilettenartikel, Zahnpasta, Tierfutter, Tiefkühlkost. Es war kein Wunder, dass Alina und Terrence dort ihren wöchentlichen Lebensmitteleinkauf erledigten.

Nach ein paar Minuten ungeduldigen Wartens in der Schlange, während die Leute vor ihm für ihr Benzin bezahlten und ihre Zigaretten kauften, erreichte Tomek den Kassentresen. Dahinter stand ein asiatischer Mann mittleren Alters in seiner eigenen Kleidung. Die restlichen Mitarbeiter im Laden trugen hingegen Uniformen.

»Sie müssen der Manager sein«, stellte Tomek fest.

»Ja, Sir«, antwortete der Mann höflich.

»Ausgezeichnet. Ich muss Ihnen ein paar Fragen stellen.«

Tomeks Dienstausweis reichte aus, um die sofortigen Proteste des Mannes zu ersticken. Tomek fragte dann, ob es einen privateren Ort gäbe, wo sie das Gespräch führen könnten, also brachte der Besitzer sie beide ins Büro im hinteren Bereich. Der Raum war klein und beengt, größtenteils mit einem Schreibtisch und einem Bürostuhl gefüllt. Auf einer Seite stand ein kleiner Computer, während die andere eine große Anordnung von Überwachungsbildschirmen zeigte.

»Ich habe doch nichts Falsches getan, oder?«, fragte der Herr zitternd. »Meine Familie hat nichts Falsches getan?«

»Nein, Sir«, sagte Tomek und versuchte sein Bestes, den Mann zu beruhigen, aber seine tiefe Stimme und seine dominierende Präsenz hatten wenig Wirkung.

Stattdessen war es Rachel, die den Mann beruhigte, nachdem sie die Situation erklärt hatte.

»Wie heißen Sie?«, fragte Tomek.

»Rohit.«

»Hallo, Rohit. Ich bin Tomek und das ist Rachel. Was können Sie uns über das Paar erzählen, das über Ihnen wohnt?«

»Alina und Terrence?«

»Ja.«

»Oh. Wir sehen sie die ganze Zeit. Mit dem kleinen Francis. Sie machen immer ihre Lebensmitteleinkäufe bei uns. Manchmal gebe ich ihnen Rabatt auf bestimmte Produkte.«

»Warum?«

Rohit zuckte mit den Schultern. »Weil sie nette Leute sind. Sie lächeln immer und reden mit uns, wenn sie hereinkommen.«

»Reden sie überhaupt jemals mit Ihnen über ihr Privatleben?«

Rohit zuckte halbherzig mit den Schultern. »Nicht so oft. Meistens nur über den kleinen Francis.«

»Wann haben Sie sie zuletzt gesehen?«

»Nicht allzu lange her.« Der Ladenbesitzer drehte sich zu der Bank mit den Live-Überwachungsaufnahmen hinter ihm um. »Vor ein paar Stunden tatsächlich. Terrence kam in seinem weißen Hoodie vorbei.«

»Was wollte er?«

»Eine neue Zahnbürste.«

»Haben Sie gesehen, wohin er danach ging?«

»Nein, tut mir leid. Aber es müsste hier drauf sein.« Rohit zeigte auf die Bank der Überwachungsbildschirme, und bevor Tomek oder Rachel etwas sagen konnten, begann er, das Band zurückzuspulen. Er fand, wonach er suchte, wenige Momente später. »Da ist er. Nur wegen einer Zahnbürste.«

Tomek beobachtete das pixelige Bild des Mannes, mit hochgezogener

Kapuze, tief über den Augen, Baseballkappe darin eingekeilt, die sein Gesicht verdeckte.

»Sieht er immer so aus, als ob er kurz davor wäre, den Laden auszurauben?«

»Oh ja. Wir haben einmal darüber gescherzt. Beim ersten Mal, als er es trug, eigentlich.«

Tomek grinste und wandte sich dann an Rachel. Er wusste nicht, warum, aber in seinem Kopf hatte sich etwas in Gang gesetzt. Ein Gedankenprozess, eine Überlegung.

»Alinas Stalker...«, sagte er, mehr zu seinem eigenen Nutzen als für jemand anderen.

»Was ist mit ihm?«

Tomek zeigte auf den Bildschirm. »Passt *das* nicht zu der Beschreibung, die sie uns gegeben hat?«

Rachel hielt inne, während sie sich näher an den Bildschirm lehnte und sich zur Unterstützung an einem Stuhl festhielt.

»Du glaubst, sie hat den Stalker vorgetäuscht?«

»Nun, ich habe gelernt, keinem einzigen Wort zu trauen, das aus ihrem Mund kommt. Und wer könnte besser beschrieben werden als der Mann, von dem niemand wissen sollte, dass sie mit ihm zusammen war? Sie konnte sich keine originelle Beschreibung ausdenken, also hat sie uns diese gegeben.«

»Und was, wenn wir ihn gefunden hätten, ohne zu wissen, dass sie zusammen waren? Glaubst du, sie hätte ihn so in die Pfanne gehauen?«

Tomek zuckte mit den Schultern. »Solange sie selbst ungeschoren davonkommt, glaube ich nicht, dass es ihr wichtig ist, was mit jemand anderem passiert.«

Stoff zum Nachdenken. Wenn Alina Zandecka wirklich einen Stalker vorgetäuscht hatte, was hatte sie dann von Herbert zu gewinnen? Sie hatte behauptet, der Stalker sei von ihm geschickt worden, um sie davon abzuhalten, zur Presse zu gehen. Es sei denn, sie war diejenige gewesen, die ihn mit dieser Idee bedroht hatte: dass Herbert Tucker, der prominente und angesehene lokale Politiker, ein uneheliches Kind mit einer Prostituierten hatte, ihr anschließend Schweigegeld gezahlt und sie mit einem Stalker bedroht hatte, um sie zu zwingen, nach seinen Wünschen zu handeln.

Das hätte für Schlagzeilen gesorgt und ihr zweifellos ein kleines Vermögen eingebracht.

Es war nicht unvorstellbar, aber auch nicht völlig plausibel.

Aber eine Sache ergab für Tomek keinen Sinn. Die Kleidung des Mannes. Als Terrence an diesem Morgen auf die Wache gekommen war, sah er aus, als käme er gerade vom Bauernhof, und da stand er nun in Freizeitkleidung. Dann fiel ihm auf, dass seine Kleidung während der Zeugenaussage fingiert gewesen war, dass sie ihn verkleidet hatten, um wie jemand auszusehen, der er nicht war. Dass Alina vielleicht erkannt hatte, dass sie Tomek und Rachel seine Beschreibung verraten hatte, so dass sie gezwungen waren, ihn etwas völlig anderes tragen zu lassen, um sie von der Spur abzubringen.

Tomek behielt die Idee im Hinterkopf. Dann wandte er sich an Rohit.

»Haben Sie jemals etwas Seltsames oder Verdächtiges in der Wohnung oben beobachtet?«

»Ich... Wir haben nicht so viel mit ihnen zu tun«, erklärte Rohit. »Es ist ein anderer Vermieter als unserer, verstehen Sie, und-«

»Irgendwelche seltsamen Kommen und Gehen? Irgendwelche Leute, die draußen herumlungern?«

»Drogen?«, fragte Rohit. »Sie glauben, sie verkaufen dort Drogen?«

»Sagen Sie es uns«, beharrte Rachel. »Sie sind derjenige, der rund um die Uhr Augen auf dem Ort hat. Wir könnten wirklich etwas Hilfe gebrauchen.«

Rohit schaute weg und wurde plötzlich sehr scheu.

»Da war eine Frau«, begann er, unfähig, ihrem harten Blick zu begegnen. »Attraktiv. Sie war sehr attraktiv. Schöne Haare. Schöne Beine. Schöne Kleidung. Schöne...«

Rohit hatte Schwierigkeiten, das Nächste zu sagen. Stattdessen formte er seine Hände zu Kugeln und hob sie an seine Brust, wobei er ein Auge auf Rachel gerichtet hielt.

»Schon gut«, sagte sie. »Sie können es ruhig sagen. Ich flehe Sie an, sagen Sie es lieber, anstatt es vorzuspielen.«

»Brüste!«, sagte Rohit mit der Aufregung eines Teenagers, der gerade zum ersten Mal ein Paar berührt hatte. »Sie hatte schöne Brüste. Sehr attraktiv.«

»Wann?«

»Vor ein paar Wochen. Sie wartete ewig vor ihrer Wohnung. Dann kam sie herein, um zu fragen, ob sie am richtigen Ort sei.«

»Erinnern Sie sich, wie sie aussah?«

Rohit hörte auf zu reden und drehte sich langsam zu den Überwachungsbildschirmen um. »Ich habe die Aufnahmen hier gespeichert.«

»Gespeichert?«, fragte Rachel. »Ich dachte, Ihre Aufnahmen werden nach achtundvierzig Stunden gelöscht?«

Rohit kicherte verlegen. Der kleine schmutzige Perverse war gerade aufgeflogen. »Ich habe es gespeichert«, erklärte er. »Nur für den Fall.«

»Für den Fall, dass Sie es brauchen, wenn Ihnen nachts kalt wird?«

Mehr verlegenes Kichern. »Möchten Sie es sehen?«

Offensichtlich nicht so sehr wie du.

Innerhalb weniger Sekunden hatte der Ladenbesitzer ein Video auf dem Bildschirm geladen, das unwiderlegbar Nora Tucker zeigte. Tomek erkannte sie sofort. Die Beine, die Haare, und Rohit hatte recht, die Brüste. Sie trug fast das gleiche Outfit, in dem Tomek sie nur wenige Stunden zuvor gesehen hatte, und sie stand auf dem Parkplatz mit einer großen Tasche unter dem Arm.

»Was ist das?«, fragte Tomek.

Es gab keine Antwort. Rohit spulte das Video vor, das später zeigte, wie Nora die Wohnung betrat und nur wenige Minuten später wieder verließ.

»Sie blieb nicht lange«, bemerkte Rachel.

Aber Tomek hörte nicht zu. Eine weitere dieser kleinen Ideen hatte begonnen, sich in seinem Kopf zu formen.

»Wann war das?«, fragte er, fand dann aber selbst die Antwort. »November der-«

»Ist das nicht zur gleichen Zeit, als das Geld von Herbert Tuckers Konto abgehoben wurde?«

Das war es.

»Es war für Alina bestimmt«, sagte Tomek, laut denkend. »Nora war der Bote, der es ihr am selben Tag gab. Aber wofür war es?«

»Schweigegeld?«

»Oder um ihn zu töten.«

Eine plötzliche Stille legte sich über den Raum. Draußen konnte man die Musik im Laden hören. Tomek und Rachel standen still da und starrten in die mittlere Ferne. Rohit hingegen, der keine Ahnung hatte, was vor sich ging, sah verängstigt aus, in der Gesellschaft von zwei Personen zu sein, die über Töten und Geld im selben Satz sprachen.

Als er bemerkte, dass er eine Weile nichts gesagt hatte, dankte Tomek dem Mann für die Vorführung und teilte ihm mit, dass sie eine Kopie der Aufnahmen als Beweismittel benötigen würden. Nachdem der Mann es für sie auf einen Speicherstick heruntergeladen hatte, drückte er einen Knopf und kehrte zum Live-Video-Feed zurück. Als Tomek den USB-Stick von dem Mann nahm, fiel sein Blick auf etwas.

Ein Mann in einem weißen Hoodie.

Eine Frau in einem schwarzen Mantel.

Ein kleiner Junge, der sich an beider Hände klammerte.

Sie waren zu Hause.

KAPITEL
SECHSUNDVIERZIG

»G uten Abend.«

Alle drei schnappten nach Luft.

»Detectives...«, begann Terrence vorsichtig. »Guten Abend.«

»Hätten Sie etwas dagegen, wenn wir reinkommen?«

Die Tür war schon halb offen, also konnten sie nicht wirklich nein sagen.

»Natürlich nicht. Ich setze den Wasserkocher auf.«

»Das wird nicht nötig sein«, erklärte Tomek.

Angst huschte über die Gesichter der beiden Erwachsenen, als sie ihren Sohn in die Wohnung führten. Tomek war mehr als zufrieden damit, sie eine Weile mit diesem Gedanken schmoren zu lassen.

Sobald sie in der Wohnung waren, schickte Alina den Jungen in sein Zimmer, wo die Aussicht, auf seinem iPad spielen und fernsehen zu dürfen, interessanter war als das, worüber die Erwachsenen sprechen würden. Kaum hatte sich die Tür hinter ihm geschlossen, lotste Tomek Alina und Terrence in die Küche.

»Mir gefällt Ihr Hoodie«, sagte Tomek tonlos.

»Wa-? Oh... das hier?« Terrence blickte verwirrt auf seinen Pullover herab, als hätte er vergessen, dass er ihn trug. »Dieses alte Ding? Hab ich schon seit Jahren.«

»Sieht dem sehr ähnlich, den Sie uns neulich beschrieben haben, Alina, finden Sie nicht auch?«

»Dem, den ich…?«, wiederholte sie und spielte die Ahnungslose.

»Ja. Sie wissen schon. Der Stalker, von dem Sie uns erzählt haben. Der von Herbert geschickt wurde, bevor er starb. Haben Sie nicht gesagt, er trug einen Hoodie und eine Mütze genau wie diese?«

»Ich… Äh…«, murmelte sie.

»Ich würde sagen, Sie haben sich das ausgedacht. Es gab keinen Stalker. Sie haben uns angelogen. Warum?«

»Weil ich… weil Sie nicht wussten, wie er wirklich war. Das wäre genau die Art von Ding gewesen, die er tun würde.«

»Aber das hat er nicht«, schnappte Tomek und verschränkte die Arme. »Warum haben Sie einen Stalker vorgetäuscht?«

Alina wandte sich an ihren Partner und seufzte so tief, dass Nick beeindruckt gewesen wäre. »Herbert drohte ständig, uns den Geldhahn zuzudrehen. Er sagte, es würde keine weiteren Zahlungen mehr geben. Also beschloss ich zurückzuschlagen und erzählte ihm, dass ich zur Presse gehen und behaupten würde, er hätte einen Attentäter angeheuert, der mich verfolgt und töten soll. Ich habe sogar Fotos von Terrence auf der Straße als ›Beweis‹ gemacht.« Sie benutzte ihre Finger als Anführungszeichen. »Ich hatte nie vor, das durchzuziehen.«

»Und Herbert hat Ihren Bluff durchschaut?«, fragte Rachel.

»Vermutlich.«

»Also haben Sie darüber gelogen«, begann Tomek. »Worüber haben Sie noch gelogen?«

»Ich verstehe nicht. Ich habe nicht-«

»Erkennen Sie das?« Tomek zog das Bild von Herbert Tucker im Club hervor und hielt es ihnen ins Gesicht. »Mir wurde zuverlässig mitgeteilt, dass es davon nur eine Kopie gibt und diese stolz im Herrenclub in Southend hängt. Aber das stimmt nicht, oder, Alina?«

»Ich weiß nicht, was Sie meinen…« Ihre Stimme brach vor Angst und Beklemmung.

»Hören Sie auf zu lügen, bitte. Es ist ermüdend. Erklären Sie alles und zwar sofort.« Tomek war enttäuscht, dass es keinen Tisch gab, auf den er mit der Hand schlagen konnte, um seinen Abscheu zu unterstreichen.

»Ich... Ja, ich habe dieses Foto gemacht. Und nein, es ist nicht das einzige Exemplar.« Sie blickte Tomek in die Augen, als warte sie auf seine Zustimmung fortzufahren. »Ich habe ein paar Kopien zur Sicherheit aufbewahrt, als Druckmittel. Nur für den Fall.«

»Warum haben Sie es an Herberts Frau geschickt?«

Sie seufzte tief. »Weil sie uns bedroht hatte. Als Herbert das Geld stoppte, lachte sie uns aus und sagte uns, was für verabscheuungswürdige Menschen wir seien. Also schickte ich ihr das Foto als Beweis dafür, wie verabscheuungswürdig ihr *Mann* war, nicht wir. Ich schickte es an ihre Privatadresse und drohte, es an die Presse weiterzuleiten, wenn wir nicht unser Geld bekämen. Aber ich sprach nicht vom *Southend Echo*. Ich meinte größere Zeitungen – *The Sun, The Daily Mail*. Sie hätten viel mehr für eine Exklusivgeschichte über so etwas gezahlt.«

»Also hat sie dann die letzte Zahlung persönlich vorbeigebracht?«

»Woher wissen Sie...?«, begann sie, dann erkannte sie, dass die Frage zwecklos war; dass sie alles wussten. »Nora hob eine große Summe von Herberts Konto ab, ohne dass er es wusste, und brachte sie zu uns. Das war die letzte Zahlung, die wir erhalten haben.«

»Es war also keine Anzahlung, um ihren Mann zu töten?«, fragte Rachel und zwängte die Frage in das Gespräch wie ein Kind, das einen Baustein durch ein kreisrundes Loch drückt.

»Ihn töten? Wovon reden Sie?«

»Herberts Frau hat Sie nicht dafür bezahlt, ihn zu töten?«, wiederholte Rachel.

»Natürlich nicht!«, mischte sich Terrence ein, seine tiefe Stimme ließ das Geschirr vibrieren. »Wir hatten nichts mit Herbs Mord zu tun, das schwöre ich Ihnen.«

»Das werden wir sehen«, erwiderte Tomek leise, dann drehte er sich zu Rachel und streckte seine Hand aus.

»Was soll das heißen?«, bellte Terrence. »Wovon reden Sie? Wir hatten nichts mit Herberts Mord zu tun!«

Tomek ignorierte sie, während er ein Reagenzglas von Rachel

entgegennahm und begann, ein Paar blaue forensische Handschuhe anzuziehen.

»Was machen Sie da?«, fragte Terrence weiter. »Wofür ist das?«

»Alina, ich muss Sie bitten, Ihren Mund für mich zu öffnen.«

Alina presste instinktiv ihre Lippen zusammen.

»Ich muss nur schnell eine DNA-Probe von Ihnen nehmen.«

Terrence stellte sich vor sie, sein felsartiger Bauch leistete gute Arbeit, um sie vor Tomek zu schützen.

»Das können Sie nicht machen! Sie haben kein Recht dazu! Lassen Sie mich Brendan anrufen, er wird-«

Tomek erstarrte und funkelte den Tölpel an, der sich mitten im Satz unterbrach.

»Was wird Brendan tun?«, fragte Tomek.

Terrence wurde plötzlich wortkarg und trat beiseite.

»Bitte, fahren Sie fort. Ich möchte hören, was Sie sagen wollten.«

»Nichts. Nichts. Ich wollte nichts sagen. Vergessen Sie, dass ich seinen Namen erwähnt habe.«

»Haben Sie seinen Einfluss und seine Macht genutzt, um in der Vergangenheit bestimmten Anklagen zu entgehen?«, fragte Rachel.

Keine Antwort.

»Wir wissen, dass er sehr überzeugend sein kann.«

Immer noch nichts.

»Sagen Sie es uns«, befahl Tomek. »Ansonsten wartet eine schöne Matratze auf Sie in der Wache.«

Terrence schüttelte den Kopf und begann, sich überschwänglich zu entschuldigen. »Er hat mir durch meine Sucht geholfen. Er hat dafür gesorgt, dass die Polizei damals von meinem Haus fernblieb. Das war alles. Ich schulde ihm viel.«

Das glaube ich Ihnen aufs Wort.

»Öffnen Sie bitte Ihren Mund, Alina«, sagte Tomek und schwenkte das Wattestäbchen vor ihrem Gesicht. »Es wird schneller vorbei sein, als Sie denken.«

Widerwillig öffnete Alina ihren Mund und Tomek rieb das Stäbchen an der Innenseite ihrer Wangen, wobei er sich Zeit ließ. Aus Bosheit. Als er fertig war, steckte er es zurück in das Röhrchen, übergab den Beweis an Rachel und zog dann seine Handschuhe aus, die er auf der Küchentheke für die Wohnungsbesitzer zurückließ.

»Wofür brauchen Sie das?«, fragte Alina mit schwacher Stimme, als hätte sie sich gerade von einer Prügelei erholt.

»Routine«, log Tomek. Dann fügte er hinzu: »Aus Neugier, sagt Ihnen Claire's Sumptuous Strawberry etwas?«

»Das ist der Name einer Lippenstiftmarke.«

»Richtig. Und hat das noch eine andere besondere Bedeutung für Sie?«

»Es ist…«, sie wandte sich an Terrence, dann zurück zu Tomek. »Es ist der Lippenstift, den Herbert mich jedes Mal tragen ließ, wenn wir Sex hatten.«

KAPITEL
SIEBENUNDVIERZIG

Dreißig Minuten wurden zu einunddreißig.

Einunddreißig zu zweiunddreißig.

»Klasse, das«, sagte Tomek. »Glaub nicht, dass sie noch auftaucht, Alter.«

Er hob seine Hand und winkte dem Besitzer zu. Morganas Café war heute Abend brechend voll. Genauso wie jeden Abend. Und Tag. Und jede Stunde, in der es geöffnet war. Egal wie oft Tomek das Café besuchte, es verblüffte ihn immer wieder, wie voll es war.

Einen Moment später eilte Morgana mit ihrem Stift und Notizbuch in der Hand und ihrem aufgesetzten Lehrbuchlächeln im Gesicht zu ihnen herüber.

»Was kann ich Ihnen bringen?«

»Ein Wurst-Ei-Brötchen bitte«, sagte Tomek.

»Das Gleiche für mich bitte«, antwortete Abigail seufzend.

»Sieh uns an, wie wir das Gleiche bestellen.«

»Fast so, als wären wir beide Menschen und mögen dieselbe Art von Essen.«

»Jemand ist ein bisschen verbittert«, erwiderte Tomek.

»Und ich habe jedes Recht dazu. Das ist das dritte Mal, dass sie abgesagt hat. Ich weiß nicht, wie viele Chancen ich ihr noch geben kann.«

Tomek zuckte mit den Schultern, nahm die Serviette vom Tisch und begann, mit den Fingern damit zu spielen. »Ich meine, du könntest mir einfach ihren Namen und ihre Informationen geben, und dann kann ich Anna vorbeischicken, um mit ihr zu sprechen.«

»Nein! Bist du blöd? Das ist das Letzte, was wir tun wollen. Dann kommt sie definitiv nicht.«

Tomek glaubte nicht, dass es Frau X schneller aus ihrem Loch locken würde, wenn man sie wie ein verängstigtes Reh behandelte, aber er entschied sich, sie nicht daran zu erinnern.

Als aus zweiunddreißig Minuten fünfunddreißig wurden, gab es immer noch kein Anzeichen von ihr. Es gab jedoch Essen auf dem Tisch. Köstliche Leckerbissen, wie Tomek es gerne nannte. Ein Snack für spätnachts. Eine Vorspeise vor seiner Hauptmahlzeit zu Hause mit Kasia. Der Teller vor ihm hatte großartige Ausmaße. Zwei Eier, zwei Scheiben Toast und mindestens sechs Streifen Speck, mit einer Beilage Bohnen in einer kleinen Schüssel, die er gar nicht bestellt hatte. Sein Mund wässerte beim Anblick.

Er wandte sich Abigail zu, die genauso über ihr Essen sabberte wie er.

»Ist das ein Date?«, fragte er.

»Nein.«

»Fühlt sich aber so an.«

»Ist es nicht.«

»Aber es hat alle Anzeichen dafür. Ein Restaurant. Eine Mahlzeit. Wir zwei – allein.«

»Das zählt nicht.«

»Das letzte Mal schon.«

»Ja, aber heute Abend nicht.«

»Kann *ich* es trotzdem als Date zählen?«

»Nein. Das funktioniert nicht, wenn nur einer von uns es als echtes Date betrachtet. Das ist, als würdest du sagen, du hättest ein Flugzeug geflogen, aber alles, was du getan hast, war im Cockpit zu stehen. Du musst deine Hände an den Steuerknüppel legen und den Vogel fliegen, bevor du es ein Date nennen kannst.«

Tomek sah sie erstaunt an. Euphemismen beiseite, er betrachtete es immer noch als ein Date, auch wenn sie es nicht so sah.

»Es tut mir leid, dass wir uns immer so treffen«, sagte sie, gerade als er einen Bissen Ei mit Speck in den Mund steckte.

»Wie treffen?«

»Bei der Arbeit... arbeitsbezogene Dinge tun. Weißt du, als du neulich in mein Büro kamst; das letzte Mal, als wir das getan haben, und jetzt tun wir es wieder.«

»Ist schon in Ordnung«, sagte er. »Es macht mir nichts aus. Ehrlich. Es gibt mir wenigstens noch eine Ausrede, dich zu sehen. Und zumindest fühle ich mich nicht so schlecht, wenn ich weiß, dass ein Arbeitsvorwand dahintersteckt.«

Abigail spielte nachdenklich mit ihrem Essen. »Du sagst nur, was du denkst, was ich hören will.«

Tomek wedelte mit seinem Messer vor ihr. »Nö. Was du hören willst, ist, dass dies *ein* Date ist.«

»Ich denke, das ist, was *du* hören willst«, erwiderte sie.

»Was ist das?«

»Dass dies ein Date ist!«

»Juhu!«, jubelte Tomek, wobei Essenskrümel aus seinem Mund flogen. »Hab dich! Du hast es zugegeben. Dies. Ist. Ein. Date. Und noch dazu ein gutes. Also verderb es nicht.«

Abigail seufzte tief, verdrehte die Augen und wandte sich ihrem Essen zu. Fast vierzig Minuten waren vergangen und noch immer kein Anzeichen von ihr. In der einundvierzigsten Minute gab Abigail auf.

»Da dies ein Date unter dem Deckmantel der Arbeit ist«, begann sie, »fühle ich mich nicht zu schlecht dabei, dich zu fragen, wie die Ermittlungen laufen.«

Tomek grinste. »Du weißt, dass ich dir nicht alles erzählen kann.«

»Vielleicht tust du es eines Tages.«

»Leider nicht dieses Mal«, erklärte er und erzählte ihr dann die ziemlich harmlose und uninteressante Geschichte von Albert Patterson, dem Metalldetektorgänger, der Herbert Tuckers Ehering am Strand entdeckt hatte.

»Armer Kerl«, sagte sie. »Klingt, als wäre er ziemlich an dem Ring gehangen.«

»Ich weiß. Ich fühlte mich schlecht, ihn ihm wegzunehmen. Ich hatte den Eindruck, er besaß nicht viel, und es war der letzte Besitz, den er noch hatte. Er war auch sehr vergesslich... ein bisschen durcheinander.«

»Ach je.«

Ein Moment der Stille senkte sich über den Tisch, während beide einen weiteren Bissen zu sich nahmen.

»Was ist mit dir? Was gibt's Neues in Southend und Umgebung?«

»Hast du es noch nicht gehört?«

Tomek runzelte die Stirn. »Wenn ich es gehört hätte, würde ich nicht fragen...«

»Wie auch immer. Es geht im Moment drunter und drüber. John hat mir grünes Licht gegeben, mit der Story weiterzumachen, an der ich arbeite. Er hat auch einigen der anderen Mädels grünes Licht gegeben, Geschichten über Brendan Door, den Bürgermeister, den Vorsitzenden von Southend FC, Anthony Arnold – die ganze Bande. Jeden Einzelnen von ihnen. Wir haben sogar Zugang zu den Southend Sieben bekommen.«

Tomek nahm sich einen Moment Zeit, um die Information zu verdauen. Das Haus fiel zusammen, und John Mullen stellte sicher, dass er der Einzige war, der draußen stand. Aber warum? Was hatte er jetzt zu gewinnen, da Herbert Tucker tot war? Versuchte er nur, die Namen aller anderen zu beschmutzen, damit er mit allem Ruhm bedeckt war? Oder hoffte er, dass der Geist der Öffentlichkeit so sehr von den schrecklichen Nachrichten über einige der prominentesten Persönlichkeiten ihrer Stadt gebeutelt würde, dass sie abgestumpft wären, wenn ein Artikel über ihn erschien, und die Wirkung geringer wäre? Tomek wusste es nicht. Aber ein Teil von ihm fand es beunruhigend. Während der andere Teil es kaum erwarten konnte zu erfahren, welche Art von Geschichten herauskommen würden.

»Du weißt, dass ich dir nicht alles erzählen kann«, sagte sie und zwinkerte.

»Vielleicht tust du es eines Tages«, sagte er.

»Vielleicht«, antwortete sie. »Kommt darauf an, wie gut du mich behandelst.«

Gerade als Tomek dabei war, das letzte Stück Essen in seinen Mund zu schieben, begann sein Handy auf dem Tisch zu vibrieren. Unbekannter Anrufer.

Er zog seinen Finger über den unteren Rand des Bildschirms und hielt ihn an sein Ohr, während er sich das Essen in den Mund stopfte.

»DS Bowen«, sagte er fast unhörbar.

»DS Bowen?«, wiederholte eine männliche Stimme. »Mein Name ist PS Knight. Mir wurde aufgetragen, Sie wissen zu lassen, dass Richard Stafford gerade im Victoria Shopping Centre gesichtet wurde. Einer unserer Beamten wartet jetzt vor Peacocks auf Sie.«

KAPITEL
ACHTUNDVIERZIG

Tomek wusste nicht, was verwirrender war: Warum ein reicher und wohlhabender Drogenboss in einem Laden wie Peacocks einkaufte oder warum er plötzlich wie aus dem Nichts aufgetaucht war. Seit das Team alle sechs anderen Mitglieder der Southend Seven befragt hatte, waren mehrere Versuche unternommen worden, den gesuchten Drogenhändler zu finden, aber Informationen der Drogenfahndung in Colchester, dem Hauptquartier der Essex Police, deuteten darauf hin, dass er nach Spanien geflogen war, und da kein Haftbefehl gegen ihn vorlag, hatte es keine Möglichkeit gegeben, ihn bei seiner Landung festzunehmen.

Tomek erreichte das Victoria Shopping Centre zwanzig Minuten nach dem Anruf. Der Komplex befand sich am oberen Ende der Hauptstraße, weniger als hundert Meter vom Bahnhof Southend Victoria entfernt. Mit dem Bau wurde Ende der sechziger Jahre begonnen und er wurde auch in dieser Zeit fertiggestellt. Seitdem war er eine feste Größe im Gebiet von Southend. Hunderttausende von Besuchern durchschritten jedes Jahr seine Türen, und Tomek war erstaunt bei dem Gedanken, dass Richard Stafford einer von ihnen war.

Am Eingang des Centers wartete ein junger Polizeikonstabel auf ihn, tadellos uniformiert, der mit den Armen an der Seite dastand, als wäre er

Mitglied der königlichen Garde gewesen oder hätte eine kurze Zeit beim Militär gedient.

Tomek schlenderte zu dem Mann und stellte sich vor.

»PC Ryan Blackpool«, erwiderte der Konstabel mit einem festen Händedruck.

»Hast du ihn noch im Auge?«

Blackpool deutete mit dem Kopf auf die Boots-Drogerie zu seiner Linken.

Passend.

»Er ist seit etwa zehn Minuten da drin. Zuerst war er etwa zwanzig Minuten bei Peacocks, dann ging er zu Deichmann, und jetzt ist er hier.«

»Ist er allein?«

Blackpool nickte. »Soweit ich das beurteilen kann, ja.«

»Ausgezeichnet. Überlass das mir. Wenn er dich in deiner Uniform sieht, könnte er in Panik geraten.«

Ein weiteres Nicken. Diesmal nahm der Konstabel seine Polizeimütze ab und hielt sie unter seinem Arm.

Tomek ließ den Mann stehen und ging auf den Laden zu. Manch einen Nachmittag hatte er dort mit Kasia verbracht, die Regale durchstöbert und nach den neuesten Make-up- und Haarprodukten gesucht. So sehr, dass er die Gänge mittlerweile wie seine Westentasche kannte. Er wusste, wo die Marken-Make-up-Gänge waren, wo die Damenbinden zu finden waren, wo die Haarfärbemittel aufbewahrt wurden und, was am wichtigsten war, er wusste, wo die Mittel gegen Gelenkschmerzen versteckt waren.

Als er gemächlich durch den Ladeneingang schlenderte und an den Make-up-Theken vorbeiging, fragte er sich, wie oft Herbert Tucker wohl durch diese Türen gegangen war. Ob er hereingekommen war und den Lippenstift Strawberry Surprise gekauft hatte, den er seine sexuellen Eroberungen hatte tragen lassen. Und ob er noch etwas anderes für diesen Zweck gekauft hatte, während er dort gewesen war.

Bevor er weiter darüber nachdenken konnte, entdeckte Tomek Richard Stafford im Gang mit der Zahnpasta. Es war offensichtlich, dass er fehl am Platz war und mit seinem ländlichen Look, den

Gummistiefeln und der Schiebermütze wie ein Pickel im Gesicht eines Teenagers herausstach.

Der Mann bückte sich gerade, um nach einer Packung Sensodyne-Zahnpasta zu greifen, als Tomek ihn ansprach.

»Herr Stafford?«

Richard schaute zu Tomek auf, Verachtung im Gesicht.

»Könnte sein. Kommt drauf an, wer's wissen will.«

»Detective Sergeant Tomek Bowen.« Tomek grinste selbstgefällig, als er die Hand ausstreckte, um Richard aufzuhelfen.

Der Mann ignorierte sie und kam auf die Beine, die Packung Zahnpasta in der Hand.

»Ich habe gehört, neun von zehn Zahnärzten empfehlen diese hier«, sagte er. »Muss ja gut sein, wenn das der Fall ist.«

Richard war unbeeindruckt. »Was willst du?«

»Ich würde gerne ein paar Fragen stellen, wenn ich darf?«

Inzwischen hatte sich am anderen Ende des Ganges eine kleine Menschentraube gebildet; Tomek hatte keinen Versuch unternommen, seine Stimme zu dämpfen, und war daher mehr als zufrieden, ein Publikum zu haben.

»Geht's um neulich?«

»Jep. Du bist ein schwer zu findender Mann.«

»So mag ich's.«

»Nun, du weißt ja, was man sagt. Ein Privatjet am Tag hält die Detective Sergeants fern. Also, sollen wir?«

Sie verließen den Laden einvernehmlich durch den Vordereingang, dicht beieinander wie gute Freunde auf einem banalen Einkaufsbummel, die Geld ausgaben, das sie nicht hatten, für Dinge, die sie nicht brauchten. Draußen wartete PC Blackpool auf sie, an eine Wand gelehnt, mit einer Hand in der Tasche.

»Hör auf, rumzustehen, als wärst du in einem Tarantino-Film, und komm mit uns«, sagte Tomek, als sie an ihm vorbeigingen.

Der Konstabel folgte ihnen schnell und eilte hinterher. Draußen, am oberen Ende der Hauptstraße, bogen sie links ab und gingen in Richtung der Pizza Hut an der Ecke. Dort hatte Tomek hinter Blackpools Polizeifahrzeug geparkt. Als sie am Polizeiauto ankamen, öffnete Tomek die hintere Tür und bedeutete Richard einzusteigen.

»Wirklich?«, fragte der Mann.

»Es ist nur ein Gespräch. An einem etwas weniger peinlichen Ort als einer Drogerie.«

Widerwillig und mit der Haltung eines trotzigen Teenagers beugte Richard Stafford den Kopf und stieg auf den Rücksitz. Als Tomek die Tür hinter ihm schloss und anfing, um das Fahrzeug herumzugehen, rief eine Stimme hinter ihnen.

»Blackpool, wo warst du, Alter?«

Ryan, verwirrt und in höchster Alarmbereitschaft, drehte sich um und sah einen Mann auf ihn zukommen. Der Zustand des Mannes verwirrte Tomek. Sein Haar war zerzaust, sein Bart ungepflegt und sein Gesicht schmutzig. In seinen Armen trug er einen grün-grauen Schlafsack, und auf seiner Schulter war ein großer Rucksack mit passenden Farben. Jeder Teil seines Äußeren deutete darauf hin, dass er obdachlos war, einschließlich seiner fehlenden Zähne, doch seine Kleidung verwirrte Tomek. Er trug einen fast makellos gebügelten grauen Anzug. Teuer, maßgeschneidert.

»Alles klar, Rick?«, sagte Ryan. »Hab dich 'ne Weile nicht gesehen. Wo warst du?«

»Ach, du weißt schon. Hier und da. Unterwegs.«

»Siehst aber schick aus, muss ich sagen. Wo hast du das her?« Ryan musterte den Mann von oben bis unten und zeigte auf seine Schuhe. »Hab dich noch nie in so was Sauberem gesehen.«

»Irgendein Typ hat es mir neulich Nacht einfach vorbeigebracht, weißt du?«

»Was sagst du da?«

Tomek drehte sich um und ging wieder um die Rückseite des Autos.

»Ja, es war verrückt, aber ich wollte nicht nein sagen. Dieser Kerl kam mitten in der Nacht zu mir. Hat mich geweckt und so, und gefragt, ob ich meine Klamotten gegen den Anzug seines Kumpels tauschen wollte.«

Tomeks Hand lag auf dem Türgriff des Autos, als er stoppte. »Was hast du gerade gesagt?«

Rick erstarrte, sein Körper spannte sich an. »Nichts. Ich hab nichts gesagt.«

»Ist schon okay, Rick«, warf Ryan ein. »Er ist mit mir. Du wirst nicht verhaftet.«

»Oh. Na gut. In dem Fall, was willst du wissen?«

Tomek schnaubte. »Was hast du gerade über jemanden gesagt, der dir diesen Anzug gegeben hat?«

»Irgendein Typ hat mich einfach mitten in der Nacht geweckt, mir diesen Anzug ins Gesicht gewedelt und gefragt, ob ich ihn gegen meine Klamotten tauschen will.«

»Hast du gefragt, warum?«

»Er sagte, es sei für einen Streich. Er würde einem seiner Kumpels einen Streich spielen.«

»Hast du sein Gesicht gesehen?«, fragte Tomek.

»Nicht wirklich, Kumpel. Es war dunkel. Ich war müde. Und mir sind fast die Eier abgefroren, also war ich mehr daran interessiert, warm zu werden.«

Scheiße.

»Hat er dir sonst noch was gegeben? Irgendwelches Geld?«

»Warum willst du das wissen?«, fragte Rick, während sein Körper sich versteifte.

»Nur neugierig.« Tomek machte eine Pause, während sein Gehirn die Informationen verarbeitete. Dann schaute er durch das hintere Fenster und zeigte hindurch. »Sieht der Typ in diesem Auto wie er aus?«

Ricks Gesicht verzog sich, als er sich zur Seite neigte, um einen besseren Blick auf Richard Stafford zu werfen, der im Auto saß.

Einen Moment später schnellte er wieder hoch wie der Schwanz eines Hundes und sagte: »Nee, sorry, Kumpel. Der ist es nicht. Hat auf keinen Fall solche Klamotten getragen.«

Doppelte Scheiße.

»Kannst du dich erinnern, welche Kleidung er anhatte?«

Rick steckte sich einen Finger in die Nase, während er angestrengt nachdachte. »Glaube, er trug einen Anzug oder so was. Oder vielleicht war es ein Trainingsanzug. Möglicherweise ein Hoodie. Kann mich nicht erinnern, wenn ich hundertprozentig ehrlich zu dir sein soll. Es war dunkel, wie ich schon sagte. Und ich war in meiner eigenen kleinen Ecke versteckt, während ich mich umgezogen hab und so.«

Tomek nickte verständnisvoll. »Gibt es noch etwas anderes, an das du dich erinnern kannst? Irgendetwas, was er vielleicht gesagt hat? Irgendetwas, was er vielleicht getan hat? In welche Richtung er gegangen ist?«

»Er war mit einer Frau zusammen, aber ich hab sie nicht gesehen. Sie war irgendwo um die Ecke. Sie hat nur ›Komm schon‹ gerufen und dann ist er hinter ihr hergerannt.«

Dreifache Scheiße.

Die Mörder waren da gewesen. Und sie hatten einen Zeugen gehabt. Vielleicht hatten sie nicht gedacht, dass Rick jemals zur Polizei gehen würde, oder dass er ihnen jemals am Straßenrand begegnen würde.

»Hast du ein Handy oder so?«, fragte Tomek. »Damit wir dich bei Bedarf kontaktieren können.«

»Sieht es für dich so aus, als würde ich ein Handy mit mir rumschleppen?«

»Nein. Du hast recht. Tut mir leid.«

Dummes Arschloch.

»Wie sieht's mit den Klamotten aus? Könnten wir die von dir bekommen? Wir müssen sie auf Beweise untersuchen.«

»Auf keinen Fall. Keine Chance, dass ihr die bekommt. Was zum Teufel soll ich dann anziehen? Das ist alles, was ich habe.«

»Wir können etwas für dich im Lager finden.«

»Nee, vergiss das. Ihr könnt mir stattdessen was kaufen.«

Tomek überlegte einen Moment. Dann hatte er eine Idee. Er öffnete die Autotür und zeigte auf den Gegenstand in Richards Hand.

»Kann ich die haben?«

»Meine Zahnpasta? Absolut verflucht nicht.«

»Komm schon. Dieser Kerl braucht sie mehr als du. Und ich bin sicher, du kannst dir eine neue kaufen.«

Widerwillig, als hätte Tomek ihn gerade gebeten, sein gesamtes

Erspartes abzugeben, reichte Richard Stafford die Tube Zahnpasta rüber. Arschloch, dachte Tomek, als er die Packung an Rick warf.

»Betrachte das als Anzahlung«, sagte er, dann wandte er sich an Ryan. »Kann ich das dir überlassen?«

Ryan nickte und bestätigte, dass er es übernehmen könne.

Tomek wandte sich Rick zu. »Im Namen von Herbert Tuckers Familie danke ich dir für deine Hilfe.«

Einen Moment später stieg er in den Rücksitz des Autos. Die Tür schlug zu und umschloss sie in einer Blase der Stille.

»Hast du die Antworten bekommen, die du von ihm brauchtest?«, fragte Richard Stafford.

»Leider nicht, das bedeutet, dass ich dir noch einige stellen muss.«

»Du kannst dir den Atem sparen, Kumpel«, erwiderte Richard und fummelte an seiner Mütze herum. »Ich hatte nichts mit Herberts Mord zu tun. Das hab ich euch Jungs neulich schon gesagt.«

»Warum bist du dann weggelaufen?«

»Bin ich nicht.«

»In ein anderes Land zu fliegen deutet auf etwas anderes hin.«

»Ich habe dort geschäftliche Interessen, die meine sofortige Aufmerksamkeit erforderten.«

Tomek grunzte und drehte sich zur Frontscheibe um.

»Hätte dich nie für einen Peacocks-Shopper gehalten«, sagte er.

»Ich mag ihre Unterwäsche.«

»Aber du hast keine gekauft?«

Tomek konnte Bullshit riechen.

»Sie hatten meine Größe nicht.«

»Welche Größen haben sie denn dort? Unzen oder Gramm?«, fragte Tomek und wagte einen Vorstoß.

»Ist das, worum du mich fragen wolltest, Detektiv? Oder geht es um den Tod meines lieben alten Freundes?«

»Weder noch. Es geht um das Geheimnis, das du mit ins Grab nehmen wirst.«

Richard drehte langsam seinen Kopf zum Seitenfenster und beobachtete die Passanten, die am Fahrzeug vorbeischlenderten, der Klang ihrer Gespräche und Schritte gedämpft.

»Ich fürchte, ich weiß nicht, wovon du sprichst, Detektiv. Ich habe keine Geheimnisse.«

»Das ist eine genauso große Lüge wie die Sache mit den neun von zehn Zahnärzten, und das weißt du auch.«

»Mein Zahnarzt würde dir da widersprechen.« Ein schiefes Grinsen breitete sich auf Richards Gesicht aus.

»Du weißt also nichts über Herberts Tod?«

»Leider nicht, Detektiv. Es gab viele Leute, die meinen Freund nicht mochten, einschließlich einiger meiner anderen Freunde, wie dir sicher bewusst ist. Sie alle hatten Gründe, ihm zu schaden, aber niemals, ihn zu töten. Sie sind alle in gleichem Maße für vieles mitverantwortlich.«

KAPITEL
NEUNUNDVIERZIG

Tomek verbrachte die nächsten Stunden damit, Richard Staffords Worte zu verarbeiten.

Sie alle hatten Gründe, ihm zu schaden, aber niemals, ihn zu töten.

Sie sind alle genauso schuldig wie alle anderen an vielen Dingen.

Das Geheimnis, das Richard Stafford mit ins Grab nahm, wurde ihnen in Rätselform mitgeteilt. Es war nur schade, dass weder er noch der Rest des Teams dessen Bedeutung entschlüsseln konnten. Etwas an seiner Wortwahl und der Art, wie er es gesagt hatte, deutete darauf hin, dass es etwas anderes über Herbert Tucker gab, das er und das Team hätten wissen sollen, aber nicht wussten. Dass hinter den Kulissen noch etwas anderes vor sich ging.

»Welche Steine gibt es noch umzudrehen?«, fragte Nick.

Im Raum befanden sich Sean und Victoria, die vier ranghöchsten Mitglieder des Teams. Nick hatte die Krisensitzung kurz nachdem ein Artikel im *Southend Echo* erschienen war, einberufen. Der Artikel stellte Nicks berufliche Verbindung zu Brendan Door in Frage. Der Artikel hatte die Integrität und Fähigkeit des Hauptkommissars für den Job in Zweifel gezogen. Etwas, das er entschlossen war, mit einer schnellen und effizienten Verhaftung für Herberts Mord zu überschreiben.

»Mir fällt nichts ein, Sir«, antwortete Sean.

»Nun, ich bin froh, dass Sie hier sind, Sergeant, mit Ihrem fantastischen Scharfsinn«, zischte Nick. »Verdammte Scheiße.«

Sean senkte den Kopf und blieb die nächsten paar Minuten ruhig.

Dann begann Nick, im Raum auf und ab zu gehen und murmelte Richard Staffords Worte vor sich hin.

»Sie sind alle genauso schuldig wie die anderen... Was meint er damit? Könnten sie alle beteiligt gewesen sein? Könnten sie das zusammen geplant haben? Alle neun?«

»Neun, Sir?«, fragte Tomek.

Nick hielt plötzlich an und begann, an seinen Fingern abzuzählen. »Alina, Terrence, John, Brendan, Nora, Gregory, Anthony, James und Richard Stafford.«

»Behandeln wir Nora als Verdächtige?«, fragte Tomek.

»Bis wir ihre und Alinas DNA-Proben zurückbekommen, absolut. Irgendwo ist eine Frau beteiligt, und es ist eine von ihnen.«

»Also ist es entweder Brendan als Komplize oder Terrence.«

»Welche Frau wollte ihn mehr tot sehen?«, fragte Victoria. »Die, die finanziell so stark von ihm abhängig war und kurz davor stand, diese Einnahmequelle zu verlieren, oder die Frau, die er so oft betrogen hat und der er mit Scheidung gedroht hat?«

»Es handelt sich um dieselbe Frau«, antwortete Tomek und verschränkte die Arme vor der Brust. »Sie haben beide die gleichen Motive. Beide waren finanziell von ihm abhängig, und in den letzten Monaten hatte er gedroht, dieses Einkommen zu kappen. Es kommt auf die Männer an.«

Victoria verdrehte die Augen und lehnte sich in ihrem Stuhl zurück.

»Was denkst du, Tomek? Mach weiter«, beharrte Nick.

»Terrence war der Aufsteiger, der Stellvertreter, bestimmt für politische Größe, bis Herbert ihn mit seiner Drogensucht bekannt machte und ihn aus dem Team warf. Während Brendan finanziell von ihm abhängig war; die Schmiergelder, um die Drogen weiterhin in die Stadt zu bringen. Aber ich denke, Herbert war in diesem speziellen Fall mehr auf Brendan angewiesen. Wenn ich mich also entscheiden müsste, liegt Terrence für mich vorne.«

»Und Sie sind sicher, dass Richard Stafford überhaupt nicht in dieses Bild passt?«

Tomek schüttelte den Kopf. »Zuerst dachte ich, er könnte etwas damit zu tun haben. Angesichts dessen, wofür er gesucht wird, wäre es sinnvoll, dass er die kriminellen Kontakte hätte, um so etwas zu arrangieren, aber nach dem, was Rick gesagt hat, glaube ich nicht, dass er es ist.«

»Du glaubst wirklich, dass wir der Zeugenaussage eines Obdachlosen vertrauen können?«, begann Victoria. »Woher wissen wir, dass er nicht einer von Richards Konsumenten ist? Woher wissen wir, dass er ihn nicht einfach deckt?«

»Weil einer unserer eigenen Leute für Rick gebürgt hat. Er ist kein Konsument. Er nimmt keine Drogen. Er hatte nur viel Pech, soweit ich gehört habe.«

»Das befreit ihn trotzdem nicht von-«

»Versuch mal, auf der Straße zu leben«, unterbrach Tomek. »Dann sieh, wie schnell du die Gelegenheit für neue Kleidung ergreifen würdest.«

»Genug!«, bellte Nick, seine Stimme hallte bis auf den Flur. »Genug, ihr beiden. Wir haben noch immer einen Mord aufzuklären.« Er seufzte tief. »Was ist mit dem Ring? Ist da schon was zurückgekommen?«

Sean schüttelte den Kopf. »Nichts, Chef. Keine DNA, nichts. Er wurde so gründlich gereinigt, dass die Jungs ihn fast für brandneu gehalten hätten.«

»Scheiße. Was ist mit-?«

Bevor Nick zu Ende sprechen konnte, flog die Tür auf und Oscar stürmte herein, atmete schnell und klammerte sich an den Türgriff, um zu verhindern, dass sein Schwung ihn in den Raum trug.

»Tut mir leid, die Unterbrechung, Chef«, sagte er keuchend, »aber das ist wichtig.«

Ein weiterer Seufzer. Leichter diesmal, erfüllt von einem Gefühl des Optimismus. »Was ist es?«

»Digitale Forensik. Sie haben gerade den Bericht für Herbert

Tuckers Telefon und Laptop geschickt.« Oscar schwenkte einen Stapel Dokumente in der Luft.

»Und? Was haben sie gefunden?«

Oscar schloss die Tür hinter sich und eilte in die Mitte des Raumes. Seine Augen waren wild vor Aufregung und seine Bewegungen waren hektisch.

»Sie haben Dutzende von Textnachrichten und E-Mails gefunden, die beweisen, dass Herbert Tucker und seine kleine Gruppe von Politikern und einflussreichen Personen der Southend Seven einen Menschenhandelsring für sexuelle Ausbeutung betrieben haben.«

Stille.

Niemand sagte etwas, während sie die Informationen verarbeiteten.

Sean war der Erste, der sprach. »Wer war beteiligt?«

»Alle. Der PFCC, der Bürgermeister, James Colehill, John Mullen, Terrence Toffolo, alle. Sie holten Mädchen aus Osteuropa, brachten sie unter - buchstäblich - in diesem Club und zwangen sie dann, zu tun, was die Southend Seven wollten.«

Tomeks Gedanken schienen tausend Meilen pro Stunde zu arbeiten.

Die Namen der Verdächtigen tauchten schnell in seinem Kopf auf und verschwanden fast genauso schnell wieder.

Dann Noras Worte: *Er hatte eine Vorliebe für Osteuropäerinnen. Auf seinem Handy tauchte immer irgendein ausländischer Name auf.*

Alles begann einen Sinn zu ergeben. Alina Zandecka hatte gelogen. Sie war von den Menschenhändlern ins Land gebracht und im System gehalten worden, bis sie schwanger wurde. Von da an hatte sich das Blatt gewendet und ihre Macht innerhalb der Gruppe war gewachsen. Sie hatte Herbert in der Hand und konnte das in den letzten vier Jahren ausnutzen, während sie für die Beschaffung anderer Frauen aus Übersee verantwortlich war. Tomek wollte nicht daran denken, wie viele Leben sie verändert hatte, alles für ein monatliches Honorar.

»Deshalb wirft John Mullen alle anderen unter den Bus«, sagte Nick leise, als würde er es sich selbst erklären. »Deshalb gibt er all diese Informationen über die anderen preis. Er wusste, dass es nur eine Frage der Zeit war, bis diese Nachricht herauskam, also versuchte er, so viel wie möglich abzulenken.«

»Was ist mit Richard Stafford?«, fragte Tomek, allmählich zu sich kommend. »Du hast seinen Namen nicht erwähnt.«

»Das liegt daran, dass er in keiner der E-Mails oder Korrespondenzen auftaucht.«

Tomeks Blick wich von Oscars ab und landete auf dem Tisch in der Mitte des Raumes. »Er war nur für die Lieferung der Drogen für ihre Partys verantwortlich; der Rest von ihnen war für die Beschaffung der Mädchen zuständig.«

»Eigentlich fiel diese besondere Verantwortung hauptsächlich Keith Ferguson zu.«

»Der Typ, der sich umgebracht hat?«

»Ja.«

»Verdammt.«

Das erklärte seinen Selbstmord.

Keith Ferguson hatte sich nicht darum gesorgt, was über ihn bezüglich seiner Drogen- und Prostituiertengewohnheiten herauskommen könnte. Er hatte sich mehr Sorgen darüber gemacht, dass die Polizei seine Beteiligung am Frauenhandel über den Kontinent für Sex aufdecken würde.

Und dann stoppten die Gedanken, unterbrochen von einem sanften Husten.

Alle vier Männer drehten sich zu Victoria um.

»Ich möchte nicht den Advocatus Diaboli spielen«, sagte sie sanft, »aber nichts davon erklärt, wer Herbert Tucker getötet hat.«

KAPITEL
FÜNFZIG

Victoria hatte Recht gehabt. Keine der Anschuldigungen wegen Menschenhandels hatte irgendetwas mit dem Mord an Herbert Tucker zu tun. Aber das hinderte sie nicht daran, die Verantwortlichen zu verfolgen.

In den nächsten Tagen verhafteten Tomek und das Team alle Personen, die mit den E-Mails und Textnachrichten in Verbindung standen, und gingen akribisch die Beweise durch, die von den digitalen Forensikteams gesammelt worden waren: E-Mails von Herbert und John Mullen mit Anweisungen an Keith Ferguson und Terrence Toffolo, wann sie nach Rumänien und Litauen fliegen sollten, wohin sie gehen, mit wem sie sprechen und wann sie zurückkommen sollten. Das Team hatte sogar die Flughistorie der Männer bei verschiedenen Fluggesellschaften überprüft und ihre Bewegungen bestätigt. Außerdem waren Rachel und Anna losgeschickt worden, um nach mehreren Frauen zu suchen, von denen sie vermuteten, dass sie Opfer von Menschenhandel waren. Glücklicherweise hatten sie diese gefunden. Und noch erfreulicher war, dass die Frauen mehr als bereit waren zu reden. Vollständige Zeugenaussagen, die die letzten Nägel in die Särge für mehrere Mitglieder der Southend Seven einschlugen.

Mit Ausnahme von zweien: Richard Stafford und Anthony Arnold, dem Staatsanwalt der CPS.

Beide Männer waren in den E-Mails nicht erwähnt worden, und es gab keine Hinweise darauf, dass einer von ihnen in die Verbrechen verwickelt war. Was nach Tomeks Ansicht kein Zufall war, wenn man bedenkt, dass die Person mit den umfassendsten Rechtskenntnissen es geschafft hatte, eine Strafverfolgung für sich selbst und für denjenigen zu vermeiden, mit dem sie die wichtigsten geschäftlichen Beziehungen unterhielt. Zu Tomeks Überraschung hatte auch keines der anderen Mitglieder der Southend Seven beide Männer verraten. Da es jedoch keine Beweise gegen sie gab, konnte Tomek sie weder verhaften noch anklagen. Der einzige Trumpf, den Tomek im Ärmel hatte, war die Mitteilung, die er an das Essex-Hauptquartier in Colchester geschickt hatte, in der er seinen Verdacht äußerte, dass Richard Stafford den größten Teil seines Drogengeschäfts aus dem Peacocks-Bekleidungsgeschäft im Victoria Shopping Centre betrieb. Tomek vermutete, dass Richard Stafford dort hineingeht, mit den Mitarbeitern, die alle auf seiner Gehaltsliste stehen, verhandelt und von dort aus Tonnen von Drogen verschifft, die auf die Straßen gelangen. Es war nur ein Bauchgefühl, aber immerhin eine Ahnung. Und im Laufe der Jahre hatte sein Instinkt ihn nur ein paar Mal im Stich gelassen. Jetzt lag es am Drogenteam, die Verbindung zu finden und die Punkte zu verbinden.

Am Ende der Woche hatte das Team Terrence Toffolo, John Mullen, Brendan Door, James Colehill und Gregory Chaplin erfolgreich wegen einer Vielzahl von Straftaten angeklagt.

Die letzte auf ihrer Liste war Alina Zandecka.

Basierend auf den Informationen, die das digitale Forensikteam zusammengestellt hatte, und den Zeugenaussagen, die Martin und Oscar gesammelt hatten, hatte Alina Zandecka eine zentrale Rolle beim Handel mit den ahnungslosen Frauen gespielt. Sie hatte sich als ihre Freundin ausgegeben, vorgetäuscht, sie unterzubringen und einzugewöhnen unter dem Vorwand, dass ihnen ein gutes Leben geboten wurde. Sie hatte sie manipuliert und auf die Arbeit vorbereitet, die von ihnen erwartet wurde, alles für ihre monatliche Pauschale von fünftausend Pfund.

Sie hatten eine Fülle von Beweisen gegen sie für das Vergehen. Das Einzige, was sie nicht gegen sie hatten, waren Beweise, die darauf hindeuteten, dass sie Herbert Tucker getötet hatte.

Tomek hatte die letzte Stunde ihr und ihrem Anwalt gegenübergesessen und versucht, sie zum Reden zu bringen. Aber sie sprach nicht. Die Worte »keine Stellungnahme« waren alles, was aus ihrem Mund gekommen war. Sie war ein geschlossenes Buch, und egal welche Taktik er versuchte, sie würde nicht aufgeben.

Das Problem war, dass es sehr wenige Beweise gab, die darauf hindeuteten, dass sie es getan hatte.

Das Einzige, was sie gegen sie hatten, war ein Motiv.

Und natürlich die DNA-Ergebnisse des Lippenstifts, auf die sie immer noch warteten.

———

Einige Stunden später kehrte Tomek ins Büro zurück und fühlte sich geschlagen. Er fand Nick und den Rest des Teams im Großeinsatzraum.

»Und?«, fragte Nick, mit reichlich Hoffnung in seiner Stimme.

Tomek bot dem Hauptkommissar ein Kopfschütteln.

»Nichts«, sagte er. »Ich habe es versucht, aber alles, was sie sagte, war 'keine Stellungnahme'.«

»Scheiße!«

Mit einem wütenden Schwung schleuderte Nick einen Kugelschreiber auf die andere Seite des Raums. Diejenigen, die sich in seinem Weg befanden, waren gezwungen, sich zu ducken und auszuweichen, wenn sie nicht getroffen werden wollten.

»Wir sind so verdammt nah dran, ich kann es fühlen.«

»Es ist nicht das Ende der Welt«, bot Sean an. »Wir haben immer noch die DNA-Ergebnisse, um-«

Und dann klopfte es an der Tür. Leise, fast unhörbar.

Liam Porter, der Tatortmanager, steckte seinen Kopf durch den Türspalt. »Störe ich etwas?«

»Ja«, zischte Nick. »Was willst du?«

Porter zeigte einen lila Ordner in seinen Händen, dann tat er einen zögernden Schritt durch die Tür und überschritt die Schwelle in die eisige Atmosphäre. Er ging geschickt auf Nick am Kopfende des Raumes zu und überreichte dem Hauptkommissar den Ordner.

»Ich habe keine Zeit, das zu lesen«, sagte Nick.

»Möchten Sie stattdessen die Zusammenfassung?«

»Ja. Raus damit. *Bitte.*« Die Betonung, die Nick auf das letzte Wort legte, war so offensichtlich wie die Ungeduld in seinem Gesicht.

Bevor er sich an den Raum wandte, räusperte sich Liam. »Es sind Ihre DNA-Ergebnisse. Die Mundprobe, die Sie uns geschickt haben.«

»*Probe*?«, wiederholte Tomek und trat unbeabsichtigt einen Schritt vor.

»Ja«, antwortete Liam kleinlaut. »Wir haben nur eine Probe zur Untersuchung geschickt.«

»Nein, nein, nein. Es sollten zwei sein.«

Tomek blickte zu Rachel und Anna hinunter, in der Erwartung, dass sie seine inneren Gedanken hören würden.

»Ich habe die Probe weggeschickt, ich schwöre«, antwortete Rachel zuerst.

»Ich auch«, fügte Anna hinzu. »Sobald ich zurück war.«

»Wie zum Teufel wurde also nur eine Probe abgeschickt?«, schrie Tomek. Dann traf ihn die Antwort wie eine Ohrfeige, und er hob seinen Blick, bis er Nicks traf.

»Brendan…«, sagten beide gleichzeitig.

»Chey, ich möchte, dass du den Server überprüfst«, begann Nick. »Ich will wissen, wer auf die Dateien zugegriffen hat und wer die Beweismittel entfernt hat, von dem Zeitpunkt, an dem sie eingereicht wurden, bis zu dem Zeitpunkt, an dem sie verschickt wurden.«

Chey nickte, erhob sich aus seinem Stuhl und eilte aus dem Raum.

Alle Augen fielen auf den Ordner in Nicks Hand.

Zögernd hielt der Hauptkommissar ihn vor sich, öffnete ihn…

Tomek hielt den Atem an, während er darauf wartete, die Antwort zu hören, auf die sie alle gewartet hatten.

»Die eingereichte DNA-Probe gehörte einer Frau Alina Zandecka«, sagte er, »und sie ist negativ. Ihre DNA stimmt mit keinem der auf Herbert Tuckers Hand gefundenen Profile überein.«

▭

Womit nur noch eine Person übrig blieb.

Nora Tucker. Herberts hinterhältige und ehebrecherische Frau, diejenige, die während eines Großteils der Ermittlungen unter dem Radar geblieben war.

Eine schnelle Überprüfung des Systems bestätigte Tomeks und Nicks Verdacht, dass Brendan Door auf Noras DNA-Probe zugegriffen und sie aus den Beweismitteln entfernt hatte. Die beiden hatten zusammengearbeitet, aber während sie Brendan in Gewahrsam hatten, fehlte ihnen das letzte Puzzlestück.

Das einzige Problem, das nun noch bestand, war, sie zu finden.

Just als Tomek die Polizeistation auf dem Weg zum Tucker-Haushalt verließ, wurde er auf dem Parkplatz von Abigail abgefangen. Sie trug einen dicken Wintermantel, und ihre Wangen waren gerötet.

»Jetzt ist keine gute Zeit, Abi«, sagte er zu ihr.

»Da ist jemand, den du sehen musst.«

»Frau X ist hier?«

»Nein. Aber ihre Eltern sind da. Und sie haben etwas, was sie dir sagen müssen.«

Tomek schaute auf seine Uhr, bevor er dem Treffen zustimmte. Die dreiköpfige Familie – Mutter, Vater und eine Schwester – warteten in Morgana's auf ihn. Die Fahrt war glücklicherweise kurz, da die Straßen für die Februar-Halbzeitferien frei waren und um dem Regen auszuweichen, der heftig zu fallen begonnen hatte.

Als sie eintraten, entdeckte Tomek die Familie sofort. Sie wirkten am fehlplaziertesten, als ob es ihnen unangenehm wäre, dort zu sein, sie fühlten sich unwohl im Schmutz und Fett, unwohl unter den Menschen um sie herum. Den Menschen, die in ihren Augen aus sozialen Schichten stammten, die einige Ligen unter ihnen lagen.

»Tomek, das sind Stephanie, Alan und ihre Tochter Felicity. Sie haben etwas, von dem sie denken, dass du es über Herbert Tucker wissen solltest.«

KAPITEL
EINUNDFÜNFZIG

Tomek brachte den Wagen zum Stehen, als die Reifen auf dem rutschigen Pflaster schlitterten. Er schaltete den Motor aus, rollte aus dem Auto und sprintete zur Haustür von Nora Tucker. Der Regen prasselte auf den Beton und peitschte ihn von allen Seiten. Über ihm zwang der Wind die Bäume in die Knie und ließ sie unter dem Druck zittern und schwanken. Als er die Haustür erreichte, hämmerte er mit der Faust dagegen.

Nach dem dritten Schlag hielt er inne.

Die Tür war unverschlossen und schwang nun sachte ins Haus hinein. Tomek trat vorsichtig und behutsam ein und schloss die Tür hinter sich.

Stille. Die gut verarbeitete und teure Tür schloss die Geräusche von Regen und Wind perfekt aus.

Er wartete, hielt den Atem an, lauschte.

Nichts. Kein Anzeichen von Bewegung. Kein Lebenszeichen.

»Hallo?«, rief er, bekam aber keine Antwort.

Noch vorsichtiger jetzt, sein Körper hellwach für das leiseste Geräusch, bewegte sich Tomek tiefer ins Haus hinein, beginnend mit dem Wohnzimmer. Der Raum war leer, nahezu perfekt sauber und sah aus, als wäre er seit Wochen nicht berührt worden. Dasselbe galt für den

Rest des Erdgeschosses. Die interessanten Teile befanden sich jedoch oben. Tomek hatte sich noch nie so weit vorgewagt. Das obere Stockwerk bestand aus fünf Schlafzimmern, einem Büro, zwei Badezimmern und einem Ensuite-Bad im Hauptschlafzimmer.

Oben an der Treppe hielt er an und lauschte, wobei er das Geländer mit beiden Händen umklammerte. Das Haus war still, lautlos.

Sein erster Halt war das Schlafzimmer von Nora und Herbert. Ein großes Kingsize-Bett nahm den Großteil des Raumes ein und war von dickem, dunkelgrauen Teppich umgeben. Flauschige rosa Kissen lagen ordentlich vor den Kopfkissen, und ein dünner weinroter Überwurf war über das Fußende des Bettes gefaltet. Die Fenster blickten auf den Garten hinaus. Tomek schlurfte zu ihnen und starrte auf die Aussicht. Unten blubberte der Swimmingpool, als Tausende von Regentropfen hineinstürzten, und die Möbel – Stühle, ein Tisch und ein Grill – waren dem Wind zum Opfer gefallen.

Tomek drehte sich um, um zu den anderen Räumen zu gehen, aber als er das tat, erblickte er aus dem Augenwinkel eine Gestalt.

»Scheiße!«, schrie er und sprang zurück.

Dann erkannte er, dass es sein Spiegelbild in einem riesigen, vom Boden bis zur Decke reichenden Spiegel war, den er beim Betreten übersehen hatte.

»Bescheuertes Scheißding«, fluchte er über den leblosen Gegenstand, der sich nicht verteidigen konnte.

Gegenüber dem Fußende des Bettes stand ein Schminktisch, vollgestopft mit Reihe um Reihe von schwarzen Stiften unterschiedlicher Dicke, die aus einer Reihe von Plexiglasbehältern ragten. Tomek hatte noch nie in seinem Leben so viel Make-up gesehen, nicht einmal in Supermärkten. Es gab insgesamt vier Plexiglashalter. Einen für Eyeliner. Einen für Mascara. Einen für Pinsel. Und einen weiteren, der das enthielt, was er als Foundation kennengelernt hatte. Oder so ähnlich. Er wusste nicht, was es war; er wusste nur, dass es ein wichtiger Teil des Schminkprozesses war.

Tomek bewegte sich näher an den Tisch heran und begann, den Inhalt zu durchsuchen. Er fand nichts in den Boxen, aber als er auf eine versteckte Schublade am Boden stieß, fand er sofort, wonach er suchte.

Den Lippenstift.

Strawberry Surprise in all seiner Pracht.

Tomek griff danach und hielt ihn fast so behutsam wie Albert Patterson den Ehering, den er an der Strandpromenade gefunden hatte. Er war kleiner, kindlicher, als er erwartet hatte. Bevor ihn die Versuchung überkam, etwas davon auf seine Lippen zu schmieren, um ihn selbst zu probieren, packte er den Lippenstift fest in seine Hand und schloss die Schublade. Als er auf dem Weg aus dem Zimmer war, hielt er an einem Nachttisch an. Die kleinen Glühbirnen der Intuition flackerten auf, und etwas in seinem Gehirn sagte ihm, dass er ihn untersuchen sollte.

Langsam, als könnte es eine Explosion auslösen, öffnete er die einzige Schublade im Nachttisch. Dort, ganz oben, in vier Teile gefaltet, lag eine Fotokopie des anstößigen Bildes von Herbert Tucker im Herrenclub. Tomek hob es heraus und entfaltete es, bis der Mann ihn anstarrte, sein Mund mit rotem Lippenstift bedeckt, sein Gesicht und sein Fleisch mit Schmutz und Dreck beschmutzt.

Tomek wurde übel beim Anblick. Bei dem Mann, der denen, über die er sich lustig machte, so viel versprochen hatte. Bei dem Mann, der alles verkörperte, was in der Politik falsch lief.

Er wandte sich ab, als er es einsteckte, verließ den Raum und betrat den nächsten. Der Rest des Hauses war wie das Hauptschlafzimmer: völlig sauber und völlig leer. Entweder hatte die Putzfrau einen hervorragenden Job gemacht, oder es war etwas anderes passiert.

Tomek griff in seine Tasche und rief Anna an.

Die Polizeibeamtin nahm beim zweiten Klingeln ab.

»Ist alles in Ordnung, Chef?«

»Sie ist nicht hier«, sagte er und starrte auf eine Metallskulptur eines Hirsches im Flur, die so fehl am Platz wirkte, wie Tomek sich fühlte. »Wissen Sie, wo sie sein könnte? Hat sie Ihnen etwas darüber gesagt, dass sie mit den Mädchen irgendwohin gehen würde?«

»Ich glaube, sie hat etwas davon erwähnt, dass sie und die Mädchen verreisen würden, wenn Eleanor aus der Schule raus ist.«

»Wissen Sie, wohin?«

Tomek konnte fast hören, wie sie den Kopf schüttelte. »Ich habe nicht daran gedacht zu fragen...«

Aber das war in Ordnung.
Denn Tomek hatte eine Idee.
Eine weitere Glühbirne blitzte wütend in seinem Kopf auf.

KAPITEL
ZWEIUNDFÜNFZIG

Von all den Orten in Essex, wo Herbert Tucker für eine seiner Töchter ein Haus hätte kaufen können, musste der Bastard ausgerechnet eines in Danbury erstehen, vierzig Minuten Fahrt entfernt. Durch Wetter und Verkehr wurde die Fahrt um weitere fünf Minuten verlängert.

Das Haus, das Herbert in Whitneys Namen gekauft hatte, war überhaupt kein Haus. Es war vielmehr, zusammen mit dem 15 Hektar großen Grundstück, eine Villa. Etwas kleiner als das Familienhaus, aber immer noch mehr, als eine Fünfundzwanzigjährige, die noch zu Hause wohnte, brauchte. Tomek hätte getötet, um sich so einen Ort für sich selbst leisten zu können, ganz zu schweigen von Kasia.

Er ließ den Wagen langsam zum Stehen kommen, als er von der stark befahrenen A-Straße auf die Auffahrt abbog. Der Vorgarten war fast so perfekt gepflegt wie beim Familienhaus, und Tomek fragte sich, ob sie eine eigene Firma oder einen Gärtner hatten, der ihn jede Woche für sie beschnitt.

Nachdem der Wagen zum Stehen gekommen war, zog er die Handbremse an und spähte durch die Windschutzscheibe. Dort, auf der Auffahrt, stand Nora Tuckers Range Rover und blockierte den anderen Eingang.

Tomek notierte sich das, zog dann sein Handy heraus und hielt es ans Ohr. Das Telefon klingelte und klingelte. Bis Anna ranging.

»Ich glaube, ich habe sie gefunden.«

»Wo?«

»Whitneys Haus. Danbury.«

»Meine Güte. In Ordnung. Ich komme sofort zu dir.«

Tomek legte auf und steckte sein Telefon ein. Er hatte nicht die Absicht zu warten. Ein Mörder musste gefasst werden, und Zeit' war entscheidend.

Er löste seinen Sicherheitsgurt, öffnete die Autotür und glitt in den Regen hinaus. Während er sich der Haustür näherte, spannte sich sein Körper an. Schultern, Arme, Rücken. Sogar sein Hintern verkrampfte sich ein wenig.

Er klopfte an die Tür. Nichts. Stille, nur das Geräusch des Regens, der auf das Auto hinter ihm prasselte.

Noch ein Klopfen. Immer noch nichts.

Neben der Tür befand sich eine kleine Fensterscheibe. Tomek hielt seine Hände wie einen Sichtschutz vors Gesicht und spähte hindurch. Das Innere des Hauses war fast so opulent wie die übliche Residenz, mit einer großen, fast viktorianischen Eingangshalle.

Aber das war nicht, wofür er sich interessierte. Es war der Kopf, den er hinter einer Wand auf der anderen Seite des Glases hatte hervorschauen sehen, der seine Aufmerksamkeit erregte.

Er beugte sich hinunter, öffnete den Briefkastenschlitz und rief hindurch: »Ich weiß, dass Sie da sind. Ist es in Ordnung, wenn ich hereinkomme? Ich habe noch ein paar Fragen, die ich Ihnen zu Ihrer Beziehung zu Brendan stellen muss.«

Gerade als er fortfahren wollte, eilte eine Gestalt zur Tür und riss sie auf. Der Metallbriefkastenschlitz wurde ihm fast aus der Hand gerissen und schramme sie beinahe auf.

Dort stand Whitney Tucker, Herbert's älteste Tochter und nun die stolze Besitzerin einer Immobilie, die mindestens fünfmal über Tomeks Preisklasse lag.

»Was machen Sie hier?«

»Ich wollte mit Ihrer Mutter sprechen.«

»Warum sollte sie hier sein?«

Tomek zeigte auf das Auto. »Das war ein ziemlich deutlicher Hinweis.«

»Sie ist nicht hier«, sagte sie mit Panik in der Stimme. »Es sind nur mein Freund und ich. Wir... wir sind für die Herbstferien hergekommen.«

»Ich weiß, Whitney. Wenn Sie nichts dagegen haben, würde ich gerne hereinkommen, bitte.«

Sie hatte nichts zu sagen. Tomek drängte sich durch und betrat das Haus. Sobald er über die Schwelle getreten war, wusste er, dass er sicher war.

Oder zumindest so sicher, wie man in der Gesellschaft eines Mörders sein kann.

»Wo ist sie?«, fragte Tomek und schloss die Tür hinter sich. »Ich mache mir Sorgen um ihre Sicherheit.«

Er verriegelte die Tür mit dem Türschloss. Das Geräusch hallte durch das Haus.

»Warum sollte sie in Gefahr sein?«, fragte Whitney und zog sich langsam immer weiter in ihr Haus zurück.

»Sie wissen warum, Whitney.«

»Ich habe keine Ahnung, wovon Sie reden.«

Aber Tomek hörte nicht zu. Er ignorierte sie, stürmte vorbei und begann in die Zimmer zu stürmen, auf der Suche nach Nora. Doch sie war nirgendwo im Erdgeschoss zu finden. Und als er die Wendeltreppe hinaufging, rannte Whitney ihm nach und zog an seinem Arm.

»Sie können da nicht hoch!«

Ähnlich wie im Familienhaus gab es im oberen Stock fünf Schlafzimmer und drei Badezimmer, die einzige Ausnahme war ein Büroraum. Aber zum Glück musste er nicht weit suchen, um zu finden, was er wollte.

Der Tatort befand sich im Hauptschlafzimmer.

Eleanor, Whitneys Schwester, die junge Frau, die er nur zweimal getroffen hatte. Und Charlie, Whitneys Freund, den Mann, den er nur einmal das Vergnügen gehabt hatte zu treffen. Beide standen über Nora Tuckers leblosen Körper, der an den Ecken des Bettes gefesselt war.

Tomek betrat den Raum langsam und mit jedem zögerlichen Schritt eröffnete sich ihm der Tatort weiter.

Das Erste, was ihm auffiel, waren der Geruch und die roten Spuren um ihren Mund. Übereinstimmend mit einer Ammoniaksvergiftung.

»Ich denke, Sie alle sind verhaftet«, sagte Tomek.

»Ich denke nicht«, antwortete Whitney hinter ihm und blockierte die Treppe.

»Was, wollt ihr mich auch umbringen, wie eure Eltern?«

»Woher wussten Sie, dass wir es waren?«

Tomek drehte seinen Hals von links nach rechts, um zu versuchen, sie alle anzuschauen, aber es bereitete ihm Schmerzen. »Mein Nacken wird gleich nachgeben, können wir uns nicht alle so arrangieren, dass ich euch alle gleichzeitig anschauen kann?«

Tomek war in seinem Berufsleben schon vielen Mördern begegnet. Serienmördern, bösen Genies, fiesen Bastarden. Aber diese drei waren nichts davon. Sie waren Kinder. Harmlose Idioten, die ihre Eltern getötet hatten und nicht die Absicht hatten, ihm etwas anzutun. Vielleicht törichterweise fühlte er sich überraschend sicher.

Allerdings wusste er auch, wie es war, einen wilden Hund in die Ecke zu drängen.

»Wir bleiben genau hier, vielen Dank«, antwortete Whitney.

Tomek seufzte und senkte seinen Blick zum Boden. »Gut, aber wenn ich ein Schleudertrauma bekomme, mache ich euch dafür verantwortlich.«

In seinem Hinterkopf tickte die mentale Uhr, die die Zeit bis zur Ankunft von Anna und dem Rest des Teams herunterzählte. Er schätzte, dass ihm jetzt noch fünfunddreißig Minuten blieben. Fünfunddreißig Minuten, um sie zum Reden zu bringen, sie abzulenken, bis die Kavallerie eintraf.

»Wessen Idee war es?«, fragte Tomek, während er in seine Tasche griff und sein Telefon hervorholte.

»Hey, hey, hey!«, schrie Charlie ihn an. »Was zum Teufel machst du da? Du rufst nicht die Polizei!«

»Ich weiß, dass ich das nicht tue«, sagte Tomek, während er sein

Gerät entsperrte und mit einem Auge die Aufnahme-App fand. »Das liegt daran, dass ich die Polizei bin.«

»Halt's Maul und gib mir das Telefon!«, schrie Charlie mit zitternder Stimme.

Tomek drückte auf Aufnahme und verbarg den Bildschirm mit seiner Handfläche. »Ist das die gleiche Art, wie du mit Rick in der Nacht gesprochen hast, als du Herbert ermordet hast?«

»Rick? Rick? Wer zum Teufel ist Rick?«

Tomek ließ sein Telefon unauffällig in seine Tasche gleiten und hoffte, dass sie alle zu abgelenkt waren, um zu bemerken, was er tat.

»Rick ist der Obdachlose, mit dem du die Kleidung getauscht hast.«

»Woher sollte ich seinen verdammten Namen wissen?«

»Das solltest du nicht. Ich habe mich nur gefragt, ob das die Art war, wie du mit ihm gesprochen hast. Hast du ihn auch wie Scheiße behandelt?«

Charlies Gesicht verzog sich zu einer Grimasse. »Wovon zum Teufel redest du, Mann? Du solltest besser den Mund halten und-«

»Ich habe erst ein paar Fragen, die ich stellen muss.«

»Ach ja, wie was?«, sagte Whitney und übernahm die Kontrolle über das Gespräch.

»Zum Beispiel, ob eure Mutter wirklich tot ist oder nicht.«

Whitney schnaubte. »Ja, sie ist tot. Man kann es nur nicht erkennen unter all dem Plastikzeug, das sie in ihrer Brust hat.«

Tomeks Augen flogen unwillkürlich zu Noras Brüsten, dann sagte er: »Ich werde das selbst überprüfen müssen. Ich kann hier nicht weggehen und wissen, dass sie noch am Leben sein könnte.«

Sobald Tomek begann, seine Ärmel hochzukrempeln, protestierte Charlie und bewegte sich auf ihn zu, aber er hielt den jungen Mann mit erhobener Hand und einem strengen Blick zurück. Ohne auf die stillen Proteste zu achten, schob sich Tomek zum Rand des Bettes und griff nach Noras Hals, wobei er zwei Finger auf ihre Haut legte. Er wartete, zählte. Nichts. Es gab keinen Puls, und ihr Körper wurde bereits kalt.

Nora Tucker war tot.

Als er sich zurückzog und seinen Ärmel herunterkrempelte, fiel sein Blick auf Eleanor.

»Es tut mir leid...«, sagte er sanft zu ihr. Sie war in Kasias Alter, und ihr Anblick ließ einen Knoten in seinem Magen entstehen.

Das junge Mädchen stand mit verschränkten Armen da und umarmte ihren Körper fest. »Was tut Ihnen... Was tut Ihnen leid?«, fragte sie.

»Es tut mir leid, was dir passiert ist. Es tut mir leid, was dein Vater dir und deiner Freundin angetan hat. Er hätte niemals so lange damit davonkommen dürfen.«

»Ich...«, Eleanors Stimme brach, während ihre Augen wiederholt zu Whitney huschten. »Ich weiß nicht, was... ich weiß nicht, wovon Sie reden.«

»Schon gut«, sagte Tomek. »Du musst dich nicht mehr verstecken. Ich kenne die Wahrheit. Ich weiß, dass er euch beide missbraucht hat.«

»Wie?«, zischte Whitney. »Wie könnten Sie das möglicherweise wissen? Die einzigen Personen, die davon wussten, waren Charlie und-«

»Und eure Mutter...«, Tomek machte eine Pause und trat einen Schritt zurück, damit der Winkel zwischen den drei weniger anstrengend für seinen Nacken war. »Sie wusste davon, als es dir passiert ist, Whitney, nicht wahr?«

Whitneys Augen wurden unsicher.

»Sie wusste von der Nacht, als sie mit ihren Freundinnen ausgegangen war. Während des Sturms. Die Übernachtung bei Stacey. Die Nacht, die du in seinem Bett verbracht hast. Die Hand, die er euch beide küssen ließ. Sie wusste alles darüber und hat nichts unternommen.«

Eine dünne Tränenlinie begann sich am unteren Lid von Whitneys Augen zu bilden, und sie schniefte die Tränen weg, die kurz davor waren, durchzubrechen.

»Sie hat sich nie um mich gekümmert. Sie hat sich nie um Eleanor gekümmert. Sie hat sich nie um uns gekümmert. Keiner von beiden. Es war immer wir gegen die beiden. Nora war nie zu Hause, nie da, um sich um uns zu kümmern, also musste ich es tun. Sie war immer beschäftigt mit ihren Mädelsabenden, ihrem sozialen Kalender und ihrem Aussehen. Sie hätte sich nicht weniger um uns scheren können, wenn sie es versucht hätte. Und als sie herausfand, was er Stacey und mir angetan hatte, setzte sie uns hin und sagte uns, dass wir nichts sagen dürften. Dass wir niemandem erzählen dürften, wie er uns gezwungen hatte, seinen Schwanz zu lutschen, um uns zu beruhigen. Wir hatten beide schreckliche Angst vor dem Sturm und dem Donner. Wir gingen in sein Zimmer, um etwas Trost zu suchen. Und wir verließen es noch ängstlicher, als wir hineingegangen waren. Lange Zeit hatte ich Angst vor dem Donner, aber jetzt nicht mehr.«

Tomek presste die Lippen zusammen und senkte die Stimme. »Ich verstehe«, sagte er sanft. »Und als er dasselbe mit Eleanor und ihrer Freundin machte, habt ihr beschlossen, dass es genug ist.«

Und dann kamen die Tränen. Schwer, brutal. Sie strömten über ihr Gesicht. Zwischen dem Schniefen und dem Wegwischen der Tränen sagte sie: »Ich habe versucht, sie so lange zu beschützen, aber er hat einen Weg gefunden. Er hat damals einen Weg gefunden, und er hat jetzt einen Weg gefunden.«

»Woher wissen Sie, was mir und Felicity passiert ist?«, fragte Eleanor und überraschte Tomek damit.

»Ihre Eltern«, erklärte Tomek. »Ich habe vor nicht allzu langer Zeit mit ihnen gesprochen. Sie sind vorgetreten, um mir zu erklären, was Felicity passiert ist. Es war mutig, was deine Freundin getan hat.«

»War Stacey dort? Stacey hätte dort sein sollen«, fragte Whitney hoffnungsvoll.

Tomek zögerte, als er sich wappnete. »Nein, sie war nicht dort«, sagte er. »Sie wollte es sein, glaub mir. Letzte Woche sprach sie mit jemandem, den ich kenne, einem Journalisten. Sie trat vor, um zu sagen, dass dein Vater sie vergewaltigt hatte, aber jedes Mal, wenn wir versuchten, ein Treffen zu arrangieren, erschien sie nicht. Ich habe heute Morgen erfahren, dass ihre Eltern sie in der Nacht zuvor tot in ihrem Schlafzimmer gefunden haben. Sie hatte eine Überdosis Paracetamol genommen. Ich schätze, sie konnte es nicht mehr ertragen.«

Nachdem sie die Nachricht gehört hatte, dass ihre Freundin, mit der sie dieses Trauma geteilt hatte, Selbstmord begangen hatte, war Whitneys unmittelbare Reaktion, auf den Boden zu fallen, den Rücken gegen das Treppengeländer gepresst, die Knie an die Brust gezogen. Und dann wurde sie untröstlich und schluchzte in ihre Hände. Charlie und Eleanor eilten ohne zu zögern zu ihr.

Tomek spürte, wie ein Kloß in seinem Hals wuchs, als er zusah, wie die drei einander umarmten, zusammengekauert wie ein Sportteam vor dem Anpfiff.

Was diesen Mädchen passiert war, war mehr als inakzeptabel, unbegreiflich. Dass ihr Vertrauen und ihr Glaube an die Welt von ihrem Vater ruiniert und zerstört worden waren. Der Gedanke daran machte ihn krank. Er öffnete seinen Mund, um zu sprechen, als Bilder von Kasia in seinem Kopf erschienen.

»Es tut mir leid für euren Verlust«, sagte er. »Und es tut mir leid, was euch passiert ist. Wirklich, das tut es. Aber ich muss euch festnehmen. Ihr habt zwei Menschen getötet.«

»Aber sie haben es verdient!«, schrie Whitney.

»Ich weiß. Ich weiß. Aber ihr habt das Gesetz gebrochen. Ihr habt zwei Leben genommen.«

»Bitte...«

Tomek wollte es. Tief im Inneren. Wenn er die Tür hätte öffnen können, um sie hinauszulassen, hätte er es getan. Aber er konnte nicht. Es war seine Pflicht, sie zu verhaften, sie von der Straße zu holen. Zu dritt hatten sie zwei Menschen getötet.

»In der Nacht des Todes deines Vaters«, begann Tomek erneut. »Was ist passiert? Wie seid ihr entkommen?«

»Wir...«, begann Whitney, dann hörte sie auf, ihr Mund schloss sich sanft.

»Ich habe Whit gesagt, sie soll früher am Tag zu mir kommen«, sagte Charlie mit einer tieferen Stimme, als Tomek sich erinnerte. »Wir haben beschlossen, dass diese Nacht die eine sein würde. Wir wissen nicht warum. Wir haben sie einfach ausgewählt. Also haben wir stundenlang vor seiner Arbeit gewartet, gesessen, geredet, uns psychisch vorbereitet.«

»Aber offensichtlich war er zu beschäftigt damit, diese Hure in seinem Büro zu ficken!«, schrie Whitney hysterisch.

»Als er fertig war, waren wir schon fast eingeschlafen. Sobald ich ihn sah, stieg ich aus dem Auto und verpasste ihm eine Kopfnuss. Ich schwöre, die Beule an meinem Kopf ist seitdem nicht mehr verschwunden.«

Tomek war es beim ersten Treffen mit dem Mann nicht aufgefallen, aber dann wurde ihm klar, dass er nicht danach gesucht hatte.

»Wir haben ihn erwischt, als er am Telefon war«, fuhr Charlie fort. »Er war gerade dabei, Whits Namen zu sagen, als wir ihn ins Auto bekamen.«

Tomek spielte das Telefongespräch in seinem Kopf ab.

Hey, was - Was machst du hier?

Die ganze Zeit hatte Tomek *Whit* mit *was* verwechselt.

Hey, Whit - was machst du hier?

Und dann war er angegriffen worden.

»Ich habe ihn mit dem Ammoniak ins Auto bekommen, dann haben wir ihn zum Strand gebracht. Das Ammoniak hat danach die ganze Arbeit erledigt.«

»Wessen Idee?«, fragte er. »Woher habt ihr es bekommen?«

»Ich bin ein selbstständiger Gärtner«, erklärte Charlie, »aber ich arbeite bei einigen der größeren Aufträge mit einem Kumpel von mir zusammen.«

Tomek atmete scharf ein. »Ich glaub's nicht. Aaron Howell-Jones?«

»Wie... woher kennen Sie ihn?«

»Das ist nicht wichtig. Was war seine Beteiligung an all dem?«

»Überhaupt keine. Ehrlich. Er hatte nichts damit zu tun. Ich verspreche es.«

Tomek war sich nicht sicher, wie sehr er das für bare Münze nehmen wollte.

»Und dann...«, er hob seinen Blick zum Schlafzimmer. »Was ist hier passiert?«

Tomek schnüffelte hart und versuchte, den Ausdruck des Ekels in seinem Gesicht zu verbergen.

»Sie hat bekommen, was sie verdiente«, murmelte Eleanor.

Ihr Ton war monoton, trocken, kalt. Sie klang, als hätte sie einen Teil ihrer Seele verloren.

»Hast du sie getötet, Eleanor?«

»Ja-«

»Nein!«, unterbrach Whitney. »Ich war es. Ich habe es getan. Ich habe dir gesagt, Eleanor hatte mit all dem nichts zu tun.«

Tomek war skeptisch. »Was ist passiert?«

»Nichts. Wir haben sie einfach hierher gebracht und...«

»Das Foto nochmal nachgestellt.«

Whitneys Augen weiteten sich. »Woher wissen Sie von dem Foto?«

»Ich habe das Original gefunden«, antwortete Tomek. »Ich nehme an, es war deine Idee, es so aussehen zu lassen, als ob jemand, mit dem dein Vater in der Vergangenheit geschlafen hatte, es getan hätte?«

»Nachdem er mir das angetan hatte, wurde mir klar, dass er auch meine Mutter gezwungen hatte, seine Hand zu küssen. Und dann fand ich heraus, dass er diese Schlampe, mit der er das Kind hatte, es auch tun ließ, also wusste ich, dass es funktionieren würde. Außerdem war es ein letztes ‚Fick dich' an diesen Dreckskerl, der nie etwas mehr geliebt hat als sich selbst.«

»Das Kind ist übrigens nicht seins«, sagte Tomek ihr.

»Was?«

»Es war von jemand anderem.«

»Trotzdem. Sie war immer noch eine verdammte Hure, wie alle anderen, die dorthin gingen zu diesem-«

Bevor Whitney fertig sprechen konnte, unterbrach das Geräusch von quietschenden Reifen auf Asphalt das Gespräch. Sofort sprangen die drei Mörder in Aktion. Es waren zu viele von ihnen. Charlie reagierte am schnellsten und sprintete bereits die Treppe hinunter, bevor Tomek überhaupt bemerkte, was vor sich ging. In der Zwischenzeit kauerten Whitney und Eleanor oben an der Treppe zusammen und umarmten sich, als wäre es das letzte Mal.

Tomek jagte Charlie nach. Der junge Mann war viel fitter und stärker als er, und als Tomek den Fuß der Treppe erreichte, hatte Charlie die Haustür geöffnet und rannte über den Asphalt.

Als Tomek zur Tür kam, entdeckte er die zwei Polizeiwagen mit Uniformierung und ein ziviles Fahrzeug, die am Eingang zur rechten Seite parkten. Dank seines in der Mitte der Auffahrt geparkten Autos gab es wenig Platz für sie hinter ihm, und eines der Fahrzeuge ragte in die stark befahrene A-Straße hinein.

Währenddessen war Charlie nach links gegangen und sprintete in die Freiheit - direkt auf den Range Rover und das weite Feld auf der anderen Straßenseite zu.

»Haltet ihn auf!«, rief einer der uniformierten Polizisten, als sie aus dem nächsten Fahrzeug sprangen.

Aber es war sinnlos.

Die Verfolgung war so schnell vorbei, wie sie begonnen hatte.

Gerade als Tomek dem Beispiel des Polizisten folgen wollte, sprintete Charlie auf die Straße und übersah oder überhörte den Tesla, der mit 80 km/h auf ihn zuraste. Infolgedessen prallte sein Körper auf die Motorhaube, rollte über die Windschutzscheibe und fiel zu Boden. Er lag regungslos, völlig still, fast leblos auf dem Asphalt.

Aber Tomek konnte dem keine Beachtung schenken. Es waren immer noch zwei Mörder im Haus.

Sofort kehrte er der Unfallstelle den Rücken und raste zurück die Treppe hinauf.

Zum Glück fand er die Schwestern dort, wo er sie verlassen hatte, zu einem Ball zusammengerollt, in den Armen des anderen eingeschlossen. Die große Schwester beschützte die kleine Schwester ein letztes Mal.

»Bitte...«, sagte Whitney zwischen hyperventilierten Atemzügen, als sie zu ihm aufblickte. »Bitte, tu das nicht.«

KAPITEL
DREIUNDFÜNFZIG

Albert Patterson lebte im Sandy Bay Wohnwagenpark auf Canvey Island. In dem Gebiet befanden sich über vierhundert feste Wohnheime, die ausschließlich an über Fünfzigjährige und Rentner verkauft wurden. Es lag direkt an der Küste und wurde vor dem steigenden Wasserspiegel nur durch eine Betonmauer geschützt. Und wenn keiner der Bewohner mutig genug war, sich ins Themsemündung zu wagen, gab es immer noch die Möglichkeit, schnell im Schwimmbad am Eingang der Anlage zu planschen.

Tomek war noch nie dort gewesen; er hatte nur online darüber gelesen oder Gespräche mitgehört, und sein erster Eindruck war, dass es so verwirrend wie ein Sudoku-Rätsel war. Es gab Reihe um Reihe von Wohnheimen, die sich so weit erstreckten, wie das Auge reichte. Hinter der Unzahl weißer Wohnwagen ragten die Fässer der Oikos-Flüssigkeitstankanlage empor, die aus der Skyline hervorstachen wie die Noppen auf einem Legostein. Die Anlage existierte seit den 1930er Jahren und hatte sich zu einer der technologisch fortschrittlichsten Lageranlagen Europas entwickelt, was für die Bewohner von Canvey leider bedeutete, dass der Schandfleck so schnell nicht verschwinden würde. Als Tomek unbeholfen vor Albert Pattersons Haus parkte, war er überrascht zu erfahren, dass es totenstill war. Er hatte erwartet, dass die Anlage stöhnen und murmeln würde, wie ein furchterregendes und unheimliches Monster im Schatten, doch da war nichts. Nur das Geräusch des Windes, der durch die Wohnwagen pfiff.

Albert Pattersons Heim war in jeder Hinsicht bescheidener als die anderen. Es war das kleinste, wenn auch nur um wenige Zentimeter. Es war das schäbigste und schmutzigste und benötigte dringend eine Auffrischung. Und es stand auch am niedrigsten am Boden, wobei einige der Stützen unter dem Gewicht des Hauses zerbröckelten. Ein Metall-Strandsessel, rostig und mit gebrochenen Scharnieren, war auf der erhöhten Plattform festgeschmolzen und sah aus, als wäre er seit der Eröffnung des Parks dort. Der kleine Metalltisch, der ihn begleitete, war jedoch in einem noch schlechteren Zustand, mit einem fehlenden Bein und der Glasplatte, die an mehreren Stellen zerbrochen war.

Armer Teufel, dachte Tomek, als er die Stufe hochstieg und an die Wetterschutzverkleidung klopfte.

Einige Momente später erschien eine Gestalt, die auf ihn zugeschlurft kam. Heute Morgen trug Albert eine schmutzige Jeans, einen dicken schwarzen Pullover und ein Paar Wollhandschuhe. Der Winter neigte sich dem Ende zu, doch in der Luft lag noch immer eine Kälte, und Tomek konnte sich nur vorstellen, wie kalt es im Inneren des Wohnwagens sein musste.

Er fand es einen Moment später heraus, als Albert ihm einen Wink gab, einzutreten. Irgendwie, wenn es überhaupt möglich war, fühlte es sich drinnen kälter an als draußen, und Tomeks Atem bildete Nebel vor seinem Gesicht, und seine Fingerspitzen wurden sofort taub.

»Nettes... nettes kleines Plätzchen haben Sie hier«, sagte Tomek höflich.

»Nein, ist es nicht«, murmelte Albert, während er mit den Füßen zum Sofa schlurfte. »Es ist ein Drecksloch, aber ich bin für den Rest meines Lebens hier gefangen.« Er ließ sich auf das Sofa fallen, sein Körper sank mit Leichtigkeit in das Kissen ein, von der Stelle, an der er jahrelang gesessen hatte. »Möchten Sie sich setzen?«

Tomek suchte nach einem sicheren Platz zum Sitzen, der nicht mit alten Zeitschriften und Zeitungen und dicken Staubschichten bedeckt war. »Ich stehe lieber, danke. Ich werde nicht lange bleiben.«

»Kann ich verstehen.«

Der Mann vor ihm war völlig anders als der Mann, den er im Verhörzimmer gesehen hatte. Er war gebrochen, zerbrechlicher, sein Gesicht niedergeschlagen, fast deprimiert.

»Haben Sie am Ende herausgefunden, wer es getan hat?«, fragte Albert und überraschte Tomek damit.

»Ja, das haben wir.«

»Hat der Ehering dabei geholfen?«

Tomek steckte seine Hand in seine Manteltasche und ließ den Metallring durch seine Finger gleiten.

»Tatsächlich ja«, log Tomek. »Wir konnten darauf DNA-Spuren finden, die bewiesen, dass der Mörder zur Tatzeit anwesend war.«

Für einen kurzen Moment blitzte Begeisterung über Alberts Gesicht, bevor sie schnell schwand. »Das freut mich zu hören. Obwohl ich ihn wohl nicht sehr gut gereinigt haben muss.«

»Bei DNA ist das so eine Sache, sie findet immer einen Weg zu bleiben. Was unsere Forensiker heutzutage damit machen können, ist erschreckend.«

»Erinnern Sie mich daran, niemals jemanden zu ermorden.«

Tomek grinste. »Ich werde mein Bestes tun.«

Ein Moment peinlicher Stille entstand zwischen ihnen. Tomek verlagerte sein Gewicht von einem Fuß auf den anderen, während er den Mangel an häuslichem Komfort und persönlichen Gegenständen im Wohnwagen beobachtete. Der Mann besaß wenig, und das, was er hatte, waren die nackten Grundlagen der Existenz, genug, um ihn Tag für Tag durchzubringen.

»Ich nehme an, ihr wollt meinen Schatz dann behalten, wie dreckige Piraten.«

Tomek lachte, während er den Ehering in seiner Faust umklammerte. »Eigentlich...«, begann er und zog seine Hand heraus. »Deswegen bin ich hier.« Er öffnete seine Faust und zeigte den Ehering in seiner Handfläche. »Ich habe die Erlaubnis bekommen, ihn zurückzugeben an-«

Aber Tomek konnte seinen Satz nicht beenden. Beim Anblick des Rings war Albert wie von einer Rakete angetrieben aus seinem Stuhl gesprungen und zu Tomek geeilt. Der alte Mann schnappte ihn sich und umklammerte ihn in seinen Händen, als wäre es sein Schatz.

»Sie haben ihn zurückgegeben!«, quietschte er.

»Ich schätze, das macht mich zum Gegenteil eines Piraten?«

»Sie sind der beste Pirat.«

Bevor Tomek antworten konnte, sprang der Mann auf ihn zu und schlang die Arme um ihn. Der Geruch von Körpergeruch, Urin und Feuchtigkeit stieg in seine Nasenlöcher, aber er beachtete es kaum. Als Tomek seine Arme um den Mann legte, spürte er seinen dünnen, unterernährten Körper. Unter dem dicken Pullover zitterte Albert. Ob vor Aufregung oder Kälte, konnte Tomek nicht sagen. Aber er hoffte, es war ersteres. Dass er dem Mann etwas gegeben hatte, worüber er sich freuen konnte, etwas, wofür es sich zu leben lohnte.

»Vielen, vielen Dank«, sagte Albert, als er sich zurückzog. »Sie haben keine Ahnung, was mir das bedeutet.«

Tomek neigte seinen Kopf zur Seite. »Überhaupt kein Problem.«

Albert ließ dann den Ring in eine kleine Holzbox auf einem Regal über seinem Fernseher fallen. Als er sich wieder Tomek zuwandte, waren seine Augen wild vor Aufregung. »Möchten Sie meinen Metalldetektor sehen?«

»Ähm...«

»Bitte. Ich lasse Sie nicht gehen, bis Sie meinen ganzen Stolz gesehen haben.«

Tomek schaute auf seine Uhr. Sie müssten inzwischen da sein.

»Na gut«, sagte er. »Warum nicht.«

Genau in dem Moment, als Albert zum anderen Ende des Wohnwagens eilte, fuhr ein Auto draußen vor. Das Geräusch der zuschlagenden Türen und die Schritte, die folgten, waren so deutlich, als hätte Tomek draußen gestanden, um sie zu begrüßen. Einen Moment später klopften die Besucher an das Fenster.

»Wer ist das?«, fragte Albert, plötzlich abwehrend und beschützend. Bevor er die Tür öffnete, nahm er die Holzbox vom Regal und versteckte sie in einem der Küchenschränke über der Spüle.

Dann machte er sich auf den Weg zur Tür.

Auf der anderen Seite standen ein Mann und eine Frau, ordentlich gekleidet unter ihren Regenmänteln, die ihn freundlich anlächelten.

»Guten Morgen, Herr Patterson«, sagte die Frau.

»Was ist das? Wer sind Sie?«

»Ich habe sie angerufen«, sagte Tomek. »Sie ist Ärztin. Sie ist gekommen, um mit dir über Hilfe zu sprechen und vielleicht über die Möglichkeit, in ein Heim zu gehen.«

»Ein *Heim?*« Wut zeichnete sich auf Alberts Gesicht ab.

»Ja. Irgendwo ein bisschen wärmer, mit besseren Bedingungen.«

»Aber... aber wie soll ich das bezahlen?«

»Ich habe mit dem Mann dort gesprochen.« Tomek zeigte auf die Gestalt hinter der Ärztin. »Und wegen der Hilfe, die du bei den Mordermittlungen geleistet hast, hat er zugestimmt, dich kostenlos aufzunehmen.«

Alberts Kopf bewegte sich von einer Seite zur anderen. Es war viel auf einmal zu verarbeiten, also ließen sie ihm etwas Zeit, es zu verdauen.

»Was ist mit meiner Metalldetektorsuche? Wie kann ich das machen, wenn ich in einem Heim bin?«

»Das wird kein Problem sein, Herr Patterson«, rief die Gestalt von hinten. »Sie können bei uns bleiben und trotzdem so viel mit dem Metalldetektor suchen, wie Sie möchten.«

KAPITEL
VIERUNDFÜNFZIG

Tomek hatte in der vergangenen Nacht im Hotel kaum geschlafen. Er wälzte sich hin und her, schwitzte und sah das Gesicht des jungen Mannes, jetzt dreißig Jahre älter, an der Zimmerdecke.

Immer wieder spielten sich die Ereignisse in seinem Kopf ab, bis es fast zu einem Albtraum wurde.

Tatsächlich war es ein Albtraum.

Denn heute war der Tag.

Heute war der Tag, an dem er dem Mörder seines Bruders zum ersten Mal seit dreißig Jahren wieder ins Gesicht sehen würde.

Tomek hatte die letzten Tage damit verbracht, sich mental auf diesen Moment vorzubereiten, aber nichts half wirklich. Nichts konnte das Schreien in seinem Kopf oder den Schmerz, der sich in seinem Magen zusammenballte, zum Schweigen bringen.

Er schloss die Badezimmertür hinter sich und schlurfte zum Waschbecken. Seine dritte nervöse Stuhlentleerung in fast drei Stunden. Er wusch seine Hände mit Seife und machte sich dann auf den Weg zurück zum Warteraum. Er war schon öfter in Gefängnissen gewesen, mehrmals sogar, aber diesmal war es anders – völlig anders.

Früher waren es berufliche Besuche, bei denen es um Korruption, Selbstmorde und andere Insassen ging, die mit Mordermittlungen in Verbindung standen. Jetzt allerdings war es persönlich.

Im Warteraum der JVA Wakefield suchte er sich einen Platz und ließ seinen Blick über die Vielzahl an Gesichtern schweifen. Ältere Eltern, Ehefrauen, Freundinnen, Brüder, Schwestern, alle kamen, um die Monster hinter diesen Mauern zu besuchen. Diejenigen, die sie trotz allem, was sie getan hatten, weiterhin liebten.

Tomek fragte sich, ob Nathan Besucher empfing, ob seine Familie ihn noch liebte, sich um ihn kümmerte. Er hoffte nicht. Er hoffte, der Mann würde allein hinter Gittern verrotten.

Doch bevor er diesem Gedanken weiter nachgehen konnte, erschien ein Mitarbeiter des Gefängnisdienstes und begann, ihnen Anweisungen zu geben, wobei er mit ihnen sprach, als wären sie Kinder. Nachdem sie an die Regeln erinnert worden waren, wurden sie in die Halle gelassen.

Tomek blieb zurück und ließ alle anderen vor. Nicht aus Höflichkeit oder Herzensgüte, sondern weil er in Panik geriet, seine Oberschenkel zitterten und sein Atem stockte.

Dann wurde ihm klar, dass es keinen Sinn hatte, als Letzter zu gehen. Dass sie sowieso sitzen und warten müssten, bis die Insassen eintrafen. Dass er ohnehin ein paar Minuten dort sitzen, nervös mit dem Bein wippen und an seinen Nägeln kauen würde.

Er fand einen Tisch im hinteren Teil des Raumes und zog den Stuhl heraus. Als er sich darauf niederließ, fühlte sich sein Körper schwach an, verzweifelt nach etwas Nahrung oder Zucker verlangend, nach Elektrolyten, um die Flüssigkeiten zu ersetzen, die bereits dreimal aus ihm herausgeflossen waren.

Eine Minute verging, in der nichts geschah, in der er peinliche Blicke mit den anderen Besuchern austauschte, in der er die Scham in seinen Augen nicht verbergen konnte.

Aus einer Minute wurden zwei.

Aus zwei wurden drei.

Tomek brachte es nicht fertig, zur Tür zu schauen, durch die Nathan kommen würde. Er konnte es nicht ertragen, den Mann den Raum betreten zu sehen.

Dann hörte er Geschrei und Schlägereien auf der anderen Seite der Tür. Die Störung verlängerte das Warten.

Aus drei Minuten wurden vier.

Aus vier wurden fünf.

Dann, als der Sekundenzeiger an der Zwölf vorbeizog, öffnete sich die Tür, und die Gruppe Männer marschierte herein. Die meisten wussten, wohin sie gehen sollten, und steuerten direkt auf ihre Besucher zu, während andere hinten herumtrödelten, entweder zu ängstlich, um mit ihren Angehörigen zu sprechen, oder bestrebt, den Prozess so lange wie möglich hinauszuzögern.

Und dann sah Tomek ihn.

Nathan Burrows.

Der letzte Mann, der eintrat.

Er ging, als gehörte ihm der Laden.

Tomek erkannte ihn sofort.

Die Gesichtszüge des fünfzehnjährigen Jungen, den er in jener Nacht gesehen hatte, waren immer noch da, nur leicht gealtert in den dreißig Jahren seitdem. Der einzige Hinweis darauf, dass er erwachsen geworden war, war der dichte Bart an seinem Kinn.

Abgesehen davon hatte er immer noch das Gesicht, das Tomek in seinen Albträumen sah.

Er hatte immer noch die gleiche Statur wie die Gestalt, die er in seinen Albträumen sah.

Er war immer noch derselbe Teenager, der seinen Bruder getötet hatte.

Dreißig Jahre älter.

Nachdem alle anderen Insassen ihre Besucher gefunden und sich ihnen gegenüber gesetzt hatten, traf Nathans Blick auf Tomeks. Diese dunklen, durchdringenden Augen, voller Bosheit und Bösartigkeit, waren unnachgiebig, als er auf ihn zuschlenderte.

Immer noch gehend, als gehöre ihm der Ort.

Immer noch gehend, als wäre er der mächtigste Mann im Raum.

Dann zog er den Stuhl unter dem Tisch hervor und setzte sich, dann rückte er selbstgefällig ganz nah an den Tisch heran und legte beide Hände auf die Oberfläche. Tomek hatte den Mann nicht ein einziges Mal blinzeln sehen.

Als sich ein spöttisches Lächeln auf das Gesicht des Mannes schlich, sagte er: »Hallo, Tomek. Ich habe mich schon gefragt, ob wir uns wiedersehen würden.«

DAS ENDE

Das Ende. Aber nicht ganz. Die Geschichte geht weiter in Der Geschmack Des Todes:

An einem windigen und eisig kalten Morgen besucht Morgana Usyk, Besitzerin eines der Lieblingsplätze von DS Tomek Bowen, Morgana's Café, den etwas über eine Meile vor der Küste gelegenen Mulberry Harbour. Kurze Zeit später wird ihre Leiche in den flachen Gewässern gefunden, treibend neben dem Hafen. Erste Berichte und Augenzeugenaussagen besagen, dass sie den Mörder vom Tatort fliehen sahen. Doch als Sturm Alisha aufzieht und alle Beweise wegspült, steht Bowen mit seinem Team auf verlorenem Posten. Jetzt steigt das Wasser. Und Morganas Leiche wird nicht die einzige sein, die sie darin finden werden.

Erfahren Sie jetzt auf Amazon, was in Der Geschmack Des Todes passiert!

Klicken Sie HIER, um Ihr Exemplar zu sichern!

Oder blättern Sie um, um einen exklusiven Auszug zu lesen.

DER GESCHMACK DES TODES - EXKLUSIVER AUSZUG

KAPITEL
EINS

Über anderthalb Kilometer vom Ufer Southends entfernt lag eine riesige Betonkonstruktion namens Mulberry Harbour. Der Phoenix-Senkkastendamm, der acht Meter breit, sechzig Meter lang und über 2.500 Tonnen schwer war, wurde für die Landung am D-Day am 6. Juni 1944 in Auftrag gegeben. Er sollte, zusammen mit Hunderten ähnlicher Konstruktionen, dabei helfen, Panzer und andere schwere Militärfahrzeuge an die Strände der Normandie zu bringen, aber dieses besondere Glied in einer sehr langen Kette hatte bei seiner Jungfahrt ein Leck und kam nie zum Einsatz.

Seitdem lag er an der gleichen schicksalhaften Position fest, in den Sandbänken der Themsemündung eingekeilt, ein standhafter Verteidiger gegen die Flut.

Obwohl der Hafen im Allgemeinen nicht zugänglich war, hatte er sich im Laufe der Jahre zu einem Hotspot für Touristen entwickelt. Die Mutigen, die es wagten, zum Fleck am Horizont vorzudringen, mussten einen anstrengenden 1,9 Kilometer langen Marsch durch Schlamm, Sand und die bärbeißige herannahende Flut auf sich nehmen. Fotografen und Hundebesitzer waren bekannt dafür, einen Besuch gemacht zu haben, größtenteils um zu sehen, worum es bei all dem Trubel ging, während Schwimmer und Abenteuerlustige wegen der historischen und körperlichen Vorteile hinauswagten. Im Sommer gab es sogar einen Benefizlauf zugunsten der RNLI.

Die beste Zeit für einen Besuch war, wie bei fast allem, in den Sommermonaten, wenn das Klima viel angenehmer und die Gezeiten viel gnädiger waren. Das Einzige, worauf man achten musste, war der Wind. In den Wintermonaten können die Sturmwinde, besonders entlang der Themsemündung, die Richtung und Geschwindigkeit der Gezeiten mit Leichtigkeit verändern, und ehe man sich versieht, kann ein dreißigminütiger Aufenthalt am Hafen schnell zu zwanzig, fünfzehn oder manchmal noch weniger Minuten werden.

Das reichte jedoch nicht aus, um die Hunderten von Menschen abzuschrecken, die in diesen Monaten zu Besuch kamen.

Andrei eingeschlossen.

Er umarmte sich selbst gegen die bitteren, brutalen Februarwinde, während er den Sand und Schlamm durchquerte. Mittlerweile reichte der Wasserpegel bis zu seinen Schuhsohlen, und kleine Wasserspritzer hüpften in die Luft und verschmutzten die Schnürsenkel seiner Turnschuhe. Sie waren nicht das passendste Schuhwerk, aber alles was er hatte. Das und die dünne Parkajacke und Jeans.

Der Hafen war nur noch etwas über fünfzig Meter entfernt, er kam schnell näher. Die rechteckige Struktur ragte aus dem Horizont heraus, verloren vor den schwarzen und bedrohlichen Wolken im Hintergrund. Er reckte den Hals nach oben zur Trostlosigkeit, zum Regen, der drohte, auf ihn niederzugehen.

Wenig wusste er, dass das nicht die einzige Wassermasse war, die rasch auf ihn zukam. Neunzig Grad zu seiner Linken zog die Flut ein. Schnell. Währenddessen, zu seiner Rechten, etwas über dreihundert Meter entfernt, befand sich eine kleine Gruppe von Menschen, winzige Figuren am Horizont, die auf den Touristenort zuströmten.

Als er den Rand des großen Gewässers erreichte, das den versunkenen Hafen umgab, war der Wasserspiegel bereits angeschwollen und reichte bis zu seinen Schnürsenkeln, seine Füße waren durchnässt. Innerhalb von Momenten waren seine Zehen taub, und seine nassen Socken fühlten sich an, als würden sie seine Haut schraubenförmig umklammern, sich um seine Füße und Zehen in einem schraubstockartigen Griff wickeln. Jede Bewegung war rau und grob auf seiner Haut.

Als er zum Rand des Teiches kam, hielt er inne, wie erstarrt. Nicht durch den Wind. Nicht durch das taube Gefühl, das sich schnell bis zu seinen Knöcheln ausbreitete. Sondern durch den Anblick vor ihm. Eine Gestalt, die flach im eiskalten Wasser lag, ein bleiches, leeres Gesicht, das in den Himmel starrte. Eine Frau, ordentlich gekleidet, mit einem Hauch von Make-up. Obwohl es jetzt nicht so aussah, war ihr Haar schön gestylt gewesen, die Wellen, die sie am Morgen mit dem Glätteisen hineingemacht hatte, waren noch sichtbar, während sie im Wasser trieben.

Über ihr, bis zu den Knien im Wasser stehend, ihren Kopf haltend, war eine andere Gestalt. Ein Mann. Gekleidet in einen dicken schwarzen Mantel mit einem schwarzen Schal um den Hals, sah er aus, als hätte er am Spielfeldrand eines Fußballspiels stehen sollen, nicht anderthalb Kilometer von der Zivilisation entfernt in der Mitte der Themse. Schock war über sein Gesicht plastiziiert, als er Andrei sah. Er ließ sofort den Kopf der Frau los, der Schwung des Falls tauchte ihr Gesicht unter Wasser, bevor ihr natürlicher Auftrieb sie wieder nach oben drückte.

»Was...?«, sagte der Mann, aber bevor er fortfahren konnte, überfiel sie der Klang von Stimmen, getragen von dem Wind, der sie von allen Seiten zu stoßen schien.

Andrei leckte sich über die Lippen, schmeckte Salz und drehte sich dann um, um der Gruppe gegenüberzustehen. Insgesamt sechs Personen, etwas mehr als hundert Meter entfernt, alle gekleidet, als würden sie bei Minustemperaturen die Alpen erklimmen und nicht über die Schlammflächen von Southend wandern.

Als Andrei sich wieder umdrehte, um die Gestalt zu betrachten, war der Mann verschwunden. Alles, was von ihm übrig blieb, war eine Silhouette, die in die andere Richtung verschwand, und seine tiefen Fußabdrücke im Sand, die ihm hinterherjagten.

KAPITEL
ZWEI

Der mobile Heizkörper, der rasant Wärme abstrahlte, verbrannte sein Bein durch die Hose hindurch. Er konnte spüren, wie der Stoff auf seiner Haut zu schmelzen begann, aber es gab keinen Platz, um sich davon zu entfernen; das Büro seiner Therapeutin wurde gerade renoviert, sodass sie gezwungen waren, ihre professionelle Beziehung in einem zu kleinen Raum fortzusetzen, in dem, was Tomek nur als winzige Besenkammer beschreiben konnte. Er war schon in Gefängniszellen gewesen, die größer waren als das hier, aber er hatte keine Lust, sich zu beschweren oder Theater zu machen. Es war nicht ihre Schuld, dass die Decke undicht gewesen war. Es war nicht ihre Schuld, dass der Regen der letzten zwei Wochen auf alles in ihrem Büro herabgestürzt war. Es war nicht ihre Schuld, dass sie zwei Wochen gebraucht hatte, um ihn wieder einzuplanen und Zeit für ihn zu finden.

»Ich mag es«, log er. »Es ist... intensiver.«

»Das ist genau das Gegenteil von dem, was ich anstrebe«, antwortete Isabel Fox aufrichtig. »Hierher zu kommen sollte nicht intensiv sein. Der Grund, warum Sie, und aus dem gleichen Grund alle anderen, mich besuchen, ist, dass ein Aspekt ihres Lebens bereits intensiv ist. Sie sollten hierher kommen und das Gegenteil spüren.«

Tomek zuckte mit den Schultern. Er vermutete, dass er daran gewöhnt war. Sein ganzes Leben befand sich am Rande der Intensität, balancierte auf der Kippe, nur ein kleiner Windstoß oder ein sanfter Schubs in die falsche Richtung davon entfernt, in den Wahnsinn abzugleiten. Aber so kannte er es seit dreißig Jahren und würde es in naher Zukunft nicht ändern.

»Ist das nicht das, was uns alle menschlich macht? Diese Urangst, gejagt und getötet zu werden? Unsere ganze Existenz und unser Überleben basieren auf der Tatsache, dass es *sollte* intensiv sein«, sagte er.

Isabel presste die Lippen zusammen. »Sie gehen ziemlich früh in die Tiefe für eine Morgensitzung. Ich hatte auf einen ruhigeren Start in meinen Tag gehofft, aber ich schätze, Sie haben recht. Das Einzige, was man jedoch bedenken sollte, ist, dass Sie nicht mehr die Beute sind. Als Spezies haben wir uns entwickelt und sind zum Raubtier geworden. Sie können also anfangen, diesen Instinkt zu lockern und sich zu entspannen.«

Tomek stimmte dem nicht zu. Zumindest nicht, solange es da draußen Mörder und Vergewaltiger gab, die diesen Instinkt noch immer auslebten.

Isabel war Ende zwanzig und hatte einen Doktortitel im Verständnis der Funktionsweise des menschlichen Gehirns und ein Paar einladende Augen, die ausreichten, um selbst die härtesten Persönlichkeiten zu beruhigen. Sie war ihm von seinem Chef, DCI Nick Cleaves, empfohlen worden, und anfangs war Tomek von ihrem Alter abgeschreckt gewesen, da er annahm, sie hätte nicht genügend Erfahrung – sowohl beruflich als auch im Leben –, um seine Probleme zu diagnostizieren oder ihm zu helfen. Aber nach ihrer zweiten Konsultation hatte er sich für sie erwärmt – vielleicht waren es die Augen gewesen – und seine Meinung über den gesamten Prozess hatte sich geändert.

Isabel kam direkt zur Sache.

»Also... wie war *es*?«

»Das ist eine ziemlich allgemeine Frage«, sagte Tomek. »Kommt drauf an, aus welchem Blickwinkel Sie die Frage stellen. Wenn Sie *ihn* das fragen würden, wäre es das befriedigendste Treffen seines ganzen Lebens gewesen.«

»Und für Sie?«

»Das Gegenteil.«

Heute sprachen sie über das Treffen, das mit dem Mörder von Tomeks Bruder stattgefunden hatte. Als er neun war, wurde sein Bruder in einem Park um die Ecke seiner Schule ermordet. Er war wiederholt erstochen, mit einem Ziegelstein geschlagen, genital verstümmelt und seine Augen mit Batteriesäure ausgeätzt worden. Und Tomek war derjenige gewesen, der den Körper seines Bruders gefunden hatte. Zwei Minuten zu spät. Er hatte dem Mörder seines Bruders, Nathan Burrows, gegenübergestanden, und es war dreißig Jahre her, seit Tomek das letzte Mal das Gesicht des Mannes gesehen hatte.

Bis vor einigen Wochen.

»Inwiefern?«

»Er hat mir nichts gesagt. Nein, warte. Das ist eine Lüge. Er hat mir *etwas* gesagt. Er sagte, es sei alles in meinem Kopf. Dass in der Nacht, als Michał starb, niemand sonst da war. Dass ich es mir eingebildet hätte, und dass ich die letzten dreißig Jahre das mögliche Bild und die Hoffnung auf einen zweiten Mörder an seiner Seite grundlos mit mir herumgetragen habe. Dass ich an jemanden denke, der nicht existiert, der nie existiert hat und nie existieren wird.«

Eine kurze Pause erfüllte den Raum, während Isabel sich eine geistige Notiz machte. Zögern zeichnete sich auf ihrem Gesicht ab.

»Wie haben Sie sich dabei gefühlt?«

Tomek zuckte gleichgültig mit den Schultern und verstärkte dieselben Abwehrmechanismen, die er in den letzten dreißig Jahren getragen hatte.

»Was glauben Sie? Ich weiß nicht mehr, was ich glauben soll.«

»Glauben Sie *ihm*?«

Wieder ein Schulterzucken. Diesmal senkte er seinen Blick auf sein Knie. Er begann, mit seinen Fingernägeln Kreise in den Stoff zu reiben. »Ein Teil von mir tat es. Während der andere Teil von mir sagt, dass ich weiß, was ich gesehen habe. Ich habe diese Albträume aus einem Grund, und ich habe Charlie in einem von ihnen aus einem Grund gesehen. Ich habe seinen Namen gehört.«

Charlie war der Name des zweiten Mörders seines Bruders. Derjenige, von dessen Existenz Tomek überzeugt war, ohne es beweisen zu können. Er hatte den Namen einmal in einem Albtraum freigesetzt; ihn gehört, als die beiden Mörder vom Tatort geflohen waren.

»Haben Sie Charlie gegenüber Nathan erwähnt?«

Tomek antwortete, dass er das getan habe.

»Und wie hat er reagiert?«

Tomek dachte einen Moment darüber nach. Ließ seine Gedanken zum Besucherraum des Gefängnisses zurückkehren. Umgeben von Dutzenden anderer Insassen und deren Freunden und Familien. Die redeten, diskutierten, einige stritten, während die Mehrheit die Gesellschaft des anderen genoss. Und dann hatte er Charlies Namen erwähnt.

Mit geschlossenen Augen stellte sich Tomek die Reaktion des Mannes vor.

»Nathans Augen weiteten sich leicht«, erklärte er. »Und er lächelte. Eher ein Grinsen als ein Lächeln. Eigentlich ein Schmunzeln. Aber es war subtil, diskret. Ein kleines Zucken der Lippen. Eines dieser selbstgefälligen, die man macht, wenn man gerade das Fenster repariert oder ein schwieriges Glas aufgeschraubt hat, als niemand anderes es konnte, und man nicht wie ein Arschloch rüberkommen will. Nathan sah aus, als ob er den Namen erkannte... aber nicht ganz. Dann schüttelte er den Kopf und sagte mir, dass es niemanden mit diesem Namen gäbe, dass ich mir alles nur eingebildet hätte.«

»Was meinen Sie mit 'aber nicht ganz'?«

Tomek öffnete seine Augen und wurde von der Helligkeit geblendet. Der Raum war mit einigen der hellsten Glühbirnen ausgestattet, die er je gesehen hatte. Er wäre bereit zu wetten, dass die Person, die sie installiert hatte, genauso selbstgefällig war wie Nathan verdammter Burrows.

»Keine Ahnung«, antwortete er. »Es war seltsam. Er sah aus, als ob er den Namen erkannte, aber *gleichzeitig nicht*. Wissen Sie, was ich meine?«

Der Blick auf ihrem Gesicht deutete darauf hin, dass sie es nicht wusste. »Denken Sie, dass Sie sich vielleicht irren könnten?«

Tomek bot ihr als Antwort einen leeren Gesichtsausdruck. »Ich habe Ihnen gesagt, ich weiß nicht einmal mehr, was ich glauben soll. In einem Moment kann ich die Silhouette sehen, die neben Nathan über meinem Bruder steht. Im nächsten kann ich es nicht. In einem Moment kann ich seinen Namen so deutlich hören wie Regen, dann ist er weg. Mein Verstand spielt mir ständig einen Streich. Geht immer und immer wieder darüber. Und ich komme keiner Antwort näher.«

Isabel ließ einen kurzen, kraftvollen Luftstoß aus ihren Nasenlöchern. »Hatten Sie seit Ihrem Besuch weitere Albträume?«

Kopfschüttelnd antwortete Tomek, dass er keine hatte. Dass die Albträume, die bis zu diesem Zeitpunkt ziemlich regelmäßig gewesen waren, nun nachgelassen hatten.

»Das ist gut, nicht wahr? Das klingt für mich nach Fortschritt. Wie fühlen Sie sich, nachdem Sie Nathan besucht haben? Haben Sie das Gefühl, eine Art Abschluss erreicht zu haben, auch wenn es vielleicht nicht die Antwort war, auf die Sie gehofft haben?«

»Abschluss? Wovon reden Sie, Abschluss? Wollen Sie damit andeuten, dass ich ihm glauben sollte? Dass ich seine Worte für bare Münze nehmen und *alles* glauben sollte, was er sagt? Der Mann ist ein Killer. Es liegt in seiner DNA, verdammt noch mal zu lügen. Er hat Charlie all die Jahre geschützt, er wird ihn jetzt nicht verraten.«

»Also glauben Sie *immer noch*, dass Charlie existiert?«

Tomek überlegte einen Moment. Sein Kopf begann zu schmerzen; drehte sich wie ein Karussell. Genauso wie in den vergangenen Wochen. Seit dem Treffen hatte er Schwierigkeiten, nachts zu schlafen. Er hatte Schwierigkeiten, sich bei der Arbeit zu konzentrieren. Er fühlte sich fast jeden wachen Moment des Tages abgelenkt, seine Gedanken schweiften zu Nathan, dem Raum, dem Treffen, dem selbstgefälligen Blick auf seinem Gesicht, als er Tomek angelogen hatte.

Charlie.

Tief im Inneren wusste Tomek, dass er recht hatte, dass sein Bruder von zwei Personen brutal ermordet worden war und dass Nathan ihn anlog und versuchte, ihn vom Gegenteil zu überzeugen. Der Glaube war so fest in ihm verwurzelt – dreißig Jahre lang hatte er sich tief in seine Psyche eingeprägt – dass nichts ihn ausgraben würde. Aber an diesem Tag hatten Nathans Worte eine tödliche Krankheit in seinem Geist gepflanzt, eine, die derzeit an den Wurzeln, die seinen Glauben umgaben, faulte und fraß. Könnte er sich die Gestalt neben Nathan eingebildet haben? Könnte er sich den Namen eingebildet haben, den er in seinen Albträumen gehört hatte? Als es passierte, hatte er eine Reihe von Selbstjustizmorden untersucht, die auf kürzlich entlassene Gefangene abzielten, und ein Verdächtiger namens Charlie Hampton, der Freund einer Bewährungshelferin, war bei den Ermittlungen aufgetaucht. Das konnte es doch nicht gewesen sein, oder? Sein Unterbewusstsein, das einen zufälligen Namen einwarf, den er als Teil einer anderen, völlig unzusammenhängenden Untersuchung gehört hatte?

Er wollte das nicht denken.

»Ich weiß, dass es mein Vorschlag war, ihn zu besuchen«, fuhr Isabel fort, nachdem sie bemerkt hatte, dass keine Antwort auf ihre Frage folgte. »Und ich verstehe, dass es möglicherweise negative Auswirkungen auf Sie und Ihre Reise in den Tod Ihres Bruders hatte, aber ich möchte, dass Sie sich eine Weile von dieser Welt entfernen. So gut es geht, möchte ich, dass Sie es vergessen. Ich möchte, dass Sie sich in andere Aspekte Ihres Lebens vertiefen – Ihre Beziehungen, Ihre Freundschaften, Kasia, die Arbeit. Ich möchte, dass Sie sich auf die Dinge konzentrieren, die Sie kontrollieren können. Denn im Moment können Sie nichts gegen den Tod Ihres Bruders und das, was Nathan Ihnen gesagt hat, tun. Und je mehr Sie versuchen, sich darauf zu konzentrieren und sich darüber Sorgen zu machen, desto weiter werden Sie abstürzen. Sie werden eines Tages Ihre Antworten finden, das verspreche ich Ihnen, aber der einzige Weg, dies zu tun, ist, wenn Sie Ihrem Geist etwas Ruhe davon gönnen. Dann, wenn Sie zurückkehren, wird Ihr Gehirn Zeit gehabt haben, neue Informationen aufzunehmen, sie zu verarbeiten und es Ihnen zu ermöglichen, diese ganze Situation mit klarem Kopf zu betrachten. Von dort aus können Sie die Fortschritte machen, die Sie brauchen.«

Leichter gesagt als getan, dachte Tomek, als er ihr für ihre Zeit dankte und die Besenkammer verließ.

REZENSION SCHREIBEN

Da wären wir. Ende.

Also, ich sage « wir » ... ich meine euch. Danke.

Danke, dass ihr bis hierhin durchgehalten habt und mir treu geblieben seid, während ich mir diese unglaublich wilden und bizarren Geschichten ausdenke und sie später zu Papier (oder besser gesagt, in digitale Dateien) bringe.

Amazon ist voll von Millionen von Büchern (buchstäblich, und ich verwende diesen Begriff nicht leichtfertig), daher ist es oft schwierig, die nächste Lektüre zu finden. Man möchte einfach wissen, in welches Buch man als nächstes eintauchen soll. Aber manchmal hat man keine Zeit, sie alle durchzugehen. Was also tun?

Natürlich die Rezensionen lesen.

Wir nutzen sie in jedem Bereich unseres Lebens. Restaurants. Filme. Unser nächster Fernseher. Kopfhörer. Fast alles wird von den Gedanken anderer bestimmt.

Verrückt, nicht wahr?

Aber was passiert, wenn man auf ein Buch ohne Rezensionen stößt? Man schreckt vielleicht davor zurück. Es ist schwer, dem Buch zu vertrauen.

Ihre Zeit ist kostbar. Sie wollen sie nicht mit enttäuschenden Geschichten verschwenden. Niemand möchte das. Und das möchte ich auch nicht für Sie. Manchmal mache ich mir Sorgen, dass dieser Geschichte dasselbe passieren könnte. Aber es gibt eine Lösung.

Eine Rezension hilft viel. Und sie gibt mir das Selbstvertrauen, die verrückten Gedanken in meinem Kopf weiter zu verarbeiten. Wenn Sie einen Moment Zeit haben, würde ich mich sehr über eine Rezension freuen. Es muss nicht viel sein – nur ein paar Worte darüber, wie Sie das Buch finden.

Vielen Dank.

Ihr freundlicher Autor,

Jack Probyn

TRETEN SIE DEM VIP-CLUB BEI

Ihr KOSTENLOSES Buch wartet auf Sie

Verfügbar, sobald Sie dem Club beitreten
Holen Sie sich jetzt Ihr KOSTENLOSES Exemplar der Prequel-Novelle

zur DS Tomek Bowen-Reihe auf jackprobynbooks.com, wenn Sie meinem VIP-E-Mail-Club beitreten.

AUCH VON JACK PROBYN

Die DS Tomek Bowen Krimireihe:

BUCH 1: DIE RACHE DES TODES

Southend-on-Sea, Essex: Detective Sergeant Tomek Bowen - getrieben, hartnäckig und vom Tod seines Bruders verfolgt - wird zu einem der schockierendsten Tatorte gerufen, den er je gesehen hat. Ein Mann wurde rituell ermordet und in einer Kleingartenanlage in der Nähe des örtlichen Flughafens abgelegt. Erste Ermittlungen deuten darauf hin, dass dieser Mann eine Vergangenheit hatte. Eine Vergangenheit, die ihm viele Feinde einbrachte.

Die Roche Des Todes herunterladen

BUCH 2: DER GRIFF DES TODES

Annabelle Lake glaubte, den Ford Fiesta, der vor ihrer Schule wartete, und den Fahrer darin zu erkennen. Sie lag falsch. Ihre Leiche wird einige Zeit später entdeckt, baumelnd an einer Schaukel auf einem Spielplatz auf Canvey Island.

Der Griff Des Todes herunterladen

BUCH 3: DIE BERÜHRUNG DES TODES

Als sich an einem Dezembermorgen in Essex der Nebel lichtet, wird die Leiche eines Teenager-Mädchens mit dem Gesicht nach unten in einem Feld entdeckt. Der Fall landet schnell auf dem Schreibtisch von DS Tomek Bowen, der, während er versucht, sein neues Leben als alleinerziehender Vater einer dreizehnjährigen Tochter zu meistern, die tödlichen Ereignisse aufdecken und die Wahrheit ans Licht bringen muss.

Die Berührung Des Todes herunterladen

BUCH 4: DER KUSS DES TODES

Der Tod eines Obdachlosen erregt kaum Aufmerksamkeit in Southend-on-Sea - bis die Obduktion ihn als Herbert Tucker identifiziert, einen umstrittenen Parlamentsabgeordneten mit einer Geschichte voller Feindschaften. Zwischen den Strandhütten von Thorpe Bay gefunden, wirft sein sorgfältig inszeniertes

Ableben mehr Fragen auf als es Antworten liefert. Unter wachsendem Druck muss DS Tomek Bowen die letzten Tage eines Mannes rekonstruieren, der von Kontroversen lebte. Seine Ermittlungen decken ein Netz aus Täuschungen auf, das sich von den Korridoren Westminsters bis in die dunkelsten Ecken von Essex erstreckt. Doch je näher Bowen der Wahrheit kommt, desto klarer wird ihm - dies war nicht nur Mord. Es war eine Botschaft. Und jemand wird alles tun, um ihre Bedeutung im Verborgenen zu halten.

Der Kuss Des Todes herunterladen

BUCH 5: DER GESCHMACK DES TODES

An einem windigen und eisig kalten Morgen besucht Morgana Usyk, Besitzerin eines der Lieblingsplätze von DS Tomek Bowen, Morgana's Café, den etwas über eine Meile vor der Küste gelegenen Mulberry Harbour. Kurze Zeit später wird ihre Leiche in den flachen Gewässern gefunden, treibend neben dem Hafen. Erste Berichte und Augenzeugenaussagen besagen, dass sie den Mörder vom Tatort fliehen sahen. Doch als Sturm Alisha aufzieht und alle Beweise wegspült, steht Bowen mit seinem Team auf verlorenem Posten. Jetzt steigt das Wasser. Und Morganas Leiche wird nicht die einzige sein, die sie darin finden werden.

Der Geschmack Des Todes herunterladen

BUCH 6: DER ENGEL DES TODES

Als die Flugbegleiterin Angelica Whitaker nach einer Nacht in einem der beliebtesten Nachtclubs von Southend als vermisst gemeldet wird, wird der Fall zum ersten Mal in seiner Karriere an DS Tomek Bowen übergeben. Sobald die Ermittlungen beginnen, richtet sich der Verdacht auf den Mann, mit dem sie im Club getanzt hat. Doch als ihre Leiche später in einer Kirche gefunden wird, positioniert wie ein Engel, deuten dieselben Indizien auf einen berechnenden, gefassten und sadistischen Killer hin. Aber während die Ermittlungen voranschreiten und Tomek tiefer in das Leben des Opfers eintaucht, wird klar, dass es keinen Mangel an Verdächtigen gibt und jeder seine Geheimnisse hat – manche mehr als andere...

Der Engel Des Todes herunterladen